K. Elly de Wulf

Blue Skye

Die kleine Alpakafarm in Schottland

K. Elly de Wulf ist das Pseudonym einer 1977 in Thüringen geboren Autorin. Sie lebt mit ihrem Partner im Rhein-Main-Gebiet, wo sie den Kontrast zwischen turbulenter Großstadt und idyllischem Landleben genießt. Nach vielen Veröffentlichungen über Onlineplattformen erschien 2016 ihr Debütroman. Der erzielte Erfolg bestärkte sie, weitere sinnlich-prickelnde und tiefgründige Liebesromane zu schreiben, mit denen sie ihre Leser*innen seither begeistert. Ein Happy End ist garantiert, doch der Weg dorthin oft steinig, denn keinem ihrer Liebespaare macht sie es leicht glücklich zu werden.

K. Elly de Wulf

# Blue Skye
# Die kleine Alpakafarm in Schottland

Roman

PIPER

*Mehr über unsere Autoren und Bücher:*
*www.piper.de*

Wenn Ihnen dieser Roman gefallen hat, schreiben Sie uns unter Nennung des Titels » Blue Skye - Die kleine Alpakafarm in Schottland « an empfehlungen@piper.de, und wir empfehlen Ihnen gerne vergleichbare Bücher.

ISBN 978-3-492-50471-3

Satz auf Grundlage eines CSS-Layouts
von digital publishing competence (München)
mit abavo vlow (Buchloe)
Covergestaltung: Alexa Kim »A&K Buchcover«
Covermotiv: Depositphotos.com (unkreatives; lifeonwhithe; spline_x);
PNGTree
Printed in Germany

Für alle Sterne im Regenbogenland

# 1.
# *Melina*

Der Kofferraum ist so voll, dass ich die Heckklappe kaum schließen kann. Die Gurte, die die Plane auf dem Anhänger halten, sind ordentlich festgezurrt. Ich bin abfahrtbereit und stehe unter Hochspannung, denn auf mich wartet ein neues Leben. Auf Skye.

»Hast du alles?« Phil ist in der Hintertür stehen geblieben.

So kenne ich ihn. Die Hände in den Hosentaschen, Kaffeeflecken auf der Jeans und ein schiefes Lächeln auf den schmalen Lippen. Er war nie ein Mann der großen Gesten, nicht einmal der kleinen oder ... Egal. Das Thema ist beendet, die Zeit hier auf seinem urigen Hof außerhalb von Edinburgh ab heute Geschichte.

»Definitiv.«

»Sicher?«

Natürlich bin ich das, schließlich bereite ich meinen Umzug seit mehreren Wochen vor und habe sämtliche Dinge markiert, katalogisiert und eingepackt, die ich auf gar keinen Fall hierlassen will. Lediglich drei Gegenstände erhielten ganz aus Versehen keinen roten Klebepunkt. Der schielende Flamingo im Garten, den mir Phils Mutter zum Geburtstag geschenkt hat, die Ork-Tasse, die ich letztes Weihnachten von Phil bekam, und dieses Etwas, von dem ich heute noch nicht weiß, was es überhaupt darstellen soll.

Selbstverständlich war das auch ein Geschenk, sogar von Phil und seiner Mum. Geschenktechnisch haben die beiden echt nichts drauf. Schrecklich. Okay, ich gebe zu, dass *sie* einmal einen Volltreffer gelandet hat. Die pinkfarbenen Gummistiefel mit den weißen Alpakas liebe ich mittlerweile heiß und innig. Sie passen nämlich wie angegossen.

»Ja, ja«, flöte ich und grinse ihn an, obwohl mir mulmig zumute ist. Nicht, weil ich doch was vergessen haben könnte, sondern wegen des Sprungs ins Unbekannte, den ich wage. Ich bin seit frühester Kindheit häufig umgezogen, und es sollte mir nichts ausmachen, diesmal liegt die Sache jedoch ein bisschen anders. Niemand wartet auf Skye auf mich. Dort habe ich weder Familie – zumindest nicht mehr – oder Freunde, von denen ich sowieso nie viele hatte. Und bin völlig auf mich allein gestellt.

Puh! Ruhig atmen. Du schaffst das! Goodbye Edinburgh, auf nach Leathan!

»Wollen wir?«, ruft Wally, der glatzköpfige Fahrer einer lokalen Spedition, die vornehmlich Tiere befördert. Er hält einen seiner baumstammdicken, tätowierten Arme aus dem Seitenfenster des sonst für Pferde genutzten Transporters und sieht erwartungsfroh zu mir rüber.

»Kann losgehen. Bin direkt hinter dir.«

Er gibt mir ein »Daumen hoch« und startet den Motor. Die Rücklichter verschwinden im diffusen Licht des anbrechenden Morgens, während ich den Blick ein letztes Mal über die kleine Farm, auf der ich die vergangenen drei Jahre gelebt habe, schweifen lasse. Es war eine schöne Zeit, nicht immer einfach, doch trotz allem bleiben viele wundervolle Erinnerungen.

»Tja, dann ist es wohl so weit.« Phils Hang, das Offensichtliche festzustellen, nervt. Ich verkneife mir das *Endlich* und quäle stattdessen ein Lächeln auf mein Gesicht. So, wie er mich ansieht, scheint er es falsch zu interpretieren, denn er kommt auf mich zu.

»Na, na, ich weiß, es tut weh. Nicht weinen.«

Hatte ich nicht vor. Keine Ahnung, wie er darauf kommt. Der Einzige, der mir wirklich richtig fehlen wird, heißt nicht

Phil, sondern Tiberius, und ist ein zuckersüßer reinweißer Huacaya-Alpakahengst. Leider gehört er meinem Ex und konnte deshalb keinen roten Klebepunkt bekommen, auch wenn ich ihm nur zu gern einen verpasst hätte.

»Ich melde mich, sobald wir angekommen sind. Mach's gut, Phil.« Meine Hand schnellt vor, die er irritiert beäugt, bevor er sie ergreift. Wie immer legen sich seine Finger viel zu lasch um meine, und ich habe das Gefühl, einen nassen Lappen auszupressen. Als ich vor drei Jahren zu Beginn des vierten Semesters eine neue Wohnung brauchte und zum ersten Mal vor ihm stand, fand ich ihn irgendwie süß. Eine Mischung aus nerdig und ländlich, kein hipper Großstädter, sondern etwas verschroben.

Vielleicht lag es auch eher an Tiberius, den er neben sich am Halfter führte, auf jeden Fall war ich für ihn sofort Feuer und Flamme. Nun ist da nur Asche, aus der ich hoffentlich wie ein Phönix auferstehen werde.

»Mach's besser!«, erwidert er und zuckt mit den Schultern, als ich ihn nicht zum Abschied drücke.

Wozu? Das mit uns hielt kaum achtzehn Monate. Wir sind bestenfalls Freunde, wenn überhaupt. Allein meine Alpakas, die ich mir während der gemeinsamen Zeit zugelegt habe, banden mich an diese Zweckgemeinschaft. Die neun Stuten und fünf Walache kann ich schließlich nicht in einem Vorgarten anpflocken. Sie brauchen Auslauf, und zwar jede Menge davon.

»Hab ich vor. Man sieht sich.« Oder nicht. Es ist komisch, aber als ich die Wagentür schließe, verspüre ich keinerlei Angst mehr vor dem Unbekannten. Meine einzige Sorge gilt meiner Herde, vornehmlich dabei Celine, die trächtig ist und in knapp drei Monaten gebären wird. Obwohl der Tierarzt mir versichert hat, dass sie robust genug ist und der Stress sicherlich nicht zu umfänglich, habe ich dennoch ein mulmiges Gefühl.

Ich atme tief durch und gebe Gas. Während ich durch das Tor fahre, färbt sich der Horizont lila. Es beginnt nicht nur ein neuer Tag, sondern auch ein neues Leben. Auf mich wartet die Isle of Skye, und ich freue mich auf dieses Abenteuer.

Es ist bereits dunkel, als wir auf die schmale Zufahrt zum Cottage einbiegen. Die Ankunft war für den Nachmittag geplant, daraus wurde, dank einiger Staus, später Abend. Zum Glück habe ich vergangenes Wochenende schon viel vorbereitet, sodass meine wilde Bande direkt in den Stall einziehen kann.

Etwas zögerlich beäugen sie alles, doch sobald Celine, die einen fitten Eindruck auf mich macht, forsch voranschreitet, um das neue Refugium genauer zu inspizieren, folgen ihr die restlichen Herdenmitglieder voller Neugier. Ich werfe Heu in die Raufe, in das Freddie und Harry gemeinsam mit den Jungs ihre langen Nasen vergraben, als stünde ihnen der Hungertod bevor.

»Wäre gern dabei, wenn die morgen das erste Mal auf die Weide kommen. Das haut die alten Schaftreiber aus den Socken«, tönt Wally. Sein bäriges Lachen dröhnt durch den Stall und versetzt die Gang kurz in Panik. Erschrocken hüpfen Tina und Whitney herum. Zayn, mein zotteliger Suri-Wallach, steht ihm am nächsten und schreit schrill, reckt den Hals und beginnt zu flehmen. Kein gutes Zeichen!

»Wally!« Mein verzweifelter Versuch, ihn zu warnen, kommt zu spät. Wie in Zeitlupe fliegt Zayns Spucke durch die Luft und landet zielsicher mitten auf Wallys Stirn. Treffer, versenkt.

»Verdammte Axt!«

Mit der flachen Hand reibt er sich über die Glatze. Na toll, jetzt hat er es erst so richtig verteilt. Aus der Hosentasche fische ich ein Papiertaschentuch und reiche es ihm. Normalerweise ekeln sich die Opfer, wenn sie von Zayn angespuckt werden. Wally findet es hingegen witzig und lacht noch, während er die Klappe des Transporters schließt.

»Sorry, tut mir wirklich leid. Dieses Sensibelchen reagiert auf laute Geräusche, und nach dem Stress mit der langen Fahrt heute kann so was schnell passieren«, versuche ich, meinen Wollwuschel in Schutz zu nehmen, doch er winkt ab und streckt mir seine riesige Pranke entgegen.

»Mädel, mir sind schon Kaltblüter auf die Füße gestiegen, und ein Galloway Bulle hat mich mal aufs Horn genommen. Da ist so ein wenig Schnodder nichts dagegen«, tut er Zayns Ausrutscher ab und öffnet die Fahrertür.

»Du fährst jetzt aber nicht zurück nach Edinburgh, oder?« Die Straßen hier sind verdammt eng, und es ist mittlerweile stockdunkel. Außerdem steckt ihm bereits die lange Herfahrt in den Knochen. Selbst wenn er nur halb so müde ist wie ich, wäre es keine gute Idee, weitere zweihundertfünfzig Meilen zu fahren.

»Nay, nur aufs Festland. In Kyle wartet ein Ale mit meinem Namen drauf.«

Das beruhigt mich ungemein. »Danke. Für alles.« Ich stecke ihm vierzig Pfund zu, die er erst nicht annehmen will, doch ich klopfe ihm einfach gegen den massigen Oberarm und gehe zurück zum Stall. Von der Tür aus sehe ich ihm dabei zu, wie er den Transporter wendet.

»Pass auf dich auf, Mädel«, ruft er und winkt zum Abschied, bevor er mit dröhnendem Motor zur Straße fährt. Es vergehen nur wenige Augenblicke, bis eine unglaubliche Stille einkehrt, die ich so bis dato nur hier erlebt habe. Keine Autos, kein Fluglärm, keine Musik, keine Stimmen. Nichts.

Schon bei meinem allerersten Besuch auf Skye, damals war ich dreizehn und begleitete meine Eltern zur Beerdigung von Großtante Mairead, ist mir das aufgefallen. Wir waren immer zu Fuß unterwegs, und ich erinnere mich, dass ich manches Mal stehen geblieben bin, nur um in die Stille hineinzulauschen und sie tief in mich aufzunehmen. Auch jetzt geht mir aufs Neue das Herz auf, und ich kann spüren, wie ich innerlich zur Ruhe komme.

Aus jener Zeit kenne ich die Storr Apartments, daher hatte ich dort für die Aufenthalte gebucht, während denen ich alles für unsere Ankunft vorbereitet habe. Dort würde ich nun auch viel lieber übernachten als in Großonkel Currans altem Bett. Obwohl es eine neue Matratze bekommen hat, fühlt es sich komisch an. Vor allem wegen des eingeschnitzten Ritters und der darum herum befindlichen lateinischen Inschrift. Davon trennen konnte ich mich irgendwie trotzdem nicht. Mein Bauch riet mir, es zu behalten.

Ich sehe hinauf in den mit dicken Wolken verhangenen Himmel. Der Wind frischt auf und reißt die Wolkendecke an einigen Stellen auseinander. Sterne funkeln, und eine schmale Mondsichel lugt hervor. Der Ruf einer Eule ertönt, und ich kann den sanften Wellenschlag vom Ufer hören. Mein Cottage liegt erhöht und bietet einen fantastischen Ausblick auf Loch Leathan, den ich in jeder Putzpause genossen und mich, wenn ich zurück nach Edinburgh fuhr, danach gesehnt habe.

Das ist es, mein neues Zuhause, von dem ich hoffe, hier endlich Wurzeln schlagen und glücklich werden zu können. Unter normalen Umständen wäre dieses Haus sicherlich nicht meine erste Wahl, aber oftmals bergen derlei Herausforderungen weit mehr Positives, als sich auf den ersten Blick vermuten lässt. Dieses alte, sanierungsbedürftige Cottage mit Mauern aus dunkelbraunem grobem Stein steckt voller Erinnerungen und kann eine eigene Geschichte erzählen. Drumherum befinden sich mehrere Hektar mit Heide, Gras und Kräutern bewachsendes Weideland und als Tüpfelchen auf dem i: jede Menge Ruhe.

Was braucht Frau mehr? Internet natürlich! Zum Glück ließ sich das Hotel ein Stück die Straße runter vor einigen Jahren Glasfaserkabel legen, und alle auf der Route befindlichen Häuser wurden angeschlossen. Somit steht mir eine

Bandbreite zur Verfügung, von der ich auf Phils Hof in der Peripherie Edinburghs nur träumen konnte.

Gleich morgen früh, nachdem ich die Gang auf die provisorisch eingezäunte Weide gebracht habe, werde ich das Auto und den Hänger ausladen, das Equipment aufbauen und anschließen. Gregg, mein Teamleiter bei High Definition Web, hat bestimmt eine Menge Aufträge für mich an Land gezogen. Vor dem nächsten Herbst muss ich das Dach neu decken lassen, da kann ich jeden Penny brauchen.

Hinter mir höre ich Celine leise Summen. Meine hübsche Huacaya-Stute schaut mich an, und ich schmelze dahin, wie jeder, der einmal in den dunkelbraunen, beinahe schwarzen Tiefen der Alpakaaugen versunken ist. Diesem Blick kann man nicht entkommen. Die Sanftmut, die darin liegt, ist unbeschreiblich. Sie sind so liebenswert, dass einem das Herz aufgeht und die Seele zur Ruhe kommen kann.

»Willkommen auf Skye. Schlaft gut!«, wünsche ich und mache das Licht aus, bevor ich die Tür von außen verriegele.

Das Tolle an dem Stall ist, dass er zwar mit seinem moosbedeckten Schindeldach und den groben Steinwänden reichlich verwittert wirkt, innen hingegen sehr geräumig ist. Zudem verfügt er über ein großes Tor zur Seeseite, was ab sofort immer unverschlossen bleiben wird, da man Alpakas am besten im Offenstall hält. Sie brauchen Bewegungsfreiheit, und die haben sie hier mehr als genug.

Sobald ich die Tür aufmache, reckt jedes Mitglied der Gang den langen Hals und blinzelt mir verschlafen entgegen. Liam hat wie immer eine wilde Heufrisur, die ihm das leicht trottelige Aussehen eines verwirrten Professors verleiht. Keine Ahnung, wie er das schafft, aber allein deswegen bekommt er bei meiner Niedlichkeitswertung einen Extrapunkt.

Nach einer kleinen Morgeninspektion, bei der ich jedes Tier einzeln begutachte, öffne ich das Gatter. Wie gewohnt schreitet Celine, ganz Leitstute, voran und folgt mir, was auch die anderen in den kühlen Märzmorgen lockt. Dichter Nebel verhüllt den Blick auf die nähere Umgebung und dämpft die Geräusche der Wellen vom See.

Während die Alpakas ihre neue Weide genauer in Augenschein nehmen, die ersten Halme abzupfen und sich voller Lebensfreude wälzen, checke ich die Tränke und schaue nach den Zaunpfählen. Sie sind alt und verwittert. An einer Seite wird die gut tausend Quadratmeter einnehmende Fläche von einer Steinmauer begrenzt, in der ein Gatter eingesetzt ist. Dahinter liegt eine, ebenfalls mir gehörende, achtmal so große Wiese. Wenn das Gelände ordentlich eingezäunt ist, kann sich die Herde darauf frei bewegen.

Im Moment sieht hier alles noch recht chaotisch aus, und die offenen Stellen, die ich mit dünnen Strängen notdürftig gesichert habe, machen mir Sorgen. Alpakas sind von Natur aus neugierig und so ein paar Drähte dann schnell hochgeschoben. Da muss ein stabiler Schafweidezaun hin, sonst begeben sich die Wollgangster ohne mich auf Wanderschaft.

Bei der ersten Bestandsaufnahme, nachdem ich das Erbe angetreten hatte, habe ich neben den Drahtrollen jede Menge anderen Krimskrams in dem Schuppen hinter dem Stall gefunden. Noch überlege ich, was mit dem wilden Sammelsurium von Angelruten, Schnüren und antiquiert wirkendem Werkzeug, dessen Namen ich nicht einmal kenne, geschehen soll – geschweige denn, wofür man es gebrauchen könnte.

Curran war früher Wildhüter beim Besitzer des nahe gelegenen Leathan Castle Hotel. Wenn ich so darüber nachdenke, habe ich eigentlich keine Ahnung, womit sich so ein Wildhüter überhaupt beschäftigt. Es ist bestimmt einer dieser vom Aussterben bedrohten Berufe, die sich nur die reichen Lords leisten, um ihre Ländereien vor schnödem Fußvolk wie mir zu schützen.

Auf dem Weg zurück zum Haus kommt Celine von der Seite auf mich zu. Bis zur nächsten Schur ist es noch ein wenig hin, trotzdem hat sie schon viel von ihrem flauschig weichen reinweißen Fell stehen. Man kann erkennen, wie stark sich ihr Bauch wölbt, und sie wirkt dadurch um einiges voluminöser.

In gut drei Monaten ist es so weit, und meine Süße wird Mama. Dann wird sie ein hoffentlich gesundes schwarz-weißes oder dunkelgrau meliertes Cria von einem wunderhübschen nachtschwarzen Hengst bekommen. Eine richtige Investition, denn Hank Dawsons Crafter hat bei der nationalen Alpakaschau im vorletzten Jahr die ersten Plätze in Statur und Vliesqualität belegt.

In der Küche gieße ich mir einen Tee ein und lausche dem wohligen Summen meiner Tiere. Alles ist bestens, wenn sie das tun, dann sind sie entspannt und glücklich. Nur meine Laune sinkt rapide, als mein Handy zu klingeln beginnt.

»Hey, Melina. In welchem Stau habt ihr denn festgesteckt?«

Phil, den ich am Vorabend absichtlich vergessen habe, klingt vorwurfsvoll, und ich kann ihn sogar ein klein wenig verstehen. Ich lehne mich an einen der hölzernen Pfosten, die die Überdachung der Terrasse tragen, und lasse den Blick über die sanften Wellen auf Loch Leathan schweifen.

»In mehreren. Entschuldige, aber ich war nach der Tour völlig erschlagen. Bei uns ist alles in Ordnung.« Wenngleich ich ihm keinerlei Erklärungen schulde, will ich ihn trotzdem nicht forsch angehen oder gar anlügen. Er ist Alpakazüchter, und davon gibt es nicht viele hier in Schottland.

Trotz unserer endgültigen Trennung muss ich diplomatisch agieren, um mir die Türen offenzuhalten. Neben all seinem Fachwissen hat er mit Tiberius einen zuckersüßen Alpakahengst stehen und verlangt moderate vierhundert

Pfund fürs Decken. Es wundert mich allerdings, dass er ihn noch nicht hat prämieren lassen, dann könnte er locker das Doppelte verlangen. Andererseits kommen so auch kleine Züchter oder Alpakaliebhaber günstig an Nachwuchs.

Celine ist zwar nicht von ihm trächtig, doch wer weiß, was die Zukunft so bringt. Phil vor den Kopf zu stoßen wäre daher ein Fehler.

Innerlich rümpfe ich die Nase, da es arg berechnend ist, so zu denken, bei Phil dreht sich jedoch prinzipiell alles nur ums Geld und wie er am besten die Arbeit auf andere abwälzen kann. Während unserer Beziehung kam ich mir irgendwann, als ich die rosarote Brille abgenommen hatte, nur noch finanziell und emotional ausgenutzt vor, was letztendlich der Grund für die Trennung war.

»Freut mich. Wenn was ist, melde dich. Mum lässt dich grüßen.« Er klingt neutral, so wie die letzten Wochen und Monate, seit wir uns auf ein normales Mieter-Vermieter-Verhältnis geeinigt haben.

»Richte ihr bitte auch einen Gruß von mir aus, und Danke für dein Angebot. Ich werde darauf zurückkommen, falls nötig.«

»Schön.«

»Ich muss dann mal. Bye.« Ich höre seine Erwiderung noch, bevor ich auflege. Der Nebel hat sich größtenteils aufgelöst und gibt Old Man of Storr, eine Felsformation, die einige Meilen entfernt oberhalb des Sees liegt, frei. Die Aussicht ist überwältigend und wird durch Sonnenstrahlen, die sich ihre Bahn in breiten Blöcken durch die aufreißende Wolkendecke brechen, verstärkt. Ein Handyfoto könnte diesen Anblick in all seiner Schönheit niemals einfangen. Es ist so atemberaubend, dass ich besser die Nikon holen sollte, doch die ist irgendwo im Kofferraum vergraben. Ich versuche es daher mit der Light-Variante und starte die Kamera-App des Smartphones.

Während ich das Foto auf dem Display betrachte, spüre ich, dass die Entscheidung, hierher zu ziehen, richtig war. Dieser ursprünglichen und rauen Insel wohnt ein besonderer Zauber inne, der mich leichter atmen lässt. Meine Seele beginnt bereits, Wurzeln zu schlagen.

Plötzlich wird alles still, das Summen verstummt, bis ein schriller Ruf ertönt. Mein Blick fliegt über die Weide. Jedes Alpaka reckt den Hals, hat die Ohren aufgestellt, und einige haben leicht den Schwanz gehoben. Im Augenwinkel nehme ich eine Bewegung wahr und erkenne den Grund für den Alarm. Ein Mann steht am Gatter an der Steinmauer. Womöglich ein Wanderer, denn dazu würden die dunkelgrüne Rannoch-Jacke, seine festen Stiefel und die Schiebermütze passen. Die Kapuze hat er sich wohl zum Schutz vor der klammen Nebelkälte aufgesetzt. In der linken Hand hält er einen mannshohen Stock und trägt etwas über der Schulter, das wie ein länglicher Rucksack aussieht.

Die Herde formiert sich. Celine bleibt zurück, während die anderen Mädels zielstrebig auf ihn zulaufen. Die Wallache folgen. Normalerweise würde ich cool bleiben, doch als ich einen Hund neben dem Mann erkenne, stockt mir der Atem. Zwei Herzschläge, dann setze ich mich in Bewegung, um das Schlimmste zu verhindern. Genau im gleichen Moment öffnet der Typ das Gatter und betritt die Weidefläche. Weitere schrille Laute zerreißen die Stille. Okay, jetzt aber zügig.

»Ey!«, rufe ich und hoffe, dass es schroff genug klang, um ihn aufzuhalten. »Stehen bleiben!« Wenn jemand die Alpakas näher in Augenschein nehmen will, kann er gern vorn an der Haustür klopfen. Einfach auf die Weide marschieren, geht mal gar nicht. Und erst recht nicht mit einem Hund im Schlepptau. Da prallen immerhin zwei natürliche Feinde aufeinander.

Der braune Jagdhund mit kurzem Fell und wachem Blick bleibt zum Glück am Gatter zurück und legt sich flach auf den Boden, während der Eindringling weiterstapft, als habe er mich nicht gehört.

»Sie da!«, blaffe ich und lege all meinen Ärger hinein. »Was soll das?«

Der Kerl wird langsamer, als Ginger ihm den Weg abschneidet. Liam und Harry flankieren sie. Zayn hebt den Kopf, bläht die Nüstern und beginnt zu flehmen. Gott, wie ich diese Herde liebe. Der Zusammenhalt ist einfach nur der Wahnsinn.

Ich baue mich vor ihm auf, doch alles, was ich im Schatten seiner tief ins Gesicht gezogenen Kopfbedeckung erkennen kann, sind zwei dunkle Edelsteine, die mich mürrisch anfunkeln, und ein rotgoldener reichlich wild aussehender Bart. Er stellt sich breitbeinig vor mir auf, rammt den Stock in den Boden und zieht sich die Kapuze herunter. Ich muss den Kopf in den Nacken legen, um ihn ansehen zu können. Nachdem er die Mütze gerichtet hat, bohrt er seinen kalten Blick in mich hinein. Für einen winzigen Moment scheint es mir, als wäre *ich* hier der Störenfried und nicht er.

»Jedermannsrecht«, knurrt er mehr, als er es ausspricht, und schickt sich an, an mir vorbeizugehen.

»Was?« Nicht einmal einen Gruß, geschweige denn eine vernünftige Erklärung bekommt er heraus. »Runter von der Weide oder ich werde ungemütlich!«

Er bleibt erneut stehen, wendet sich mir zu und tritt mit einem einzigen Schritt so nah an mich heran, dass ich die Sommersprossen auf seiner Nase zählen kann. Ein erdiger Geruch, gemischt mit dem Duft nach Schwarztee und Bittermarmelade, schlägt mir entgegen. Zayns Flehmen wird lauter, er zieht Luft ein. Ich weiß, was jetzt kommt, und im Gegensatz zu gestern bei Wally spreche ich diesmal keine Warnung aus.

Spucke fliegt und klatscht zielsicher auf die freie Fläche zwischen Auge und Bart des Eindringlings. Entsetzen macht sich auf seinen harten Zügen breit. Mit weit aufgerissenen

Augen starrt er mich an, bevor er sich wie in Zeitlupe Zayn zuwendet, der noch immer aufgeregt schnaubt. Als der nächste Spuckefleck mitten auf der Nase des Eindringlings landet, befürchte ich, dass er meinen Wallach eigenhändig erwürgen könnte, und schiebe mich todesmutig zwischen die beiden ungleichen Kontrahenten.

»Runter von der Weide! Sofort!« Weder Hund, der von den Alpakas zum Glück weitestgehend unbeachtet bleibt, noch Mann zucken mit den Wimpern. Stoisch verharrt der Kerl, während Zayns Sabber in seinem Bart versickert.

Ich weiß, wie sich das anfühlt, und nein, es ist nicht so eklig, wie man es gemeinhin glauben mag. Für mich sind die Alpakas wie Babys, und die spucken schließlich auch ab und an. Zudem bin ich keine Mimose, die Angst um ihr Make-up hat, so was trage ich erst gar nicht.

»Jedermannsrecht«, wiederholt er. Diesmal klingt sein Knurren gepresst und bedrohlich. In seinen haselnussbraunen Augen blitzt es gefährlich, und seine dichten Brauen schieben sich so weit zusammen, dass dazwischen drei tiefe Furchen entstehen. Für die Länge eines Herzschlags bilde ich mir ein, ihm schon mal über den Weg gelaufen zu sein.

»Das ist eine Weide mit stehenden Tieren darauf«, entgegne ich barsch, denn schließlich weiß ich, was das schottische Wegerecht genau beinhaltet. »Das Land mag nicht kultiviert sein, was aber keinesfalls bedeutet, dass Sie ungefragt das Gatter öffnen und durchmarschieren können. Der Umweg um die Einzäunung hätte Sie, wenn es hochkommt, eine Minute Ihrer kostbaren Zeit gekostet. Diese ganze Grütze hier dauert bereits länger.«

Wenn der Typ denkt, ich wäre blöde, dann hat er sich geschnitten. Nicht mit mir …

Die Furchen werden tiefer, seine Nasenflügel blähen sich auf, und ich nehme ein Knirschen wahr. Sein Griff um den Stock muss es hervorgerufen haben, denn es fehlt nicht mehr viel, und er zerdrückt das Holz buchstäblich mit seiner riesigen Pranke.

»Im Uferbereich brüten Bekassine. Ich bin Wildhüter, und es gehört zu meinen Aufgaben, die Nester regelmäßig zu kontrollieren.«

»Beka... was?«

»Schnepfen!«

»Und warum kann man das nicht normal sagen? Stattdessen versetzen Sie meine Alpakas und mich in Panik?«

Die Muskeln in seinen überwucherten Wangen beginnen zu zucken, bevor er sich, dabei ungehalten schnaubend, abwendet und an mir vorbei zu dem von mir mühsam errichteten Drahtzaun geht. Spielend überwindet er ihn, indem er die Stränge nach unten drückt und die langen Beine drüber schwingt. Der Hund bleibt währenddessen regungslos liegen, den Blick starr auf sein Herrchen gerichtet.

Die wenigen Inselbewohner, mit denen ich bisher Kontakt hatte, schienen mir alle recht nett und freundlich zu sein. Dieses Exemplar bildet jedoch den totalen Kontrast dazu und lässt mich ahnen, dass es vielleicht doch nicht so leicht für mich wird, hier Fuß zu fassen.

# 2.
# *Rory*

Zwei Regenbogen, jeder eingerahmt von einem dunkelblauen Ring, verfolgen mich schon seit Tagen. Ich hätte ihr niemals so nahekommen dürfen, denn nun tauchen ihre Augen auf, wann immer ich die Lider schließe. Und mit ihnen wallt erneut Ärger in mir hoch. Halsstarrig, ist das Erste, was mir zu dieser Frau einfällt. Durchgeknallt, das Zweite. Welcher normale Mensch hält sich Alpakas außerhalb der Anden? Hier in den Highlands ... auf Skye? Das ist doch völlig gaga.

Zarter Dampf steigt von meinem Tee auf, während ich das Logo auf dem Emaillebecher betrachte. Ein Fasan und ein Golfschläger über der Silhouette des altehrwürdigen Schlosses. *Leathan Castle – Golf- und Jagdhotel* steht in stilvollen Lettern darunter. Meiner Meinung nach wäre das Familienwappen der MacDugans die weitaus bessere Wahl gewesen, Lachlans Vater bevorzugt allerdings etwas zur Hotelkette Passendes.

Vor meinen Augen verschwimmt der Bildschirm. Ich hasse diesen Teil meiner Arbeit, aber ich muss es machen, genauso wie gewisse andere Dinge, die mir keineswegs leicht von der Hand gehen. Schillernde Farben drängen sich in meine Gedanken. Warum rast mein Herz jetzt plötzlich so? Habe wohl den Tee zu lange ziehen lassen, ist zu stark geworden.

Missmutig richte ich den Blick auf die mir so verhasste Tastatur des altersschwachen Computers. *18. März, zwanzig*

*Brutpaare westliches Ufer, fünfundachtzig östliches Ufer.* Mit meinem Zwei-Finger-Suchsystem benötige ich für das Ausfüllen der Bestandstabellen täglich nahezu eine halbe Stunde. Keine Ahnung, wie andere so was in unter einer Minute hinbekommen.

Alpakas! Wieso um alles in der Welt züchtet jemand in den Highlands aus freien Stücken Alpakas?

Verdammt, da sind wieder die Regenbogen! Ich hätte doch rüber nach Rona fahren sollen, dann wäre ich wenigstens beschäftigt und könnte mich gemeinsam mit Connor anschweigen. Mein Freund aus Kindertagen redet sowieso nie mehr als nötig, und ihm ist egal, was mir im Kopf herumgeht, solange ich ihn damit nicht behellige.

Wenn Curran wüsste, was seine Großnichte da in seinem Stall untergebracht hat, würde er im Grab rotieren. Was stirbt der alte Griesgram auch an einem Herzinfarkt. Drei Monate ist das nun her. Heute ist Mittwoch, wir hätten uns wie immer im Pub auf ein Ale getroffen, die Brut besprochen und danach im Schuppen Fliegen fürs Angeln gebaut. Von April bis Juni wären wir jeden Samstagmorgen losgefahren, um Forellen oder Lachse zu fischen, die wir dann abends auf dem Grill zubereitet hätten.

Der Fliegendraht. Mir fällt wieder ein, dass diese – zugegeben ziemlich hübsche – Verrückte ihn für den Zaun zweckentfremdet hat. Eine Schande. Wehe, eines ihrer Viecher trampelt auf den Nestern am Ufer herum. Jetzt muss ich nicht nur auf das Rotwild aufpassen, damit es die Gelege nicht gefährdet, sondern obendrein auf diese komischen südamerikanischen Einwanderer. Zumindest schleppen sie keine Krankheiten ein und sind von Doc Price eingehend gecheckt und für gesund befunden worden. Das hat er vorgestern im Pub laut verkündet, nachdem ihm so ziemlich jeder nach den langhalsigen Neuankömmlingen gefragt hat.

Immerhin etwas. Wobei ich nicht annehme, dass die Stadtmaus einen blassen Schimmer von den Tieren hat. Allein beim Gedanken an den Zaun, den sie da zusammengeschustert hat, stellen sich mir die Nackenhaare auf. Und dann diese Gummistiefel? Pink! Die waren pink!

»Rory?« Lachlan stapft, ohne anzuklopfen, in mein Büro.

Er weiß, dass ich das nicht mag, tut es aber trotzdem. Wäre er *nur* mein Chef, würde ich ihn ignorieren, bis er Leine zieht. Er ist allerdings auch mein bester Freund und hat somit einen Bonus, was das Anknurren und Wegschweigen anbelangt.

Lester hebt den Kopf und legt ihn sofort wieder ab. Wenn alles so gut funktionieren würde wie mein Hund, hätte ich ein weitaus leichteres Leben.

»Dachte, du bleibst bis morgen in Glasgow.«

»Wollte ich, doch der Alte rief an und brabbelte was von Lamas und ob ich davon wüsste. Wäre übrigens nett, wenn du ab und an mal an dein Handy gehen könntest. Ich hab es dutzendmal bei dir probiert«, mault er und lässt sich neben mir auf der Kante des Schreibtischs nieder. Die Arme hat er vor der Brust verschränkt, sodass sich Tweed des piekfeinen Jacketts, welches farblich perfekt zu seinem grün-blau-gelb karierten Kilt passt, über den Oberarmen spannt.

Als wir uns mit fünf Jahren kennenlernten, war er ein blasser Junge mit dünnen Ärmchen, der sein Kindermädchen wie die Pest hasste. Connor und ich machten uns einen Spaß daraus, ihn durch halb Leathan zu jagen und herumzuschubsen. Lachlan wehrte sich und landete einen Treffer, der Connor einen Milchzahn kostete. Danach waren wir die besten Freunde.

Er mustert mich mürrisch, während ich überlege, wo ich das verdammte Handy liegen gelassen habe. Wahrscheinlich in der Küche, könnte allerdings auch im Wagen sein. Außer Lachlan ruft mich sowieso niemand an. Wozu es also ständig mit mir herumschleppen?

»Keine Lamas«, erwidere ich und drücke mich samt Bürostuhl vom Tisch weg, damit mir Lachlan nicht mehr auf der Pelle hängen kann.

»Was soll dann der ganze Schwachsinn? Dreht der jetzt durch? Ich hatte es mir gerade mit Josie gemütlich gemacht. Oder hieß sie Jenny? Egal. Keine Lamas, keine Probleme.«

»Alpakas.«

»Häh?«

»Alpakas.«

»Ganze Sätze, Rory!«, fordert er und reibt sich mit der flachen Hand über die Stirn, als würde ihm dieses Gespräch an den Nerven zerren. Für einen winzigen Moment habe ich sogar ein klein wenig Mitleid mit ihm, weil ich mir vorstellen kann, wie ihn der alte MacDugan am Telefon in die Senkrechte gestellt hat. Das tut er meistens grundlos, einfach nur, weil er Lachlan gern runtermacht.

»Es sind keine Lamas, sondern Alpakas. Die sind kleiner, liefern aber hochwertigere Wolle.« Steht zumindest im alten Lexikon meines Dads. Da wird auch erwähnt, dass sie weitaus friedlicher und genügsamer als ihre Vettern wären.

Spucken können sie trotzdem verdammt gut, fällt mir wieder ein, und ich reibe zum gefühlt tausendsten Mal über meine Wange und Nase.

Lachlan blinzelt. Mehrmals.

»Currans Cottage und das dazugehörige Land werden seit Kurzem von einer Alpakaherde samt Besitzerin bewohnt«, erkläre ich für meine Verhältnisse äußerst ausführlich, und Lachlan schlägt die Hände vors Gesicht.

»Okay, jetzt wird ein Schuh draus. Kein Wunder, dass mein Alter vor Wut schäumt. Bis zuletzt hat er gehofft, es der Erbin abzukaufen.«

»Currans Nichte Muriel hat alles an ihre Tochter abgetreten.«

»Und wie ist die so?«

Für einige Augenblicke starre ich ihn ungläubig an. »Sie züchtet Alpakas. Noch Fragen?«

»Wie alt? Single? Kinder?«

»Keine Ahnung.«

»Beschreib sie.«

»Zickig, bissig, durchgeknallt.«

»Rory«, mault er und beginnt damit, seine Nasenwurzel zu massieren. »So reagiert jede Frau auf dich. Ich will wissen, wie sie aussieht.«

Ich zucke unschlüssig mit den Schultern, blähe die Wangen auf und lasse langsam die Luft entweichen, während ich darüber nachdenke, wie ich die Äußerlichkeiten dieser Melina Brunner wiedergeben soll. Lachlan zieht eine Augenbraue nach oben, doch ich zucke lediglich erneut mit den Schultern, weil mir die Worte fehlen, die ihr gerecht werden könnten.

»Du bist ihr schon begegnet, oder?«

Kann man wohl sagen. Ich nicke.

»Blond oder brünett?«

»Blond.« Dunkelblond, um genau zu sein. Ihr langes, welliges Haar hat die gleiche Farbe wie die Kieselsteine am westlichen Ufer von Loch Leathan. Feine Nebeltröpfchen haben sich darin verfangen, die im zarten Sonnenlicht wie Diamanten funkelten.

»Rory! Ich rede mit dir!«, mault Lachlan, und die Regenbogen verblassen.

Ich sehe ihn fragend an. Hat er was gesagt?

»Ist sie mehr Typ Rosalind oder eher Typ Cait?«

»Warum willst du das wissen?«, hake ich schroff nach, denn mir schwant, worauf diese ganze Fragerei hinauslaufen soll. Er ist doch eben erst aus dem Bett gestiegen, was Jenny oder Josie für ihn warm gehalten hat, was zur Hölle läuft bei ihm falsch?

Rosalind, die Besitzerin des *Stormy Skye*, einem Pub drüben in Leathan, bildet den obersten Punkt von Lachlans Baggerskala. Sie ist sehr hübsch und verdammt gut gebaut. Genau die Art Frau, auf die er anspringt. Und nicht nur er, denn jeder Kerl sieht ihr und definitiv nicht den Biergläsern hinterher, wenn sie mit einem Tablett beladen durch den Schankraum geht. Dumm nur, dass sie ihn aus einem unerfindlichen Grund heraus abgrundtief hasst und nicht einmal mehr bedient.

Cait, die pausbäckige Pfarrerstochter, belegt hingegen das untere Ende. Sie ging mit uns zur Grundschule, lebt aber schon seit Jahren in London. Unscheinbar und rundlich, fällt mir zu ihr ein. Typische graue Maus, die für jeden ein Lächeln übrig hatte, außer für Lachlan, da er sich immer über sie lustig gemacht hat. Daran scheint sich bis heute nichts geändert zu haben.

Melina Brunner würde ich in keine der beiden Schubladen stecken und an Lachlans Stelle auch nicht auf seiner Skala einordnen wollen. Bestenfalls hetzt sie ihm ihre Alpakas auf den Hals. Wobei ich nur zu gern Zeuge wäre, wie der Sohn des Clanoberhaupts aus der Wäsche guckt, wenn ihm die Spucke vom Gesicht tropft. Der gesamte Ort würde sich vor Lachen nicht mehr einkriegen. Ach was, die gesamte Insel.

Mit Mühe verkneife ich mir ein Grinsen.

»Vielleicht kann ich sie …«

»Kannst du nicht!«, unterbreche ich ihn barsch. »Currans Besitz ging an seine rechtmäßigen Erben. Nur weil dein Vater den Golfplatz erweitern will, musst du nicht die Planierraupe spielen und über die Kleine drüberrollen.«

»Dann erklär mir, wie wir an das Gelände kommen!«

Lachlan ist wütend, das kann ich an den roten Flecken erkennen, die sich auf seinen Wangen gebildet haben. Eigentlich ist es ihm egal, ob ein weiteres Loch gespielt werden könnte, was er will, ist die Anerkennung seines Vaters. Seit Jahren dreht sich bei ihm alles nur darum.

»Hätte der Chief eben mehr bieten müssen«, entgegne ich und lehne mich zurück. So, wie ich meinen obersten Boss kenne, wollte er es Muriel für einen Penny pro Quadratmeter abluchsen. Darauf lassen sich vielleicht noch die Dorfdeppen aus Skeabost ein, aber sicher niemand, der in Brüssel, Kopenhagen oder gar Mailand lebt und arbeitet. Curran hat mir nämlich immer voller Stolz erzählt, wo seine Nichte samt Familie unterwegs ist, und wenn mal wieder eine ihrer Karten angekommen war, hat er diese stets an den Kühlschrank gehängt und oft stundenlang betrachtet.

Lachlan springt auf und geht zur Tür. Bevor er die Hand an den Knopf legen kann, wird sie von außen geöffnet, und George, der Chefbutler erweist mir die Ehre eines Besuchs. Ehrlich gesagt kann ich mich nicht daran erinnern, dass er hier überhaupt jemals einen Fuß hineingesetzt hat. Als Wildhüter steht man beim Personal nicht sonderlich hoch im Kurs. Nichts als Neid darüber, dass ich den ganzen Tag an der frischen Luft sein und dabei bequeme Kleidung tragen darf. Wenn ich ständig mit Anzug und Fliege rumrennen müsste, wäre ich auch total verkniffen und schmallippig.

»Mr Fyfe, mir wurde mitgeteilt, dass es auf dem Golfplatz zu einem Zwischenfall gekommen ist. Unsere Gäste wurden von herumstreunenden Tieren belästigt.«

»Kann vorkommen«, erwidere ich.

»Was ist passiert?«, will Lachlan wissen.

Die roten Flecken sind verschwunden, dafür ist er jetzt kreidebleich. Bestimmt, weil er seinen Vater schon brüllen hören kann. George wendet sich ihm zu und neigt ergeben sein Haupt. Ich glaube, der Typ ist so steif, der müsste in Weichspüler baden, um locker zu werden.

»Wahrscheinlich hat sich wieder ein Eichhörnchen an einem der Golfbälle zu schaffen gemacht oder eine der Wildkatzen gefaucht, weil sie es nicht witzig fand, dass man sie streicheln wollte«, mutmaße ich und ziehe damit die Aufmerksamkeit der beiden auf mich.

»Mitnichten, Mr Fyfe. Es handelt sich um eine trampelnde Horde Lamas.«

»Alpakas«, korrigiere ich ihn seufzend. Wieso wusste ich, dass das passiert? Ein Blick auf diesen Witz von Zaun hat mir genügt, und wäre diese Furie nicht so biestig gewesen, hätte ich ihr auch gesagt, dass er nicht mal einer Windböe standhalten würde.

»Jetzt tu doch was!« Lachlan sieht mich an, als bestünde eine tödliche Bedrohung für die golfschlägerschwingenden Upper-Class-Schnösel. Es ist Mitte März, wer spielt da bitte Golf? So vernarrt in diesen Pseudosport kann man doch gar nicht sein.

Ich gebe mir keine Mühe, mir ein missmutiges Schnauben zu verkneifen, während ich mich langsam erhebe. Na, wenigstens brauche ich jetzt nicht länger auf den Bildschirm zu starren und komme endlich wieder raus ins Freie.

»Willst du deine Doppelläufige nicht mitnehmen?«

»Das sind Alpakas, keine hungrigen Wölfe.« Ich schnappe meine dicke Jacke, setze die Mütze auf und schnalze einmal kurz mit der Zunge. Lester steht sofort bei Fuß, und sein wachsamer Blick ruht auf mir. Guter Junge.

Er ist jetzt seit acht Jahren bei mir, war ein Geschenk von Curran, mit dem ich ihn ausgebildet habe. Bei ihm genügt ein Fingerzeig, und er weiß genau, was er zu tun hat. Kann sich George eine gehörige Scheibe von abschneiden.

Mit meinem Range Rover zu fahren wäre mir weitaus lieber, denn mit dem Elektro-Golfcart komme ich mir irgendwie entmannt vor. Es ist einfach nur peinlich, aber mit dem Greenkeeper will ich mich nicht anlegen. Patrick O'Reilly ist Ire und keiner von der netten Sorte. Ob Dad auch so ein Ding benutzt hat, als er hier Wildhüter war? Mit Sicherheit nicht, und mit ebensolcher Sicherheit musste er auch keine randalierenden Alpakas einfangen. Der werde ich was erzählen, Fliegendraht als Zaun zu verwenden. Wie kommt man nur auf solch dämliche Ideen?

Lachlan, noch immer kreidebleich, sitzt neben mir. An Loch neun erwartet uns allerdings kein wildes Kampfgetümmel, sondern trügerisch erscheinende Ruhe. Die Opfer, zwei nobel gekleidete Herren samt zweier hauseigenen Caddies, halten sich hinter einer Hecke versteckt. Die Täter, ein zotteliges schwarz-weiß geschecktes und zwei dunkelbraune Alpakas, grasen gemütlich vor sich hin und geben dabei ein sonderbares Summen von sich.

Sobald ich ausgestiegen bin, hebt der gescheckte Eindringling den Kopf und nimmt mich ins Visier.

Dich kenne ich doch! Na warte, noch einen Treffer wirst du nicht landen, Freundchen. Mir kommt in den Sinn, dass der Vorschlag mit der Doppelläufigen doch keine so schlechte Idee gewesen sein könnte.

»Mr Abercrombie«, japst Lachlan und geht auf die Männer zu, die jede Bewegung der wilden Wollbestien argwöhnisch beobachten. Ein leicht untersetzter Mann mit Seehundschnauzer und hängenden Wangen hebt den Arm und fuchtelt mit einem Wedge in die Richtung der Tiere.

»Das ist unerhört! Diese ... diese Viecher haben uns angegriffen! Sehen Sie mich an!«, donnert er brüskiert und deutet mit der freien Hand ausladend auf sich selbst. Erst bei genauerem Hinsehen fällt mir auf, dass er mit braungrünem Schnodder bespritzt worden ist. Ui, da hatte ich ja Glück, dass es bei mir nur Spucke war.

In mich hineingrinsend wende ich mich der Bedrohung zu. Für das Beschwichtigen und Ärscheküssen ist Lachlan zuständig, das kann er besser. Kurz wäge ich meine Optionen ab und entscheide mich für die einfachste und effektivste: Lester!

Ein Schnalzer, und er springt von der Rückbank des Cart. Ich lasse einen Pfiff folgen. Treiben, soll das heißen. Zielgerichtet bewegt sich mein Hund auf die drei Invasoren zu, und ich übernehme die linke Flanke, um mögliche Ausbrüche an dieser Seite aufzuhalten. Lester hat nicht einmal die Hälfte der Distanz überwunden, da ertönt ein schriller Schrei. Alle drei Alpakas recken die Hälse, legen die Ohren an und stürmen auf ihn zu. Ich dachte, das wären Fluchttiere, wieso lassen die sich nicht treiben?

Vom Gegenangriff irritiert verharrt Lester, weicht zurück, sieht zu mir und desertiert. Ihm dicht auf den Fersen, die Alpakas. Mein sonst so stolzer Jagdhund zieht sogar den Schwanz ein und winselt panisch, während er wie ein geölter Blitz zum Golfcart schießt und sich darunter verkriecht.

»Sehen Sie! Sehen Sie! Tollwütige Biester!«, tönt Abercrombie, als das Elektrogefährt von den Guerillas umzingelt wird. Mein gescheckter Feind behält dabei auch mich genau im Auge. Jetzt habe ich die Faxen aber dicke. Egal ob die Spucke, die mich gleich trifft, weiß oder braungrün sein wird, das Spielchen hat ein Ende. Forsch stapfe ich auf eines der Tiere zu, ziehe den Gürtel aus den Schlaufen an meiner Hose und schlinge ihn gnadenlos um den langen Hals meines Erzfeindes.

»Machen Sie das sofort ab!«

Die Stimme kenne ich. Eine Gänsehaut läuft über meine Arme. Statt mich umzudrehen, umschließe ich mit der linken Hand das längliche Maul des Tieres und hindere es vorsorglich an weiteren Missetaten. Es schreit und windet sich wegen meines rigorosen Vorgehens. Die anderen Alpakas stimmen mit ein, greifen allerdings nicht an, sondern hüpfen wild um mich und meinen Gefangenen herum.

»Hören Sie auf!«, kreischt sie.

Das klang verdammt nahe. Als ich den Kopf drehen und über meine Schulter sehen will, trifft mich etwas in der Kniekehle. Ich knicke ein und muss das Maul meines tierischen Feindes freigeben. Knurrend fahre ich hoch und baue mich vor der Verrückten auf. Ihre Wangen sind gerötet, ihr wildes Haar klebt ihr teilweise im Gesicht, und in ihren Regenbogenaugen steht die pure Mordlust.

Sie ist wunderschön.

»Sie Widerling! Nehmen Sie augenblicklich Ihre Pfoten von meinem Wallach!« Ihre Stimme gleicht dem Kreischen einer Kreissäge, während sie vor meiner Nase mit der Faust herumfuchtelt, in der sie einen langen Strick umklammert hält. Als ob der eine bessere Alternative zu dem Gürtel darstellen würde. Hauptsache ist doch, dass der Täter und seine beiden Komplizen zügig abgeführt werden können.

Lachlan und die anderen geben derweil keinen Mucks mehr von sich. Wahrscheinlich hocken sie alle zitternd hinter der Hecke, in der Hoffnung, die *Cailleach* würde sich an mir sattfressen und sie nicht bemerken.

Ich beuge mich leicht nach vorn und bringe mich damit über die Gewitterhexe. Leider funktioniert die Drohgebärde nicht einmal annähernd so wie geplant, denn meine Kontrahentin lässt sich nicht einschüchtern, sondern bohrt mir ihren Zeigefinger in die Brust.

»Spreche ich etwa undeutlich?«, zischt sie. »Nehmen Sie Ihre Pfoten weg! Sofort!«

Diese Frau schafft es, dass die Muskeln in meinen Wangen zu zucken beginnen, weil ich die Zähne zusammenbeißen muss, um nicht ausfällig zu werden.

»Hören die aufs Wort?«, bringe ich hervor und lehne mich gegen den Finger.

»Natürlich nicht!«

»Und wie gedenken Sie, die Tiere von hier wegzuführen?« Innerlich zähle ich bis zehn, während sie die Lippen schürzt und mich ansieht, als hätte ich überhaupt keine Ahnung von irgendwas. Mag sein, dass ich mit meiner Annahme, die Alpakas würden sich wie Schafe verhalten, falsch gelegen habe, aber diese Stadtmaus wird sicher nicht bloß mit der Zunge zu schnalzen brauchen.

»Schon mal was von Herdenverhalten gehört?« Sie wendet sich brüsk ab, rammt mir ihren Ellenbogen in den Magen und bugsiert mich rüde zur Seite, bis ich von meinem Gürtel ablassen muss. Mit geübt erscheinenden Handgriffen legt sie dem Gescheckten ein Halfter an, zieht die Lederschlaufe vom Hals und hält sie mir unter die Nase.

»Sind das Ihre Tiere?«, meldet sich Abercrombie zu Wort.

»Sind es, ja«, erwidert die Frau kühl und würdigt ihn keines Blickes.

Abercrombie scheint das nicht gewohnt zu sein, denn er verlässt, bewaffnet mit dem Wedge, todesmutig seine Deckung. So sauer ich wegen ihres hinterhältigen Angriffs auf meine Kniekehle sein mag, so sehr freue ich mich auf das kommende Schauspiel.

»Was gedenken Sie bezüglich der angerichteten Schäden zu unternehmen?«

»Keine Ahnung, was Sie meinen. Das Green schaut top gepflegt aus. Theoretisch müsste ich eine Rechnung stellen ... für den Einsatz meiner Tiere. Hoffentlich wurde der Rasen nicht mit Pestiziden behandelt.«

»Wer redet denn vom Rasen? Sehen Sie mich an! Meine Kleidung ist ruiniert! Feinster Tweed, maßgeschneidert von Harrisons«, jammert er.

Auf seine Forderung hin sieht sie zu ihm. An der Bewegung ihrer Augen erkenne ich, dass sie ihn von Kopf bis Fuß mustert.

»Ich kann nichts entdecken. Was soll denn beschädigt worden sein?«

Meine Wangenmuskulatur zuckt erneut, diesmal, weil ich mir ein Lachen verkneifen muss.

Abercrombie schnappt nach Luft. Sein Seehundschnauzer bebt, und seine hängenden Wangen erzittern. »Gute Frau!«, donnert er brüskiert.

Melina schnaubt verächtlich.

»Guter Mann!«, fährt sie ihm barsch über den Mund. »Sie gehen Mitte März zum Golfen und wundern sich, dass Sie dreckig werden? So, wie Sie aussehen, könnte Ihnen auch ein Abschlag missglückt sein. Ich vermag nicht zu erkennen, welche Beschädigung es an Ihrer Kleidung geben soll. Wenn der Tweed tatsächlich hochwertig ist, kann man ihn leicht mit einem feuchten Tuch reinigen. Genauso, wie Sie sich im Übrigen auch. Nennt man gemeinhin Waschen. Schönen Tag noch!« Damit wendet sie sich auf dem pinkfarbenen Absatz um und marschiert hoch erhobenen Hauptes vom Green.

»Das ist unerhört! Ich werde Sie verklagen!«, plärrt er ihr nach, doch sie geht ungerührt weiter, ohne sich umzudrehen. Abercrombie schnauft und grollt noch einige Augenblicke, bis er seinen Ärger an dem Wedge auslässt und ihn mit Wucht in das Golfbag stopft.

Ich kann meine Aufmerksamkeit indes nicht von Melina losreißen, während sie das gescheckte Alpaka abführt und die beiden dunkelbraunen wie von selbst folgen. Von hinten sehen die dicken Wollhintern irgendwie lustig aus, wobei mein Augenmerk schnell von einem schmaleren und knackigeren angezogen wird.

»Verdammt«, entweicht es mir. »Die Frau hat Feuer und Haare auf den Zähnen.«

»Das trifft es. Eine Spur zu viel für meinen Geschmack. Die übernimmst du«, sagt Lachlan, und ich bemerke sein teuflisches Grinsen, sobald ich den Blick von Melinas Kehrseite abwende.

»He?«

»Du vergraulst sie, damit wir an das Land kommen«, meint er und will zurück zu Abercrombie gehen.

Ich packe ihn am Arm und halte ihn zurück. »Das kannst du vergessen. Auf gar keinen Fall. Du hast sie eben erlebt, die macht aus mir Alpakafutter.«

»Stell dich nicht so an. Du musst doch bloß du selbst sein, dann klappt das von ganz allein.«

Idiot!

# 3.
# *Melina*

Rory Fyfe. Seit drei Tagen versuche ich, ihn zu erreichen. Es klingelt und klingelt, aber nicht einmal eine Mailbox meldet sich am anderen Ende. Trotzdem will ich nicht aufgeben, irgendwann muss er ja mal rangehen. Er ruft allerdings auch nicht zurück. Komisch.

Vor mir, auf der altehrwürdigen Wachstuchtischdecke, die den Küchentisch wohl schon seit Jahrzehnten schützt, liegt ein in Zeitungspapier eingewickeltes Geschenk. An einer zerdrückten Schleife baumelt ein Weihnachtskärtchen, auf das Curran den Namen Rory in seiner akkuraten, durch das Alter jedoch recht krakelig gewordenen Handschrift geschrieben hat. Von außen fühlt sich das Päckchen an wie ein Buch. Öffnen werde ich es auf gar keinen Fall, sondern ich mache es zu meiner Mission, Rory aufzuspüren. So schwer wird das sicher nicht sein, schließlich wohnen im näheren Umkreis mehr Schafe als Menschen. Ein weiteres Mal versuche ich mein Glück mit der Handynummer, die in Currans reichlich zerfleddertem Notizbuch stand. Nach dem zwanzigsten Klingeln gebe ich auf.

Seufzend greife ich nach der Teetasse. Curran besaß ein wahres Sammelsurium davon. Zumeist Emaillebecher. Einfache in Schwarz oder Beige, andere sind grün, und dann gibt es welche mit dem Logo des nahe gelegenen Hotels. Dort habe ich mir definitiv keine Freunde gemacht. Ich schiebe den Gedanken an den Zusammenprall auf dem Golfplatz beiseite und widme mich wieder meiner Mission. Rory!

Wenn ich mich nicht täusche, hat Mum ihn mal erwähnt. Zeit, der Sache auf den Grund zu gehen.

»Mein Schatz«, höre ich ihre sanfte Stimme, die mir augenblicklich ein Lächeln aufs Gesicht zaubert, während ich aus der Hintertür trete. Mein Blick huscht kurz über die Weide. Seitdem ich die drei Ausbrecher aus den Klauen dieses Alpakaquälers befreien musste, lasse ich sie kaum mehr aus den Augen. Schlingt dieser Grobian meinem Zayn doch tatsächlich einen Gürtel um den Hals und würgt ihn. Er mag schöne Augen und eine raue Stimme haben, aber so darf niemand mit meinen geliebten Tieren umspringen.

»Hallo, Mum. Hast du kurz Zeit?«

»Fünf Minuten, gleich kommt ein Mandant. Wie geht es dir?«

»Alles bestens.«

»Was macht die Narbe? Du weißt, du musst noch aufpassen.«

»Ich sagte doch, alles bestens. Mach dir keine Sorgen!« Von dem leichten Pochen, was mich bereits über Tage hinweg heimsucht, sage ich ihr lieber nichts. Seit meiner Blinddarmentzündung mit Notoperation, wegen der ich nicht an Currans Beerdigung teilnehmen konnte, muss ich vorsichtig sein und darf nicht zu schwer heben. Mum hatte mich gewarnt, dass das Ein- und Auspacken nicht gut sei.

»Hast du dich schon eingelebt?«

»Hier im Haus ja, im Ort nicht so wirklich. Die sehen mich alle schief an, wenn ich unterwegs bin.« Das ist noch untertrieben. Ich werde nicht einmal gegrüßt. Als ich gestern mit Miley zu dem kleinen Laden im Ort gelaufen bin, kam ich mir vor wie eine Aussätzige. Jeder starrte mich finster an, und wenn ich über meine Schulter blickte, konnte ich sie tuscheln sehen. Hätte sicher nicht viel gefehlt, und sie wären mir mit Fackeln und Heugabeln bewaffnet gefolgt, um mich gefangen zu nehmen und auf dem Scheiterhaufen zu verbrennen.

»Ach, die Leute sind halt speziell. Highlander durch und durch. Gib ihnen etwas Zeit, dann gewöhnen sie sich an dich und deine Herde. Geh mal in den Pub und in die Kirche.«

»Ich bin nicht sonderlich religiös«, werfe ich ein.

»Weiß ich doch«, erwidert sie. »Sind nur Vorschläge. Du könntest auf einem Basar oder so deine Wolle verkaufen.«

Das ist mir auch schon in den Sinn gekommen, bisher habe ich mich nur nicht getraut, länger fortzubleiben, weil ich dem notdürftig gesicherten Zaun, aber vor allem Zayn nicht traue. Liam und Harry sind bloße Mitläufer.

»Werde ich machen. Mum, sagt dir der Name Rory was?«

»Natürlich. Er war ein sehr enger Freund von Curran. Quasi sein Ziehsohn. Du kannst dich bestimmt an ihn erinnern, er war auch auf der Beerdigung von Mairead.«

»Nicht wirklich, nein.« Damals hatte ich Liebeskummer und war todunglücklich, weil wir kurz zuvor aus Brügge weggezogen waren. Außer der überwältigenden Natur von Skye, die auf wundersame Weise meine Seele berührte, blieb mir nichts weiter im Gedächtnis hängen.

»Soweit ich weiß, arbeitet er im Schloss. Pfarrer Hutton meinte, Rory hätte Curran gefunden, doch da wäre es bereits zu spät gewesen. Und er hat die Totenwache übernommen.«

Mein Herz zieht sich zusammen. »So nahe stand er ihm?«

»Wie gesagt, er war so was wie Currans Ziehsohn. Mairead und er hatten keine Kinder.«

»Warum hat er *ihm* dann nicht alles vermacht?«, spreche ich den ersten Gedanken aus, der in meinem Kopf aufpoppt.

»Es gab kein Testament, deshalb ging alles an uns. Ich nehme mal an, Curran hatte nicht vor, so schnell zu sterben. Bis auf sein Herz war er topfit.« Meine Mutter klingt traurig, genau so, wie ich mich fühle. Wir hätten öfter hierher kommen sollen. Zumindest für ein verlängertes Wochenende oder so. Vor allem ich, wo ich doch in Edinburgh studiert und gelebt habe. Nun ist es zu spät, und alles, was bleibt, sind Currans Habseligkeiten, an denen ihm viel gelegen haben muss. Wie der Schuhkarton voller Erinnerungen, der neben dem Geschenk auf dem Küchentisch steht.

»Mum, wusstest du, dass er deine Karten alle aufgehoben hat?«

»Wirklich?«

»Hm, die aus Brügge hing am Kühlschrank. Die von eurem Urlaub vergangenen Sommer auf Korsika auch. Die anderen hat er im Kleiderschrank aufbewahrt. Dort fand ich auch Fotoalben. Auf einigen Bildern sind er und Oma noch Kinder.«

»Du meine Güte! Die musst du mir zeigen, wenn ich dich besuchen komme. Brügge? Das ist eine Ewigkeit her. Ich habe mich im Haus nicht groß umgesehen, da ich direkt nach der Beisetzung zu dir ins Krankenhaus gefahren bin. Was willst du mit den Sachen machen?«

Ich atme tief durch und schließe die Augen. Einfach auf den Müll werde ich nichts werfen. Dafür hat Curran zu sehr an den Dingen gehangen. Auch wenn wir uns nicht nahe standen, verdient sein Erbe Respekt.

»Vielleicht möchte Rory das ein oder andere haben?«

»Bestimmt. Frag im Schlosshotel nach ihm, dort kann man dir sicher weiterhelfen.«

Bei ihrem Vorschlag stellen sich mir die Nackenhaare auf. Auf gar keinen Fall. Da kriegen mich keine zehn Pferde hin. Zum Glück hat sich der Eierzähler nicht wieder blicken lassen und Zayns Opfer keine Klage eingereicht.

»Schatz, mein Mandant ist da. Ich muss Schluss machen. Hab dich lieb!«

»Ich dich auch. Grüß Dad!«

In der Küche lasse ich mir Mums Worte durch den Kopf gehen. Wenn sich Rory und Curran nahestanden, warum ist er dann noch nicht vorbeigekommen, um mal Hallo zu sagen? Schon komisch das Ganze.

Als ich Milch für den Tee aus dem Kühlschrank nehmen will, fällt mein Blick auf die pittoresken Fassaden der Häuser von Brügge. Ich habe sehr gern dort gelebt, und das lag nicht allein an Jacques, sondern vornehmlich an der beschaulichen Atmosphäre der Kanäle und alten Handelshäuser.

Die Karte ist über elf Jahre alt, reichlich abgegriffen und verblasst. Die feine Handschrift meiner Mutter kann man auf der Rückseite kaum mehr erkennen. Unweigerlich frage ich mich, warum ausgerechnet Brügge? Wir haben an so vielen Orten gelebt, und von jedem Urlaubsort hat Mum ihm eine Karte geschrieben, nur diese hier hängt nach wie vor. Vielleicht weiß Rory, warum, wenn nicht, werde ich es wohl nie erfahren.

Da ich die letzten Tropfen Milch in den Tee gebe, brauche ich dringend Nachschub. Heute wird ein langer Tag, denn am Nachmittag werden der Schafzaun und die Holzstreben geliefert. Sobald alles abgeladen ist, werde ich mit dem Zusammenbau beginnen. Zum Glück habe ich handwerklich bei Phil so einiges gelernt und keine zwei linken Hände.

Bis der Fahrer der Spedition eintrifft, sind es noch gut drei Stunden. Zeit genug, um mir ein Alpaka zu schnappen und einen kleinen Spaziergang zum Dorfladen zu unternehmen. Sollen sie ruhig glotzen und tuscheln, wer einmal mit einem Alpaka gewandert ist, weiß, wie wundervoll beruhigend das ist.

Mein Weg führt mich am *Stormy Skye*, dem örtlichen Pub, vorbei. Von Weitem kann ich einige Gäste draußen in der Frühlingssonne sitzen sehen. Als ich näher komme, verwerfe ich den Gedanken, dort auf ein Ale einzukehren, sofort wieder. An einem der drei Außentische sitzt niemand geringerer als Zayns spezieller Freund.

Unsere Blicke treffen sich, sobald ich auf gleicher Höhe bin. Der Ausdruck in seinem bärtigen Gesicht könnte bestenfalls als grimmig durchgehen. Zayn gibt ein durch das Halfter erstickt klingendes Quietschen von sich und legt die Ohren an. Zur Sicherheit nehme ich den Führstrick in beide Hände, um ihn im Notfall aufhalten zu können. Zum Glück ist weit und breit nichts von dem Jagdhund zu sehen.

Der Alpakaquäler nippt an seinem Bierglas, während sich der neben ihm sitzende Mann zu ihm rüber beugt und etwas sagt. Ich kann es zwar nicht verstehen, doch da der andere zustimmend nickt, scheint es nichts Nettes gewesen zu sein. Hoffentlich ist Rory nicht auch einer von diesen engstirnigen Hinterwäldlern. Könnte nicht schaden, wenigstens einen Freund zu haben, um sich gegen diese Übermacht zu behaupten.

Die Glöckchen bimmeln munter, als ich durch die Tür ins Innere des kleinen Ladens trete. Hier gibt es alles, was man braucht, nur eben nicht in zwanzigfach verschiedener Ausführung. Eine Sorte von allem genügt schließlich vollauf. Ich packe mir drei Tüten Milch, Toastbrot und Käse in den Korb. Nudeln und Eier habe ich noch. Damit komme ich locker für drei Tage aus.

»Hallo«, grüße ich den Mann hinter der Ladentheke freundlich, was er mit einem mürrisch klingenden »Hmm« erwidert. Sein graues Haar trägt er gescheitelt, er ist beleibt, und ich schätze ihn auf Mitte fünfzig. Eine schmale Lesebrille klemmt ihm auf der breiten Nase, durch deren Gläser er die Tasten seiner Kasse zu erkennen versucht. Ohne mich weiter zu beachten, tippt er meine Einkäufe ein.

»Acht Pfund, zehn.« Ich zähle das Geld ab und lege es in das Schälchen auf der Theke, da er keine Anstalten macht, es von mir persönlich entgegenzunehmen.

»Kennen Sie einen Rory Fyfe?«, wage ich, mutig zu fragen.

»Aye.« Ich warte auf mehr, doch mein Gegenüber schweigt beharrlich.

»Wissen Sie, wo ich ihn finden kann?«

Er zuckt mit den Schultern, wendet sich ab und verlässt den Verkaufsraum.

Wow! Das nenne ich mal eine Abfuhr.

»Schönen Tag noch«, wünsche ich und verstaue die Einkäufe in Zayns Packtaschen. Alpakas werden in den Anden schließlich nicht nur als Wolllieferanten, sondern auch als Lastentiere genutzt. Natürlich überbeanspruche ich keines der Tiere, aber so vier, fünf Kilo können sie, gut ausbalanciert, locker befördern.

Zayn trottet brav neben mir weiter ins Innere der kleinen Ortschaft Leathan. Es ist herrlich mild, und ich recke die Nase der Sonne entgegen. Am Ende der Straße kann ich den Kirchturm sehen. Es gibt nur wenige Häuser, die meisten sind als B&B oder Ferienwohnungen ausgewiesen. In den Sommermonaten muss hier einiges los sein.

An einem Schaufenster bleibe ich stehen. Es liegt voller Wollknäuel in allen möglichen Farben. Daneben hängen Tweed und andere Stoffe. Perfekt, genau auf so was habe ich gehofft. Den Führstrick binde ich an den Fahrradständer und begebe mich todesmutig ins Innere des Geschäfts.

Ich fühle mich, als hätte ich eine Zeitreise angetreten und wäre durch die Tür in die Fünfzigerjahre zurückkatapultiert worden. Hier drinnen sieht es aus wie in einem alten Film. Messingschilder, Hosenträger, und auf dem Verkaufstresen liegt eines dieser Nadelkissen, die man wie eine Uhr um das Handgelenk legen kann.

»Guten Tag, was kann ich für Sie tun?«, begrüßt mich eine ältere Dame, deren krause graue Locken fein säuberlich gelegt sind. Ihr Lächeln ist herzlich, und ich erwidere es voller Freude darüber, einmal nicht in ein verkniffenes Gesicht sehen zu müssen.

»Hallo, ich wollte fragen, ob Sie Interesse an Alpakawolle hätten«, falle ich gleich mit der Tür ins Haus und rechne bereits mit einem Rausschmiss. Da sich an ihrem Lächeln jedoch nichts ändert und sie sogar um ihren kleinen Verkaufstresen herumkommt, hoffe ich auf das Beste.

»Kindchen, ich bekomme meine Wolle von den hiesigen Schafzüchtern. Da ist der Bedarf leider vollauf gedeckt.«

»Das ist schade, doch Alpakawolle hat einige Vorzüge gegenüber reiner Schafswolle. Sie ist viel weicher und zarter, lässt sich gut verarbeiten, und empfindliche Menschen reagieren weit weniger darauf, da sie kaum kratzt.«

Die Überraschung steht ihr ins faltige Gesicht geschrieben, ihre Freundlichkeit schwindet nicht.

»Dann sind Sie die junge Frau mit den komischen Tieren, die jetzt das Craig Cottage bewohnt?«, will sie wissen und streckt mir ihre Hand entgegen. »Edith Campbell.«

Im ersten Moment weiß ich nicht, was ich sagen soll. Damit habe ich nun wirklich nicht gerechnet.

»Ähm, Melina Brunner, freut mich sehr, Mrs Campbell.« Der Griff ihrer warmen Finger ist fest und macht mir Mut.

»Schade, dass seine Familie das hübsche Häuschen verkauft hat. Die Familie Craig war dort über zweihundert Jahre ansässig.«

Ihre Worte überraschen mich in zweierlei Hinsicht. »Oh, das haben wir nicht. Ich bin seine Großnichte. Die Bindungen waren zugegeben nicht sehr eng, doch ich mag das Haus und dessen Geschichte. Dass die Familie dort schon so lange lebt, war uns allerdings nicht bekannt. Meine Großmutter, Currans Schwester Enid, hat mir nie davon erzählt.«

Sie zieht die Augenbrauen nach oben und mustert mich von Kopf bis Fuß. »Du meine Güte! Da hol mich doch ... Jetzt, wo Sie es sagen, Sie sind Enid wie aus dem Gesicht geschnitten. Moment, warten Sie, da kommt Noreen Mullan.« Sie lässt mich stehen und öffnet die Eingangstür, vor der eine alte, gebückt gehende Frau ihren Rollator einparkt. Ihr dünnes Haar hat sie zu einem Dutt zusammengebunden. Ich eile an Mrs Campbell vorbei, um Mrs Mullan die zwei Stufen hinaufzuhelfen.

»Was ist das denn für ein possierliches Ding? So was habe ich ja noch nie gesehen«, krächzt sie und deutet auf Zayn, der sich neben dem Fahrradständer abgelegt hat.

»Ein Alpaka, Ma'am«, erkläre ich und hoffe, dass mein Hübscher brav liegen bleibt und nicht plötzlich aufspringt. Mit erstaunlicher Kraft, die ich ihr nicht zugetraut hätte, zieht sie mich nach unten auf den Gehsteig und stützt sich auf meinen Arm, um sich den schwarz-weiß gescheckten Wallach aus der Nähe anzusehen.

»Der beißt aber nicht, oder?«, will Mrs Campbell wissen, die uns gefolgt ist.

»Nein. Alpakas spucken, wie auch ihre Vettern die Lamas. Allerdings nur in Stresssituationen, und zudem trägt Zayn ein Halfter, damit ich ihn führen kann, da geht das nicht so gut.«

Beide treten auf Armeslänge an ihn heran. Zayn, ganz der Poser, reckt seinen langen Hals und schenkt den beiden betagten Damen einen Augenaufschlag, bei dem selbst ich mich erneut in ihn schockverliebe.

»Ist das goldig!«, ruft Mrs Campbell aus und legt beide Hände über ihr Herz.

*Sie* hat er auf jeden Fall für sich eingenommen.

»Hat aber schön was auf den Rippen«, meint indes Mrs Mullan und pikst Zayn mit dem ausgestreckten Zeigefinger am Hals.

»Ganz und gar nicht. Das ist alles Wolle. Feinste Fasern. Nach dem Scheren wird sie in Glasgow gereinigt und vorgesponnen, danach verarbeite ich sie per Hand zu Garn«, erkläre ich ihnen den Verarbeitungsweg, was beide mit einem erstickten Japser aufnehmen. Sie sehen mich schockiert an.

»Sie spinnen?«, fragen sie wie aus einem Mund, und ich nicke voller Stolz.

Das habe ich bei Trinny in Inverness gelernt. Auf ihrer Alpakafarm bietet sie vielerlei Kurse zur Verarbeitung von

Wolle an. »Ich kann auch weben. Stricken auch, na ja, ein wenig. Da benötige ich definitiv Nachhilfe.«

»Kindchen, da sind Sie bei uns genau an der richtigen Adresse«, erklärt Mrs Campbell freudig und hakt sich bei mir ein, genauso wie Mrs Mullan. »Jetzt trinken wir erst mal ein Tässchen Tee, und währenddessen erzählen Sie uns ein wenig mehr über diese Zuckerstücke. Ach, bevor ich es vergesse, Noreen. Schau dir die Kleine genau an. Mal sehen, ob du draufkommst, wessen Enkelchen sie ist.«

Mrs Mullan nimmt mich mit ihren wässrigen Augen ins Visier. Ich schätze sie auf Anfang neunzig, wenn nicht älter.

»Bei unserem Herrn! Das ist doch nicht möglich. Sie sieht aus wie Enid Craig. Sogar die Augen hat sie von ihr. Ganz eindeutig.«

»Sie war meine Großmutter«, bestätige ich, woraufhin Mrs Mullan meine Wange zwickt und tätschelt.

»Ich war im Ort früher Lehrerin. Die ganze Bande hier, sogar dieser junge Hüpfer, saß vor mir auf der Schulbank«, erwidert sie und deutet auf Mrs Campbell.

»Junger Hüpfer? Noreen, lass das bloß nicht meinen Fionn hören, der lacht sich sonst tot.«

Während Mrs Campbell vor uns die Stufen hinaufsteigt, hält mich Mrs Mullan zurück und sieht mir fest in die Augen. »Kindchen, Sie werden sich bei uns wohlfühlen. Ihr schottisches Blut wird auf Skye so richtig aufleben. Ich sehe es in Ihren Augen, in ihnen wohnt eine alte Highland-Seele. Enid ging damals aus Liebe fort, doch Sie kommen wegen der Liebe hierher.«

Ich habe keine Ahnung, wovon sie da spricht und was sie meinen könnte.

»Entschuldigung, ich habe keinen Mann«, gestehe ich ihr, was sie mit einem Lächeln aufnimmt und erneut meine Wange tätschelt.

»Noch nicht.«

Nach zwei Tassen Tee und einem Glas von Ediths selbst gemachtem Whiskylikör jogge ich mit Zayn die Straße entlang, um rechtzeitig vor Ankunft der Lieferung am Cottage zu sein. Dabei fällt mir wieder ein, dass ich die beiden nach Rory Fyfe fragen wollte. Wenn er sich nicht zwischenzeitlich meldet, muss es wohl bis nächste Woche warten, denn dann bekomme ich von Noreen einen Intensivkurs im Stricken.

Auf halbem Weg beginnt die Narbe schrecklich zu pochen, und ich bin gezwungen, meine Schritte zu verlangsamen. Das ist wirklich nicht gut und, wenn es so weitergeht, muss ich bei einem Arzt vorbeischauen. Normalerweise wird bei Blinddarm-OPs nur noch ein kleiner Schnitt gemacht, da sich die Entzündung jedoch in den Bauchraum ausgebreitet hatte, musste er größer ausfallen.

Kurz vor der Einfahrt werde ich von einem Aston Martin überholt. Er bremst und hält am Straßenrand an. Der Fahrer kommt mir vage bekannt vor. Sein dunkelbraunes Haar ist top gestylt, und sein Anzug aus beigebraunem Tweed ist definitiv maßgeschneidert.

»Ms Brunner, schön, dass ich Sie treffe.«

»Sind wir uns bereits vorgestellt worden?«, erwidere ich barsch, da mir sein süffisantes Lächeln auf den Keks geht. Ein genauer Blick genügt mir, um zu erkennen, dass er einer der Typen ist, die lediglich auf ihren eigenen Vorteil bedacht sind und dabei rücksichtslos vorgehen.

»Leider noch nicht. Lachlan MacDugan. Ich bin General Manager des *Leathan Castle – Golf – und Jagdhotels.*«

Er streckt mir die Hand entgegen. Die Nägel sind fein säuberlich manikürt. Seine Aussprache ist zudem frei vom schottischen Akzent und lässt auf ein englisches Internat schließen.

»Schön für Sie. Weshalb sind Sie hier?« Ich gebe mir keine Mühe zu verbergen, wie sehr mich sein gekünsteltes Lächeln stört. Er war einer der Männer auf dem Golfplatz.

Das Pochen wird schlimmer, und ich verspüre das dringende Bedürfnis, mich zu setzen.

»Ich wollte Ihnen rein nachbarschaftlich Hallo sagen und mich vorstellen.«

Wer's glaubt! »Das haben Sie hiermit getan, wenn Sie mich jetzt entschuldigen. Schönen Tag noch«, entgegne ich und wende mich ab. In diesem Moment taucht ein weiterer Wagen auf. Ein alter Range Rover, der schon bessere Tage gesehen hat. Er biegt vor mir in die Einfahrt und bleibt neben dem Cottage stehen.

»Wünsche ich Ihnen auch. Wir sehen uns bestimmt das ein oder andere Mal«, höre ich MacDugan sagen, bevor einige Augenblicke später der Motor des Aston grollend zum Leben erwacht.

Wahrscheinlich meint er vor Gericht, weil mich dieser Golfer wegen der Grasflecken verklagt hat. Klar hätte ich weniger zickig reagieren können, doch sobald eines meiner Tiere in Gefahr ist, mutiere ich zur wilden Bestie und vergesse meine gute Kinderstube.

Missmutig stapfe ich auf das Haus zu. Der Fahrer des Range Rovers ist noch nicht ausgestiegen, ich hoffe, dass ich ihn nicht ebenso abfertigen muss wie MacDugan. Vor allem gehören die Einkäufe schleunigst in den Kühlschrank. Die Milch, die ich in den Taschen bei Zayn draußen vor der Tür des Kurzwarenladens verbummelt hatte, ist bestimmt mittlerweile sauer geworden.

Ich bin noch ein gutes Stück vom Wagen entfernt, als sich die Fahrertür öffnet und ausgerechnet der Mann aussteigt, den ich jetzt am wenigsten gebrauchen kann. Der Alpakaquäler setzt seine Schiebermütze auf und tippt kurz gegen das Schild, während er mir entgegenkommt.

»Ich müsste nach den Nestern sehen.«

Da ich keinen Nerv auf eine Diskussion oder gar Streit habe, nicke ich und atme tapfer gegen den Schmerz in meinem Bauch an. »Lassen Sie das Gatter etwas offen, ich bringe den Burschen hier gleich rein.«

Ohne ein weiteres Wort wendet er sich ab und stapft auf den Eingang der Weide zu. Seine Bewegungen wirken bedacht und ruhig. Lilly und die anderen heben die Köpfe, beäugen ihn aus sicherer Distanz und behalten ihr gutmütiges Summen bei. Celine will sich den Störenfried wohl genauer ansehen und schneidet ihm den Weg ab. Kurz verharrt er und lässt sie schnüffeln, bevor er an ihr vorbei in Richtung Ufer geht.

Die Nähe der Herde lässt Zayn unruhig werden. Zeit, ihn von der Last zu befreien. Wir gehen auf das Cottage zu und sind gerade auf Höhe des Wagens, als sich in dessen Kofferraum plötzlich etwas rührt. Ich nehme im Augenwinkel wahr, dass der Hund gegen die Scheibe springt und heftig zu Bellen beginnt. Zayn erschreckt sich und macht einen Satz zur Seite. Ich will ihn am Führstrick zurückhalten, was ein ganz blöder Fehler ist, denn ein glühend heißer Schmerz zerreißt mich von innen heraus.

Schreiend gehe ich zu Boden, krümme mich seitlich zusammen. Es tut so weh, dass es mir die Tränen in die Augen treibt. Meine Sicht verschwimmt. Das Letzte, was ich sehe, ist Zayn, der in Panik davonläuft und den Schutz seiner Herde sucht.

# 4.
# *Rory*

Eine Stunde habe ich in dem trostlosen Wartezimmer des Krankenhauses in Portree gehockt, bis mir endlich jemand gesagt hat, was mit Melina los ist. Ewan, mit dem ich zur Schule gegangen bin und der nun als Pfleger arbeitet, meinte, man vermutet eine Hernie, was wohl der Bruch einer recht frischen Narbe an ihrem Bauch sein soll. Alles nicht so dramatisch, sagte er. Das ließ mich aufatmen, denn bei dem Schrei, der mir durch Mark und Bein ging, befürchtete ich etwas weitaus Schlimmeres. Ich glaube, ich bin noch nie so schnell gerannt. Sie war ohnmächtig, und ich habe sie nicht wach bekommen. Der Schock sitzt dermaßen tief, dass meine Hände sogar jetzt noch zittern, während ich bereits auf dem Rückweg nach Leathan bin.

Melina muss über Nacht zur Beobachtung dortbleiben. Sie braucht Ruhe, und da ich kein Familienangehöriger bin, durfte ich nicht zu ihr. Selbst mürrisches Anknurren half mir bei der resoluten Krankenschwester kein Stück weiter, im Gegenteil, sie trieb mich mit reichlich Gezeter davon. Wer behauptet, die Schotten wären engstirnig und verbohrt, hat noch nie die Bekanntschaft einer *Schottin* gemacht. Die sind um ein Vielfaches schlimmer!

»Und du?«, grummele ich in Richtung Lester, der im Fußraum des Beifahrersitzes liegt und betreten zu mir aufschaut. »Ich habe dich bellen gehört. Du bist Schuld an der Misere.«

Keine Ahnung warum, aber Lester und die Alpakas ... da stimmt die Chemie ganz und gar nicht. Sie scheinen sich recht territorial zu benehmen, und sicherlich hat er ihnen den Angriff auf dem Golfplatz übel genommen. Beim ersten Zusammentreffen auf der Weide habe ich ihm befohlen, am Gatter zu bleiben. Da ist nichts geschehen. Der Sache muss ich nachgehen.

Was ich hingegen nicht weiter ergründen will, ist dieses komische Ziehen in meiner Brust, was zumeist dann auftritt, wenn ich an *ihre* Augen denke. Auch jetzt verspüre ich es, und es wird stetig schlimmer, je weiter ich mich von Portree entferne.

Als ich am Craig Cottage ankomme, finde ich sechs Paletten mit Holz sowie vier weitere mit je acht Rollen Schafzaun vor. Daneben steht der alte Gilbert Greevy, der allein auf seiner Schaffarm ein Stück die Straße runter lebt.

»Was passiert?«, will er wissen, sobald ich ausgestiegen bin.

»Ging dem Mädel nicht so gut. Hab sie in die Klinik gebracht.« Damit weiß nun auch jeder hier im Ort Bescheid, denn sein Weg wird ihn direkt zum Pub führen, und dann geht die Sache rum wie ein Lauffeuer. Warum halte ich nicht einfach meine Klappe?

»Hab einen Schrei gehört.«

»Nichts Ernstes. Hat was am Bauch.« Er nickt und deutet auf die Paletten.

»Kam vor einer Weile an. Hatte ein Auge drauf.«

»Danke.«

»Was machst du jetzt damit?«

»Zaun bauen.«

Vier Stunden später habe ich für die Alpakas ein kleineres Gehege behelfsmäßig abgeteilt, die komplette Lieferung auf die Weide getragen und mehr als die Hälfte der verrotteten Pfeiler des alten Zauns aus dem Boden geholt. Es ist bereits dunkel, und ich spüre die Anstrengungen, aber vor allem die Aufregung des Tages in meinen Knochen. Um halb fünf klingelte mein Wecker – für die Pirsch nach in der Morgendämmerung äsendem Damwild. Sobald ich die zwei erlegten Hirsche im Hotel abgeliefert hatte, fuhr ich zur Kontrolle der Nester ans Ostufer. Die einzige Pause, die ich mir gönnte, war eine Portion Fish und Chips bei Rosalind, und danach ging es direkt zum Westufer, bis schließlich alle meine Pläne für den Rest des Tages durch Melinas Zusammenbruch über den Haufen geworfen wurden.

Curran würde lachen, in die Hände spucken und weiterarbeiten. Er fehlt mir, und ich erwische mich oft dabei, dass ich etwas sehe oder höre und ihm davon berichten will. Herzinfarkt. Einfach so. Ich habe ihn vor dem laufenden Fernseher gefunden. Als wäre er lediglich in seinem Sessel eingeschlafen – mit hochgelegten Beinen und einer Tasse Tee in der Hand.

Der Gescheckte, den ich nach meiner Rückkehr erst mal eingefangen und von den Packtaschen befreit habe, beobachtet jeden meiner Handgriffe argwöhnisch. Lester liegt am Haus auf der Terrasse. Es ist, denke ich, besser, den Hund und die Herde getrennt voneinander zu halten.

Für das wenige an Zeit habe ich schon einiges geschafft. Wenn alles gut läuft, werde ich noch vor Melinas Rückkehr zumindest mit der längeren Seite fertig sein.

Im Stall stopfe ich den Alpakas mehrere Arme Heu in die Raufen, kontrolliere die Tränke und prüfe ein weiteres Mal die provisorische Einzäunung. Sie wirkt stabil, doch ich kann die Tiere und ihre Kräfte zu schlecht einschätzen, um sie guten Gewissens über Nacht allein zu lassen.

Kurzerhand hole ich meinen alten Schlafsack, den ich nur noch im Winter beim Angeln benutze, aus dem Kofferraum und mache es mir auf der Terrasse gemütlich. Käse, Toastbrot und Milch, die ich in den Packtaschen gefunden habe, genügen mir.

Es ist komisch, dass die Türen des Cottages für mich verschlossen sind. Viele Jahre war es der Mittelpunkt meines

Lebens. Ich habe hier zwar nie gewohnt, aber doch die meiste Zeit verbracht. Eigentlich bin ich nur zum Schlafen rüber in mein eigenes Haus gegangen.

Lester legt sich neben mich und gähnt herzhaft.

»Na, du Alpakaschreck.« Sein leises Murren wird vom beruhigend wirkenden Summen der Tiere begleitet, und ich kraule ihm den Bauch, während ich an Melinas Augen denke. Keine Ahnung, was Lachlan von ihr wollte, doch das blöde Grinsen hätte ich ihm nur zu gern aus dem Gesicht gewischt.

Für die Erweiterung des Golfplatzes müsste auch das Cottage weichen. Er mag mein bester Freund sein, wenn es aber um dieses Haus geht, hat er, sein Vorhaben betreffend, in mir keinen Verbündeten.

Patrick, der sich mittags im Pub zu mir gesetzt hatte, traf den Nagel genau auf den Kopf, als er meinte, dass in Leathan ein neuer Wind wehen würde. Einer, der nach Alpaka riecht und einen Regenbogen im Blick hat.

Im Morgengrauen werde ich vom Gesang der Vögel geweckt. Gähnend pelle ich mich aus dem Schlafsack, rolle meine Schultern zur Lockerung und stapfe zur Tränke, um mir das Gesicht zu waschen. Alle Tiere sind vollzählig und gucken mich verschlafen an. Einer der Rotbraunen muss wohl mit dem Kopf im Heu gepennt haben, denn er trägt eine wilde Mähne zur Schau, bei deren Anblick ich schmunzeln muss.

Die ersten goldenen Strahlen wandern über die leicht gekräuselte Oberfläche von Loch Leathan, während ich damit beginne, die neuen Pfosten in den weichen Boden zu rammen. Auch wenn ich hier aufgewachsen bin und es schon sehr oft gesehen habe, fesselt mich die Aussicht jedes Mal aufs Neue. Ab und an halte ich daher in der Arbeit inne und sehe gedankenverloren übers Wasser.

»Fyfe?« Ein straffer Pfiff folgt, und ich wende mich nach der Quelle um. Es ist Angus Ayr, der neben dem Cottage steht und mir zuwinkt. Im Gehen ziehe ich mir die Jacke an und treffe unseren hiesigen Police Officer am Stall.

»Wildunfall. Viertelmeile nördlich der Storr Apartments.«

»Verletzte?«

»Eine Hirschkuh und ihr Kalb.«

Ich beiße die Zähne zusammen und nicke. Ein grimmiger Laut entweicht mir. Dabei hatte der Tag so schön begonnen.

»Wollte dich gerade zu Hause suchen, als ich deinen Wagen hier habe stehen sehen.«

Ein anzügliches Grinsen breitet sich auf seinem Gesicht aus. Zum Glück behält er seine Gedanken für sich und geht stattdessen zum Streifenwagen.

Lester springt in den Kofferraum des Rovers und macht es sich dort gemütlich, während ich mich hinters Lenkrad schiebe.

Keine fünf Minuten später bin ich am Unfallort angekommen. Ein alter Vauxhall steht halb im Straßengraben. Die Front ist massiv in Mitleidenschaft gezogen worden, und der blutüberströmte Fahrer wird von einem weiteren Police Officer notdürftig versorgt. Der Krankenwagen braucht eine ganze Weile, um von Portree bis hierher zu kommen.

Aus einem Fach im Kofferraum nehme ich mein Repetiergewehr und lege zwei Patronen ein, dann begebe ich mich auf die Suche nach den verletzten Tieren. Die Spuren sind mehr als deutlich zu erkennen. Blut auf den struppigen braunen Grasbüscheln weist mir den Weg. Keine fünfzig Meter von der Straße entfernt werde ich hinter einem Wachholderstrauch fündig. Die leisen Schreie des Kalbs treiben mir die Magensäure die Kehle hinauf.

Die Hirschkuh hat einen gebrochenen Hinterlauf und wohl auch innere Verletzungen, da ihr rosa Schaum aus den Nüstern quillt. Sie versucht verzweifelt aufzustehen. Es ist ein Wunder, dass sie überhaupt so weit gekommen ist. In ihren riesigen braungelben Augen liegt nackte Panik. Das Kalb ist kaum ein Jahr alt und ebenso schwer verletzt. Beim Einatmen kann ich das Blut und auch die Angst der Tiere riechen.

Innerlich versuche ich, mich zu wappnen, so wie jedes Mal, wenn ich den Abzug betätigen muss. Dabei rufe ich mir in Erinnerung, dass dies der Job meines Vaters und vor ihm der meines Großvaters und auch der von dessen Vater und Großvater war. Ich bin Wildhüter in fünfter Generation und wahrscheinlich der erste einer ganzen stolzen Linie, der am liebsten alles hinwerfen würde.

Dabei ist es allein dieser Part, der mir so extrem zu schaffen macht. Tiere beobachten und versorgen sowie das Prüfen der Nester, das liegt mir. Jagen und töten sind hingegen eine Schattenseite, die ich nur zu gern aus meinem Leben streichen möchte.

Angestrengt schlucke ich den bitteren Geschmack der Nervosität herunter und presse den Gewehrkolben gegen die Schulter. Zwei Schüsse zerreißen den Morgen, und auch etwas tief in mir wird in noch kleinere Teile zerfetzt. Der Rauch brennt in meinen Augen. Ich schließe die Lider und warte, bis das Fiepen in meinen Ohren abgeklungen ist. Als ich sie wieder öffne, kann ich sehen, wie sich der blaue Himmel in den leblosen Augen der Hirschkuh spiegelt.

Die Frühlingssonne versengt mir den Nacken. Schweiß rinnt mir in Strömen an den Schläfen hinab, was meinen Bart schrecklich jucken lässt. Auf der kleinen Weide sind bis auf drei alle Pfeiler gesetzt. Danach müssen noch die Querstreben angenagelt werden, und zum Schluss kommt das engmaschige Drahtgeflecht dran. Bis zum Mittag müsste alles fertig sein.

Wie besessen hämmere ich mit dem Vorschlaghammer auf den Pfosten ein, um ihn bis zur Markierung in die Erde zu treiben. Meine Muskeln brennen, doch innerlich bin ich wie betäubt. Da ist nur ein dumpfes Pochen hinter meinen Schläfen. Tote Augen, die in den Himmel blicken, verfolgen mich.

Meine Gedanken sind ein wirres Chaos. Es ist mein Job, den Rot- und Damwildbestand durch Abschuss zu kontrollieren, und den Tieren vorhin habe ich nur geholfen. Hirsche haben hier in den Highlands keine natürlichen Feinde und vermehren sich so stark, dass die Natur massiv darunter leidet. Kein Schössling und kein junger Trieb sind vor ihnen sicher. Sie trampeln auf den Nestern geschützter Vögel und auf der jungen Heide herum. Und doch sind es Lebewesen, die ich töte.

Innerlich bin ich zerrissen. Es ist nicht das erste Mal, dass ich mir die Frage stelle, was ich sonst tun könnte? Wer bin ich, wenn ich meinen Job an den Nagel hänge? Ich kann nichts anderes, denn von Kindesbeinen an wurde ich darauf vorbereitet, dieses Familienerbe anzutreten. Mein Vater nahm mich mit fünf zum ersten Mal mit auf die Hasenjagd. Er zeigte mir nicht, wie man ihnen einen Stall baut, so wie Curran es Jahre später tat, sondern wie man ihnen das Fell über die Ohren zieht.

Das Wasser, was aus dem Schlauch an der Tränke kommt, ist feinstes Quellwasser, und die Tropfen glitzern einladend in der Sonne. Ich habe den Brunnen eigenhändig, gemeinsam mit Curran ausgehoben. Es entspringt oben in den Bergen, wo es durch Basaltsedimente bis hinab zum See fließt. Es ist kühl und klar und herrlich erfrischend. Diese Meinung scheinen die Alpakas zu teilen, denn sie drängen sich um mich, während ich meine Hände unter den Strahl halte.

Ein weißes trächtig aussehendes Tier beschnüffelt mich und leckt mir die Tropfen von den Händen. Es kommt mir so vor, als hätten sie mich akzeptiert und würden mich in ihrer Mitte dulden. Vor allem, wenn ich das Heu auffülle, kommen sie mir ganz nahe und lassen sich ab und an sogar streicheln.

In jedem Fall sind sie freundlicher als ihre Besitzerin, wobei ich mir selbst eingestehen muss, dass ich den Grund dafür wohl eher bei mir zu suchen habe. Sie hat das Cottage geerbt, es ist ihr Land, und ich stapfe einfach darauf herum. Jedermannsrecht hin oder her, mich vorzustellen und sie willkommen zu heißen ... das hätte ich zumindest tun können. Das wäre ich Currans Andenken schuldig gewesen.

Vielleicht erkennt sie meinen guten Willen, wenn sie zurückkehrt und den fertigen Zaun vorfindet. Ich mache mich wieder an die Arbeit und gebe alles, um so schnell wie möglich voranzukommen. Plötzlich nehme ich neben mir eine Bewegung wahr. Anscheinend habe ich das Provisorium nicht richtig verschlossen, denn der Gescheckte ist ausgebüxt und steht einige Meter entfernt von mir.

Sein Blick verheißt nichts Gutes, und seine Ohren sind leicht angelegt. Ich wappne mich, da ich vermute, dass mich gleich die nächste Ladung Spucke trifft. Vorsichtig stelle ich den Hammer ab und wende mich seitlich zu ihm, während er langsam näher kommt.

Sein Summen ist melodisch und berührt etwas in mir. Eine seltsame Ruhe erfasst mich, die mich leichter atmen lässt. Um zu sehen, was er vorhat, drehe ich den Kopf etwas. Er ist mir ganz nahe und schnuppert am durchgeschwitzten Stoff des T-Shirts. Die Ohren hat er aufgestellt und reckt seinen langen Hals. Für einige Momente sehen wir uns in die Augen. Die Sanftmut, die in dem tiefen Dunkelbraun liegt, verschlingt mich.

»Wie ich sehe, baut ihr zwei gerade eine echte Männerfreundschaft auf.«

Erschrocken schaue ich über meine Schulter. Hinter mir steht Melina. Sie ist kreidebleich und reichlich wackelig auf den Beinen, trotzdem lächelt sie und streckt mir ihre Hand entgegen. »Ich glaube, wir sollten bei null beginnen. Wie wäre es, wenn wir uns einander vorstellen? Ich bin Melina Brunner, Curran Craigs Großnichte.«

Ihre Stimme ist dünn und birgt kaum etwas von der spröden Energie, die bei unseren bisherigen Kollisionen darin mitgeschwungen ist. Der Zusammenbruch muss sie heftig erwischt haben. Dennoch tanzen in ihren Augen bunte Farbtupfer mit dem strahlenden Blau des Himmels um die Wette. Ich wische meine verschwitzte Hand an der Hose ab und umfasse ihre kühlen Finger. Sie sind zart und weich, doch ich kann die verborgene Kraft spüren. Anscheinend war meine Annahme, dass sie als Stadtmaus keine körperliche Arbeit gewohnt ist, grundlegend falsch.

»Freut mich, Ms Brunner«, erwidere ich höflich und versuche mich an einem Lächeln. »Ich bin Rory, Rory Fyfe.«

# 5.
# *Melina*

Auf den Schock brauche ich erst mal einen Tee. Während das Wasser zu kochen beginnt, starre ich fassungslos aus dem Küchenfenster und beobachte Rory, wie er die Bahnen Schafzaun ausrollt und nach und nach an den Streben festnagelt. Er nimmt nicht bloß eine Rolle, sondern wuchtet sich gleich zwei auf die breiten Schultern, und seine Handgriffe wirken geübt, als würde er den ganzen Tag lang nichts anderes machen.

Ausgerechnet der bärbeißige Wildhüter und Alpakaquäler rettet mich. Vom ersten Moment an stand ich mit ihm auf Kriegsfuß, dabei ist er Currans Ziehsohn, von dem ich hoffte, in ihm einen Verbündeten zu finden.

Von Schwester Caitrona weiß ich, dass mich ein bärtiger Waldschrat, dessen Beschreibung zufällig genau auf ihn passt, in die Klinik gebracht hat und dass er darauf beharrt hat zu erfahren, wie es mir geht. In der vergangenen Nacht habe ich kaum ein Auge zugetan – vor lauter Sorge um die Tiere und die herrenlos herumstehende Lieferung. Ich rechnete bereits mit dem Schlimmsten, und sobald der Arzt sein Okay gab, bin ich ins nächstbeste Taxi gestiegen.

Und was finde ich vor? Genügsam grasende Alpakas und einen nahezu fertigen Zaun. Gebaut von *ihm*. Anscheinend ist er wohl doch kein so übler Kerl und tarnt seinen weichen Kern mit bissigem Knurren und einem dichten rotbraunen Vollbart.

Vorsichtig trage ich meine Tasse Tee auf die Terrasse und verharre irritiert, da dort ein ausgebreiteter Schlafsack herumliegt, auf dem es sich Rorys Jagdhund gemütlich gemacht hat. Die Packtaschen sind bis auf zwei Tüten saure Milch leer und die ebenfalls leeren Verpackungen meiner restlichen Einkäufe sorgfältig zusammengefaltet.

Hat er hier etwa kampiert? Der Hund hebt den Kopf und wedelt erwartungsvoll mit dem Schwanz. Mit seinen großen Kulleraugen sieht er mich entschuldigend an, und ich verzeihe ihm den Ausbruch vom Vortag. Hunde und Alpakas sind wie Feuer und Wasser. Es benötigt viel Fingerspitzengefühl, um die verfeindeten Lager zusammenzuführen.

Ächzend lasse ich mich auf der alten Bank nieder und genieße, tief durchatmend, den Ausblick. Rorys Hund kommt zu mir und legt den Kopf auf meinen Oberschenkel. Ein leises Fiepen erweicht mein Herz gänzlich, und ich kraule ihn hinter den langen Schlappohren.

»Du bist ja ein ganz Braver.« Der Hund sieht mich an, als hätte er genau verstanden, was ich gesagt habe. »Wenn du die Gang in Ruhe lässt, kannst du gern öfter vorbeischauen.« Mit seiner rauen Zunge leckt er über meine Finger und legt sich neben meinen in warmen Alpaka-Wollpantoffeln steckenden Füßen nieder.

Der Wind weht das sanfte Summen der Tiere, begleitet von Rorys Hammerschlägen, zu mir. Hmm, hmm, klopf, klopf, hmm, hmm, klopf, klopf ... Eine seltsam einlullende Mischung, die meine Lider schwer werden lässt.

Als ich die Augen wieder öffne, ist die Längsseite des Zauns komplett fertig, und Rory wischt sich, dabei ans Gatter gelehnt, den Schweiß von der Stirn. Genau dort, wo ich ihn das erste Mal gesehen habe. Gerade wie ein Baumstamm und mit gehobenem Kinn steht er da, neben ihm sein neuer Freund Zayn. Dieser Anblick hat mich vorhin bei meiner Rückkehr bereits eingenommen, und ich habe schnell mein Handy gezückt, um ihn festzuhalten.

Sein Hund begleitet mich in die Küche. Er scheint sich auszukennen, denn er geht zielstrebig in eine Ecke und legt sich ab. Ich kann mich erinnern, dass dort mal eine alte Decke lag, und begebe mich auf die Suche danach. Als ich zurückkehre, klopf Rory gegen den Türrahmen und sieht mich unschlüssig an.

»Komm ruhig rein!«

Er gibt einen Brummlaut von sich, zieht den Kopf etwas ein und betritt das Haus, in dem er sich bis zu Currans Tod wahrscheinlich häufiger aufgehalten hat als ich, seitdem ich hier wohne.

»Magst du einen Tee? Was anderes habe ich leider nicht. Das oder Leitungswasser.«

»Mach dir keine Mühe, setz dich lieber.« Seine volle, tiefe Stimme ist mit einem breiten schottischen Akzent unterlegt.

Er nimmt mir die Decke ab und deutet auf den mir am nächsten stehenden Stuhl, bevor er die Wolle auseinanderfaltet und auf den Boden in der Ecke legt. Liebevoll streichelt er über den Kopf des Hundes, sobald es sich dieser darauf gemütlich gemacht hat.

»Hübsches Tier und so brav. Ist ein Rüde, nicht wahr?«

»Aye.«

»Welche Rasse, ein Labrador?«

»Hungarian Pointer.«

»Wie heißt er denn?«

»Lester.«

»Schöner Name. Wie alt?«

»Acht.«

»Du redest nicht viel, oder?«

»Hmm.«

»Danke, dass du dich um die Herde gekümmert hast. Und für die Fahrt ins Krankenhaus natürlich auch ... und für die tatkräftige Unterstützung am Zaun.« Er sieht mich an, und seine Mundwinkel zucken kurz nach oben. Er wirkt unsicher. »Hast du draußen im Schlafsack geschlafen?«

Rory räuspert sich und lässt sich auf dem anderen Stuhl am Tisch nieder. »War mir nicht sicher wegen der Tiere. Lester hätte mich geweckt, wenn sie einen Ausbruch unternommen hätten.«

Ich muss lachen, was nicht gut ist, denn mein Unterbauch macht sich sofort bemerkbar.

Drei Furchen bilden sich zwischen seinen Augenbrauen, während er mich kritisch beobachtet. Ich kann genau erkennen, dass sein Blick auf meiner Hand, die ich über die Narbe gelegt habe, ruht.

»Was hat der Arzt gesagt? Ist es ein Bruch?«, will er wissen. In seinen dunkelbraunen Augen liegt Sorge, und seine Stimme klingt viel weicher.

»Es ist nur eine Entzündung des Gewebes. Der Doc hat mir absolute Ruhe verordnet. Ich darf für mindestens zwei Wochen nichts heben, was schwerer als eine Teetasse ist, und mich keiner Belastung aussetzen.«

Er nickt knapp. Sein Blick wandert von mir zum Kühlschrank. Ich nehme an, dass er Hunger hat, nur leider kann ich ihm nicht wirklich etwas anbieten.

»Hunde und Alpakas ... können die nicht miteinander?«, will er plötzlich wissen, und ich bestätige es ihm mit einem heftigen Kopfschütteln.

»Alles, was in die Richtung Caniden geht. Bei Füchsen, aber auch bei Raubvögeln reagieren sie ebenfalls mit Gegenwehr, vor allem dann, wenn die Herde in Gefahr ist. Deshalb musst du dir auch keine Sorgen um die Bekassine und deren Gelege am Ufer machen. Die werden von ihnen bewacht. Auch wenn sie jetzt auf der anderen Seite des Zauns sind, muss jeder, der an die Tierchen will, erst mal an der Gang vorbei.«

Er reißt die Augen weit auf und sieht mich schockiert an. »Ich habe sie auf dem Golfplatz erlebt, als sie Lester in die Flucht geschlagen haben. Dass es jedoch so heftig sein könnte, war mir nicht bewusst.« Rory schnauft und lehnt sich nach hinten an. Sein Blick schweift wieder zum Kühlschrank, und mein Gewissen beginnt sich zu melden. Er muss gestern mit dem Zaun begonnen haben, hat hier geschlafen und heute auch wieder wie ein Ochse geackert, sodass ihm der Magen wohl schon in den Kniekehlen hängt.

»Soll ich dir was kochen? Nudeln hab ich da und Eier«, biete ich an, doch er schüttelt den Kopf.

»Da hingen mal Karten.«

»Stimmt. Die habe ich abgemacht. Ähm, hier ...« Unter dem Schuhkarton, in dem alle anderen Postkarten von Mum verstaut sind, finde ich die von Brügge und Korsika. Die Ältere nimmt er, und ich sehe, wie ein Lächeln an seinen Mundwinkeln zupft und seine Augen zu strahlen beginnen. »Schöne Stadt. Ich habe dort sehr gern gelebt«, erkläre ich.

»Hmm.«

»Oh, und hier ist etwas für dich. Ich habe schon versucht, dich auf dem Handy zu erreichen. Das hatte Curran wohl vor, dir an Weihnachten zu schenken.«

Rory sieht mich an wie ein Alpaka, wenn es donnert. Die Augen weit aufgerissen fällt ihm fast die Kinnlade runter, als ich ihm das in Zeitungspapier gewickelte Geschenk über den Tisch hin zuschiebe.

»Für mich?«, krächzt er.

»Steht zumindest dein Name drauf. Oder kennst du noch einen anderen Rory, dem Curran etwas hätte schenken wollen?«

Er schüttelt den Kopf. Seine kräftigen, geraden Finger gleiten langsam an der Schleife entlang. Er öffnet das Kärtchen, und ich kann hören, wie er schluckt, während er seinen Namen liest. Ich warte ungeduldig, doch er macht keinerlei Anstalten, es auszupacken, und ich ahne, warum. Curran und Rory standen sich sehr nahe. Dieses Geschenk bringt den Verlust und die Trauer in ihm hoch. Vor mir will er bestimmt keine Schwäche zeigen.

»Weißt du, weshalb er die alle aufgehoben hat?« Mein Versuch, die Stille zu durchbrechen, bleibt im ersten Moment wirkungslos.

Es dauert, bis Rory schnieft und sich räuspert. »Er hat die Highlands nie verlassen. Curran sagte immer, dass die Karten sein Fenster in die Welt wären. All die Orte, die er gern gesehen hätte.«

»Warum hat er nicht ...?«, setze ich an und schließe meinen Mund, denn mir fällt ein, wie krank meine Großtante über lange Zeit hin gewesen ist.

»Niemals ... nicht ohne Mairead. Und nach ihrem Tod wollte er nicht mehr. Ohne sie war seine Welt blass.«

»Hing deshalb die von Brügge noch?« Mir stockt der Atem, denn es war die letzte Karte, die wohl auch Mairead gelesen haben musste, da sie vor ihrem Tod zugestellt worden war.

Rory schüttelt den Kopf. »Die hat er wegen mir hängen lassen. Sie gefiel mir.«

Für eine ganze Weile ist das monotone Ticken der Küchenuhr das einzige Geräusch. Wie gebannt starrt Rory auf die verblichene Karte, und ich beobachte ihn dabei mit Tränen in den Augen.

Quietschende Reifen reißen mich aus meiner Konzentration. Ich blicke aus dem Fenster und erkenne einen schwarzen SUV, der auf der Straße steht. Der Beifahrer hat die Seitenscheibe heruntergelassen und schaut mit dem Fahrer gemeinsam in Richtung Weide. Das ist heute schon das dritte Mal.

Sobald sie ihre Fahrt durch den neblig trüben Nachmittag fortsetzen, richte ich meinen Blick wieder auf den Monitor. Da ich draußen nicht viel mehr tun kann, außer meine Wollwuschel zu streicheln, widme ich mich einer sitzenden Tätigkeit und designe Webseiten im Akkord. Zwei kleinere schaffe ich locker an einem Vormittag. Größere benötigen zumeist mehr Zeit, um alle Links zu setzen und die bereitgestellten Texte und Bilder einzupassen.

Mein Teamleiter teilt mir alles zu, was reinkommt, und freut sich riesig, dass ich endlich wieder voll dabei bin. Wenn der wüsste, dass ich hier quasi lahmgelegt rumsitze und außer den täglichen drei Besuchen von Rory zu niemand anderem Kontakt habe. Es ist einsam, und doch fühlt es sich für mich nicht schlimm an. Durch das viele Umziehen hatte ich sowieso nie viele Freunde und musste daher immer allein klarkommen.

In zwanzig Minuten sollte Rory auf den Hof rollen. Insgeheim freue ich mich auf sein karges »Hmm«, das manchmal mehr sagt als tausend Worte. Schon komisch, ich kenne ihn kaum, weiß fast nichts über ihn, und dennoch kümmert er sich völlig selbstlos um die Tiere. Er hat sogar damit begonnen, auf der großen Weide die alten Zaunpfähle aus der Erde zu holen. Das Material wird zwar erst in zwei Wochen geliefert, doch er meinte, dass dann schon alles vorbereitet sei. Keine Ahnung, wie ich auf die dämliche Idee kommen konnte, den Zaun allein bauen zu wollen.

Wenn ich sehe, wie er ackert, weiß ich nicht, wie ich ihm das jemals danken soll. Außer, ihm Tee zu kochen und bei der Arbeit zuzusehen, kann ich nichts tun. Er ist zumeist wortkarg, fragt nur hin und wieder, wie es mir gehe und ob ich etwas brauche. Dabei würde ich gern mehr über ihn erfahren.

Das Motorengeräusch eines anderen Wagens lässt mich aufsehen. Für Rorys Range Rover ist es zu leise, und ich stelle irritiert fest, dass ein silberner Caddy bis zum Cottage vorfährt. Ich spähe aus dem Fenster, und mich trifft beinahe der Schlag, als Edith und Noreen aus dem Fahrzeug steigen. Rasch ziehe ich mir eine Strickjacke über und eile mit einem Regenschirm zu ihnen.

»Kindchen! So schnell entkommst du uns nicht!«, trällert Noreen und trottet langsam, sich dabei an meinem Arm festhaltend, neben mir her. Ich bin wegen des Besuchs total gerührt. Eigentlich war ich heute mit ihnen verabredet, hatte das jedoch schweren Herzens absagen müssen.

»Das sehe ich. Wer hat euch verraten, wo ich wohne?«, erwidere ich feixend, was die beiden älteren Damen zum Lachen bringt.

»Wir haben so unsere Kontakte.« Edith stellt ihren großen Weidenkorb in der Diele ab, drückt mich fest und mustert mich eingehend. »Ich habe dir eine ordentliche Suppe gekocht, damit du rasch wieder gesund wirst.«

Mir steigen Tränen in die Augen. Ich glaube, die letzte Person, die sich für mich in die Küche gestellt und mich umsorgt hat, war meine Großmutter. Damals war ich acht Jahre alt.

»Ihr seid so süß. Ich weiß gar nicht, was ich sagen soll.«

Sie folgen mir in die Küche, und wir lassen uns, nachdem Edith den großen Topf auf dem Herd platziert hat, munter plaudernd am Tisch nieder.

»Meine Güte, hier sieht es noch genauso aus wie bei meinem letzten Besuch«, stellt Edith fest. »Da hat Mairead noch gelebt. Sie sang mit uns im Kirchenchor, musst du wissen.«

»Eine wundervolle Alt-Stimme. Wie ein Engel. Und sie war so schlimm krank«, fügt Noreen hinzu. »Hast du Hilfe mit den Tieren?«

»Rory übernimmt das im Moment.«

»Er trägt das Herz wirklich am rechten Fleck«, merkt Edith an und zwinkert mir zu.

»Curran hat damals gut daran getan, den Jungen unter seine Fittiche zu nehmen. Mit seinem eigenen Vater war ja nicht viel los, und er stand ganz allein da«, sagt Noreen und macht mich hellhörig.

Bisher dachte ich, die beiden wären aufgrund ihres Berufs als Wildhüter enger befreundet gewesen. Ich komme jedoch nicht dazu nachzuhaken, da der Teekessel pfeift und gleichzeitig ein Kratzen an der Hintertür laut wird.

»Huch!«, ruft Edith erschrocken.

»Das ist nur Lester«, verkünde ich und öffne ihm die Tür.

Freudig begrüßt er mich und überfällt auch Edith und Noreen. Ich sehe nach, wo Rory steckt, und finde ihn am Stall. Es hat begonnen, kräftiger zu regnen, doch das scheint ihn nicht weiter zu kümmern. Ich beobachte, wie er auf der Weide von den Tieren in Empfang genommen wird. Sogar aus der hintersten Ecke kommen sie angerannt. Meine Herde hat ihn vollauf akzeptiert und schart sich um ihn, als wäre er ein Teil davon.

Es ist nicht das erste Mal, dass ich Zeuge dessen werde, aber es erfüllt mein Herz jedes Mal aufs Neue mit Freude. Seines anscheinend auch, denn er nimmt sich Zeit. Geduldig lässt er Zayn an seiner Jacke zupfen und Whitney seine Hände ablecken. Von Rory geht eine tiefe Ruhe aus, genauso wie von den Alpakas. Vielleicht spüren sie instinktiv, dass er ihnen nichts Böses will, und mögen ihn deshalb.

»Ich statte uns erst mal mit Wolle aus. Entschuldigt mich kurz.« Aus einem Karton, den ich in dem alten, wuchtigen Schlafzimmerschrank, dessen Türen beim Öffnen schrecklich knarzen, verstaut habe, fische ich sechs Knäuel heraus. Zwei reinweiße, deren Wolle wohl von Celine oder Whitney stammt, zwei braune und zwei grau-weiß mit Schwarz melierte. Letztere kommt ganz sicher von Zayn, da nur er diese Zeichnung besitzt.

»Das nenne ich mal weich. Fühl mal, Noreen«, trällert Edith und drückt ihr eines der weißen Knäule in die von Altersflecken gezeichneten Hände.

»Viel feiner als Schaf. Die ist dagegen richtig grob«, bestätigt Noreen und schmiegt es gegen ihre Wange. »Fühlt sich an wie ein Hauch.«

Während ich den Tee aufgieße und Gebäck anrichte, lassen sie sich weiter über die feine Alpakawolle aus, und ich höre mit geschwellter Brust zu. Voller Stolz lächele ich versonnen, denn dieses zartweiche Naturprodukt stammt von *meinen* Tieren.

»Wirst du wohl das Tablett stehen lassen!«, schimpft Edith und springt auf. »Hinsetzen, aber sofort!«

In mich hineingrinsend füge ich mich der Anweisung. Noreen tätschelt meine Wange und lächelt. »Daraus stricken wir jetzt was richtig Schönes.«

»Du musst mir nur zeigen, wie. Einfache rechte Maschen kann ich locker runterstricken, der Rest«, ich seufze und betrachte traurig die Stricknadeln, die sie aus ihrer Handtasche zieht, »ist für mich ein Buch mit sieben Siegeln.«

»Das bekommen wir hin. Ich stricke dir rasch was vor, und sobald der Tee gezogen hat, erkläre ich dir alles haarklein.«

Edith stellt uns die Tassen hin, während Noreen mit Lichtgeschwindigkeit Maschen aufnimmt. Ich kann gar nicht so schnell gucken, da hat sie auch schon die ersten Reihen fertig.

»Das Garn fließt nur so durch die Finger. Sehr gute Qualität«, lobt sie, während Edith für ihre Nadeln eines der braunen Knäuel zur Hand nimmt. Lester, der es sich in seiner angestammten Ecke gemütlich gemacht hat, gähnt und zieht damit meine Aufmerksamkeit auf sich.

Rory ist nun schon eine ganze Zeit lang hier. Normalerweise hat er dann bereits alles bei den Tieren erledigt. Er wird doch nicht etwa bei diesem Wetter weiter an den Pfosten arbeiten wollen?

»Kleinen Moment noch. Ich schaue mal, ob draußen alles okay ist.«

Als ich die Tür öffne, finde ich Rory auf der Terrasse stehend vor. Er hat sich an den Pfeiler neben der Treppe gelehnt und blickt hinunter auf den in dichten Nebel gehüllten Loch Leathan.

»Der Tee ist fertig. Komm ein wenig rein und wärm dich auf!«, biete ich an.

Er schüttelt nur leicht mit dem Kopf. Nicht einmal eines seiner ausdrucksstarken »Hmms« deutet mir an, was mit ihm los sein könnte. Langsam wage ich mich vor, trete neben ihn und schiebe meine rechte Hand über seine, deren Daumen er in die Gürtelschlaufe seiner Hose gehakt hat. Er zuckt unter meiner Berührung zusammen. Für einen winzigen Moment weiten sich seine Lider, und der Ausdruck in seinen Augen wirkt schockiert, sodass ich mich wieder zurückziehe.

Kein Ton kommt über seine Lippen. Er sieht mich durchdringend an, bis er den Blickkontakt unterbricht und sich räuspert. »War ein langer Tag.« Er schnalzt mit der Zunge, und hinter mir fliegt die Tür, die ich lediglich angelehnt gelassen habe, auf und Lester stürmt aus der Küche.

»Wo will er denn hin?«, ruft Noreen.

Im gleichen Moment setzt sich Rory in Bewegung. »Wir sehen uns morgen.«

# 6.
# *Rory*

Ich betrachte meine Hände gedankenverloren. Schon komisch, egal wie oft und wie lange ich sie wasche, das daran klebende Blut geht nicht mehr ab. Wie konnte Melina sie nur berühren? Sieht sie es nicht? Nimmt sie nichts davon wahr?

In ihren Augen lag Mitleid. Ich habe es genau erkennen können. Auch wenn ich Noreen Mullan sehr mag, sie und Edith Campbell haben Melina bestimmt alles über mich erzählt. Mich nervt dieser ganze Klatsch und Tratsch der Dorfbewohner tierisch. Aus einem unerfindlichen Grund empfinde ich ihn nun sogar als erniedrigend. Es stört mich, dass Melina mich aufgrund des Gehörten statt aufgrund meiner Taten beurteilen könnte.

Ich weiß genau, was sie hinter vorgehaltener Hand tuscheln: *Der arme Junge, Sohn eines Alkoholikers, der sich im Suff totgefahren hat ... dass überhaupt etwas aus ihm wurde, grenzt an ein Wunder.*

Die einzigen Personen, die mich nie bewertet haben, kann ich an einer Hand abzählen. Mairead, Curran, Lachlan, Cait und Connor.

»Hörst du mir eigentlich zu?« Patricks schroffe Worte reißen mich aus meinen Gedanken an Melina und katapultieren mich zurück in unser kleines Notfall-Meeting im Chefbüro. Meine Konzentration ist schon seit Tagen im Eimer. Richtig schlimm wurde es allerdings erst, als ich neulich den mitleidigen Blick gesehen habe.

»Dann komm endlich auf den Punkt«, maule ich und hoffe, meinen kleinen Aussetzer damit erfolgreich überspielt zu haben.

»Wenn du deinen Job richtig machen würdest, bestünde gar kein Problem.«

»Mach mal halblang«, mischt sich Lachlan ein. »Der Golfplatz ist nicht umzäunt und das frische Grün sehr einladend. So ärgerlich es auch sein mag, dass Damwild da mal auf einen Snack vorbeischaut, ist doch nichts Neues.«

»Sie haben mir das komplette Green rund um Loch drei zerlegt! Das war kein Snack, sondern ein Massaker!« Patricks kratzige Stimme schwillt an. Seine winterlich blasse Gesichtsfarbe nähert sich zunehmend dem hellen Kupferton seiner Haare an. Wenn es um den Golfplatz geht, kennt er kein Pardon, dann sind ihm sogar die Golfer selbst ein Dorn im Auge, und sein irisches Temperament schlägt verbal um sich.

»Beruhig dich wieder! Wir verstehen dich«, beschwichtigt Lachlan, doch Patrick macht eine wegwischende Handbewegung.

»Ach, komm mir doch nicht so! Das Gequatsche heb dir für die Hotelgäste auf. Hier wird Tacheles geredet. Die Abschussrate muss erhöht werden! Diese Statistiken können doch nie und nimmer stimmen!«

Patricks Forderung lässt Eis durch meine Adern schießen. Lachlan, der bis eben ruhig in seinem Chefsessel gelehnt hat, setzt sich auf. Seine Miene wird zusehends finsterer.

»Keine Ahnung, wie du dir das vorstellst. Sollen wir die Tiere wahllos abknallen und den Tierschützern damit noch mehr Argumente für die Abschaffung der Jagd liefern? Vergiss nicht, dieses Hotel lebt davon. Der Golfplatz ist lediglich ein nettes Accessoire. Wir nähern uns bereits dem Ende der Saison. Damwild kann bis Ende April geschossen werden. Eine Gesellschaft haben wir noch in der Woche nach dem Gathering, dann ist bis August Schonzeit«, erklärt er, und ich kann sehen, wie er die Zähne aufeinanderbeißt, um sich zu zügeln.

»Erzähl mir was Neues. Im Herbst werden sie uns überrennen. Was sagt unser Meisterjäger hier dazu?«, giftet Patrick weiter und wendet sich mir zu.

Wenn der wüsste, was ich ihm in diesem Moment am liebsten an den Kopf knallen würde. Worte wären es sicherlich nicht, meine geballten Fäuste indes schon.

»Rory hat in diesem Winter bereits mehr Dam- und Rotwild geschossen als normalerweise üblich. So viel, dass wir mit der Verwertung ein Problem bekommen. Es muss alles realistisch bleiben.«

Das stimmt so zwar nicht, aber Lachlan spricht mir aus der Seele. Zum Glück kennt er mich verdammt gut und weiß, wie ich über diesen Aspekt meiner Arbeit denke.

»Dann leiere deinem Vater endlich die Einzäunung aus den Rippen«, greift Patrick nach dem nächsten Strohhalm.

Lachlan seufzt und massiert sich die Stirn.

»Das würde das Wegerecht einschränken, und das dürfen wir nicht«, werfe ich ein. Wir drehen uns wie jedes Mal, wenn wir eine solche Diskussion führen, im Kreis.

»Ach, aber die Alpakatante nebenan darf das? Der baust du sogar höchstpersönlich einen Zaun!«

Der Treffer saß. Lachlan sieht mich an, als hätte ich ihn geohrfeigt.

»Was?«, hakt er scharf nach.

»Es stand bereits ein Zaun auf Currans Land, den habe ich lediglich erneuert. Und das geschah nur, damit die Alpakas nicht auch noch auf den ein oder anderen Snack vorbeikommen können«, entgegne ich, kann allerdings sofort sehen, dass es einzig bei Patrick die erhoffte Wirkung zeigt.

Lachlan bohrt seinen Blick in mich hinein, und es fällt mir sehr schwer, ihm standzuhalten.

»Um die Sache abzukürzen, ich werde mir Gedanken machen, wie wir hier zukünftig vorgehen. Am besten ist, du kümmerst dich jetzt vorrangig um die Reparaturen an Loch drei.«

Patrick erkennt den Rausschmiss, sagt jedoch nichts dazu, sondern verlässt grummelnd das Büro. Lachlans Fokus ruht weiter auf mir und setzt mir mehr und mehr zu.

»Gehört das zu deiner Taktik, sie zu vergraulen?« Er verschränkt die Arme vor der Brust und lehnt sich nach hinten.

»Ähm, da gibt's keine Taktik, weil ich da nicht mitmache.«

»Und warum? Wegen des Cottages, oder liegt es eher an der darin lebenden Frau?«

Ich spüre Hitze meinen Nacken hinaufkriechen, atme tief durch und versuche, in meinem wirren Kopf eine plausible Antwort zu finden.

Lachlan steht auf und geht zum Fenster, wo er einige Augenblicke verharrt. »Es ist Currans Cottage, und ich weiß, wie viel er dir bedeutet hat. Rory, unsere Freundschaft bedeutet mir ebenso viel. Ich brauche dich an meiner Seite und verlasse mich auf dich.«

Ich fühle mich hin- und hergerissen. Bevor ich meine Bedenken in Worte fassen kann, kommt Lachlan zu mir und lehnt sich gegen den Schreibtisch.

»Auch wenn ich zu weit gehe, ich muss offen mit dir sein. Melina Brunner mag ein paar Tropfen Highlander-Blut in ihren Adern haben, doch sie ist in der großen, weiten Welt aufgewachsen. Ihre Mutter ist Anwältin für Wirtschaftsrecht und hat in Cambridge studiert, ihr Vater ist Konzertmeister der Brüsseler Philharmoniker. Ein paar Wochen wird sie es hier aushalten, dann vermisst sie die schicken Boutiquen und den Champagner mit ihren Freundinnen. Dieses ganze Alpaka-Tamtam ist für sie doch nur ein Abenteuer, was sie an den Nagel hängen kann, wenn es ihr zu aufwendig wird.«

Das weiß ich alles. Seine Worte nähren dennoch meine Zweifel, bis mir meine Tagträume wie eine dümmliche Teenagerschwärmerei vorkommen. Ich kriege ja schon schweißnasse Hände, wenn ich zum Füttern der Tiere fahre. Als ob Melina, die bildschön und gebildet ist, auch nur einen zweiten Blick für ein Landei wie mich übrig hätte. Mehr als Freundschaft wird es zwischen uns nie geben. Am besten, ich gebe mich da keinen weiteren Illusionen hin.

Lachlan seufzt und legt mir eine Hand auf die Schulter. »Ich kann dich verstehen. Auch wenn sie bei unserem Zusammentreffen nicht sonderlich gut aufgelegt war, sie hat eine ganz besondere Ausstrahlung. Ihre Augen sind faszinierend. Glaub mir, Rory. Sie hält es hier nicht lange aus und wird die Insel bald wieder verlassen. Du sollst es lediglich beschleunigen.«

Ungewollt hart schlucke ich gegen meine aufgewühlten Emotionen an. Lachlan hat seinen Finger in eine meiner alten Wunden gepresst. Eine, die nie ganz verheilt ist und noch immer nässt, denn mich hat schon einmal eine Frau verlassen.

Als Mutter ging, nahm sie den guten Teil meines Dads mit und ließ nichts weiter als ein alkoholkrankes Wrack und einen vernachlässigten Jungen zurück.

Der Nebel drückt sich gegen die schroffen Felsen unterhalb von Old Man of Storr. Die Sicht beträgt kaum mehr als zehn Meter. Lester bleibt bei Fuß, während ich meinen Weg quer zu dem leicht abfallenden Hang suche. Curran hat mir jede einzelne Brutstelle gezeigt, und jedes meiner kleinen, gut versteckten Ziele finde ich mittlerweile blind.

Beinahe alle Nester der Moorschneehühner werden bereits bebrütet. Nur wenige sind leer, was mich jedoch nicht sorgt, da es noch früh ist und einige Paare erst zu einem späteren Zeitpunkt zu nisten beginnen. Ich notiere mir sorgfältig die Details und freue mich über die große Anzahl an Eiern, die ich unter dem brütenden Weibchen ertasten kann. Das lenkt mich etwas ab und zerrt meine Gedanken fort von

Lachlan und der schonungslosen Wahrheit. Er hat mir den Kopf gewaschen.

Unterwegs zu den weiteren Nistplätzen, die sich mitten in der noch kargen Heidelandschaft verbergen, finde ich Eierschalen. Aufgehackt von Krähen, deren gespenstische Rufe durch die wabernden Schleier schallen.

Ein Winseln erregt meine Aufmerksamkeit. Ohne Befehl hat sich Lester abgelegt und wedelt wie verrückt mit seiner Rute. Ich lausche in die Stille hinein. Es dauert eine kleine Weile, dann kann ich ein leises Summen vernehmen. Ein Alpaka? Hier?

»Bleib«, weise ich ihn an und gehe langsam weiter, da ich auf den Weg achten muss, denn der Untergrund ist weich und nachgiebig. Ein falscher Schritt, und ich rutsche den Hang hinunter.

»Liam, hör auf, dich zu bewegen.«

Wie versteinert verharre ich, während sich mein Herzschlag beschleunigt, als würde ich rennen. »Melina?«

»Rory?«

»Aye.«

»Musst du mich so erschrecken! Wo bist du?«

Diese Frau! »Was tust du hier?«, rufe ich.

»Fotografieren.«

Okay, jetzt zweifele ich definitiv an ihrem Verstand. Ich gehe weiter, bis sie vor mir als dunkler Schemen auftaucht. Nur wenige Schritte entfernt steht eines der dunkelbraunen Alpakas auf einem Felsen. Der Nebel, der um Liam herumwabert, setzt ihn gespenstisch in Szene. Genau in dem Moment, als ich neben sie trete, bricht die graue Masse auf, und Melina drückt auf den Auslöser.

»Wahnsinn! Das sieht so toll aus!«, jubelt sie und dreht sich zu mir. »Ich hatte gehofft, dass es klappt. Unten über dem See sieht es schon magisch aus, doch diese Fotos werden atemberaubend sein.«

Ihre Freude ist ansteckend, und ich spüre, wie sich ein Lächeln auf meinem Gesicht ausbreitet. Während ich in ihren Augen versinke, treffen Sonnenstrahlen auf ihr von feinen Nebeltropfen feuchtes Haar. Wie bei unserer ersten Begegnung verwandeln sie sich in Dutzende Diamanten. Mir stockt der Atem.

Nur Freunde, rufe ich mir rasch in Erinnerung und lenke den Blick auf ihre Kleidung.

Sie trägt eine abgewetzte Jeans, robuste Wanderstiefel, eine vernünftige Rannoch und einen dicken Schal, um sich gegen die Kälte hier oben zu schützen. Dabei wirkt sie keineswegs wie eine Touristin, die ohne ihr Nagelstudio nicht überleben könnte. Melina ist kein Fremdkörper, sondern ähnlich dem dichten Nebel ein Teil der Insel.

Liam, der anscheinend genug davon hat, als Fotomodell herhalten zu müssen, kommt von dem Felsen herunter und begrüßt mich. Bevor ich ihn allerdings am Hals tätscheln kann, packt Melina mich am Arm.

»Wo ist Lester?«, haucht sie und sieht sich nach ihm um.

»Liegt etwas zwanzig Meter von hier und wartet sicher sehnsüchtig auf dich.« Ich deute in die Richtung, in der ich ihn zurückgelassen habe.

»Nimm den Führstrick und halte ihn ja gut fest«, weist sie mich an, und ich leiste Folge, indem ich mir das Juteseil straff um die Hand schlinge. Sie wendet sich ab und taucht in den Nebel ein.

»Melina, nicht! Lass ihn! Du verwöhnst ihn zu sehr.«

»Ach was! Ich werde meinen Süßen doch wohl begrüßen dürfen.«

Ich spüre, wie etwas in mir zu Köcheln beginnt. Nur zu gut weiß ich, wie diese Begrüßung ausfällt. Lester schleckt ihr übers Gesicht, sie drückt und krault ihn. Ich gönne ihm die Schmuserei, trotzdem nervt es mich irgendwie. Keine Ahnung, warum.

Ich atme tief durch und streiche Liam über die kuschlige Wange. Er hat die Ohren gespitzt und späht ins Grau hinein. Ich nehme an, er kann Lester wittern.

»Alles gut«, raune ich ihm zu, was er mit einem Summen zu bestätigen scheint.

»Hast du eine Leine dabei?« Melinas Stimme ist gedämpft und unwirklich.

»So was brauche ich bei ihm nicht.«

»Schade, dann hätten wir zusammen weitergehen können. Du gehst doch grad wandern, oder?«

Ich wundere mich über ihre Worte. »Ähm ... ich arbeite.«

Sie beginnt zu lachen. »Echt jetzt? Du wirst fürs Wandern bezahlt?«

»Natürlich nicht! Ich bin dabei, die Nester der Moorschneehühner zu kontrollieren«, erkläre ich, doch sie lacht einfach weiter. »Was ist so witzig?«

»Flattern die auch so träge vorbei?«

»He?«

»Na, wie das Moorhuhn in dem Computerspiel.«

Keine Ahnung, was sie damit meint, allerdings möchte ich auch nur ungern zugeben, dass ich von Computern überhaupt keine Ahnung habe. »Träge sind sie nicht, man muss verdammt gut zielen und schnell schießen können.«

»Sehr witzig!«

Ihr Lachen ist verschwunden, dafür klingt sie nun eher nüchtern. Ich verschweige ihr wohl besser, dass in der ersten Woche der Moorhuhnsaison um die hundert bis hundertfünfzig Vögel geschossen werden. Dafür muss man allerdings gut hunderttausend Pfund bezahlen. So viel verdiene ich in drei Jahren nicht.

»Melina?«, rufe ich, da ich nichts mehr von ihr höre.

»Kannst du ihm sagen, dass er sich bewegen soll? Lester rührt sich nicht von der Stelle.«

»Warum? Was hast du vor?«

»Die beiden zusammenbringen.« Mir schwant, dass sie Hund und Alpaka einander vorstellen will. Dafür hätte sie sich keinen ungünstigeren Platz aussuchen können. Es ist abschüssig, man kann kaum was sehen, und die klamme Feuchtigkeit kriecht durch das Herumstehen langsam in mich hinein. Um gewappnet zu sein, fasse ich Liam mit der anderen Hand am Halfter. Seine Augen weiten sich, und er bläht die Nüstern auf.

»Wenn du unbedingt willst.« Ich schnalze, zähle meine Herzschläge und halte Liam mit aller Kraft fest, damit er mir nicht abhauen kann.

Melina taucht als Schatten auf, neben ihr Lester. Sie hat etwas in der Hand, was nach einer dicken Leine aussieht. Je näher sie kommt, desto deutlicher erkenne ich, dass es ihr langer Schal ist, den sie ihm um den Hals gelegt hat. Zwei Meter vor mir bleiben sie stehen.

Liam wird unruhig und tänzelt. Ein Quietschen entweicht ihm.

»Ruhig. Alles gut«, wiederhole ich mehrmals, bis sich seine Anspannung legt. Melina geht voran, bis Lester und Liam auf gleicher Höhe sind, dann bleibt sie stehen. Die Augen meines Jagdhundes sind dabei stets auf mich gerichtet. Nach einem Fingerzeig legt er sich flach ab und wartet auf weitere Anweisungen.

»Das ist so faszinierend, wie du das machst. Auch das mit dem Schnalzen.«

»Reine Übung. Ich habe ihn von Curran zu meinem achtzehnten Geburtstag bekommen. Er hat ihn mit mir gemeinsam trainiert.«

»Ich hätte ihn wirklich gern näher gekannt, weißt du? Meine Großmutter hat nie viel über ihn gesprochen und wenn, dann nur von Begebenheiten aus ihrer Kindheit. Und das einzige Mal, wo ich ihn traf, war ich zu sehr mit mir selbst beschäftigt. Heute ärgere ich mich darüber. Auch dass ich während meiner Studienzeit hier nicht vorbeigeschaut habe. Lass Liam ruhig mal schnuppern, oder könnte Lester damit ein Problem haben?«

Im ersten Moment bin ich irritiert über die sprunghaften Themenwechsel, doch dann schüttele ich den Kopf und nehme die Finger vom Halfter. Liam beugt sich nach unten und beschnüffelt Lester eingehend am Rücken und am Hinterteil.

Gleichzeitig gehen mir ihre Worte nicht aus dem Kopf. »Wo hast du studiert?«

»In Edinburgh. Nach meinem Bachelor bin ich geblieben. Dachte, ich könnte dort Wurzeln schlagen.« Sie seufzt und geht neben Lester in die Hocke. Gedankenverloren krault sie ihn hinter den Ohren.

»Er war nie sehr gesprächig, doch was er sagte, hatte Hand und Fuß. Hat mir viel beigebracht.«

»Zäune bauen und so?«

»Aye. Und Angeln, Holz hacken, wie man ein Dach deckt und ein Zimmer tapeziert.«

»Edith und Noreen haben mir viel von früher erzählt.«

»Ach, haben sie das?«, hake ich schroffer als beabsichtigt nach und fühle, wie mir flau im Magen wird.

»Kannst du dir vorstellen, dass Noreen Curran und Oma Enid unterrichtet hat? Ich meine, sie ist alt, aber dass sie so alt ist, hat mich umgehauen. Ihre Geschichten sind urkomisch. Ich könnte ihr stundenlang zuhören. Und sie hat mir das Stricken beigebracht. Den Schal hier habe ich selbst gemacht. Mit Zayns Wolle, wohlgemerkt.«

Sie sieht zu mir auf und lächelt. Ihre Augen strahlen dabei voller Stolz. Keine Spur Mitleid oder gar eine Wertung kann ich darin erkennen. Sollte ich ihr jetzt ein Kompliment machen? In so was war ich noch nie gut. Unsicher beuge ich mich vor und streiche über die weiche Wolle.

»Hübsch und bestimmt schön warm. Er wird aber ganz schmutzig.«

»Ach was. Ich wasche ihn nachher vorsichtig.«

»Wann müssen die Alpakas eigentlich geschoren werden?«

»Spätestens Ende Mai. Es darf nicht zu warm und nicht zu kalt sein.«

»Wieso?«, fasse ich verwundert nach.

Melina richtet sich auf und fährt mit ihren Fingern durch die dicke Matte zwischen Liams Ohren. »Ohne ihre Schutzschicht aus Wolle frieren die Alpakas, und umgekehrt bekommen sie einen Hitzestau. Ende Mai sollte das Wetter stabil genug sein, oder was meinst du?«

Unschlüssig blähe ich die Wangen auf. »Kann, muss aber nicht. Wobei, in den vergangenen Jahren hatten wir teilweise schon im April über zwanzig Grad.«

»Skye bleibt wohl auch nicht vom Klimawandel verschont, was?«

Ich schüttele den Kopf und blicke in das noch verbliebene stumpfe Grau. Meine Heimat verändert sich rasend schnell und das keinesfalls positiv. »Ganz und gar nicht«, erwidere ich und atme tief durch. »Ich muss weiter.«

»Stimmt, du musst ja arbeiten.« Melina zwinkert mir zu und kichert.

Dabei ärgere ich mich, dass ich ihr in den letzten Tagen aus dem Weg gegangen bin. Wenn ich allein die vergangenen Minuten Revue passieren lasse, kommt es mir wie ein dämlicher Fehler vor. Ihre Gesellschaft tut mir gut, und ich fühle mich von ihr keineswegs bemitleidet.

»Hmm«, brumme ich und wende mich ab.

Auf der anderen Seite des Felsens angekommen lichtet sich der Nebel zusehends und gibt die Sicht auf das Tal frei. Unten schimmert das tiefe Blau des Sunds von Raasay im Sonnenlicht. Der Anblick zieht mich vollkommen in Bann, und nicht einmal das leise Klicken von Melinas Kamera kann mich davon losreißen. Es ist, als würde ich das alles zum ersten Mal sehen. Das Funkeln der Wellen, die Möwen, die kleinen Boote, die behäbig dahingleiten. Jedes noch so winzige Detail fällt mir auf. Irgendwie kann ich sogar freier atmen.

»Bring ihn mir auf dem Rückweg vorbei!«, höre ich sie sagen und drehe mich verwundert zu ihr um. Dabei bemerke ich, dass ich noch immer Liams Strick halte. Er summt und sieht mich an, als würde er wissen wollen, warum ich stehen geblieben bin. Ich frage mich derweil, was das für eine innere Ruhe ist, die mich durchströmt.

»Wirkt verdammt schnell«, sagt sie und drückt erneut den Auslöser.

»Was meinst du?«

»Die Alpakamagie.«

Ich blicke zwischen ihr und Liam hin und her. »Ich verstehe kein Wort.«

»Doch, tust du.« Sie kommt auf mich zu, bleibt aber auf der anderen Seite von Liam stehen. »Ich habe es eben genau gesehen und sogar fotografiert. Nur für den Fall, dass du mir nicht glaubst.«

Keine Ahnung, worauf sie anspielt. Ich habe doch lediglich die Aussicht genossen.

Lester gibt ein leises Winseln von sich. Er sitzt neben dem Felsen, trägt noch immer Melinas Schal um den Hals und schaut mich erwartungsvoll an. Obwohl, nein, er scheint auf *sie* zu warten.

»Pass gut auf ihn auf.« Sie dreht sich um und geht einfach weg.

»Melina? Du kannst doch nicht ... Melina?«

Sie bleibt nicht stehen. Als sie an Lester vorbeikommt, schnalzt sie mit der Zunge, und mein treuloser Jagdhund läuft ihr freudig hinterher. Verräter!

»Tolles Frauchen hast du. Lässt uns eiskalt allein.« Liam summt und schaut mich mit seinen dunklen Kulleraugen an, als würde er mich fragen wollen, weswegen ich mich so aufrege. »Was mache ich denn jetzt mit dir?«

Liam geht einen Schritt nach vorn und gibt mir damit die Richtung vor. Tja, dann begleitet *er* mich halt bei der Überprüfung der Nester, schließlich kann ich ihn hier nicht einfach zurücklassen. Trotzdem werde ich mit ihr deswegen noch ein ernstes Wörtchen reden.

Zwei Stunden später komme ich an der Weide an, öffne das Gatter und entlasse einen fröhlich springenden Liam in die Freiheit. Irgendwie fehlt er mir jetzt schon. Seine Begleitung war ungemein beruhigend und hat meine Augen für Dinge geöffnet, die ich zuvor nie wahrgenommen hatte. Die Farben waren intensiver, die Luft reiner, und sogar der Anblick des genügsam äsenden Rotwilds verursachte nicht den gewohnten Zwiespalt in mir. Mit Liam fühlte ich mich ganz.

Außerdem ist er neben mir hergelaufen, als wäre es das Natürlichste der Welt. Über Felsen und steile Hänge, vorbei an sumpfigen Mulden ... vollkommen egal. Bei den Nestern hat er geduldig gewartet, einige Grashalme abgezupft und ist weitergetrottet, sobald ich mit der Bestandsaufnahme fertig war.

»Und?« Melina kommt zu mir und reicht mir einen Becher Tee. Sie lächelt.

War ich vorhin wirklich sauer? »Danke. War okay.« Das ist maßlos untertrieben, und sie weiß es, denn sie prustet und lacht laut auf.

»Komm mit rein, das Essen ist fertig, und ich will dir was zeigen.«

»Ich füttere noch schnell die Tiere.«

»Schon erledigt.«

»Du sollst dich schonen!« Das kann doch nicht die Möglichkeit sein! Die vierzehn Tage sind zwar seit vorgestern vorbei, das heißt aber gewiss nicht, dass sie sofort wieder Vollgas geben darf.

»Es gibt Shepherds Pie.«

»Das ist vollkommen egal. Du musst an deine Gesundheit denken.« Ich höre mich schon an wie Curran, der Mairead schimpft, weil sie gegen die Anweisung des Arztes gehandelt und das Haus für einen Abend mit den Gemeindefrauen verlassen hat.

»Ich habe frischen Thymian an die Soße gemacht. Den habe ich vorhin auf dem Rückweg bei Noreen geholt.«

»Das hättest du auch nicht machen dürfen.«

»Was? Thymian ans Essen?«

»Nein! Die Wanderung!«

Melina schnaubt. »Ein Spaziergang an der frischen Luft hat noch niemandem geschadet.« Sie dreht sich um und geht in Richtung Haus. »Was ist? Die Kartoffelkruste ist schön kross geworden.« Sie klingt definitiv wie Mairead, und mir wird bewusst, dass Melina mehr als nur ein paar Tropfen Highlander-Blut in ihren Adern haben muss, so störrisch und verbohrt, wie sie ist.

# 7.
# *Melina*

Ich habe es genau gesehen und den bildlichen Beweis in 4K vor mir auf dem Tablet. Den Glanz in Rorys Augen würde ich allerdings auch so nie wieder vergessen können. Es war der Moment, in dem ihn die Magie, die von den Alpakas ausgeht, voll erwischt hat. Hier auf dem Hof, im Stall und auf der Weide ist sie ebenfalls spürbar, doch erst draußen, beim Wandern in der freien Natur, entfaltet sie ihre wahre Kraft.

»Schau.« Ich reiche ihm das Tablet über den Küchentisch, und er betrachtet die Startseite meiner neuen Webseite mit großen Augen. »Ich darf es doch verwenden, oder?«

»Ähm ...«, stammelt er. »Das hast *du* gemacht?«

»Hast du da oben noch jemanden mit einer Kamera gesehen?«

»Nein.«

»Also, dann muss ich es wohl geknipst haben. Liam sieht so hübsch aus und so brav.« Dass der Mann daneben mir noch weitaus mehr ins Auge sticht, behalte ich lieber für mich.

»Zayn hätte mich wahrscheinlich vollgespuckt.«

»Ach was. Er ist doch dein bester Kumpel.«

Rory lacht.

Es klingt irgendwie befreit und viel fröhlicher als sonst. Er kann den Blick kaum von dem Foto abwenden und streicht über das Display. Dabei wischt er die Page zur Seite, und es erscheint ein Gruppenbild meiner Herde, was ich vor drei Tagen aufgenommen habe.

»Scroll mal nach unten, da findest du eine ganze Galerie.« Ich trete neben ihn und schaue über seine Schulter. Rory hüstelt und versteift sich etwas, also ziehe ich mich zurück. Anscheinend mag er meine Nähe nicht. Obwohl er mich einen Moment zuvor angesehen hat, als würde er mich nur zu gern in den Arm nehmen oder wie vorhin übers Knie legen, weil ich einer normalen, körperlich wenig anstrengenden Tätigkeit nachgegangen bin. Schon komisch. Seit jenem Abend, an dem er mich sang und klanglos auf der Terrasse hat stehen lassen, ist da irgendetwas zwischen uns. Ein unsichtbarer Berg, der sich aufgetürmt hat und unüberwindbar scheint. Als wir uns im Nebel getroffen haben, glaubte ich bereits, einen Weg gefunden zu haben, doch seine Körpersprache macht deutlich, dass dem wohl nicht so ist.

Er legt das Tablet auf den Tisch und beäugt es, als wüsste er nichts weiter damit anzufangen. Schade, ich hatte gehofft, ihm würden meine Fotos von der Herde gefallen. Auf einigen weiteren ist er ebenfalls inmitten der Tiere zu sehen.

»Dann will ich mal den Pie aus dem Ofen holen.« So gut es geht, versuche ich, mir meine Enttäuschung nicht anmerken zu lassen. Das mit dem Essen war eine spontane Idee, von der ich hoffte, sie würde einem hart arbeitenden Mann gefallen. Zumindest sitzt er am Küchentisch, was ich als Erfolg werte.

Rory räuspert sich und steht auf. Im ersten Moment denke ich, er will gehen, doch er deutet mit einem Kopfnicken in Richtung Diele.

»Müsste kurz ins Bad.«

»Klar, fühl dich wie zu Hause.«

Er brummt und verlässt die Küche. Rasch decke ich den Tisch und will gerade das Essen aus dem Ofen holen, als er zurückkehrt. »Was wird das denn?«, blafft er, tritt neben mich und schiebt mich vom Backofen weg.

Verdutzt sehe ich ihn an, während er mir die Topflappen aus den Händen zieht und die schwere Auflaufform selbst herausholt.

»Du kannst es einfach nicht lassen, was?«

»Ich bin doch nicht invalide«, versuche ich dagegenzuhalten, doch sein durchdringender Blick, gepaart mit einer skeptisch hochgezogenen Augenbraue, bringt mich zum Schweigen.

»Was hat der Arzt gesagt? Du warst doch gestern dort, oder?«

Er weiß das noch? Seufzend, gehe ich zum Kühlschrank und hole zwei Flaschen Skye Ale heraus.

»Flasche oder Glas?«, will ich wissen.

Rory murmelt etwas Unverständliches, stellt den Pie auf den Tisch und bohrt seinen Blick erneut in mich hinein. »Lenk nicht vom Thema ab«, knurrt er und nimmt eine der Flaschen entgegen.

Ich würde nur zu gern ungehalten schnauben und ihm sagen, dass es ihn nichts angeht, allerdings war er es, der mich ins Krankenhaus gebracht und dort stundenlang gewartet hat.

»Er meinte, es sei so weit alles wieder in Ordnung. Die Entzündung ist abgeklungen, allerdings darf ich weiterhin nicht schwer heben. In einem Monat soll ich zur Kontrolle kommen.«

Er verschränkt die Arme vor der Brust und sieht mich mit diesem *Hab ich es doch gewusst*-Blick an.

»Können wir jetzt essen?

»Aye.« Er schiebt sich auf den Stuhl mir gegenüber und hebt seinen Teller an, damit ich ihm etwas von dem lecker duftenden Shepherds Pie draufgeben kann.

»Das Rezept habe ich aus einem von Maireads alten Kochbüchern«, erkläre ich, und Rory hat natürlich nichts Besseres zu tun, als sich den Teller unter die Nase zu halten und daran zu schnuppern.

»Hm, riecht schon mal nicht schlecht. Allerdings musst du wissen, dass Mairead verdammt gut kochen konnte.«

»Iss!«

Er lacht leise. Seine Schultern zucken dabei so sehr, dass ihm der erste Bissen beinahe wieder von der Gabel fällt.

Durch zu Schlitzen verengten Lidern beobachte ich, wie er bedächtig kaut und schließlich nickt.

»Man kann es essen«, merkt er trocken an und schaufelt sich den nächsten Happen auf die Gabel. In seinen Augen blitzt es verräterisch auf, und er hat sichtlich Mühe, seine Mimik unter Kontrolle zu behalten. Er veralbert mich!

»Tja, wenn dir Fish and Chips lieber sind.«

Rory kaut, schluckt und trinkt von seinem Ale. Völlig gelassen lehnt er sich an und mustert mich.

»Ich mag gute Hausmannskost und das hier ...«, sagt er und reibt sich mit einem Taschentuch über die Mundwinkel, während ich warte und innerlich die Messer wetze, »ist unglaublich lecker. Mairead würde den Hut vor dir ziehen. Der beste Pie, den ich seit verdammt langer Zeit hatte.«

Im ersten Moment weiß ich nicht, ob er mich nicht nur wieder veralbert oder es tatsächlich ernst gemeint haben könnte. Das schelmische Funkeln in seinen dunkelbraunen Augen ist jedoch einem Strahlen gewichen, welches sein soeben geäußertes Kompliment hervorhebt.

»Danke«, erwidere ich und spüre, wie meine Wangen heiß werden. Ich bin sprachlos und überspiele es, indem ich mir rasch einen Bissen gönne. Und Rory hat recht, es schmeckt unglaublich lecker.

Während des Essens schielt Rory immer wieder zum Tablet. Ich bemerke seine Blicke, doch ich möchte, dass er sagt, was er will. Gedankenlesen kann ich schließlich nicht.

»Ähm, wie funktioniert das eigentlich?« Er deutet auf das Display und sieht mich fragend an.

»Einfach mit Berührung.«

»Ganz ohne Tastatur?«

Anfangs bin ich wegen der Frage irritiert, mir dämmert aber, dass er so ein Ding vielleicht noch nie in Händen hatte.

»Dein Finger übernimmt die Arbeit der Maus. Damit kannst du alles bewegen, durch Antippen anklicken und so weiter.«

»Oh! Okay. So einfach ist das also.« Er nimmt das Gerät und berührt zögerlich die gläserne Oberfläche, die sofort zum Leben erwacht. Mit dem Zeigefinger fährt er über das Bild der Herde und schiebt es nach oben, bis die anderen Fotos der Galerie auftauchen.

»Wenn du auf eines doppelt tippst, wird es automatisch vergrößert dargestellt.«

Rory versucht es. Ihn dabei zu beobachten, wie er das Tablet für sich entdeckt, ist, wie einem Kind am Weihnachtsmorgen beim Geschenke auspacken zuzusehen. Seine Augen sind riesig, und sein Mund steht offen. Ab und an entweicht ihm ein »Wow« oder ein »Toll«.

»Das ist erst einmal die Infoseite. Ich werde alles noch ausbauen.«

»Du hast das selbst gemacht?«, hakt er verblüfft klingend nach.

»Natürlich. Ist mein Job.«

Nun fällt ihm die Kinnlade richtig herunter. »Dein ... Job?«

»Ich bin Webdesignerin. So eine kleine Webseite schüttele ich aus dem Ärmel. Hat mich eine halbe Stunde gekostet, wenn überhaupt.«

Sein Staunen lässt schlagartig nach. Langsam senkt er den Kopf, und ich bemerke, dass auch seine breiten Schultern nach vorn fallen.

»Toll, wirklich«, merkt er leiser an und legt das Tablet zur Seite.

»Wie gesagt, ist mein Job. Ich mach das gern.«

»Musst du dann nicht ständig im Büro sein?«

»Ich arbeite im Homeoffice. Der Rest läuft online. Ich bekomme die Aufträge per E-Mail und ziehe mir die nötigen Infos über ein Webportal auf den PC. Dank Glasfaser bin ich top ausgestattet, was die Verbindungsrate anbelangt.« Meine Schwärmerei scheint auf ihn keine Wirkung zu haben. Es kommt mir vor, als wüsste er nicht einmal, wovon ich spreche. »So kann ich in Ruhe meiner wahren Passion folgen. Den Alpakas. Hin und wieder muss ich mich mal bei den Teammeetings in Edinburgh blicken lassen, ansonsten genügen Skype oder Telefonkonferenzen. Mehr Unabhängigkeit geht gar nicht.«

»Klingt spannend«, murmelt er.

»Du hast nicht viel mit Computern zu tun, in deinem Job, meine ich?«, frage ich vorsichtig nach.

Das Zucken seiner Schultern soll wohl Nein bedeuten. »Die Statistik muss ich führen. Zu den Brutpaaren, dem Wildaufkommen und den Abschüssen«, erwidert er und sieht an mir vorbei zu Lester, dessen leises Schnarchen seit einer Weile im Hintergrund zu hören ist. Rory wirkt plötzlich angespannt, als hätte man ihn in eine Ecke gedrängt.

»Computer sind nicht das Nonplusultra. Ich arbeite daran, mehr nicht. Und ich bin mir sicher, dass du die Natur und die Tiere um Längen besser kennst als ich.« Mein Versuch, ihn ein wenig aufzubauen, scheint fehlzuschlagen.

Ein missmutiges »Hmm« ist alles, was er von sich gibt.

»Du könntest mich im Übrigen beim nächsten Mal mitnehmen. Vielleicht haben wir dann keinen Nebel, und ich kann noch schönere Fotos machen.«

Mein Vorschlag lässt ihn aufblicken. Er sieht mich an, als hätte ich den Verstand verloren.

»Eher nicht.«

»Wieso? Zayn und Harry könnten uns begleiten.«

»Nein.« Das Wort hängt bleiern zwischen uns. Der Nachdruck, der in Rorys Stimme mitschwingt, klebt mir die Zunge am Gaumen fest.

Nun bin ich es, die den Kopf senkt und die Schultern nach vorn fallen lässt. »War nur so ein Gedanke.«

Sein Blick geht an mir vorbei zum Backofen, der seine Wärme in der Küche verteilt. Schwer atmend reibt er sich mit der flachen Hand über das Kinn und räuspert sich.

»Das sind keine Spaziergänge, Melina. Heute war es zu neblig, deshalb hatte ich mein Gewehr im Wagen gelassen. Normalerweise habe ich es immer dabei, wenn ich im Revier unterwegs bin ... Und ich benutze es auch.«

Die Nachwehen von Rorys verbalem Dampfhammer spüre ich auch noch Tage später. Nicht einmal die Umgebung, die mich sonst so fasziniert, oder meine Gang schaffen es, mich auf andere Gedanken zu bringen. Vielleicht hilft mir ein Bier im Pub, etwas Klarheit zu gewinnen.

Was mich so aufwühlt, ist die schonungslose Art und Weise, mit der er mir klargemacht hat, dass sein Job nicht allein daraus bestehe, Gelege zu prüfen und mit Lester durch die Hügel zu streifen.

Es ist ja nicht so, dass ich mir der Dinge, die zu seinem Aufgabengebiet gehören, nicht schon vorher bewusst gewesen wäre. Schließlich ist mir die Funktionsweise einer Internetsuchmaschine bekannt. Vielmehr liegt es an seiner emotionslosen Stimme, mit der er es mir entgegengeschleudert hat.

Die stählerne Kälte war scharf wie die Schneide einer Rasierklinge, und er hat damit meine – zugegeben trotz bekannter Fakten recht romantische – Vorstellung von seinen Tätigkeiten zerstört. Im Nachhinein kommt es mir vor, als hätte er es absichtlich grob formuliert, um etwas ganz anderes damit zu bezwecken.

Wenn ich nur wüsste, was? Eine Ahnung hätte ich, doch dass er Interesse an mir haben könnte und mich nur nicht näher an sich heranlassen will, kommt mir etwas weit hergeholt vor. Das beißt sich vor allem mit seiner ruppig fürsorglichen Art, die ich so witzig finde. Hin und wieder kommen ihm sogar einige hölzerne Komplimente über die Lippen.

Seine Körpersprache hat pure Abwehr angedeutet. Seinem Wesen fehlte von jetzt auf gleich jegliche Wärme, als hätte er alle positiven Empfindungen per Knopfdruck von sich getrennt. Seine wachen Augen wirkten leer, und die Hände hatte er zu Fäusten geballt. Mit dem Mann, der sich liebevoll um meine Alpakas kümmert, hatte er in diesem Moment kaum mehr etwas gemeinsam.

Mir schaudert, und ich ziehe den Schal enger um meinen Hals. Die frisch gewaschene Alpakawolle umhüllt mich mit ihrer angenehm beruhigenden Wirkung, nur leider kann ich nicht mal mehr einen Hauch von nassem Hundefell riechen, und ich vermisse Lester doch so sehr.

Auf dem holprigen Untergrund der Einfahrt stelle ich rasch fest, dass es besser ist, die Taschenlampe anzuschalten. Der dunkle Asphalt glänzt feucht im weichen Licht. Ruhe umgibt mich. Außer dem leisen Pfeifen des Windes in meinen Ohren kann ich nichts hören.

Auf Höhe meines Nachbarn, Mr Greevy, wechselt der Wind die Richtung und trägt das leise Summen der Herde mit sich. Mein Herz vollführt urplötzlich einen Salto, und ein Lachen kämpft sich völlig überraschend aus meinem Mund. Es versetzt mir einen Stich.

An jenem Abend haben Rory und ich zu Beginn ebenfalls gelacht. Es fühlte sich gut an, frei und unbekümmert. Doch sobald er seinen harschen Monolog beendet hatte, stand er auf und ließ mich allein. Das Groteske daran ist, dass er sich trotzdem weiter um die Tiere kümmert.

Wie ein Heinzelmann taucht er irgendwann im Morgengrauen und nach Sonnenuntergang auf, füllt die Raufen und gibt etwas von dem Spezialfutter in die Tröge. Vom Fenster aus konnte ich beobachten, wie er sich für jedes einzelne Tier Zeit nimmt, nur eben nicht für mich.

Weder klopft er bei mir noch bringt er Lester mit. Wobei, einmal habe ich ihn vor der Küchentür jaulen hören, bevor ich jedoch öffnen konnte, rief Rory ihn reichlich barsch zu sich.

Missmutig kicke ich einen Stein von der Fahrbahn. Die Kälte zwickt mich in die Nase. Kurz überlege ich, ob die Idee, ins Pub zu gehen, wirklich so gut ist, schüttle meine Bedenken jedoch ab und setze meinen Fußmarsch nach Leathan fort. Mir ist zwar nicht wirklich nach Gesellschaft, doch so, wie sich die Bewohner mir gegenüber bisher verhalten haben, werde ich wohl meine Ruhe haben und einsam in mein Bier starren können. Außerdem fällt mir im Cottage langsam, aber sicher die Decke auf den Kopf.

Unter dem an der Hauswand angebrachten Schild des *Stormy Skye*, welches eine von hochgepeitschten Wellen umgebene Klippe zeigt, steht eine kleine Gruppe Raucher. Es sind vornehmlich ältere Männer, deren Gespräch schlagartig erstirbt, sobald ich auf die Eingangstür zuhalte.

»Guten Abend«, grüße ich höflich, doch mehr als eisiges Schweigen wird nicht erwidert. Ich muss einiges an Kraft aufbieten, um die wuchtige Tür aufzudrücken. Nach dem Schritt über die Schwelle finde ich mich hinter einem Windfang aus dickem Stoff wieder, der die Kälte draußen hält. Mir schlagen wohlige Wärme und ein beinahe schon familiär anmutendes Gemurmel entgegen. Für einen Augenblick bleibe ich stehen, nehme die Szenerie in mich auf und sehe mich um.

Die vielen, wahllos im verwinkelten Raum verteilten Tische sind zumeist mit zwei oder mehreren Personen besetzt. Ein mir bekanntes Gesicht ist leider nicht darunter. Vor der langen Theke aus dunkel lasiertem und kunstvoll geschnitztem Holz stehen mehrere Barhocker, die ebenfalls allesamt in Beschlag genommen sind. Man kennt sich untereinander, lacht gemeinsam, trinkt und freut sich des Lebens.

Den Schal lockernd halte ich auf die einzig freie Ecke der Theke zu und winke dem Barkeeper, einem Mann Mitte fünfzig mit Kugelbauch und Halbglatze. Er schaut kurz in meine Richtung, dreht sich jedoch ab. Um mich herum ist es ruhiger geworden, und ich ahne, warum, doch ich verkneife es mir, mich umzuwenden, da ich mich sonst nur noch mehr wie einen Fremdkörper fühlen würde.

Es dauert eine kleine Weile, bis eine Frau, die etwa in meinem Alter ist und mit ihren Kurven sicherlich zum Umsatz des Pubs beiträgt, neben mir auftaucht. Sie trägt einen knielangen nachtblauen Rock, ein quer gestreiftes Shirt, und ihr langes dunkelbraunes Haar ist zu einem hohen Zopf zusammengebunden. In ihren flachen Ballerinas wirkt sie, als würde sie in einem französischen Bistro kellnern anstatt in einem rustikalen schottischen Pub.

Der Barkeeper schiebt ihr ein bereits gut gefülltes Tablett zu, auf das er zwei weitere Pints quetscht.

»Was ist mit den Taliskern für Tisch sechs? Hast du die vergessen?«, mault sie und schürzt ungehalten die vollen Lippen.

Er nuschelt irgendwas in seinen grauen Bart und macht sich daran, zwei Tumbler mit dem Whisky einer hiesigen Destillerie zu füllen.

»Guten Abend, kann ich bei Ihnen ein Ale bestellen?«

Sie sieht mich an, als hätte ich sie nicht mehr alle beisammen.

»Ich bin nur für die Tische zuständig«, erwidert sie kühl und schnappt sich das Tablett, sobald der Whisky parat ist.

So gut es geht, versuche ich, mir nichts anmerken zu lassen. Was soll das denn? So ziemlich jeder im Ort bietet Ferienwohnungen oder B&B für Touristen an, aber wenn jemand freiwillig hierher zieht, wird man wie eine Aussätzige behandelt?

Falls die Leute glauben, ich würde mich leicht in die Flucht schlagen lassen, dann haben sie sich getäuscht.

»Ich hätte gern ein Ale«, rufe ich dem Barkeeper zu, doch erneut tut er so, als würde er mich weder sehen noch hören können.

»Tobi!«, blafft die Bedienung neben mir. Erschrocken sehe ich dabei zu, wie sie brüsk auf mich zeigt und gleichzeitig das leere Tablett auf den Arbeitsbereich hinter der Theke knallt. »Hier will jemand bestellen!«

Missmutig schnaubend kommt der Barkeeper näher.

»Ein Ale, bitte.«

»Hmm!« Er stapft davon, schnappt sich ein Glas und platziert es unter der Zapfanlage.

»Du bist die neue Besitzerin vom Craig Cottage, oder?« Überrascht ob des viel sanfter klingenden Tonfalls wende ich mich der Bedienung zu. Ihre Mundwinkel sind nach oben gerichtet, und in ihren blauen Augen kann ich freundliche Neugier erkennen.

»Genau, ich bin Currans Großnichte Melina.«

Verwunderung macht sich auf ihren fein geschnittenen Zügen breit. Mit ihren hohen Wangenknochen und den weich geschwungenen Augenbrauen ist sie eine natürliche Schönheit. Sie trägt nicht einmal Make-up, lediglich ein wenig Kajal und Mascara betonen ihren Blick.

»Rosalind. Ich bin hier die Wirtin«, stellt sie sich vor und reicht mir die Hand, welche ich mit einem Anflug von Erleichterung ergreife.

»Freut mich. Sehr sogar«, erwidere ich und lächele so offen, wie ich nur kann.

Sie zwinkert mir zu, wendet sich dann jedoch an Tobi, wohl um zu prüfen, ob er das bestellte Bier erst noch brauen muss.

»Das wird heute noch was, oder?«

»Bin ja schon dabei!« Murrend schiebt er mir das bis an den Rand gefüllte Glas zu, sieht dabei aber an mir vorbei.

Um zu prüfen, wer hinter mir steht, verrenke ich mir beinahe den Hals und erstarre, denn es ist Rory.

»Noch ein Ale und ein Stout?«, will Tobi wissen.

Rory nickt steif. Die Muskeln in seinen Wangen zucken, so sehr beißt er anscheinend die Kiefer aufeinander. Sein Blick klebt stur an Tobi, sodass es mir eiskalt den Rücken hinunterläuft. Der Ausdruck in seinem Gesicht ist sogar noch arktischer als damals in meiner Küche.

Tobi zapft in Lichtgeschwindigkeit ein Glas mit dunklem und eines mit hellem Bier und stellt beides Rory auf den Tresen.

So schnell geht das?

Rosalind murmelt etwas Unverständliches, tätschelt meinen Arm und schnappt sich ihr Tablett, nachdem sie Tobi zwei Bons in die Hand gedrückt hat. Rory, der sich zwischenzeitlich die beiden Gläser genommen hat, stapft in die hinterste, von einem Kleiderständer verdeckte Ecke des Pubs und schiebt sich auf die an der Wand stehende Bank.

Von dem Mann, der ihm gegenübersitzt, sehe ich zwar nur den Rücken, ich erkenne ihn dennoch sofort wieder. Es ist der feine Pinkel mit dem Aston. Die beiden stecken die Köpfe zusammen, mein Blick ruht jedoch einzig auf Rory. Etwas in mir krampft sich schmerzhaft zusammen, denn nach unserem Fehlstart hatte ich gehofft, in ihm einen Freund gefunden zu haben. Wortkarg, aber verlässlich.

Bis neulich Abend glaubte ich uns auf einem guten Weg und kann mir nicht erklären, was seinen dermaßen extremen Umschwung hervorgerufen haben könnte. Um ihn nicht länger wie eine Verrückte anzustarren, wende ich mich um und trinke stattdessen von meinem hart erkämpften Ale. Eine ganze Weile nehme ich kaum mehr etwas um mich herum wahr, bis Rosalind mit den nächsten Bons auftaucht.

Sie bleibt neben mir stehen und seufzt. Ich muss blinzeln, da meine Augen brennen, was wohl an der recht trockenen Luft hier im Gastraum liegt.

»Du siehst aus, als hätte dir irgendeiner der Kiltträger dein Herz gebrochen«, stellt sie fest und mustert mich eingehend.

Um ihrem forschenden Blick auszuweichen, sehe ich über meine Schulter. Wie magnetisch von ihm angezogen, heftet sich mein Augenmerk an Rory, der mit dem Schnösel Karten spielt. Schniefend wende ich mich wieder an Rosalind, die ihre ganz eigenen Schlüsse gezogen haben muss.

»Was hat MacDugan angestellt?«

»Ähm ...«, bringe ich verwirrt hervor.

»Der Kerl kann es einfach nicht lassen. Für ihn ist das Angraben eine Art Sport. Grässlich.« Sie seufzt erneut. Ihr Gesichtsausdruck liegt voller Mitleid. »Am besten ist es, du genehmigst dir jetzt einen guten Schluck, brennst ihn aus dir heraus und vergisst, was für Schleimereien er abgesondert hat. Lachlan hat so viele Kerben in seinem Bettpfosten, dass die gesamte Konstruktion kurz vorm Zusammenbruch stehen muss.«

Bevor ich die Sache richtigstellen kann, schiebt sie sich an Tobi vorbei, befüllt ein Glas mit goldbraunem Whisky und stellt es mit einem Zwinkern vor mir auf den Tresen.

»Der geht aufs Haus. Slàinte Mhath!«

Meine Finger legen sich um das kühle Glas, dessen Inhalt ich in meine Kehle befördere, wo er sein volles Aroma kaum entfalten kann, weil ich ihn viel zu schnell hinunterschlucke. Lediglich das pfeffrige Brennen verweilt für einige Augenblicke in meiner Kehle, bis sich eine wohlige Wärme in meiner Magengegend ausbreitet.

»Das habe ich gebraucht.«

Rosalind lächelt, stemmt ihr Tablett und macht sich daran, die Bestellungen an den Tischen abzuliefern. Als sie zurückkehrt, leere ich gerade das Bierglas.

»Noch eines?«, fragt sie und schnappt es mir unter der Nase weg.

»Danke, ein andermal. War ein langer Tag.«

»Bevor ich es vergesse. Willkommen in Leathan.« Sprachlos starre ich sie an und weiß nicht, was ich erwidern soll, denn mit ihrer freundlich offenen Art hat sie mich nach der ganzen Abneigung, die mir die anderen Gäste, allen voran Rory, entgegengebracht haben, völlig überrascht.

»Das ist lieb. Danke«, nuschele ich, quäle mir ein Lächeln aufs Gesicht und suche in meiner Hosentasche nach Kleingeld für mein Ale.

»Lass' stecken! Waren deine Begrüßungsdrinks.«

Ihr Lachen wirkt herzlich, und ich kann nicht anders und stimme mit ein.

»Wir sehen uns. Bis bald.« Meine Augen beginnen, erneut zu brennen, und hastig wende ich mich in Richtung Tür. Noch bevor ich den Windfang zur Seite schieben kann, wird er von jemand anderem geöffnet. Niall Price, der hiesige Tierarzt, der jedes Mitglied meiner Herde nach der Ankunft durchgecheckt hat, taucht hinter dem Vorhang auf und zuckt erschrocken zusammen.

»Huch! Guten Abend, Melina.«

»Hey, Doc«, erwidere ich den Gruß und will mich an ihm vorbeischieben, doch er macht sich breit und versperrt mir den Weg.

»Willst du schon gehen?« In seinen grauen Augen, die mich stark an den wolkenverhangenen Himmel über Skye erinnern, liegt Neugier, und an seinen schmalen Lippen zupft ein Lächeln, was sich langsam auf seinem wettergegerbten Gesicht ausbreitet. Ich schätze ihn auf Anfang dreißig, höchstens. Ein interessanter Mann, der mit Sicherheit einen zweiten Blick wert ist.

»Die Herde ist allein, und der Tag war anstrengend.«

Er reibt sich den Nacken. Sein blondes Haar steht ihm wild vom Kopf ab, und er wirkt angespannt. »Das kann man wohl sagen. Wie geht es der werdenden Mutter ... Celine?«

Verdutzt mustere ich ihn. Sein Besuch ist Wochen her, und trotzdem kennt er noch den Namen meiner trächtigen Leitstute?

»Ähm, bestens. Alles bestens.«

»Sehr schön. Ich schaue in ein paar Tagen nach ihr. Ist ja nicht mehr so lange hin.«

»Zwei Monate.«

»Einen, wenn überhaupt.«

Ich seufze, da wir dieses kleine Scharmützel schon einmal ausgefochten haben. Bei der Untersuchung der Gang wirkte er eigentlich ganz patent auf mich, bis er meinte, dass Celines Trächtigkeit schon viel weiter vorangeschritten wäre. Er beharrte sogar noch darauf, als ich ihm sagte, dass ich dabei gewesen sei, während sie von Doc Hanson mit dem tiefgekühlten Sperma des preisgekrönten Alpakahengstes Crafter befruchtet wurde.

»Ich gehe jede Wette ein. Glaub mir, sie wird noch vor dem Frühlings-Gathering gebären.«

Ganz sicher nicht. Die traditionelle Zusammenkunft, bei der die Einheimischen bei Markttreiben und Musik zusammenkommen, findet bereits in zwei Monaten statt.

»Niall, schönen Abend noch«, breche ich ab, da ich keine Lust auf eine erneute Diskussion habe.

Sein Lachen begleitet mich hinaus und erstirbt erst, als die Tür hinter mir zufällt. Der Geruch nach kaltem Qualm lässt mich die Nase rümpfen, und ich beeile mich, aus dem Dunstkreis der Aschenbecher zu gelangen.

Es hat aufgeklart, und so spare ich mir die Taschenlampe, laufe stattdessen unter Myriaden von Sternen und in Begleitung des Mondes zurück zum Cottage. Ein leichter Rückenwind treibt mich an. Die wohltuende Stille erfasst und reinigt mich auf eine ganz besondere Weise. Vielleicht ist es auch die noch verbliebene Restwärme des Whiskys, im Endeffekt ist es egal. Ich fühle mich zwar noch immer niedergeschlagen, aber dank Rosalind und ihrem freundlichen Wesen nicht mehr so allein.

Bei Greevy ist bereits alles dunkel, und die Tore der leeren Ställe, in denen früher seine Schafe untergebracht gewesen sein müssen, haben etwas von gespenstischen Mäulern. Die zu seiner Farm gehörenden Weiden erstrecken sich über einige Hektar und sind mehr als dreimal so groß wie die zu meinem Cottage gehörenden.

Während ich einen Fuß vor den anderen setze, überlege ich, wie viele Alpakas ich halten könnte, um all das Land zu bewirtschaften. Hundert dürften es mindestens sein, mit extra Gehegen für die trächtigen Muttertiere und einem oder vielleicht sogar zwei Hengsten. Definitiv viel zu viel Arbeit für mich allein. Mir kommt Rory in den Sinn, und ich treffe eine Entscheidung. Morgen früh werde ich ihn abpassen und bitten, nicht mehr zu kommen.

Natürlich habe ich ihm viel zu verdanken, denn ohne seine Unterstützung hätte ich die vergangenen Wochen mächtige Probleme gehabt. Dennoch kann es so nicht weitergehen. Er meidet mich aus einem unerfindlichen Grund, fühlt sich aber gleichzeitig meinen Tieren gegenüber verpflichtet. Das ist nicht okay, und ich muss ihn schleunigst aus dieser selbst auferlegten Verbindlichkeit herausholen, bevor ich mir noch nachsagen lassen muss, ich würde ihn ausnutzen.

Ich mag ein wenig blauäugig an die Sache rangegangen sein, doch entweder ich schaffe es allein oder ich suche mir im Ort jemanden, der mir gegen Bezahlung unter die Arme greift. Eines werde ich in jedem Fall nicht tun: aufgeben. Das Cottage, die Gang und alles Drumherum sind mein Traum. So möchte ich leben, und Skye fühlt sich so verdammt nach Heimat an, dass ich es bis tief in den hintersten Winkel meines Herzens fühlen kann.

Die Dächer von Cottage und Stall heben sich wie dunkle Schemen von der Umgebung ab. Der Wind dreht, und beinahe erwarte ich, das leise Summen meiner Tiere zu hören, doch stattdessen fahren mir schrille Schreie durch Mark und Bein.

Ohne groß nachzudenken, renne ich die Straße entlang, bis ich auf das holprige Stück Heide neben der Einfahrt abbiege. Zweimal knalle ich der Länge nach hin, raffe mich auf und stolpere panisch weiter. Meine Alpakas! So schreien sie nur, wenn große Gefahr droht. Jemand muss auf der Weide sein, sie bedrohen, wenn nicht sogar quälen.

Die Außenbeleuchtung springt an, doch der Lichtkegel gelangt lediglich bis kurz hinter das Gatter. Das Vorhängeschloss ist unversehrt, was mich allerdings kaum verwundert, denn wer nicht vollkommen unsportlich ist, kann die Umzäunung ohne große Anstrengung überwinden. Auch ich halte mich nicht damit auf, das Schloss zu öffnen, stemme mich an den Streben hoch und lande auf der anderen Seite auf dem weichen Boden.

Dem Lärm folgend renne ich zur Seeseite der Weide, wo bis auf Celine alle Tiere wild umherspringen und schrille Laute ausstoßen. Da sie sich in Bewegung befinden, ist es für mich im ersten Moment schwierig durchzuzählen, doch sobald ich sicher bin, dass alle da sind, versuche ich auszumachen, was der Grund für den Aufruhr sein könnte.

Harry und Liam hüpfen immer wieder am Zaun entlang. Es bewegt sich etwas am Boden, huscht rasch von links nach rechts. Ich richte das Licht der Taschenlampe darauf und quieke erschrocken auf. Ein Fuchs versucht verzweifelt, ein Schlupfloch im Zaun zu finden und gleichzeitig den Tritten der Alpakas auszuweichen.

Brüsk dränge ich mich zwischen die Tiere, drücke Janis zur Seite und schiebe Ritas breiten Wollhintern aus dem Weg. Der nächtliche Störenfried sieht durch mein Eingreifen seine Chance gekommen und nutzt die schmale Schneise zwischen all den Beinen zur Flucht.

Der Rotfuchs rennt mir über die Füße, ich mache einen Satz nach hinten und falle beinahe über Freddie. Das Herz schlägt mir bis zum Hals, während ich dabei zusehe, wie der verhinderte Eierdieb von Zayn und Harry verfolgt wird. Er kann entkommen und huscht unter dem Gatter am Eingang zur Weide hindurch.

Der Bewegungsmelder springt an und versetzt das arme Tier in zusätzliche Panik. Wie ein geölter Blitz rennt es in Richtung Straße, und ich hole tief Luft, um aufzuatmen, doch dann höre ich Reifenquietschen und ein dumpfes Geräusch, was auf einen Aufprall hindeutet.

»Nein!«, entfährt es mir.

Panisch renne ich über die Weide, überwinde das Gatter und sehe, wie ein dunkler SUV in Richtung Leathan davonfährt. Der Fahrer ist nicht mal ausgestiegen, um nachzusehen, was er angefahren hat. Als ich an der Straße angekommen bin, kann ich die Rücklichter in der Dunkelheit kaum noch erkennen.

Mit der Taschenlampe suche ich den Straßengraben ab und entdecke Blutspuren, an der halb eingefallenen Steinmauer, mit der Greevys Land eingezäunt ist. Bei dem Versuch darüberzusteigen strauchle ich, kann mich aber abfangen.

Nach wenigen Schritten bemerke ich einen seltsamen Haufen und gehe darauf zu. Der Fuchs kauert zitternd am Boden, Blut quillt aus seinem Maul, und er versucht aufzustehen, bricht jedoch sofort wieder zusammen und rührt sich nicht mehr.

Wie gelähmt sinke ich auf die Knie, Tränen brennen in meinen Augen, und ein Schluchzen quält sich aus meiner Kehle. Völlig hilflos schlage ich die Hände vors Gesicht und weiß zum ersten Mal in meinem Leben nicht, was ich tun soll.

# 8.
# *Rory*

»Glück im Spiel, Pech in der Liebe«, frotzelt Lachlan und steckt sich die zwei Pfund ein, die er mir abgeknöpft hat.

Normalerweise spielen wir nicht um Geld, aber heute war uns irgendwie danach. Missmutig schnaube ich, denn wenn dieser dämliche Spruch der Wahrheit entspräche, würde ich mich nicht seit Tagen so dermaßen beschissen fühlen. Zum wiederholten Mal wandert mein Blick zu dem Punkt am Tresen, an dem Melina vorhin gestanden und ihr Bier getrunken hat. Dem Ausdruck in ihren wunderschönen Regenbogenaugen nach zu urteilen, muss ich ihr mit meiner Ansage doch um einiges heftiger zugesetzt haben als bisher gedacht.

Noch immer weiß ich nicht, was mich an jenem Abend geritten hat. Wir haben uns so gut verstanden, gegessen, geredet und gescherzt, und dann holte ich die Keule raus und schlug verbal um mich. Wenn ich könnte, würde ich die Zeit zurückdrehen und den Idioten, der dort mit ihr in der Küche saß, windelweich prügeln.

Wie Falschgeld laufe ich seither durch die Gegend, kein Wunder, dass mir Lachlans feistes Siegergrinsen entgegenblitzt. Bei voller Konzentration hätte er mich nie so über den Tisch ziehen können.

»Hast du vorhin eigentlich was zu ihr gesagt?«, fragt Lachlan und grüßt einen der Hotel-Caddys, der sich mit zwei weiteren Männern an den Nachbartisch setzt.

»He?«, stelle ich mich unwissend. »Rosalind? Mich bedient sie, nur deine Sprüche hat sie satt.« Er rollt mir den Augen.

»Das Kätzchen zeigt doch bloß die Krallen. Irgendwann will sie auch was von der Milch und schnurrt wie alle anderen.« Er leckt sich die Lippen und wirft einen fast schon gierig anmutenden Blick über die Schulter in Richtung Theke, wo Rosalind einige Worte mit Niall wechselt. »Ich meinte Melina.«

Schnaubend verdrehe ich die Augen. Lachlan weiß manchmal wirklich nicht, wann es besser wäre, den Mund zu halten. Rosalind wird sicher zu keinem seiner Betthäschen mutieren. Da kann er lange warten. Und was Melina betrifft, ob ich was gesagt habe oder nicht ... geht ihn einen feuchten Furz an. Ihr trauriger Blick allein ließ mir die Zunge am Gaumen festkleben. Wie hätte ich da noch einen Ton herausbringen können?

»Anschweigen und wegbeißen«, knurre ich und leere mein Glas. Rasch stehe ich auf, um uns an der Theke mit Nachschub zu versorgen, da Rosalind unseren Tisch meidet wie der Teufel das Weihwasser. Wenn das kein Zeichen für Lachlan ist, gelegentlich mal einen oder in seinem Fall sogar zwei Gänge zurückzuschalten, dann weiß ich auch nicht.

Der einzig freie Platz am Tresen ist der, an dem Melina zuvor gestanden hat. Es tat mir weh zu sehen, dass sie von allen, außer von Rosalind gemieden wurde. Kurzzeitig habe ich sogar überlegt, sie einfach hierher an den Tisch zu holen, damit sie nicht länger einsam unter all den Menschen sein müsste.

Ich kenne sie zwar kaum, doch sie fehlt mir schrecklich, und ich fürchte mich vor dem Moment, wenn sie mir sagt, dass ich nicht mehr zu den Tieren kommen darf. Seitdem ich ihr eröffnet habe, was mein Job alles beinhaltet, quält mich das Geständnis. Nicht bloß die Art und Weise, sondern auch mein Abgang. Ohne ihr die Hintergründe zu erklären, bin ich einfach gegangen. Wahrscheinlich hält sie mich nun für einen gefühllosen Killer oder einen Psychopaten.

»Machst du uns noch zwei?«

Tobi übernimmt die Gläser und verstaut sie in der Spüle, bevor er zwei frische befüllt.

Vielleicht ist es besser, wenn sie so von mir denkt. Dann fällt es uns beiden leichter, sobald sie die Insel wieder verlässt. Was sie über die Internetseiten erzählt hat und auch das, was ich auf ihrem Tablet gesehen habe, war faszinierend. Mir brannte sogar unter den Nägeln, sie um Nachhilfe in Sachen Computer zu bitten, doch wozu? Damit sie mich erst recht für einen Hinterwäldler hält? Bei zwei Dritteln der Dinge, von denen sie sprach, wusste ich nicht mal, was sie damit überhaupt meinen könnte.

Lachlan hat recht, sie bleibt nicht hier. Besser, wenn ich endlich einen Schlussstrich ziehe. Morgen vielleicht oder übermorgen. Vorher muss ich noch jemanden finden, der ihr bei den Tieren unter die Arme greift. Jemand Verlässliches. Greevy oder der alte Farlane. Die sind beide noch rüstig. Obwohl ... keiner von beiden könnte den Zaun auf der großen Weide fertigbauen. Also doch erst, wenn alles komplett umzäunt ist. Zwei oder drei Wochen.

Tobi stellt meine Bestellung vor mir ab, als Rosalind sich lachend von Niall abwendet und in mich hineinläuft.

»Huch! Seit wann kannst du dich so gut anschleichen, Fyfe?«, feixt sie und kneift mich in die Seite.

Niall, der bis eben noch gelöst wirkte, bohrt seinen Blick förmlich in mich hinein. Das Sturmgrau seiner Augen wirkt eisig, und ich fühle mich wie etwas, das er unter seinem Mikroskop betrachtet. Hat ihm Melina etwa von meinem Verbalausfall erzählt? Vorhin, als sie an der Tür mit ihm sprach, schienen sie mir recht vertraut miteinander zu sein.

»Hey, ich muss weg«, höre ich Lachlan maulen. Er schiebt sein Handy in die Innentasche seines Jacketts und verdreht die Augen. Er muss nichts sagen, der Gesichtsausdruck allein genügt mir, um zu wissen, dass sein Vater ihn gerade wieder einmal wegen irgendeiner Kleinigkeit zur Sau gemacht hat.

»Alles klar, bis morgen«, verabschiede ich ihn und schiebe Niall, dessen Glas leer ist, das für Lachlan gedachte Stout rüber.

»Hab deinen Wagen neulich beim Craig Cottage stehen sehen.« Niall ergreift das Bier und prostet mir zu, bevor er sich einen großen Schluck davon genehmigt.

»Melina ging es nicht so gut«, erwidere ich und unterziehe ihn einer strengen Musterung. Niall hat in Glasgow studiert, sieht passabel aus und hat ein nettes Cottage südlich von Leathan an der Straße nach Portree. Jedes Mädel, was nicht auf Lachlan abfährt, würde ihn mit nach Hause nehmen. »Hab ihr ein wenig geholfen.«

»Ich hörte davon. Greevy faselte irgendwas von Krankenhaus. Wirkte vorhin allerdings wieder recht fit.«

»Sie musste sich schonen, deshalb habe ich ihr etwas geholfen.«

»Alpakas sind recht pflegeleicht. Habe mich ein wenig eingelesen, jetzt, wo hier eine ganze Herde lebt, muss ich schließlich wissen, was auf mich zukommt. Bin gespannt, wann mich das Erste vollspuckt.« Er lacht und lehnt sich an den Tresen, lässt mich allerdings nicht aus den Augen.

»Kommt drauf an, ob es klarer Speichel oder Mageninhalt ist.«

Bei meiner Erwiderung verzieht er das Gesicht. »Hast du etwa schon beides abbekommen?«

»Nur Speichel, aber Zayn hat einem Golfer drüben auf dem Green neulich eine braun-grüne Ladung verpasst.«

»Das ist der gescheckte Suri, nicht wahr?«

»Genau der … mit den langen Zotteln«, bestätige ich.

»Der kleine Drecksack hat mir in den Hintern gebissen, als ich einen von den Braunen untersucht habe. Sein Glück, dass er bereits kastriert wurde, sonst hätte ich das mal eben nachgeholt.«

Wir sehen uns an, bevor wir losprusten. Rosalind, die uns gegenüber auf der anderen Seite der Theke steht, sieht uns an, als hätten wir den Verstand verloren.

Es dauert eine Weile, bis wir uns einigermaßen beruhigt haben und unsere Gläser leeren. Niall, der gerade etwas sagen will, verharrt plötzlich und flucht leise, während er sein vibrierendes Handy aus der Hosentasche zieht. Seine Stirn legt sich in Falten.

»Hey, Melina. Was gibt's?«

Wie versteinert starre ich ihn an.

»Sprich bitte langsam, ich kann ... Wo bist du?«

Ihre Stimme dringt leise an mein Ohr, doch ich kann kein Wort von dem, was sie zu Niall sagt, verstehen. Mein Puls hat sich derweil verdreifacht, mein Magen krampft sich zusammen, und mir läuft es eiskalt den Rücken runter.

Wie in Trance bahne ich mir einen Weg zwischen den Tischen hindurch zu der Ecke, in der ich mit Lachlan gesessen habe, und ich greife mir meine Jacke von der Garderobe. Vor der Tür treffe ich auf Niall, der mit grimmiger Miene auf seinen Wagen zuhält.

Dummerweise bin ich zu Fuß hier und muss erst zu meinem Haus laufen, um den Rover zu holen.

»Hey! Wo willst du hin? Steig ein!«, ruft Niall und zieht die Fahrertür zu.

Sobald ich sitze, fährt er mit quietschenden Reifen an und rast die Straße entlang in Richtung Craig Cottage.

»Was ist passiert? Ist was mit Celine?«, will ich wissen und bin nicht sonderlich erleichtert, als er den Kopf schüttelt.

»Hab die Hälfte nicht verstanden, weil sie so geheult hat.«

Wäre mein Herz außerhalb meines Körpers, hätte es das Cottage längst erreicht, so schnell galoppiert es in meiner Brust.

»Irgendwas muss passiert sein. An der Straße«, redet er weiter.

Krampfhaft überlege ich, ob ich das Gatter nach dem Füttern richtig verschlossen habe. Ich könnte es mir nie verzeihen, wenn sich eines der Tiere wegen meines Fehlers verletzt hätte.

Niall fährt in einem Höllentempo, bremst dann aber urplötzlich ab.

»Was ...?«, keuche ich und folge der Richtung, die er mit seinem Zeigefinger weist. Ein Licht blinkt auf der Weide gegenüber des Cottages. Ich springe aus dem Wagen, während er in die Einfahrt fährt und wendet.

Das Fernlicht im Rücken erkenne ich, dass Melina gute fünfzig Meter von der hüfthohen Mauer entfernt im Gras kniet. Neben ihr liegt etwas, das definitiv kein Alpaka ist. Viel zu klein.

Sobald ich die marode Umzäunung mit einem beherzten Sprung überwunden habe, können meine Beine endlich meinem Herzen hinterherjagen. Adrenalin schießt mir durch die Adern, und der Atem brennt in meiner Kehle, während ich auf sie zurenne. Erleichterung macht sich in mir breit, als ich bei Melina angekommen bin und sie vor mir steht.

Ein leises Schniefen, dann liegt sie in meinen Armen, und jede ihrer Tränen hinterlässt eine heiße Spur auf meinem Herzen. Mir ist egal, was hier passiert ist. Hauptsache, ihr und der Herde geht es gut. Alles andere kann ich regeln, sobald sie sich wieder beruhigt hat. Dann werde ich denjenigen, der es gewagt hat, ihr oder einem der Alpakas ein Haar zu krümmen, finden und durch die Mangel drehen.

»Fyfe?«, höre ich Niall, den ich zwischenzeitlich komplett ausgeblendet habe, sagen. Er steht nach vorn gebeugt, dort, wo zuvor Melina gehockt hat, und betrachtet einen dunklen Haufen.

»Was ist das?«, will ich wissen, doch noch bevor er mir antworten kann, heult Melina auf und löst sich schluchzend aus meinen Armen.

»Er hat nicht mal nachgesehen, ist einfach weitergefahren.«

Sie scheint völlig aufgelöst zu sein. Vorsichtig schiebe ich sie zur Seite und beuge mich nach vorn. Erst jetzt erkenne ich, dass es sich bei dem Haufen um einen Rotfuchs handelt.

»Er war auf der Weide, doch die Herde hat ihn nicht durchgelassen. Dann ist er geflohen und ... und ....«

Ich kann mir vorstellen, was genau passiert ist, und habe sofort wieder die Bilder vor Augen, wie Zayn, Harry und Liam meinen Lester in die Flucht geschlagen haben.

»Ist er ... tot?« Melinas Stimme ist dünn und brüchig.

Niall zieht sich einen Latexhandschuh über und tastet das Wildtier ab, bis er plötzlich zurückzuckt und flucht. Der Schwanz bewegt sich, und ein leises Winseln fährt mir durch Mark und Bein.

»Am besten, du gehst ins Haus. Wir kümmern uns darum.« Sie sieht mich an, als ob sie genau wüsste, was nun passiert, und schüttelt den Kopf.

»Kommt gar nicht infrage«, erwidert sie brüsk und strafft sich, nachdem sie sich mit zitternden Händen die Tränenspuren von den Wangen gewischt hat.

Unschlüssig blicke ich zu Niall und frage mich, ob ich sie nicht doch besser gegen ihren Willen ins Haus bringen soll. Ein Teil von mir möchte nicht, dass sie das sieht. Die Realität ist grausam, und ich würde sie nur zu gern davor beschützen. Ob es genügt, wenn ich einen Arm um sie lege? Oder sollte ich das doch besser bleiben lassen?

»Und?«, fragt sie Niall, der sich räuspert und kurz zu mir blickt.

»Eine Fähe. Sie hat auf jeden Fall einen gebrochenen Hinterlauf.« Die Füchsin liegt seitlich, und ich kann am Heben und Senken des Brustkorbes die hastige Atmung erkennen.

Niall streicht das Fell am Bauch zur Seite und offenbart mir die geschwollenen Zitzen, was ganz eindeutig auf ein säugendes Muttertier hindeutet.

»Wird sie es schaffen?«

Unschlüssig zuckt Niall mit den Schultern.

»Ich müsste sie röntgen und einen Ultraschall machen, um weitere Verletzungen zu sondieren.«

»Kannst du eine Decke holen, um sie vorsichtig hochnehmen zu können?«, bitte ich an Melina gewandt, die sich sofort in Bewegung setzt. Ich sehe ihr nach und denke an meinen Vater. Er hätte keine Rücksicht genommen und längst kurzen Prozess gemacht. Ich sehe die Sache hingegen nicht ganz so gefühllos wie er, denn schließlich gehören Beutegreifer wie der Fuchs zu einem gesunden Ökosystem dazu.

Niall hat Maihri, die für ihn als Sprechstundenhilfe arbeitet und auch gelegentlich assistiert, aus dem Bett geklingelt und steht seit drei Stunden mit ihr in dem kleinen OP seiner Praxis.

Wir hocken im Wartezimmer, wo ich die an den Wänden hängenden Tierbilder mit sämtlichen Beschriftungen zu den Körperteilen zwischenzeitlich auswendig gelernt habe. Es ist weit nach Mitternacht, doch an Schlaf ist nicht zu denken. Melina sitzt mir gegenüber. Sie wirkt gefasst, lediglich ihre zitternden Finger offenbaren, was wirklich in ihr vorgeht.

»Soll ich dich nicht doch nach Hause fahren. Niall ruft dich an, sobald er da rauskommt«, versuche ich, in sie zu dringen.

Sie schüttelt stur mit dem Kopf. »Solange ich nicht weiß, ob sie durchkommt, gehe ich hier nicht weg.« Ihre Stimme bricht, und sie schlägt die Hände vors Gesicht.

In meinem Inneren krampft sich alles zu einem festen Ball zusammen, der mich sogar am Atmen hindert.

Langsam nähere ich mich und gehe vor ihr in die Hocke. Vorsichtig lege ich ihr eine Hand aufs Knie und harre aus, bis sie die Hände fallen lässt.

»So was kann immer mal passieren. Die meisten Menschen nehmen einfach keine Rücksicht auf die Natur.«

Melina nickt und schnieft. »Der Fahrer hätte doch wenigstens mal nachsehen können. Nichts. Hat einfach Gas gegeben«, quält sie heraus, bis neue Tränen ihre Kehle zuschnüren.

Ich kann nicht anders und ziehe sie in meine Arme. Ihr Kinn ruht auf meiner Schulter, und ich spüre die Beben, welche ihren Körper bei jedem einzelnen Schluchzer durchziehen. »Niall gibt alles. Er ist der beste Doc weit und breit. Lester hatte mal eine üble Zyste am Bauch, die hat er hervorragend behandelt.«

Ich spüre, wie sie gegen die Tränen ankämpft, bevor sie sich von mir löst und mit den Handballen über ihre Wangen reibt. Die Regenbogen sind aus ihren Augen verschwunden, stattdessen nehme ich eine tiefe Traurigkeit darin wahr.

»Ich habe mich so unglaublich hilflos gefühlt.«

»Das kann ich verstehen. Es war gut, dass du Niall gleich informiert hast.« Meine Worte klingen vernünftiger und sanfter, als ich mich dabei fühle. Hätte ich sie nicht von mir gestoßen, wäre sicher ich der Erste gewesen, an den sie sich in dieser Situation gewandt hätte.

»Du bist ja nicht an dein Handy gegangen«, murmelt Melina, während sie in ihrer Jackentasche nach einem noch nicht gänzlich benutzen Taschentuch sucht.

Ich glaube, mich verhört zu haben. »Ähm, das Ding liegt in der Küche.« Seit sie krank wurde und ich begonnen habe, ihr bei den Alpakas zu helfen, trug ich es stets bei mir. Ausgerechnet heute bin ich in meine alte Gewohnheit zurückgefallen, es irgendwo zu vergessen. Ich könnte mir selbst in den Hintern treten. »Ein Grund mehr, mich zu hassen.«

»Warum sollte ich?«

Eine dicke Träne rollt über ihre Wange. Ich muss dem Drang widerstehen, sie ihr mit dem Daumen fortzuwischen. Für einige Augenblicke sehe ich sie einfach nur an und versuche, meine wirren Gedanken zu ordnen.

»Was ich gesagt habe ...«, quäle ich hervor, werde allerdings unterbrochen, da die Tür geöffnet wird und sich ein sichtlich erschöpfter Niall neben Melina auf den Stuhl sinken lässt.

»Geschafft. Nun liegt es an ihr, ob sie es überstehen wird oder nicht. In jedem Fall ist sie robust und war bei bester Gesundheit. Keine Parasiten, nichts. Die Chancen stehen somit nicht schlecht.«

»Das klingt schon mal gut. Trotzdem, wie schlimm ist es?«, hakt sie nach.

Niall reibt sich mit beiden Händen über das müde Gesicht und lässt die Wirbel in seinem Nacken knacken, bevor er sich ihr zuwendet.

Ich mustere Melina und fühle ein gewisses Maß an Stolz in mir aufflackern. Sie verschließt nicht die Augen, sondern will wissen und verstehen, was um sie herum geschieht. Für viele wäre die Füchsin nichts weiter als ein Wildtier, was nichts auf einer Straße zu suchen hat. Für Melina ist es ein Tier, welches Schutz und Achtsamkeit verdient hat.

»Gebrochener Hinterlauf und Quetschungen. Mehr konnte ich nicht feststellen.«

Melina presst die Lider zusammen und die Lippen aufeinander. Die Fähe hatte definitiv zwei Schutzengel. Einen beim Unfall und dann noch in Melina.

»Kann ich sie sehen?«, fragt sie leise, doch Niall schüttelt den Kopf.

»Sie ist noch sediert und braucht Ruhe. Maihri packt sie gerade in einen Käfig. Je weniger Aufregung, desto besser.« Sie seufzt und nickt. »Hast du noch Kontakt zu der Auffangstation in Dunvegan?«

»Ich rufe nachher mal dort an, ob sie sich um das Tier kümmern können.«

»Was ist mit ihren Jungen?«, will Melina wissen und blickt von Niall zu mir.

Darüber habe ich zuvor bereits versucht nachzudenken.

»Die Zitzen waren geschwollen, und es ist April. Füchse bringen ihre Welpen zumeist im Februar auf die Welt. Bei einem späten Wurf könnte es sein, dass sie nur wenig vorverdautes Fleisch fressen und nicht allein vom Rüden ernährt werden können. Sie brauchen dann Milch«, erkläre ich.

»Der Meinung bin ich auch«, pflichtet mir Niall bei. »Am besten, du spürst sie auf und kannst Mutter und Welpen gemeinsam zur Station bringen.«

»Klingt nach einem Plan. Wie finden wir sie?«, schaltet sich Melina ein und erweckt den Eindruck, sofort auf die Suche gehen zu wollen.

»Erst mal fahren wir nach Hause und nehmen eine Mütze voll Schlaf. So müde, wie wir sind, brechen wir uns in dem unwegsamen Gelände nach ein paar Metern den Hals.«

Sie schürzt die Lippen und ich ahne, dass sie mit dieser Vorgabe ganz und gar nicht einverstanden ist.

»Aber ...«

»Es bringt keinem was, wenn ihr mitten in der Nacht durch die Heide stapft. Bei Tag könnt ihr sie viel leichter finden und seid zudem ausgeruht.« Niall übernimmt die Stimme der Vernunft, wofür ich sehr dankbar bin.

»Es sind doch noch Babys.«

»Die es gewohnt sein werden, dass ihre Eltern jagen gehen und sie für einige Zeit allein lassen. Sie bleiben im Bau oder zumindest in der Nähe. Ihnen wird nichts geschehen.«

»Wir fahren nach Hause. Komm«, schlage ich vor und bin erleichtert, als sie sich erhebt.

Zum Abschied wird Niall von ihr gedrückt, was ich argwöhnisch beobachte. Er fängt meinen Blick auf und grinst schief, während er mir auf die Schulter klopft.

»Nacht, Fyfe. Deine Medaille für den schnellsten Sprinter der Highlands überreiche ich dir morgen.«

»Nicht jeder ist so eine lahme Ente wie du, Price«, erwidere ich und boxe ihm mit leichtem Druck gegen die Brust. »Hast du gut gemacht. Danke!«

»Ach was. Nicht der Rede wert, und jetzt raus hier, ich will ins Bett.«

Im Wagen herrscht bleiernes Schweigen, während wir die Straße entlangfahren. Mittlerweile spüre ich jeden einzelnen Muskel in meinem Körper brennen.

»Du hättest mich ruhig fahren lassen können«, mault sie plötzlich.

»Natürlich ... nicht! Du hast vorhin völlig neben dir gestanden, und sogar jetzt zittern deine Hände noch.« Ein Schnauben kommt als Erwiderung zurück. »Ich fahre dich zum Cottage. Ende der Diskussion.«

»Wir haben nicht einmal angefangen zu diskutieren«, beharrt sie.

Diese Frau! »Müssen wir auch nicht.«

»Will ich aber.«

»Wieso unbedingt jetzt?«

»Weil du nicht einfach abhauen kannst.« Der Schlag kam unerwartet und landet punktgenau in meinem Magen. »Du hast meine Frage vorhin nicht beantwortet. Wieso glaubst du, ich würde dich hassen?«

Ich seufze und würde nur zu gern am Fahrbahnrand anhalten, um mich auf das Gespräch konzentrieren zu können. Mein müdes Hirn verweigert nämlich seinen Dienst. »Lass uns nachher darüber reden. Bitte.«

»Nur, solange du nicht wieder aufstehst und mich einfach sitzen lässt.«

»Das wird nicht wieder vorkommen«, verspreche ich.

»Wo willst du hin?«, hakt sie nach, da ich den Blinker setze und auf eine Schotterstrecke abbiege.

»Jemand vermisst dich«, erwidere ich kryptisch und ahne, dass Lester gleich völlig durchdrehen wird. Er leidet buchstäblich wie ein Hund, seit ich ihn nicht mehr mit zum Craig Cottage nehme. Mein sonst so stolzer Jagdhund ist zu einem kümmerlichen Häufchen Elend mutiert, und der leidende Ausdruck in seinen Augen, mit dem er mich ständig vorwurfsvoll ansieht, zerreißt mir das Herz.

Hinter meinem Rover stoppe ich und steige aus. Melina öffnet die Beifahrertür, während ich meinen Schlüssel aus der Hosentasche ziehe. Von drinnen kann ich Lester jaulen hören, und sobald die Tür offen ist, rast er wie ein Verrückter an mir vorbei und schießt auf Melina zu, die ihn liebevoll in die Arme schließt.

Er wedelt nicht einfach bloß mit der Rute, sondern mit dem gesamten Körper. Überschwänglich leckt er ihr das Gesicht und die Hände, fiept und kriecht förmlich in sie hinein.

»Lester, mein Süßer, ich hab dich auch vermisst«, ruft sie lachend und schnieft, bevor sie das Gesicht gegen die Schulter des Hundes drückt und zu schluchzen beginnt.

# 9.
# *Melina*

Der Duft von frischen Danish Rolls und Muffins, die Rory zur Stärkung am Nachmittag mitgebracht hat, mischt sich mit dem des Kaffees, den ich ihm einschenke.

»Meinst du nicht, es wäre besser, wir gehen jetzt schon los?« Ich bin hibbelig und sehe ständig auf die Uhr, dabei muss ich aufpassen, dass ich nicht über Lester stolpere, der mir kaum mehr von der Seite weicht. Wahrscheinlich hat er Angst, erneut von mir getrennt zu werden.

»Die Reviergröße der auf Skye lebenden Füchse schwankt zwischen einem halben und einem Quadratkilometer. Ein Muttertier geht nie wirklich weit fort vom Bau. Es dürfte also nicht lange dauern, die Welpen zu finden.«

»Echt beeindruckend, was du alles über die Tiere weißt«, merke ich staunend an.

Rorys Ohren färben sich dunkelrot, und er senkt betreten den Blick, als wäre es ihm unangenehm, gelobt zu werden.

Sanft drücke ich seine Schulter und will mich abwenden, um die Kaffeekanne zurück in die Maschine zu stellen, als ich durch Lester ins Straucheln gerate. Geistesgegenwärtig schlingt Rory einen Arm um meine Taille und fängt mich auf, bevor ich hätte stürzen können.

Er murrt ungehalten, deutet brüsk auf die Decke und ist im Begriff, Lester in die Ecke zu schicken, doch ich greife ein und drücke seine Hand sanft nach unten.

»Lass ihn.«

»Du verwöhnst ihn zu sehr. Er hat zu gehorchen.«

»Das tut er doch. Er freut sich.«

Bevor ich mich ebenfalls an den Tisch setze, mache ich das Radio etwas leiser und kippe das Fenster, um die frische Frühlingsluft hereinzulassen.

»Da wären wir wieder«, stelle ich fest, was Rory ein Brummen entlockt. Unschlüssig kratzt er seinen Bart und räuspert sich.

»Es tut mir leid«, nuschelt er, greift nach der Tasse und nippt am Inhalt. Seine Ohren glühen noch immer, und er meidet meinen Blick.

»Was genau?«

»Musst du …?«

»Muss ich. Und zwar in aller Ausführlichkeit, bitte.«

»Na gut, ich hätte dir das mit meinem Job nicht so um die Ohren hauen dürfen«, setzt er an und wirkt plötzlich unschlüssig. Es steckt also doch mehr dahinter, denn er überlegt ganz eindeutig, ob er die wahren Hintergründe nicht doch lieber unausgesprochen lassen kann. »Keine Ahnung, warum ich … Ich bin Wildhüter in fünfter Generation, und das Drumherum ist nun mal …«

»Ich wusste schon vorher, was zu deinen Aufgaben gehört.«

»Woher?«

»Google.«

»Was? Oh. Internet, natürlich.«

»Hege und Pflege der Wildtiere, aber auch der Bestandsschutz durch Jagd«, zähle ich auf und schnappe mir einen Muffin. »Das finde ich zwar persönlich nicht sonderlich toll, kann die Hintergründe allerdings nachvollziehen. Womit ich aber ein Problem habe, ist das wahllose Abknallen. Also die Jagd als Sport. Pah! Sport! Wer das so betrachtet, gehört weggesperrt«, echauffiere ich mich und spüre, wie der Ärger meinen Blutdruck unter die Zimmerdecke treibt.

»Es nennt sich nicht umsonst Golf- und Jagdhotel«, wirft Rory ein.

»Mag alles sein, trotzdem ist Töten kein Sport.«

»Ich weiß.«

Diese beiden leise geäußerten Worte lassen mich verstummen. Sein Blick ist auf den Kühlschrank gerichtet und wirkt leer. Die Muskeln in seinen Wangen beginnen zu zucken.

»Ich hasse dich *nicht*«, füge ich nach einer Weile sanft an. »Weder für deinen Job noch für deinen Abgang neulich.«

Seine Augen richten sich auf mich und wärmen sich langsam auf. Dennoch spüre ich, dass er sich mir nur sehr vorsichtig annähert. Irgendetwas blockiert ihn, lässt ihn Abstand halten.

Um das entstandene Schweigen zu überbrücken, beiße ich in mein Gebäckstück und seufze glücklich über den Zuckerfix.

»Ich mag manchmal etwas blauäugig sein, aber lass die Samthandschuhe bitte weg. Mit mir kannst du offen reden.«

Er sieht mich an, als wäre ich nicht mehr ganz bei Trost. Ein raues Lachen quillt leise aus seiner Kehle und er schüttelt den Kopf. »Du bist wirklich eine sonderbare Frau, Melina Brunner«, murmelt er.

Links und rechts des Weges sprießt frisches Grün und reckt sich den warmen Strahlen der Nachmittagssonne entgegen. Der Himmel ist nahezu wolkenlos und von solch einem tiefen Blau, dass ich eine Gänsehaut bekomme. So habe ich Skye noch nie gesehen, und wären wir nicht auf einer wichtigen Mission, würde ich mich diesem Anblick gänzlich hingeben, um ihn ausgiebig zu genießen.

Lester hat die Witterung der Füchsin aufgenommen und weist uns den Weg. Erst überquerten wir Greevys Weideland, dann geht es querfeldein den felsigen Hang hinauf, und nun bewegen wir uns östlich, parallel zu dem etwas oberhalb gelegenen Grat. Hin und wieder bleibt er stehen, schnüffelt und gibt mir Gelegenheit, den Blick schweifen zu lassen.

»So klares Wetter hatten wir seit meiner Ankunft noch nicht, oder?«, frage ich Rory beiläufig.

»Der Frühling ist da.«

Seiner knappen Erwiderung kann ich nur beipflichten. Seinen Wanderstab, den ich durchaus praktisch finde, da man damit unter der Grasnarbe verborgene Unebenheiten und Wasserkuhlen finden kann, hat er mir gegeben, dafür schleppt er einen großen Karton. An seinem Hals baumelt ein Feldstecher, mit dem er den Bau vorher aus sicherer Entfernung einige Zeit beobachten möchte. In einem Rucksack hat er zudem noch zwei Matten und eine Thermoskanne mit Tee verstaut.

»Und du bist dir sicher, dass der Fuchsrüde die Sorge um die Welpen übernimmt, wenn das Muttertier nicht mehr da ist?« Rory hat mir erklärt, dass Füchse sich die Arbeit bei der Aufzucht teilen, und nun hoffe ich, dass das Männchen tatsächlich noch bei den Welpen ist.

»Mit viel Glück sind sie älter, dann bringt er sie allein durch. Sie einfach zu holen wäre dann ein Eingriff in die Natur.«

Lester bleibt erneut stehen und verharrt starr in eine Richtung blickend. Sein Körper ist angespannt wie die Sehne eines Bogens, kurz bevor der Pfeil losgelassen wird.

»Da wären wir«, meint Rory und stellt den Karton ab.

Ich sehe mich um, kann jedoch nichts erkennen, was auf einen Fuchsbau hindeuten würde. Vor uns am Hang befinden sich einige größere Felsen, Heide- und Wachholdersträucher, dazwischen Gras, aber weit und breit kein Fuchs.

Er kniet sich hin und deutet mir an, es ihm gleichzutun. Mit geübten Handgriffen macht er den Feldstecher bereit und sucht damit das vor uns befindliche Gelände ab.

»Hab ich euch«, murmelt er, lässt das Fernglas sinken und streift sich den Rucksack ab. Nur wenige Augenblicke später liegen wir bäuchlings auf den Isomatten und beobachten abwechselnd den Eingang des Baus. Lester macht sich zwischen uns breit und schläft friedlich.

»Kannst du den Rüden sehen?«

»Nur eine Frage der Zeit. Der Wind steht günstig.«

»Was bedeutet das?«

»Er kann uns nicht wittern. Außerdem bieten uns die Sträucher ausreichend Deckung«, erklärt er. »Die Sonne geht gleich unter.«

Ich hebe den Kopf ein wenig an und blicke über Rory hinweg hinunter ins Tal, wo die Oberfläche von Loch Leathan glatt wie ein polierter Spiegel wirkt. Die Luft ist herrlich klar, und so kann ich sogar mein Haus sehen. Daneben auf der Weide wandern dunkle und helle Flecken herum. Meine Alpakas, die das Chaos von letzter Nacht zum Glück gut weggesteckt haben.

Die Wolken am Horizont schimmern in Orange und einem leuchtenden Pink. Ein Schwarm Mücken tanzt um uns herum, wobei ich froh bin, dass Rory vor unserem Aufbruch darauf bestanden hat, mich doppelt so stark mit Insektenschutz einzusprühen. Die Midges, wie er sie nannte, seien echte Plagegeister und ihre Bisse unangenehm.

Das Licht schwindet, und ich bemerke, dass Rory mich ansieht. Obwohl wir uns schon des Öfteren nahe waren, fällt mir erst jetzt auf, wie lang und dicht seine Wimpern sind. In seinen braunen Augen liegt ein Glanz, den ich noch nie zuvor bei einem Mann wahrgenommen habe.

»Was ist?«, flüstere ich.

»Tee?«

»Gern.«

So behutsam und leise wie möglich schraubt er die längliche Thermoskanne auf und gießt etwas von dem Inhalt in den als Becher nutzbaren Deckel. Sobald die Flüssigkeit meine Kehle entlangrinnt, macht sie sich daran, die Kälte zu vertreiben, die durch das Herumliegen in meinen Körper gekrochen ist. Bis eben habe ich nichts davon gespürt, wohl auch, weil die Sonne bereits eine wohltuende Kraft besitzt.

Er nimmt ebenfalls einige Schlucke und verstaut alles wieder in seinem Rucksack.

»Die Aussicht ist fantastisch. Ich hätte die Kamera mitnehmen sollen«, raune ich in sein Ohr.

»Das ist noch gar nichts. Wir sollten bei solchem Wetter mal nach Bla Bheinn wandern. Der Blick von dort auf Loch Torrin ist sagenhaft.«

»Klingt toll.«

»Oder Elgol. Die Sonnenuntergänge dort sind atemberaubend schön. Man nennt sie auch Elgols Feuer, weil es so aussieht, als würden die Wolken über dem Berg in Flammen stehen. Mein persönlicher Favorit ist Duntulm Castle. Es liegt auf einer Klippe im Norden der Insel. Wenn die Schleier sich am Horizont rötlich färben, sieht es so aus, als würde das Meer zu Lava werden.«

»Wow!«, entweicht es mir und ich kann es kaum mehr erwarten, diese Orte mit eigenen Augen zu sehen.

»Schh«, macht er plötzlich und setzt den Feldstecher an. Ich lege mich flach auf die Unterlage und spähe zwischen den Büschen hindurch in die Richtung, in der sich der Bau befindet. Es vergehen einige zähe Augenblicke, doch dann sehe ich ihn. Schnüffelnd reckt der Fuchs, dessen rotbraunes Fell sich farblich von der braun-grünen Umgebung leicht absetzt, die Nase in die Luft und spitzt die Ohren. Er verharrt, bis sich ein Welpe nach dem anderen an ihm vorbei ins Freie schiebt und sie Vaters Vorsicht damit zunichtemachen.

Es sind vier kleine Racker, die um ihn herumtollen und gut genährt wirken. Sie spielen, während er um den Eingang der Höhle läuft, der versteckt seitlich an einem Felsen liegt. Sein Blick ist ins Tal gerichtet, und ich ahne, dass er auf seine Gefährtin wartet und wohl hofft, sie irgendwo entdecken zu können. Mein Herz zieht sich voller Trauer zusammen. Ihr geht es den Umständen entsprechend gut, hatte Niall vorhin gesagt, doch sie ist nicht hier und wird wohl auch lange Zeit nicht zurückkehren.

Die Welpen, die alle ein viel dunkleres, mehr zu der Umgebung passendes Fell tragen, entfernen sich etwas von ihrem Vater, der sie schnell wieder einsammelt und zurück in den Schutz der Höhle trägt. Auf die Entfernung kann ich kaum Vergleiche zu ihrer Größe ziehen, sie sind in jedem Fall größer als ein Kitten.

»Er wird jetzt jagen gehen«, flüstert mir Rory ins Ohr, und ich deute ihm mit einem erhobenen Daumen an, dass ich ihn verstanden habe. Der Rüde entfernt sich tatsächlich vom Bau und verschwindet nur wenig später aus unserem Sichtfeld.

»Willst du sie holen?«, frage ich, doch er schüttelt den Kopf.

»Erst checke ich, wie alt sie in etwa sind.« Langsam geht er auf die Knie und schließlich in die Hocke, bevor er sich Meter für Meter von mir entfernt. Ich sehe ihm nach und warte gespannt. Vor der Höhle angekommen, zieht er sich einen dicken Handschuh über und greift in das Loch hinein. Es scheint sehr tief zu sein, da sein Arm bis zur Schulter darin verschwindet.

Mein Herz rast in der Brust, und ich halte den Atem an, bis er es endlich geschafft hat und ein Junges zu fassen bekommt. Rory hält das Fellbündel fest im Nacken und legt es sich auf den Unterarm, den es komplett einnimmt. Er inspiziert das Kleine genauestens und zieht ihm sogar, ohne zu zögern, die Lefzen hoch, damit er sich sein Maul ansehen kann. Ungeduldig warte ich, was als Nächstes geschieht, und rechne damit, dass er sich einen weiteren Welpen aus dem Bau angeln wird.

Weit gefehlt. Es sieht so aus, als flüstere er etwas in das Ohr des kleinen Fuchses, bevor er ihn zurück in die Öffnung steckt. Mit langsamen Schritten kehrt er zurück und geht vor mir in die Hocke.

»Und?«, frage ich ungeduldig.

Er grinst und lacht leise. »Alles okay. Scheint ein sehr früher Wurf zu sein. Die Welpen sind schon weit entwickelt, topfit und haben bereits alle Milchzähne.«

»Aber du hast dir nur einen angesehen.«

»Und das sehr gründlich. Ihr Vater wird die fehlende Mutter kompensieren müssen, doch so, wie er aussah, kriegt er das hin. Zudem leben Füchse in Familienverbänden, vielleicht übernimmt eine andere Fähe das ohnehin kaum mehr nötige Säugen. Kann man nie wissen.«

Seine Erklärung klingt plausibel, dennoch habe ich Bedenken, die Fuchswelpen einfach hier zu lassen. »Bist du dir sicher, dass sie ...?«, versuche ich, meine Sorge in Worte zu fassen, gerate jedoch ins Stocken, als er sich zu mir beugt und eine Hand auf meine Schulter legt.

»Bin ich. Es geht ihnen gut.«

Trotz des wenigen noch vorhandenen Tageslichts kann ich das Lächeln, welches seine Mundwinkel umspielt, genau erkennen. Es ist warm und beruhigend.

Wir packen unsere Sachen zusammen und begeben uns auf den Rückweg zum Cottage. Der Abstieg dauert länger, denn obwohl wir Taschenlampen dabeihaben, müssen wir wegen des unebenen Geländes ganz genau aufpassen, wohin wir treten.

Bei mir zu Hause angekommen, entledigen wir uns unserer Lasten und kümmern uns um die Herde. Beide hängen wir unseren Gedanken nach, und ich beobachte Rory, wie er mit Zayn zur Tränke geht. Er wäscht sich die Hände und setzt sich danach an den Rand des halb hohen Bottichs, der als Auffangbecken dient. Den Blick hat er, ebenso wie sein Alpaka-Buddy, der ihm nicht von der Seite weicht, auf das im Mondlicht schimmernde Wasser von Loch Leathan gerichtet.

Erst als ich das Spezialfutter verteile, kommt der zottelige Vielfraß zu den anderen in den Offenstall. Ich geselle mich derweil zu Rory, und wir genießen den Moment, während das Summen der Tiere die abendliche Stille erfüllt. Ich weiß nicht, was ich ohne ihn tun würde. Er ist wie ein Fels in der Brandung, eine Konstante, mit der ich nie gerechnet habe, für die ich jedoch unglaublich dankbar bin.

Auch wenn er es mir nicht wirklich leicht gemacht hat, fühlt es sich gut an, einen Freund wie ihn an meiner Seite zu wissen. Diese Rückendeckung ist ungewohnt, doch ich bin erleichtert darüber, nicht ganz allein zu sein. Das Cottage und Rory geben mir das Gefühl, endlich angekommen zu sein. Dass hier ist es, was ich mein Leben lang gesucht habe.

Eine heilsame Ruhe macht sich in mir breit, und ich atme tief durch, bis mir einfällt, dass ich ihn noch was fragen wollte.

»Oben am Berg, bevor du den Kleinen zurück in den Bau gesteckt hast, sah es so aus, als hättest du ihm etwas zugeflüstert.« Jetzt, wo ich es ausgesprochen habe, klingt es komisch, und ich würde es gern zurücknehmen.

»Hmm«, brummt er und räuspert sich. »Ich habe ihm gesagt, dass es seiner Mutter gut geht, und versprochen, sie würde bald wieder zu ihnen zurückkehren.«

Die kommenden Tage vergehen wie im Flug. Gemeinsam haben wir die Fähe nach Dunvegan in eine Auffangstation für verletzte Wildtiere gebracht. Hauptsächlich kümmert man sich dort zwar um Seehunde, die von Schiffsschrauben erwischt wurden, doch Lioba, die Chefin der mit Spenden finanzierten Einrichtung, nahm sich ihrer gern an.

Zum Dank, aber vornehmlich, um mein Gewissen zu beruhigen, habe ich am gleichen Abend noch zweihundert Pfund überwiesen und ihr per E-Mail vorgeschlagen, die Homepage auf Vordermann zu bringen. Kostenlos, versteht sich.

Das Wetter wechselt ständig zwischen Regen und Sonnenschein hin und her. Der April zeigt sich von seiner sprunghaften Seite, und so verwundert es mich auch nicht, als ich morgens aufwache und draußen alles von einer dünnen Schneedecke eingehüllt ist.

Die Gang findet das anscheinend toll, denn sie springen fast alle wild herum und wälzen sich in der weißen Pracht. Liam, dessen Heumähne zusätzlich von Flocken vervollkommnet wird, scheint hingegen gar nicht erfreut von dem, was um ihn herum geschieht, und scharrt missmutig nach dem frischen Gras unter dem Schnee.

Mit der Kamera im Anschlag wandere ich über die Weide. Ein Foto nach dem anderen entsteht ... eines schöner als das andere. Über uns teilen sich die Wolken, und es klart plötzlich auf. Innerhalb weniger Augenblicke strahlt die Sonne auf uns hernieder, was die Szenerie ein weiteres Mal vollkommen verändert. Ich kann mich gar nicht daran sattsehen, so schön ist es um mich herum.

Das Grollen von Rorys Range Rover zieht meine Aufmerksamkeit auf sich. Entgegen seiner Gewohnheit ist er heute verdammt spät dran. Normalerweise ist er um diese Uhrzeit längst bei der Arbeit. Fröhlich kichernd laufe ich ihm entgegen. Lester, der laut bellend herumrennt, hat seine helle Freude am Schnee. Wie ein Verrückter flitzt er auf mich zu, sobald ich das Gatter hinter mit geschlossen habe.

Rory wirkt hingegen wenig begeistert. In Höhe der Terrasse bleibt er stehen und wartet auf mich. Seine Miene ist düster, als ob eine dunkle Wolke einzig über seinem Kopf hängen würde. Obwohl ich noch einige Meter entfernt bin, fällt mir auf, dass seine Hände ganz dreckig sind. Irgendetwas Dunkelbraunes klebt daran.

»Müsste kurz ins Bad«, murmelt er in seinen Bart hinein.

»Sicher.« Ich folge ihm bis zur Tür, wo er seine Stiefel auszieht und ich mich meiner pinkfarbenen Gummistiefel entledige. In Strümpfen tapst er durch die Küche und taucht erst nach einer gefühlten Ewigkeit wieder auf.

Zwischenzeitlich habe ich Tee gekocht und drücke ihm eine Tasse in die Hand, obwohl er sie erst nicht nehmen möchte.

»Was ist los?«

»Nichts, alles gut.«

Ach ja? Er kann mir nicht einmal in die Augen sehen und meint, mich mit einem halb garen Satz abspeisen zu können. Nicht mit mir, Freundchen. »Rory ...«

»Melina«, setzt er leicht genervt an und seufzt, bevor er sich mit der flachen Hand über das müde erscheinende Gesicht reibt. »Es gab einen Zwischenfall bei einer Jagd ... ein paar Meilen südlich von Leathan.«

Mein Mund schnappt augenblicklich zu, während ein tonnenschweres Gewicht gegen meine Brust drückt.

Rory lehnt sich neben mir an die Arbeitsfläche und starrt in seine Tasse. Es war also Blut, was er an seinen Händen kleben hatte. Tausende Fragen rasen durch meinen Kopf, keine kommt über meine Lippen.

Aufgewühlt wende ich mich ab und versuche krampfhaft, einen klaren Gedanken zu fassen.

»Ich bin im Stall«, sagt er leise, stellt die Tasse in die Spüle und verschwindet.

Vom Fenster aus sehe ich ihm dabei zu, wie er das Gatter öffnet und die Weide betritt. Es dauert nicht lange und sämtliche Alpakas scharen sich um ihn. Beinahe scheint es, als würden sie instinktiv spüren, dass es ihm nicht gut geht. Sie versuchen, ihn durch Zupfen an der Jacke oder Knabbern an den Haaren aufzumuntern.

Rory lässt alles mit sich machen, legt sogar einen Arm auf Harrys Rücken, während Zayn über sein Ohr leckt. Er verschmilzt buchstäblich mit der Herde, und mir wird bewusst, dass meine Wollwuschel tun, was ich zuvor versäumt habe, sie geben ihm Rückhalt. Es muss wirklich schlimm gewesen sein, wenn es ihn so mitnimmt. Schließlich ist er ein erfahrener Wildhüter und macht den Job nicht erst seit gestern.

Egal was passiert ist, ich ärgere mich, dass ich nicht souveräner reagiert und ihm beigestanden habe. Eben gerade hätte Rory *mich* gebraucht.

Ich befülle seine Tasse erneut und gehe zum Stall, wo er das heruntergefallene Heu zusammenfegt.

»Ich werde nachher ausmisten. Hast du heute Abend Zeit?«, frage ich beiläufig, um auszuloten, wie seine Stimmung ist. Den Tee stelle ich ihm auf den Tisch mit der Waage, wo ich das Spezialfutter mische. Er sieht nicht einmal auf, scheint in Gedanken weit fort zu sein. »Rory.« Ich trete neben ihn und lege eine Hand auf seine, was ihn in der Bewegung verharren lässt.

Zwei Herzschläge später macht er sich mit einem Ruck los und bringt einige Meter Abstand zwischen uns. Das trifft mich sehr, denn ich wollte ihm doch nur eine Schulter bieten, für ihn da sein.

»Bin schon verplant. Das Ausmisten kann ich übernehmen, wenn ich heute Abend zum Füttern komme. Du musst dich noch schonen.« Seine Stimme klingt rau und mehr nach einem Krächzen. Nicht einmal in die Augen kann er mir sehen.

Ich weiß nicht, was ich sagen soll, und fühle, dass er die altbekannte Mauer zwischen uns wieder hochzieht. Krampfhaft überlege ich, ob es gut wäre, ihn direkt darauf anzusprechen, oder die Sache einfach zu übergehen.

»Was ist denn genau passiert?«, frage ich vorsichtig nach und wappne mich innerlich, während ich auf seine Antwort warte.

Die kommt allerdings in Form eines Schnaubens. Er wendet mir den Rücken zu und greift mit einer Hand an die oberste Querstrebe des Gatters. Die Muskeln und Sehnen in seinem Unterarm spannen sich an, beginnen zu zucken, und seine gesamte Körperhaltung verdeutlicht mir, dass er mit mir nicht darüber reden will.

»Okay. Bis heute Abend«, gebe ich leise von mir und kämpfe mit einem dicken Kloß in meiner Kehle.

Auf dem Weg zurück zum Haus versuche ich, aus seinem Verhalten schlau zu werden. Warum kann er sich den Tieren gegenüber öffnen, aber mich hält er auf Abstand? Liegt es wirklich an der vertanen Chance in der Küche, oder steckt da noch mehr dahinter?

Lester, der brav auf mich gewartet hat, kommt zu mir, sobald ich mich an den Tisch gesetzt habe. Gedankenverloren kraule ich ihn hinter den Ohren, bis Rory ihn mit einem Pfiff zu sich ruft. Vom Wohnzimmer aus beobachte ich, wie der Rover zur Straße fährt und in Richtung Hotel abbiegt. Mein Herz krampft sich zusammen, weil ich nicht weiß, warum er sich mir gegenüber so verschließt.

Wegen der Witterung nehme ich lieber den Wagen, um meine Einkäufe zu erledigen, und schaue noch kurz bei Edith im Laden vorbei.

»Wie geht es der Füchsin?«, hakt sie nach, während sie mir einen Tee einschenkt.

Scheinbar hatte sich die Geschichte wie im Nu herumgesprochen.

»Lioba meinte vorhin, jeden Tag ein wenig besser. Sie knabbert am Gips.«

»Juckt wahrscheinlich schrecklich, das arme Ding. Wäre das bei Fionn auf der Weide passiert ...«, erwidert sie und seufzt.

Ich kann mir denken, was dann mit dem Tier geschehen wäre, und lächle gequält. Wahrscheinlich hätte jeder andere kurzen Prozess gemacht. Ich bin hingegen der Meinung, dass jedes Lebewesen seine Daseinsberechtigung hat und gleichwertig zu behandeln ist. »Sie wird wieder gesund und kann zurück in die Freiheit.«

»Und das ist auch gut so. Wobei es da ja weiß Gott genug Gefahren gibt. Erst heute Morgen ... der schlimme Jagdunfall«, berichtet sie, was mich hellhörig werden lässt.

»Was ist denn passiert?«

»Ach, Kindchen, so ein schießwütiger Amerikaner hatte nicht richtig getroffen, und das arme Geschöpf rannte schwer verletzt davon. Bei Loch Fada konnte es schließlich aufgespürt werden. Es muss schrecklich gewesen sein. Mildred Hutton, die Frau des Pfarrers, meinte, man hätte die Schreie der armen Kreatur bis zum Hof von Killian March gehört. Was eine gute Meile entfernt ist. Zum Glück hat Rory sich darum gekümmert. Er ist wirklich ein guter Junge, nicht so ein Tunichtgut wie sein Vater.«

Mir schnürt es die Kehle zu. Gleichzeitig wird mir übel, und der Tee droht wieder zum Vorschein zu kommen. Wenn ich mir überlege, wie sehr er die Alpakas ins Herz geschlossen hat und im Gegenzug auch von der Herde angenommen wurde, zerreißt es mich innerlich, dass er so etwas tun muss. Es ist niederschmetternd, und ich kann ihn und seine Reaktion nun um einiges besser verstehen.

»Hast du dir eigentlich die Sache mit dem Frühlings-Gatherings in Portree überlegt?«, wechselt Edith das Thema, worüber ich sehr dankbar bin.

Sie hatte mich schon vergangenen Sonntag angerufen, um mich zu bitten, sie beim Fest am Verkaufsstand für Wolle und Stoffe zu unterstützen, nur war ich da zu sehr mit der Sorge um die Füchsin und ihre Welpen beschäftigt.

»Ähm, sicher. Ich helfe dir gern.«

»Das ist wundervoll. Sehr schön. Du kannst natürlich auch was von deiner Alpakawolle anbieten. Apropos! Einige der Schafzüchter bringen ihre prämierten Tiere mit. Wie wäre es? Wir bauen ein kleines Gatter und packen zwei oder drei von deinen Zuckerstücken hinein? Den engstirnigen Landeiern werden die Augen aus dem Kopf fallen, wenn sie mal was anderes sehen als ihre Scottish Blackfaces.«

Ihr Vorschlag kommt unerwartet, klingt allerdings irgendwie interessant. »Ich werde es mir überlegen. Wenn, müsste ich mir einen Anhänger für den Transport borgen«, denke ich laut nach, was Edith mit einer wegwerfenden Handbewegung kommentiert.

»Frag einfach bei Gilbert nach, der hat genug von den Dingern in seinen Ställen rumstehen.«

»Wen?«

»Gilbert Greevy, dein Nachbar.«

»Ach der ... Okay, werde ich machen.« Ich habe zwar außer einem »Hallo, ich bin Ihre neue Nachbarin« noch nicht viel mehr mit ihm gesprochen und finde ihn recht kauzig, doch fragen kostet ja bekanntlich nichts.

# 10.
# Rory

Beinahe eine Stunde verbringe ich damit, meine Angeln in der Garage zu suchen, bis mir einfällt, dass ich sie vergangenen Herbst bei Curran im Schuppen habe stehen lassen. Da ich sowieso noch zu den Alpakas wollte, kann ich sie mir gleich mitnehmen.

Auf der Fahrt dorthin meldet sich die Tankanzeige, und ich lege einen Zwischenstopp an der Tankstelle ein. Bei den aktuellen Preisen treibt es mir den Schweiß auf die Stirn. Das hat mir echt noch gefehlt und drückt meine Laune, die sich seit dem Morgen sowieso konstant nahe dem Nullpunkt bewegt, weiter nach unten.

Und das alles wegen zweier Witzfiguren aus Kansas. Fünftausend Dollar teures Gewehr, aber zu blöd, das Zielfernrohr richtig zu justieren. Und wer durfte das Tier dann aufspüren und ihm den Gnadenschuss geben? Die Schreie des Damhirschs hallen in mir nach. Überall im reinweißen Schnee war Blut. Das Geschehen am Fundort hat sich in meine Gedanken gebrannt.

Ein mir gut bekanntes Grollen wird laut und reißt mich ins Hier und Jetzt zurück. Lachlan parkt seinen Aston auf der gegenüberliegenden Seite der Zapfsäule und steigt aus.

»Hey, genau der Mann, den ich heute Abend brauche«, begrüßt er mich und klopft mir überschwänglich auf die Schulter.

»Wieso? Ist George krank geworden?«

Er stutzt, doch dann beginnt er lauthals zu lachen. Zu laut und definitiv zu aufgesetzt für meinen Geschmack.

»Nachher schon was vor?«

»Wenn du so fragst, was ist diesmal der Grund?«

Er seufzt und lässt den Kopf hängen. »Du kennst mich zu gut. Hab mir eine halbe Stunde sein Gebrüll anhören dürfen, weil wir seiner Meinung nach für den Sommer nicht genügend Reservierungen hätten und für die kommende Jagdsaison im Herbst auch noch zu viele Pachttage frei seien. Ich würde meine Arbeit nicht richtig machen, wäre zu faul, würde meine Prioritäten falsch setzen. Blablabla.«

»Klingt, als hättest du ein Stout nötig.«

»Eins?« Er lacht freudlos und reibt sich mit der flachen Hand über das müde aussehende Gesicht. »Wollen wir gleich, oder willst du dich erst umziehen?«

»Ich bin auf dem Weg zu Melina«, erwidere ich, während ich den Tankstutzen zurück in die Halterung stecke.

Im Umdrehen sehe ich, wie er die Augen zu Schlitzen verengt und das Kinn nach vorn reckt. »Ach tatsächlich. Musst du einen weiteren Zaun bauen?« Seine Stimme birgt blankes Eis und lässt mich verharren.

»Ähm, ich will meine Angelruten holen. Die stehen noch im Schuppen.« Ich denke mal, es ist besser, wenn ich die Alpakas nicht erwähne. »Wollte morgen früh an den See.«

»Aha.« Keine Ahnung, ob er mir das abkauft oder nicht. Der Blick, mit dem er mich mustert, liegt voller Misstrauen.

»Acht Uhr könnte ich schaffen.«

»Dann bis später«, erwidert er kühl und öffnet den Tankdeckel des Aston.

Auf der Fahrt zum Craig Cottage wallt mein schlechtes Gewissen gegenüber Melina auf. Ich hätte meine Hände schon vorher säubern müssen, darüber hinaus nehme ich Idiot auch noch die Worte Jagd und Unfall in den Mund. Kein Wunder, dass sie völlig verwirrt war. Nachdem was mit der Füchsin passiert ist, weiß ich, wie sensibel sie bei derlei Dingen reagiert.

Warum halte ich nicht einfach die Klappe und mache die Sache wie immer mit mir selbst aus? Ich muss das auf jeden Fall dringend mit ihr besprechen, sie denkt sonst noch, es hätte etwas mit ihr zu tun. Vor allem im Hinblick auf ihre Berührung. Ihre zarten Finger sollen nicht befleckt werden.

Im Vorbeifahren erkenne ich ihren Wagen, der vor Greevys Haus steht, bremse etwas ab und sehe sie mit dem alten Schafzüchter an einem seiner Ställe stehen. Dort waren früher fünfhundert Scottish Blackfaces untergebracht, heute lebt er hier vollkommen allein. Seine Söhne Ron und Fred sind schon vor Jahren nach Manchester gezogen und lassen sich höchstens an Weihnachten blicken.

Mit einem Hupen grüße ich beide und sehe, wie sie ihre Hände heben und winken, bevor ich meine Fahrt fortsetze. Zum Glück ist der Schnee, der mich heute Morgen kalt erwischt hat, über den Tag hingeschmolzen. Was zurückblieb, ist der pure Matsch, vor allem auf der Weide.

Ich muss mich nicht großartig umsehen, um zu erkennen, dass Melina natürlich doch selbst ausgemistet hat, und lenke mich von meinem aufwallenden Unmut ab, indem ich die Tür des Schuppens aufreiße, um nach den Angelruten zu suchen.

Noch bevor ich einen Schritt hineinmache, komme ich ins Stocken, denn vor mir baumelt eine Art Ball in einem Netz. Verwundert nehme ich das Ding in Augenschein und stelle fest, dass fünf weitere von den Dachbalken herabhängen. Gleichzeitig frage ich mich, warum es hier drinnen so grässlich stinkt, bis mir klar wird, dass es von den komischen Kugeln herrührt.

»Hey, du bist ja schon da«, höre ich Melina hinter mir und trete aus dem Schuppen heraus.

»Was ist das?«, will ich wissen und deute auf die muffelnden Gebilde.

»Dung«, sagt sie schulterzuckend und bestätigt meine Vermutung. »Habe ich da zum Trocknen aufgehängt.«

»Wieso?«

»Der Schuppen ist bestens geeignet, da die Luft durch die Ritzen zirkulieren kann. Besser als der Dachboden vom Haus.«

»Wozu trocknest du das?«

»Das ist der beste Dünger überhaupt.«

»Was?«

»Dünger für Pflanzen. Natur pur. Für ein richtiges Gemüsebeet ist es bereits zu spät, aber vor dem Haus und hinten an der Terrasse wollte ich Blumen pflanzen. Beim Umgraben kann ich dann einiges davon ins Erdreich mischen, und die Pracht wird nur so sprießen, glaub mir.«

Nun bin ich vollkommen verwirrt, und das scheint sie mir auch anzusehen, denn sie öffnet die Tür ein wenig weiter und strahlt die Hinterlassenschaften ihrer Herde voller Stolz an.

»Auf der Alpakafarm in Inverness, wo ich vor zwei Jahren einige Kurse besucht habe, wird einem alles beigebracht, was man rund um die Tiere wissen muss. Nicht bloß die Verarbeitung der Wolle, sondern auch so was hier. Und sie bieten Wanderungen und Therapien an«, erklärt sie.

»Therapien?«

»In Altenheimen oder zum Beispiel für autistische Kinder. Die Tiere sind zwar groß, dennoch sind sie zutraulich und sanftmütig.«

Das leuchtet mir ein und klingt sehr interessant.

»Noreen Mullan hat sich in Zayn verliebt.«

»Ach, hat er den alten Drachen nicht vollgespuckt? Schade«, feixe ich und fange mir einen Knuff gegen den Oberarm ein.

»Hey! Noreen ist sehr nett, und zufällig mag ich sie«, mault Melina und funkelt mich giftig an. »Hat sie dich etwa noch unterrichtet?«

Schockiert schüttele ich den Kopf. »Zum Glück nicht, nur im letzten Schuljahr Mathe- und Englischnachhilfe.« Curran hat mich damals am Schlafittchen zu ihr geschleift. Zweimal die Woche bläute sie mir den Stoff ein, bis es mir zu den Ohren rauskam, und ich durfte erst gehen, wenn ich alle Aufgaben gelöst und den Stew aufgegessen hatte. »Ich mag sie auch. Sie hat mich durch die Prüfungen gebracht.« Dafür werde ich ihr auf ewig dankbar sein, denn ohne Noreen wäre ich heute ein Sozialfall ohne Schulabschluss.

»Prüfungen«, wiederholt sie leise. Ihre Augen, die bis eben noch lebhaft strahlten, wirken plötzlich traurig. »Manchmal kommt mir das Leben wie eine einzige Prüfung vor.«

»Ich weiß genau, wovon du sprichst«, stimme ich zu und habe das Gefühl, dass dies der richtige Moment ist, um mein abweisendes Verhalten ihr gegenüber aufzuklären. »Heute Morgen ...«, setze ich an.

»Ich weiß und ich kann dich verstehen. Es tut mir leid«, sagt sie und verwirrt mich damit.

»Wieso? Was meinst du?«

»Edith hat mir von dem Zwischenfall bei der Jagd erzählt. Es muss schrecklich gewesen sein.« Melina tritt näher an mich heran und legt eine Hand an meinen Oberarm. Es ist nur eine sehr zögerliche Berührung, als hätte sie Angst, ich würde zurückschrecken.

»War es«, stimme ich zu und kämpfe gegen die aufkommenden Erinnerungen an.

»Statt mich abzuwenden, hätte ich dir zuhören und auf dich eingehen müssen. Ich war nur so geschockt. Es tut mir wirklich leid, wenn ich dich vor den Kopf gestoßen habe.«

Jetzt bin ich sprachlos und weiß nicht, was ich darauf erwidern soll. »Ähm ....«

»Freunde sollten füreinander da sein, und du bist für mich da. Ohne dich wäre ich in den vergangenen Wochen vollkommen aufgeschmissen gewesen. Du hast mich ...«, fährt sie fort, sich zu geißeln, was ich mangels Worten mit dem Streicheln ihrer Wange zu unterbinden versuche.

Ihre Lider weiten sich, während mein Daumen über ihre zarte Haut gleitet. »Es ist okay. Ich wollte dich nicht damit belasten, deshalb habe ich so abweisend reagiert. So was mache ich mit mir selbst aus.«

»Warum? Das musst du nicht. Rede mit mir, ich höre dir zu.« Ihre Worte bergen ein Versprechen, an das ich nur zu gern glauben würde.

Melinas Hand gleitet von meinem Oberarm hinauf zur Schulter, bis ich ihre Finger in meinem Nacken spüre.

»Komm, lass dich drücken!«, murmelt sie und zieht mich näher heran.

Mein Körper entwickelt ein Eigenleben. Noch bevor ich ihre Worte gänzlich verarbeitet habe, halte ich sie fest und verliere mich im Geruch ihrer Haare. Fruchtige Beeren hüllen meine Sinne ein, bis mir das Wasser im Mund zusammenläuft. Es fällt mir schwer, mich von ihr zu lösen, denn es fühlt sich verdammt gut an, in den Arm genommen zu werden. Es ist viel zu lange her, und sobald ich von Melina ablasse, überfällt mich die Einsamkeit und droht, mich innerlich zu zerreißen.

»Was wolltest du bei Greevy?«, frage ich, um mich vor dem Abgrund, in den ich zu stürzen drohe, zu retten.

»Ach so, ich brauche einen Hänger.«

»Wofür?«

Kalt greift die Angst nach mir und wählt sich ausgerechnet mein Herz aus, um es zu zerquetschen. Es ist, wie Lachlan gesagt hat, sie wird die Insel wieder verlassen.

»Edith schlug vor, ein paar Alpakas mit zum Gathering zu nehmen. Die Idee fand ich gut, doch mit meinem offenen kann ich sie schlecht transportieren. Er leiht mir einen. Da fällt mir ein, hast du einen Hochdruckreiniger?«

Lachlan wartet vor dem Pub auf mich. Seiner Miene nach zu urteilen, ist sein Bedarf an Flüssigem erheblich gestiegen.

»Da bist du ja endlich. Dachte schon, die Kleine hätte dich ans Bett gefesselt«, tönt er und grinst schief.

Aus einem Impuls heraus greife ich an das Revers seines Jacketts und ziehe ihn rabiat vor mich. »Noch so ein Spruch, und du kannst das Bier durch eine Zahnlücke schlürfen. Melina ist keines von deinen Mäuschen, sondern eine anständige Frau.«

»Ist ja schon gut, sorry. Meine Güte, verstehst du keinen Spaß mehr?«, mault er und streicht den Stoff glatt, sobald ich von ihm abgelassen habe.

»Wenn es um sie geht, nein. Lass uns reingehen, sonst überlege ich es mir noch und bin wieder weg.«

»Du denkst aber schon noch dran, dass wir das Land brauchen, oder? Rory, ich zähle auf dich«, versucht er, in mich zu dringen. »Lass dich nicht blenden.«

Sein Blick bohrt sich in mich, und ich fühle mich plötzlich hin- und hergerissen zwischen unserer uralten Freundschaft und der, die gerade mit Melina entsteht. Lachlan hat mich nie bewertet. Ihm ist es egal, dass ich kein Geld habe und der Sohn eines Alkoholikers bin. Für ihn zählt Loyalität mehr als eine Kreditkarte, und mein Gewissen beginnt, an mir zu nagen.

Im Gastraum empfängt uns das gewohnte Stimmengewirr, welches von Biergeruch und dem Duft nach leckerem Essen durchzogen ist. Da ich hier so ziemlich jeden kenne, fallen mir die wenigen Gesichter, die zu Touristen gehören, auf.

Alle Tische sind besetzt, also steuere ich die Theke an, bis mich Lachlan aufhält.

»Schau mal, dort drüben ist was frei.« Er deutet auf einen Vierertisch, an dem zwei Frauen allein sitzen, und knufft mir von hinten gegen die Schulter, um mich anzutreiben. Widerwillig folge ich ihm. Wahrscheinlich wird er eine oder gleich beide Mädels den ganzen Abend über angraben, bis sie mit ihm die Nacht oder zumindest ein paar Stunden davon verbringen.

»Guten Abend, habt ihr zwei Hübschen für zwei durstige Männer Platz an eurem Tisch?«, fragt er und zwinkert einladend. Die beiden ortsfremden Frauen wechseln einen vielsagenden Blick miteinander, nachdem sie uns eingehend gemustert haben, und rutschen zur Seite.

»Klar! Setzt euch«, meint die Schwarzhaarige und verschlingt Lachlan buchstäblich mit Blicken.

»Ich bin Alex«, stellt sich die Dunkelblonde neben mir vor. Ihr Lächeln ist etwas schüchtern, und sie schlägt die Augen nieder. »Das ist meine Freundin Astrid. Wir kommen aus Deutschland.«

»Deutsche ... Wie nett«, meint Lachlan und ich ahne, was nun kommen wird. Nur zu gern kramt er seinen spärlichen deutschen Wortschatz heraus und bricht sich jedes Mal die Zunge daran. »Guten Tag. Wie geht es dir?«

Astrid und Alex lachen, wohl mehr aus Höflichkeit, denn witzig war es noch nie.

»Ich bin Lachlan. Der Griesgram hier wird Rory genannt«, feixt er und haut mir gegen die Schulter. »Zwei waschechte Highlander mit Whisky im Blut.«

Seinen Auswurf nehme ich als Stichwort und begebe mich zur Theke, um nicht auf dem Trockenen zu sitzen, weil Rosalind keinen Tisch bedient, an dem Lachlan sitzt. Da die beiden Frauen noch volle Gläser vor sich hatten, bestelle ich lediglich Getränke für Lachlan und mich, die Tobi nur wenige Augenblicke später vor mir auf dem Tresen platziert.

»Fyfe, du hier?«, höre ich den Doc hinter mir und wende mich halb um. »Wo hast du die Fuchsretterin gelassen?«

»Falls du Melina meinst, sie ist zu Hause«, erwidere ich und greife nach den Gläsern. Irgendwie stört mich sein schiefes Grinsen. In mir macht sich ein komisches Ziehen bemerkbar, und für einen winzigen Augenblick spüre ich, wie sich ihr warmer Körper gegen meinen drückt – und das sanfte Kraulen ihrer Fingerspitzen in meinem Nacken.

»Ah, okay«, höre ich ihn noch sagen, bevor ich zurück zum Tisch gehe. Dabei zerbreche ich mir den Kopf, warum er wissen will, wo sie ist. Ich blicke mich, sobald ich mich gesetzt habe, nach ihm um. Zu meiner Überraschung finde ich ihn an der Garderobe, wo er seine Jacke anzieht und kurze Zeit später den Pub verlässt.

Unwillkürlich wundere ich mich, wohin er so schnell verschwindet, und mich überkommt ein komischer Gedanke, der sich in meinem Kopf festsetzt, Wurzeln schlägt und zu einem Mammutbaum heranwächst. Er will zu ihr. Er ist scharf auf sie!

Lachlan mimt derweil den Alleinunterhalter, wofür ich dankbar bin, denn auf seichte Gespräche habe ich keine Lust. Eigentlich habe ich nicht mal Lust auf mein Ale. Ich will nur eines wissen: ob Price zu Melina gefahren ist oder nicht.

»Rory, der Meinung bist du doch auch, oder?«, ruft Lachlan und reißt mich mit einem Rütteln an der Schulter aus meinem Kopfkino. »Sie ist bestimmt ein kleines Hühnchen!«

»Aye.« Das Lächeln von Alex wird herausfordernd, und in ihren graublauen Augen beginnt es zu blitzen. Was war eben das Thema? Verdammt, ich hätte wenigstens mit einem halben Ohr zuhören und argwöhnischer sein müssen, statt einfach zuzustimmen.

»Als ob ich mich das nicht trauen würde!«, tönt sie und rückt näher an mich heran, bis mich ein weicher Duft nach Pfirsich einhüllt. Ich starre auf ihren sinnlich geschwungenen Mund, der sich verheißungsvoll öffnet. Er hat doch nicht etwa mit ihr gewettet, ob sie sich traut, mich zu küssen?

»Du bist schon irgendwie süß, trotz des Bartes«, flüstert sie und spitzt die Lippen.

»Wer ist jetzt hier das Hühnchen? Wie er zurückweicht!«, ruft Astrid aus und biegt sich vor Lachen nach hinten. In der gleichen Bewegung befinde ich mich, nur hat sie eine Wand im Rücken, ich drohe hingegen seitlich vom Stuhl zu kippen.

»Bin gleich wieder da«, presse ich hervor und springe auf. Mit langen Schritten steuere ich das Klo an und atme erleichtert aus, sobald die Tür hinter mir zufällt.

Mein Blick wandert zum Spiegel, und ich stelle fest, dass heute *ich* derjenige bin, dessen Gesicht von hektischen roten Flecken geziert wird. So leichte Sachen, wie sie Lachlan bevorzugt, waren noch nie mein Ding. Mit genug Ale und Whisky intus bin ich allerdings auch nicht abgeneigt, eine belanglose Nacht mit einer Frau zu verbringen, die morgen bereits wieder abreist. Etwas Festem habe ich mich hingegen stets verschlossen. Meine Angst, verlassen zu werden, ist viel zu groß, viel größer als das Bedürfnis, jemandem gegenüber Gefühle zu entwickeln. Ach, was mache ich mir eigentlich vor. Keine Frau, die etwas auf sich hält, will mehr von mir als etwas Spaß in den Kissen. Ich hätte nie was auf die Reihe bekommen, wäre Curran nicht gewesen. Meine zu Fäusten geballten Hände drücken gegen meine Oberschenkel. Das Bedürfnis, mein Gesicht im Spiegel zu zerschlagen, wird von Sekunde zu Sekunde größer.

Price ist jetzt bei ihr. Er kennt sich mit Computern aus, hat studiert und kann sicherlich sehr tiefgründige Gespräche führen. Ich sehe es richtiggehend vor mir, wie sie Wein trinken und er sie vollsäuselt, bis sie in seinen Armen liegt und er ihr seine Zunge in den Hals schiebt.

Die Tür geht auf, und das Szenario löst sich in Luft auf.

»Wirst du langsam mal fertig? Du bist hier schon seit Stunden drin«, mault Lachlan und stellt sich ans Pissoir.

»Stimmt doch gar nicht«, nuschele ich und wasche mir die Hände, um wenigstens so zu tun, als wäre ich auf dem Klo gewesen.

»Die Kleine hast du echt doof dastehen lassen. Du schuldest mir jetzt übrigens ein Stout.«

»Von mir aus.« Ich lasse meinen Frust an den Papierhandtüchern aus, die ich mit viel zu viel Krafteinsatz aus dem Spender zerre und nach dem Abtrocknen zu einem kompakten Ball zusammenknülle.

Lachlan schüttelt ab, wäscht seine Hände und wendet sich der Tür zu. Er öffnet sie jedoch nicht, sondern kramt ein paar Münzen aus der Hosentasche hervor und füttert damit den an der Wand hängenden Kondomautomaten.

»Erdbeergeschmack. Hast du dich schon mal gefragt, ob …«, quasselt er vor sich hin, doch mein Bedarf an sinnlosem Gebrabbel ist für heute gedeckt.

»Hör zu, der Tag war beschissen, und ich bin total im Eimer. Ich gehe nach Hause.«

Eine Augenbraue zuckt nach oben, während er mich über die Schulter hinweg intensiv mustert. Er zieht eine Packung und wirft Geld für eine weitere nach.

Da er die Tür blockiert, kann ich nicht raus. Ungeduldig warte ich darauf, dass er in die Pötte kommt, doch er dreht sich lediglich um und baut sich vor mir auf.

»Hier, du musst dringend mal ein wenig Druck ablassen«, meint er trocken und drückt mir eine der Packungen in die Hand. »Schnapp dir die Kleine und leg sie flach, dann erkennst du vielleicht langsam mal wieder, was wirklich wichtig ist und wo deine Prioritäten liegen sollten. Frauen, das weißt du aus eigener Erfahrung am besten, kommen und gehen. Echte Freundschaft gibt es nur unter Männern, Rory.«

Der Blick, mit dem mich Lester bedenkt, als ich in meiner alten verwaschenen Feinripp-Unterwäsche ins Bad schlürfe, sagt mehr als tausend Worte. Es ist wohl definitiv an der Zeit, mir neue zu besorgen, wenn sich sogar mein Hund bei meinem Anblick beschämt murrend abwendet.

»Der Herr noch müde, was?«, maule ich und strecke meine steifen Glieder. Mir ist auch nicht nach Aufstehen. Mein eigentliches Vorhaben, angeln zu gehen, kann ich abhaken, da ich die Ruten vor lauter Alpakadung völlig vergessen habe. Stattdessen werde ich mich mit Arbeit ablenken und am Ostufer von Loch Leathan die Gelege prüfen. Und dann ist da noch die dämliche Statistik, die ich dringend aktualisieren muss.

Die Nacht war, nachdem ich den Pub, ohne auch nur einen Tropfen Ale zu trinken, verlassen habe, ziemlich schlaflos. Zuletzt habe ich gegen vier auf die Uhr gesehen, jetzt ist es sechs. Ich habe mich von einer Seite auf die andere gewälzt, und kaum habe ich die Augen geschlossen, kamen Bilder hoch, wie Melina und Price miteinander rummachen. Unterbrochen wurden sie von Lachlans Worten, die wie ein Presslufthammer in meinem Kopf wüteten: *Frauen kommen und gehen, echte Freundschaft gibt es nur unter Männern.*

Hin- und hergerissen frage ich mich ständig, warum mir das mit Melina und Price nicht egal ist? Ich könnte ihr sowieso nichts bieten. Weshalb verspüre ich dann dieses grässliche nagende Gefühl? Nur weil sie mich in den Arm genommen hat? Rein freundschaftlich, wohlgemerkt.

Ich war meinem besten Freund gegenüber stets loyal. Lachlan hält zu mir und ich zu ihm. Wie kann ich ihm dann in den Rücken fallen? Das Cottage mag Curran gehört haben, doch er ist tot. Trotzdem zerreißt mir der bloße Gedanke, dass es das Craig Cottage nicht mehr geben könnte, das Herz. Es fühlt sich an, als würde ich mein eigenes Zuhause verraten, mich meiner Wurzeln berauben.

Um meinen Kopf von all dem Unrat, den mein Gedankensturm herumwirbelt, zu befreien, wasche ich mein Gesicht mit eiskaltem Wasser. Dicke Tropfen perlen von meinem Bart und landen auf meiner Brust, während ich mein Spiegelbild betrachte. Der Drang, es mit der Faust zu zerschlagen, ist nicht mehr ganz so groß, aber noch immer vorhanden. Irgendwie fühle ich mich innerlich zerrissen, leer und betäubt.

Hinter mir hat sich Lester in die Tür gesetzt. Er beobachtet mich und scheint darauf zu warten, dass ich ihn hinters Haus in den verwilderten Garten lasse.

Gedankenverloren kratze ich das drahtige Haar an meinen Wangen. Zum letzten Mal habe ich mich am Tag von Currans Beerdigung rasiert. Es ist zwar beim Essen nicht immer praktisch, Haare so nahe am Mund zu haben, doch in den vergangenen Wintermonaten, hatte der Wildwuchs durchaus Vorteile, als die eisigen Winde über die Heide pfiffen.

»Gestern habe ich Alex kennengelernt«, berichte ich Lester, der mich ansieht, als würde er jedes Wort verstehen und mich gleichzeitig für verrückt erklären, weil ich mal wieder mit ihm rede. »Sie meinte, ich wäre süß. Trotz meines Bartes.« Lester murrt und gähnt. »Scheint dich nicht sonderlich zu interessieren.« Ich krame den alten Rasierer hervor, klappe den Toilettendeckel runter und setze mich darauf. Lester kommt näher und bleibt vor mir stehen. »Was meinst du? Bart oder kein Bart?« Auf seiner Stirn falten sich hohe Berge auf. »Komm schon! Hilf mir bei der Entscheidung«, fordere ich. Er blickt zwischen der Hand mit dem Rasierer und der anderen, leeren hin und her, murrt und dreht sich ab. Keine zwei Sekunden später höre ich ihn an der Hintertür kratzen.

»Du hast recht. Ich bin, wie ich bin, und ich weiß, wohin ich gehöre. Der Bart bleibt dran.« Wieso mich verändern? Price passt viel besser zu Melina. Was will sie mit einem Hinterwäldler, der absolut nichts vorzuweisen hat und froh ist, wenn er den Startknopf des Computers findet.

»Melina ist eine tolle Frau, doch sie wird Leathan früher oder später verlassen.«

Lester, der bei der Erwähnung seiner besten Freundin mit heftigem Schwanzwedeln reagiert, kommt mir entgegen und stupst mit der Schnauze gegen meine Beine. Bei ihm heißt das so viel wie: *Jetzt beeil dich endlich, ich will raus.*

In der Tür stehend beobachte ich, wie er durch den Garten flitzt und jede Ecke der verwitterten Steinmauer, die das Gelände eingrenzt, markiert. Das Handy beginnt zu klingeln. Um diese Uhrzeit kann das nichts Gutes bedeuten. Ich krame in meinen Jackentaschen nach dem Ding und finde die ungeöffnete Kondompackung, die mir Lachlan aufgedrängt hat.

Missmutig stopfe ich sie zurück und fische das Telefon heraus. Beinahe lasse ich es fallen, als ich *ihren* Namen im Display lese. Ist etwas passiert oder will sie mir bloß mitteilen, dass Price ihr ab jetzt bei den Tieren helfen wird?

»Was gibt's?«

Am anderen Ende bleibt es still, da ich ziemlich grantig geklungen habe.

»Hey, ähm, alles okay bei dir?« Ihrer Stimme haftet ein Hauch Verunsicherung an.

»Alles bestens.« Knurren und Wegbeißen ... das kann ich.

»Hast du noch geschlafen?«

Wieso klingt ihre Stimme so unglaublich unschuldig und sanft? Herrgott! »Nein! Was gibt's?«

»Ähm, also wenn ich den Wasseranschluss offen habe und das Ventil ebenfalls, müsste doch eigentlich was aus der Lanze herauskommen, oder? Da tut sich aber nichts. Es brummt nur so komisch.«

Mein Hirn benötigt einige Augenblicke, bis es ihre Worte verarbeitet hat. Sie spricht von dem Hochdruckreiniger, den ich ihr aus dem Bestand des Hotels organisiert habe.

»Hast du durchgespült, wie ich es dir erklärt habe?«

»Oh!«

Ich muss mir ein Lachen verkneifen und stelle mir vor, dass sie in ihren pinken Gummistiefeln um das Gerät herumhüpft. Sie hält die Verbindung, und ich kann hören, wie sie hantiert und dabei wie ein Rohrspatz schimpft.

Währenddessen stelle ich den Wasserkessel auf den Herd und setze mich an den Küchentisch, wo ich mein Fenster zur Welt zur Hand nehme. Currans Geschenk, was ich noch immer nicht auspacken konnte, schiebe ich hingegen vorsichtig zur Seite. Bisher fehlte mir der Mut, es zu öffnen, doch irgendwann werde ich bestimmt stark genug sein.

Die abgegriffene Postkarte zeigte einstmals Brügge in Hochglanz. Ich kann mich auch nach all den Jahren nicht daran sattsehen. Irgendwann werde ich für mindestens zwei oder gar drei Wochen dorthin reisen und jede Straße, jedes Haus mit eigenen Augen sehen.

Ein bisschen was gespart habe ich schon. Die Trinkgelder der Jagdgesellschaften waren in der vergangenen Saison recht üppig. Vielleicht kann Melina mir ein paar Tipps geben, wo ich günstig unterkommen könnte. Oder sie begleitet mich und führt mich rum? Mit einem Schlag meldet sich mein schlechtes Gewissen. So, wie ich sie eben angeknurrt habe, kann ich froh sein, wenn sie nach diesem Telefonat überhaupt noch mit mir spricht.

»Er läuft!« Ihr Jubelschrei schreckt mich aus meinen Gedanken.

»Gut.« Mein erster Impuls ist es aufzulegen, doch ich gebe ihm nicht nach. »Was machst du jetzt damit?«

»Na, den Hänger von Greevy säubern natürlich. Dann schnappe ich mir Zayn und fahre mit ihm nach Culnaknock. Noreen meinte, dort gäbe es einen Felsenstrand und Klippen.«

»Gute Idee.«

»Ich brauche noch ein paar Fotos für die Webseite. Du musst dich übrigens nicht extra herbemühen. Habe die Gang schon gefüttert.«

»Ach so. Na dann, viel Spaß!«

»Danke. Weißt du, ob das Wetter hält?«

Ich spähe durch das Küchenfenster hinaus in den wolkenlosen Himmel. »Das bleibt heute so.«

»Sicher?«
»Aye.«

# 11.
# *Melina*

Ich verbiete mir, darüber nachzudenken, welche Laus ihm nun schon wieder über die Leber gelaufen sein könnte. Rory ist schlimmer als jede Frau mit PMS oder das Wetter hier auf Skye. In einem Moment herrscht eitel Sonnenschein, im nächsten trostloser Nebel, und zack, kommt Regen runter, als wollte der Himmel alles und jeden ersäufen.

Von wegen, das hält sich. Tropfnass sitze ich im Wagen und habe ein stinkiges Alpaka hinten auf der Ladefläche. Zayn hat mich sogar angespuckt, weil ich ihn nicht schnell genug zum Hänger und somit ins Trockene gebracht habe. Er ist so eine Memme.

Auf dem Weg zum Cottage komme ich am Pub vorbei, und allein beim bloßen Anblick beginnt mein Magen zu knurren. Da ich um fünf Uhr wach geworden war und dann auch gleich gefrühstückt habe, brauche ich nun dringend was zu beißen.

Bei nun wieder klarem Himmel und Sonnenschein parke ich ein, hole Zayn aus dem Hänger und setze mich mit ihm an einen der Außentische. Brav legt er sich ab und beobachtet das geruhsame Geschehen um uns herum. Ab und an zieht er die Nase nach oben und gibt maulende Laute von sich, die mich schwer an Lester erinnern.

»Hallo, wen haben wir denn da?« Rosalind tritt aus der Tür und macht große Augen. Sie geht um den Tisch herum, legt die Hände auf die Brust und seufzt. »Die sind ja so süß.

Neulich, als ich joggen war, kam ich bei dir vorbei und habe sie von der Straße aus ein wenig beobachtet.«

»Mach ihm noch ein paar Komplimente, dann hat er das mit dem Regenguss von eben bestimmt schnell wieder vergessen«, erwidere ich lachend.

Verwundert mustert sie mich. »Wo warst du? Hier kam kein Tropfen runter.«

»Culnaknock. Am Felsenstrand. Rory meinte heute Morgen, dass Wetter würde sich halten. Von wegen!«

Rosalind beginnt lauthals zu lachen, was meiner Laune nicht unbedingt zuträglich ist, genauso wenig wie der von Zayn, der sie bereits mürrisch anfunkelt.

»Ich glaube nicht, dass er dich veralbern wollte. Hier hält es sich heute auf jeden Fall. Die Wolken über dem Sund ziehen ostwärts, die Luft ist klar, und man hat gute Fernsicht. Culnaknock liegt auf der anderen Seite von Storr. Der Bergkamm drängt die Wolken ab.«

»Sind die denn hoch genug?«

»Aber sicher. Wenn der Wind aus der Richtung kommt, ist hier eitel Sonnenschein.«

»Ach tatsächlich? Er wusste, wohin ich fahren will.«

»Er ist ein Mann, Liebes, die denken nicht so weit mit. Außerdem liegt es außerhalb seines Reviers. Frag ihn nach der Farbe der Kieselsteine am Westufer von Loch Leathan, und er kann dir jede einzelne davon nennen. Rorys Welt beginnt knapp südlich von Loch Fada und endet kurz hinter den Storr Apartments. Alles und jeden dazwischen kennt er ... inklusive des Wetters.«

Völlig baff blicke ich zu ihr auf. »Also, muss ich mir nichts dabei denken, dass er mal wieder rumgeknurrt und mir eine falsche Wettervorhersage gemacht hat?«, hake ich unschlüssig nach.

»Mit Sicherheit nicht. Rory ist ein Griesgram, hat er sich bei Curran abgeschaut«, erzählt sie und setzt sich zu mir. »Er hat noch nie viel geredet. Früher in der Schule war er still und in sich gekehrt. Seine Kindheit war echt nicht einfach, aber das ist seine Geschichte, ich tratsche nicht. In jedem Fall tat es ihm gut, dass Curran ihn unter seine Fittiche genommen hat. Er ist ihm ähnlicher als seinem eigenen Vater. Vom Wesen her, meine ich.«

Ein Seufzen entweicht ihr, und für einen kurzen Augenblick wirkt sie traurig.

»Du mochtest Curran auch, oder? Ich bedauere es sehr, ihn nicht näher kennengelernt zu haben, aber die Bindungen zu diesem Teil der Familie waren nicht wirklich eng«, gebe ich offen zu und spüre ein leichtes Brennen in meinen Augen.

»Er war ein toller Mann. Herzensgut und fürsorglich. Er hat Mairead geliebt. Für ihn gab es keine andere, selbst nach ihrem Tod blieb er ihr treu. Solche Männer sind wie Juwelen, man findet sie nur sehr selten, und sie sind unglaublich wertvoll.«

»Wahre Worte. Wirklich«, bestätige ich und denke an Phil und die verschwendete Zeit mit ihm zurück. Wenn ich ihn mit Rory vergleiche, dann kommt es mir so vor, als würden beide unterschiedlichen Spezies angehören. »Nur wirft mich dieser griesgrämige Wildhüter andauernd in ein Wechselbad der Gefühle. Eben plaudert er ganz offen mit mir, und im nächsten Moment knurrt er mich an. Ich werde nicht schlau aus ihm.«

»Na ja, ich denke mal, er ist nicht so gut drauf, weil er sich mit Lachlan in der Wolle hatte. Keine Ahnung, worum es ging. Normalerweise hocken die zwei stundenlang am Tisch, spielen Karten und quatschen. Gestern Abend ist er bereits nach einer halben Stunde abgerauscht. Lachlan ist so ein Idiot. Er war mir noch nie sonderlich sympathisch, doch in letzter Zeit wird das Söhnchen vom Chief immer unausstehlicher. Nicht nur, dass er jedes weibliche Wesen, egal ob einheimisch oder nicht, anbaggert, nein, er benimmt sich zudem wie ein gebieterisches Ekel.«

»Da muss ich dir zustimmen. Den feinen Herrn habe ich bereits kennengelernt und konnte ihn auf Anhieb nicht ausstehen.«

»Schleimig ist er«, gibt sie vor.

»Wie eine Nacktschnecke«, bestätige ich. Wir sehen uns an und beginnen gleichzeitig zu lachen. Es ist herrlich, und ich kann mich nicht erinnern, wann ich das letzte Mal so ein tolles Frauengespräch geführt habe.

Plötzlich verstummt Rosalind und mustert mich eingehend. »Wechselbad der Gefühle, was?«

Im ersten Moment weiß ich nicht, worauf sie hinauswill, doch als sie zu grinsen beginnt, dämmert es mir.

»Es ist nicht so, wie du denkst. Wir sind Freunde. Mehr nicht.«

Ihr Schnauben klingt wie ein nasales Grunzen. »Das glaubst du doch wohl selbst nicht, oder? Das halbe Dorf plant schon eure Hochzeit, und die andere Hälfte zerreißt sich das Maul darüber, weil Rory mit der Zugezogenen anbändelt.«

»Was?«, rufe ich schockiert aus. Ich bin ehrlich fassungslos.

»Glaub mir, die sehen hier alles. Wenn er morgens und abends zu dir fährt, wenn ihr zusammen wandern geht ...«

»Wir waren nicht ...«

»Als Greevy meinte, du hättest was am Bauch und wärst deswegen im Krankenhaus, hieß es, du wärst schwanger.«

»Was?«

»Oh, es wird noch besser. Einige sind der Überzeugung, Rory würde nur mit dir rummachen, um dich zu vertreiben, damit der Chief doch noch an das Land kommt. Ich sage dir, seitdem du hier bist, sind alle in heller Aufregung.«

Mir bleibt der Mund von all dem Klatsch und Tratsch offen stehen. Ungläubig starre ich sie an und weiß wirklich nicht, was ich dazu sagen soll. »Heiliger Bimbam«, bringe ich hervor und schüttele nur noch mit dem Kopf.

»Du sagst es. Glaub mir, du und deine Alpakas, ihr seid in aller Munde.«

»Dann brauche ich mich auch nicht zu wundern, warum ich beim Einkaufen schief angesehen und nicht mal gegrüßt werde«, offenbare ich ihr, was Rosalind die Augen aufreißen lässt.

»Ehrlich? Also dass die Leute hier ein wenig verschroben sind, war mir bewusst, derlei Ausmaße hätte ich hingegen nicht für möglich gehalten.« Sie verzieht das Gesicht. »Mach dir keine Gedanken, sie werden schon noch warm mit dir. Bis dahin sorge *ich* dafür. Du bekommst jetzt nämlich erst mal ein Ale und eine heiße Suppe.«

»Meine Heldin«, feixe ich und Rosalind verschwindet kichernd im Pub.

Während ich warte, recke ich das Gesicht der Sonne entgegen. Das soeben Gehörte hat mich kalt erwischt. In kleine Dinge wird so dermaßen viel hineininterpretiert, dass es mir kalt den Rücken runterläuft. Ob Rory von alldem auch gehört hat? Sobald ich ihn sehe, muss ich ihn danach fragen.

Auch wenn ich richtiggehend schockiert bin, erkenne ich, dass ich mit Rosalind, Edith und Noreen drei wundervolle Lichtblicke habe. Beim Gedanken an die Freundlichkeit der Frauen durchströmt mich ein Gefühl von Heimat. Das hier ist, was ich immer gesucht habe. Zugehörigkeit, Freundschaften, gemeinsames Lachen und Gespräche. Den Wermutstropfen mit all dem Getratsche werde ich wohl oder übel schlucken müssen. Manche Menschen haben einfach kein eigenes Leben, sondern interessieren sich bloß für das der anderen.

Einige Passanten kommen vorbei. Die Einheimischen, zumeist mit robuster Kleidung und gelb-braunen Gummistiefeln, kann man auf Anhieb von den Touristen in ihrer Sport- und Funktionskleidung unterscheiden. Worin kein Unterschied besteht, ist die Tatsache, dass sie alle kurz innehalten und Zayn anstarren, als wäre er das achte Weltwunder. Der genießt die ganze Aufmerksamkeit und posed, was das Zeug hält. Männer!

»Entschuldigung? Darf ich Sie was fragen?«, spricht mich eine junge Frau mit kinnlangen aschblonden Haaren an, die mit der Sonne um die Wette strahlt.

»Natürlich. Wie kann ich helfen?«

»Haben Sie noch mehr von denen?« Sie deutet auf Zayn, der sein Haupt gebieterisch neigt.

»Insgesamt vierzehn. Eine kleine Herde.«

»Echt? Bieten Sie auch Wanderungen an?«

Erst bin ich etwas verwundert, wie sie darauf kommen könnte, doch dann fällt mir ein, dass viele Alpakafarmen die Alpakamagie auf diese Weise nutzen. Nur wer mit ihnen wandert, spürt diesen unfassbar beruhigenden Einfluss der Tiere richtig.

»Leider nicht. Tut mir leid«, erwidere ich kopfschüttelnd.

Sie sieht mich traurig an, seufzt und blickt zu einer anderen Frau, die gerade aus der gegenüberliegenden Bäckerei kommt.

»Schau mal, Astrid! Ist das nicht süß?«, ruft sie ihr auf Deutsch entgegen.

Mein Wissen zu dieser Sprache begrenzt sich auf drei Jahre Unterricht in der Schule, von daher versuche ich erst gar nicht, mir die Zunge daran zu zerbrechen. Die Umlaute waren mir stets ein Graus. Wir plaudern ein wenig über Skye und Zayn, bis Rosalind wieder auftaucht.

»Du solltest das echt anbieten! Die Leute werden dir die Bude einrennen«, meint Alex, und Astrid stimmt mit heftigem Nicken zu.

»Ich werde es mir mal durch den Kopf gehen lassen«, erwidere ich ausweichend und winke ihnen zum Abschied.

»Was sollst du anbieten?«, will Rosalind wissen und sieht den Frauen hinterher.

»Wanderungen mit den Alpakas. Den Gedanken hatte ich schon mal, er scheiterte allerdings am Faktor Zeit. Ich muss einem Brotjob nachgehen, sonst könnte ich mir die Wollwuschel nämlich gar nicht leisten. Oder was zu essen. Himmel, was ist das? Das riecht ja unglaublich gut!«

»Cullen Skink mit frisch geräuchertem Schellfisch.«

Mir läuft schon das Wasser im Mund zusammen, bevor die Suppenschale vor mir steht. Allein der Duft der deftigen Fischsuppe genügt, um meinen Magen erneut zum Knurren zu bringen.

»Ist das lecker«, lobe ich nach den ersten Löffeln und seufze genießerisch.

»Hat meine Mum gekocht. Die Küche ist seit dreißig Jahren ihr Zuhause.«

»Und dein Dad?«, hake ich nach, da ich nicht annehme, dass Tobi zur Familie gehört. Ihr Blick schweift in die Ferne, und ich ahne, dass ich bei ihr einen wunden Punkt erwischt habe.

»Dad starb vor zwei Jahren. Seither schmeiße ich den Laden, obwohl ich eigentlich ganz andere Pläne hatte«, gesteht sie und schenkt mir ein trauriges Lächeln.

»Das tut mir sehr leid.«

»Ach was. Der Pub ist seit über hundert Jahren in Familienbesitz, und ich habe weder Brüder noch Schwestern. Es war lediglich eine Frage der Zeit, bis es mich erwischt. Ich wollte nur vorher noch etwas von der Welt sehen, ein wenig reisen und mir einen heißblütigen Italiener angeln. Bis London habe ich es immerhin geschafft. Meine Freundin Cait lebt dort.« In ihrer Stimme schwingt ein Hauch von Bitterkeit mit, den sie mit einem gequälten Lächeln zu verbergen versucht.

Nach einer Weile seufzt Rosalind und zuckt mit den Schultern. »Na ja, zumindest eine Fahrt im London Eye kann ich auf meiner Habenseite verbuchen. Das ist doch schon mal was.«

Zayn, der sich zum Glück wieder beruhigt hat, vergräbt seine Nase im Heu, während sich die anderen Herdenmitglieder um ihn scharen. Dabei fällt mir ein, dass ich bei Lioba anrufen wollte, um nachzufragen, wie es der Fähe geht.

»Hey, schön, dass du anrufst«, begrüßt sie mich fröhlich. Im Hintergrund kann ich die markanten Rufe der Seehunde hören, die sie in ihrer Auffangstation aufpäppelt.

»Hey, alles okay bei dir?«

»So weit alles bestens, es gibt immer viel zu tun. Die Homepage ist übrigens ein voller Erfolg. So viele Klicks hatten wir noch nie und Spenden ebenso wenig. Wir haben uns daher entschlossen, einen Stand für das Gathering in Portree zu realisieren.«

»Das ist ja toll. Ich werde ebenfalls dort sein und einer Freundin beim Verkauf von Wolle und Garnen helfen«, erwidere ich und hoffe, dass ich die Zeit finden werde, bei Lioba und ihren Leuten vorbeizuschauen. »Ich nehme auch zwei oder drei von der Gang mit.«

»Die Alpakas? Die muss ich mir unbedingt mal ansehen.«

»Wie geht es deiner Patientin?« Mein Herzschlag legt rasant zu, und ich spüre erneut die Angst und die Hilflosigkeit jener Nacht aufwallen.

»Alles bestens. Der Kleinen geht es prima. Die Fixierung am Bein mag sie zwar überhaupt nicht, doch sie erträgt sie. Ansonsten frisst sie ordentlich und ist bestimmt bald wieder in der freien Natur unterwegs.«

»Du kannst dir nicht vorstellen, wie sehr mich das erleichtert«, gestehe ich und atme tief durch.

»Glaube ich dir. Du, entschuldige, aber ich muss hier weitermachen. Bis demnächst!«

»Natürlich. Wir sehen uns beim Gathering. Bis dann.« Ein Stück weit erleichtert über die guten Neuigkeiten lege ich auf und will das Handy gerade in die Hosentasche schieben, als es zu klingeln beginnt.

»Daddy!«, rufe ich fröhlich und kann es kaum glauben, dass er zwischen all seinen Konzerten und Proben ein wenig Zeit für mich gefunden hat.

»Wie geht es meiner Alpakazüchterin?«, will er wissen, und ich kann hören, dass er bester Laune ist. Für seine Stimmungen habe ich, anders als bei Rory, stets eine gute Antenne. Vielleicht liegt es an seiner Liebe zur Musik, womöglich kenne ich ihn auch nur weitaus besser.

»Die Sonne scheint. Und bei euch? Alles okay bei dir und Mum?«

»Wir sind wohlauf. Schatz, ich habe eine kleine Überraschung für dich. Hast du morgen Zeit?«

Verdutzt verharre ich. »Welcher Diva muss ich ein Alpaka hinterherjagen?«

Er lacht laut auf. »Keiner, zumindest noch nicht, aber wir könnten uns morgen treffen, wenn du Lust hast. Ich fliege nachher nach Glasgow, um eine Konzertreise vor Ort abzustimmen. Leider kam der Termin erst sehr kurzfristig zustande, sonst hätte ich dir schon ...«

»Ach was, kurzfristig. Du kommst nach Glasgow? Toll. Wann und wo treffen wir uns?«

»Ich würde sagen zum Lunch, wobei ich noch nicht genau weiß, wann ich aus der Besprechung rauskomme.«

»Lunch klingt fantastisch. Ich checke ein paar Restaurants. Schick mir einfach den Ort, wo du dann bist, per WhatsApp, und ich suche was raus«, schlage ich vor.

»Das passt perfekt. Schätzchen, wir sehen uns morgen«, verabschiedet sich Dad, und ich bin so glücklich, ihn so unverhofft zu treffen, dass mir der nächste eingehende Anruf erst gar nicht auffällt.

»Rory?«, frage ich verdutzt nach und kann nicht glauben, dass er sich bei mir meldet. Im ersten Moment ist es jedoch still, was mich irritiert. Ich nehme an, dass er meine Nummer versehentlich angewählt hat.

»Hey, ich … ich brauche deine Hilfe.« Er klingt völlig fertig, was bei mir sämtliche Alarmglocken schrillen lässt.

»Was ist passiert? Wo bist du?«, hake ich nach und bin auf dem Weg zum Wagen.

»Im Büro. Ich weiß nicht, was ich tun soll. Eben lief er noch und …«, stammelt er.

»Ist was mit Lester? Soll ich Niall holen?«

»Was? Nein, nein, dem geht es gut. Es ist der Computer. Da tut sich nichts mehr. Der Bildschirm ist blau.«

»Ach so! Jag mir doch nicht so einen Schrecken ein. Bluescreen … könnte was Ernstes sein. Steht da was zur Fehlermeldung?«

»Fehler?« Panik liegt in seiner Stimme.

Wenn ich mich daran erinnere, wie er mein Tablet beäugt hat, bestätigt sich somit meine Annahme, dass er wirklich keinen blassen Schimmer von Computern hat.

»Bau ihn ab und bring ihn her, dann schaue ich ihn mir mal an. Versprechen kann ich aber nichts. Vergiss die Kabel nicht.«

Keine zehn Minuten später sitzt ein völlig bedröppelter Rory in meiner Küche und rauft sich das Haar.

»Du darfst wirklich keine Wunder erwarten. Ich habe Web Design und Development studiert, kann dir in Rekordzeit eine Webseite samt Quelltext zusammenbasteln, Funktionstüchtigkeit eines Computers ist hingegen nicht unbedingt mein Steckenpferd«, gestehe ich.

Sein Blick ist flehend. »Egal was, probier es aus. Du hast in jedem Fall viel mehr Ahnung von dem Ding als ich.«

»Na gut.« Seufzend nehme ich mich der Herausforderung an, die sich bereits auf den ersten Blick als hoch herausstellt. »Ist das noch ein Windows 95 PC?«, frage ich entsetzt, denn neben dem Einschaltknopf prangt ein silbernes Label mit dem Symbol samt Aufschrift. Rory bläst die Wangen auf und hebt die Schultern. »Das Ding ist vorsintflutlich.«

Nun bin ich es, die sich die Haare rauft. »Hast du wirklich daran noch gearbeitet?«

Er nickt. »Da ist so ein Tabellenprogramm drauf, in dem führe ich die Statistik für die Brut und die … Jagd.«

Um dem Fehler auf den Grund zu gehen, will ich das Gerät an meinen Bildschirm anschließen, der zum Glück über den nötigen VGA Port verfügt. Beim Einschalten kann ich allein am Röcheln des Lüfters hören, wie altersschwach der PC ist. Windows startet nicht einmal mehr, sondern zeigt uns direkt den Bluescreen. Nachdem ich die Fehlermeldung am Tablet gegoogelt habe, ist klar, dass jede Hilfe zu spät kommt.

»Das sieht echt nicht gut aus. Hast du eine Datensicherung gemacht?«, frage ich leise, und Rorys Lider weiten sich, während auf seinem Gesicht nackte Panik zu erkennen ist.

»Da ist die Statistik der vergangenen fünfundzwanzig Jahre drauf. Die hat noch mein Vater begonnen.« Er schlägt die Hände vors Gesicht und sackt in sich zusammen. »Und du kannst nichts tun?«, nuschelt er zwischen seinen Fingern hindurch.

Krampfhaft überlege ich, welche Optionen noch zur Verfügung stehen. Mir erging es während meines ersten Semesters einmal ganz ähnlich. Der Computer, auf dem ich eine Hausarbeit erstellt hatte, segnete das Zeitliche, und ich hatte keine Kopie erstellt. Ein Kommilitone half mir damals, indem er die Festplatte ausbaute und diese mittels eines Adapters an seinem Computer auslesen konnte.

»Es gibt eine Chance, allerdings kann ich dir nicht sofort helfen.«

»Wie lange dauert es?«, hakt er vorsichtig nach.

»Ich muss mich erst schlaumachen und herausfinden, wo ich einen Adapter für die Festplatte herbekomme, dann kann ich sie auslesen und die Daten *vielleicht* retten.« Ich nehme mein Tablet zur Hand und suche rasch nach dem passenden

Equipment. Erst will ich es online bestellen, doch dann fällt mir ein, dass ich morgen in Glasgow danach schauen könnte. Mit viel Glück hat es der in der Innenstadt befindliche Laden, der sogar sonntags geöffnet ist, vorrätig.

»Und?«, will Rory wissen und wirkt, als würde er deswegen um seinen Job bangen müssen.

»Ich besorge das Teil morgen. Mein Dad kommt nach Glasgow, und wir treffen uns zum Lunch.«

»Du fährst nach Glasgow?«, fragt er verblüfft und starrt mich mit weit aufgerissenen Augen an. Ihm steht sogar der Mund offen. »Da bist du fünf Stunden unterwegs. Einfache Strecke.«

»Und?«, erwidere ich und tue es mit einem Schulterzucken ab. »Morgen ist Sonntag, es ist noch keine Urlaubssaison, also wird nicht viel los sein.«

»Trotzdem. Bleibst du über Nacht?«

»Hatte ich nicht vor. Dad fliegt bestimmt nachmittags zurück nach Brüssel.«

»Also willst du zehn Stunden an einem Tag fahren?«

Okay, so wie er das sagt, klingt es wirklich nach einer großen Anstrengung.

»Dann komm doch einfach mit!« Mein Vorschlag lässt ihn den Mund, den er wohl für weitere Gegenargumente geöffnet hatte, wieder zuklappen.

Sein Blick huscht von mir zu Lester und wieder zurück. »Okay. Lester bleibt hier und hat ein Auge auf die Herde.«

Ich blinzele ihn überrascht an. Eigentlich hatte ich mit Gemurre gerechnet und nicht damit, dass er sofort zustimmt.

»Aber ...«, will ich meine Bedenken bezüglich der möglichen Gefahren für Lester kundtun, doch Rory scheint dies zu ahnen, denn er schüttelt den Kopf.

»Er bleibt auf der Terrasse und behält sie im Auge. Ansonsten wäre da noch Greevy. Den könnten ....«

»Mit dem habe ich übrigens noch ein Hühnchen zu rupfen. Weißt du, was der im Pub losgetreten hat, als du mich ins Krankenhaus gebracht hast?«

Rorys Gesicht wird binnen Sekunden zornesrot. »Was?«, knurrt er. Es fehlt nicht viel, und er fletscht die Zähne.

»Er hat wohl gesagt, ich hätte was am Bauch, und ruckzuck wurde daraus, ich hätte was *im* Bauch. Du kannst dir denken, was damit gemeint ist. Jetzt denken alle im Dorf, ich wäre schwanger ... von dir.«

Seine Faust geht donnernd auf die Tischplatte nieder. Die Wucht ist so heftig, dass die Teetassen klirren. »Das ist doch nicht ... Diese verdammten Tratschmäuler! Wie ich das ...«, grollt er und pumpt Luft in seine Lungen. Dass ihm nicht auch noch Dampf aus den Ohren schießt, ist ein wahres Wunder. »Woher weißt du das?«

»Rosalind hat es mir erzählt. Auf dich sollte ich im Übrigen auch sauer sein.«

Schockiert hält er inne, obwohl er eigentlich etwas sagen wollte.

»Du hast mir eine falsche Vorhersage gemacht.«

»Hab ich nicht!«

»Doch, hast du! Ich sagte dir, ich will nach Culnaknock. Dann will ich auch wissen, wie das Wetter *dort* sein wird.« Bei jedem meiner Worte zwicke ich ihn zur Unterstützung in den Oberarm, und da er etwas eingekeilt zwischen dem Tisch und den dahinterstehenden Schränken sitzt, kann er mir nicht ausweichen.

Er versucht, mich abzuschütteln, wobei ein merkwürdiger Ausdruck auf seinem bärtigen Gesicht auftaucht. Ein Funkeln erhellt seine Augen, und ein schiefes Grinsen zieht meine Aufmerksamkeit auf seinen Mund. Die Ablenkung genügt, dass er meine Hand einfangen und mich von weiteren Tätlichkeiten abhalten kann.

Unsere Blicke verhaken sich miteinander. Mein Atem stockt. Für einen Moment kommt es mir so vor, als würde die Zeit stillstehen. Seine Hand an meiner lässt Hitze durch mich hindurchfließen, und ich glaube, ihm näher zu kommen. Seine Lippen teilen sich, sein Blick huscht zu meinem Mund. Das Herz rast in meiner Brust.

Das Piepen meines Smartphones ertönt mehrfach und schreckt uns auf, als wären wir beide Teenager, die von den Eltern in einer verfänglichen Situation erwischt wurden. Die Ironie des Gedankens bringt mich indes zum Lachen, da es tatsächlich mein Dad war, der uns soeben gestört hat.

# 12.
# *Rory*

Trotz der ganzen Aufregung wegen des PCs bin ich eingeschlafen, sobald mein Kopf das Kissen berührt hat.

Als mein Wecker jedoch um halb fünf klingelt, hasse ich ihn abgrundtief. Mein Vorhaben, angeln zu gehen, habe ich auf das nächste Wochenende verschoben, denn ich würde Melina nie und nimmer solch eine Strecke allein fahren lassen, noch dazu komplett an einem Tag. Selbst wenn sie nicht gefragt hätte, wäre ich mitgekommen. Das sage ich ihr natürlich nicht, sonst denkt sie noch, ich wäre eine Klette. Lester kann derweil die Herde bewachen und sich vielleicht mit ihnen anfreunden. Liam könnte ein gutes Wort für ihn einlegen, schließlich haben die beiden sich bereits eingehend beschnüffelt. Zur Sicherheit ist der Zaun dazwischen.

Beim Anschnallen bemerke ich etwas in meiner Jackentasche und stelle fest, dass ich die Doppelpackung Kondome mit mir herumschleppe. Kurzerhand feuere ich sie ins Handschuhfach, wo ich sie wahrscheinlich weit nach Ablauf des Verfallsdatums wiederfinden werde. Ist nicht so, dass die Mädels bei mir Schlange stehen.

Am Craig Cottage angekommen, stelle ich missmutig fest, dass Melina die Herde bereits versorgt hat. Sie sollte sich noch schonen und es langsam angehen lassen. Werde wohl noch mal ein ernstes Wörtchen mit ihr reden müssen.

Laute Musik drängt durch das gekippte Küchenfenster nach draußen, und ich sehe einen Moment dabei zu, wie sie, nur mit einem rosa Top, weißem Höschen und dicken Wollsocken bekleidet, Sandwiches belegt. Der Handtuchturban, unter dem ihre Haare verborgen liegen, wankt bedenklich, da sie ihre sinnlich geschwungenen Hüften zu dem Rocksong kreisen lässt. Zwar trifft sie beim Mitsingen kaum einen Ton, doch das höre ich gar nicht, da mir der Anblick den Kopf leer fegt.

Lester schreckt mit seinem Kratzen an der Tür nicht nur mich, sondern auch Melina auf. Zum Glück reagiere ich schnell genug, bevor sie sich umdreht und mich beim Starren erwischen kann.

»Rory?«

»Aye«, bestätige ich und spüre, wie mein Gesicht samt den Ohren zu glühen beginnt. Ich fixiere Lester mit einem strengen Blick. »Verräter«, flüstere ich.

»Ähm, komm rein. Bin gleich wieder da, muss nur noch Haare föhnen. Nimm dir Kaffee, wenn du magst«, höre ich sie rufen, während ich die leere Küche betrete.

Es dauert nicht lange, da taucht sie ganz zu Lesters Freude wieder auf. Die enge Jeans schmeichelt ihrer Figur genauso wie das graue Shirt und der legere Cardigan. Mit den Fingern fährt sie durch die langen Strähnen ihres Haars, das im weichen Licht der Deckenlampe wie goldener Samt schimmert.

»Mein Süßer«, begrüßt sie meinen Hund und knuddelt ihn, als wären sie Jahre getrennt gewesen.

Und was ist mit mir? Was war das gestern Abend? Ich kann es mir noch immer nicht erklären, was genau da zwischen uns geschehen ist.

»Guten Morgen. Bist du bereit für die große, weite Welt?«, will sie wissen, während sie ihren Blick an mir entlangwandern lässt. Zum Glück war meine gute Jeans erst in der Wäsche. Dazu ein grauer Sweater und die einzigen Sneakers, die ich besitze. Damit muss sie sich zumindest nicht allzu sehr mit mir schämen.

Nach einer schnellen Tasse Kaffee packt sie das vorbereitete Essen in einen Korb, und wir brechen auf. Lester, der es sich auf seiner Decke gemütlich gemacht hat, wird alles im Blick behalten. Futter und Wasser stehen parat. Zwar gehe ich jede Wette ein, dass er am liebsten mitkommen würde, doch er kennt seine Aufgabe und wird uns nicht enttäuschen.

Den ersten Teil der Fahrt, von Leathan aus über die A87 rüber aufs Festland und dann Richtung Süden, übernehme ich. Melinas Wagen ist zu Beginn etwas ungewohnt für mich, da ihm der kräftige Allradantrieb des Rovers fehlt, doch mit der Zeit gewöhne ich mich an das Fahrgefühl und die niedrigere Sitzposition.

Woran ich mich hingegen nicht gewöhnen mag, ist die Tratscherei im Dorf. Als sie mir gesagt hat, was alles herumerzählt wird, wäre mir beinahe die Hutschnur geplatzt.

»Alles okay bei dir?«, fragt sie und mustert mich argwöhnisch. »An was hast du gerade gedacht?«

»Warum meinst du?«

»Du siehst aus, als würdest du gleich ins Lenkrad beißen.« Sie kichert leise, behält mich jedoch weiter im Blick.

Ich versuche, die richtigen Worte zu finden, ohne gleich einen Wutanfall zu bekommen. »Diese Klatscherei im Dorf. Das kotzt mich an.«

»Die Leute haben kein eigenes Leben, oder es ist zumindest so uninteressant, dass sie es für besser halten, sich über andere das Maul zu zerreißen«, erwidert sie und seufzt. »Weißt du, wir können uns darüber aufregen oder es mit Humor nehmen. Immerhin sind wir ihnen so viel Aufmerksamkeit wert.«

Ich kann erst nicht glauben, was sie da sagt, doch bei eingehendem Nachdenken muss ich ihr recht geben.

»Trotzdem. Wie kommen die nur auf so einen Scheiß?«, murre ich, und sie kommentiert es mit einer wegwerfenden Handbewegung.

»Immerhin besser als die andere Story, bei der behauptet wird, MacDugan hätte dich auf mich angesetzt, um mich zu vergraulen, damit er doch noch an das Land kommen kann.«

Vor lauter Schock übersehe ich beinahe die Kurve und kann das Lenkrad gerade noch rechtzeitig herumreißen, bevor wir im Graben laden. Hat sie das eben wirklich gesagt?

»Wer erzählt das?« Die Panik in meiner Stimme kann selbst ich genau hören. Melina scheint sie hingegen nicht aufgefallen zu sein.

»Keine Ahnung. Ist mir auch ziemlich egal. Weißt du, was MacDugan meiner Mum dafür geboten hat? Fünfzig Pence pro Quadratmeter! Das ist eine Frechheit. Und dann hat er auch noch gemeint, er würde uns damit einen Gefallen tun und es über Wert kaufen. Kannst du dir das vorstellen?«

Während sie sich weiter echauffiert, überlege ich krampfhaft, woher die Leute aus dem Dorf von Lachlans bescheuertem Vorhaben hätten erfahren können. Er würde sicher nicht herumlaufen und es überall herausposaunen. Irgendjemand muss uns belauscht haben. Nur wo und vor allem wann?

»Aber, da du ganz gewiss kein solcher Mistkerl bist, dem ich augenblicklich die Freundschaft auf Lebenszeit kündigen würde, glaube ich solchen Schwachsinn erst gar nicht. Was für einen Müll sich die Leute einfallen lassen. Schrecklich!«

Mir läuft es eiskalt den Rücken runter, und ich bezweifle für keine Sekunde, dass Melina mich knallhart aus ihrem Leben streichen würde, ohne auch nur mit der Wimper zu zucken. Das schlechte Gewissen nagt an mir, obwohl ich mir nichts habe zuschulden kommen lassen. Das Ganze ist auf Lachlans Mist gewachsen, und ich habe mich von Anfang an dagegen gewehrt und seine Idee abgelehnt.

Die Sonne ist bereits aufgegangen, während wir über die Skye Bridge rüber nach Kyle fahren. Ihre Strahlen glitzern auf den sich leicht kräuselnden Wellen von Loch Duich. Mit Curran bin ich oft unterwegs gewesen. Wir sind zu den Highland Games nach Inverness oder zu Lehrgängen nach Aberdeen gefahren. Es macht mir nichts aus, meiner Heimat für kurze Zeit den Rücken zu kehren, dennoch spüre ich, wohin ich gehöre und wie sehr es mein Herz dorthin zurückzieht.

Melina wird hingegen froh sein, endlich mal wieder in eine größere Stadt zu kommen. Sie sieht jetzt schon so aus, als hätte sie nicht das Geringste mit der Insel zu tun und wäre dort lediglich auf Kurzbesuch gewesen.

»Wo genau wollen wir deinen Vater eigentlich treffen?«, frage ich, da sie merkwürdig still geworden ist.

»Im Prince's Square.«

»Was ist das?«

»Ein Einkaufcenter in der Innenstadt ... in der Nähe von Glasgow Central. Er nimmt danach die Bahn zum Flughafen. Seine Maschine geht um fünf, wir haben also jede Menge Zeit zum Plaudern. Gestern habe ich ihm geschrieben, dass du mitkommst. Er freut sich darauf, dich wiederzusehen.«

Jetzt steigt mein Paniklevel noch mehr an. Toll. Ich treffe ihren Vater in irgendeinem schicken Nobelrestaurant, wo ich nicht mal weiß, welche Gabel ich wann benutzen muss. Eigentlich wollte ich, während sie mit ihm zu Mittag isst, ein wenig durch die Stadt streifen und ein paar Besorgungen machen. Unterwäsche zum Beispiel.

»Oder willst du nicht mitgehen?«, fragt sie plötzlich, wohl weil ich nichts dazu gesagt habe.

»Doch, doch! Natürlich. Gern. Danke«, stammele ich und fühle mich wie ein Idiot. Wem mache ich hier eigentlich was vor? Sobald sie mich im Kontrast zur Stadt sieht, wird sie erkennen, was für ein Loser ich bin.

In South Ballachulish machen wir halt. Nachdem wir unsere Becher mit dem mitgebrachten Kaffee gefüllt und jeder ein Sandwich verdrückt haben, vertreten wir uns ein wenig die Beine und gehen zum Ufer unterhalb der riesigen Stahlbrücke, dort, wo Loch Leven und Loch Linnhe ineinanderübergehen. Über uns kreischen Möwen im Wind und jagen sich gegenseitig das ergatterte Futter ab.

»Magst du?«

Sie hält mir einen Apfel unter die Nase, dessen Duft mich an warme Sommertage erinnert. Für sich holt sie einen weiteren aus der Tasche ihres Cardigans, reibt ihn etwas an der Hose ab und will hineinbeißen, als eine Möwe herabstößt. Erschrocken schreit Melina auf und reißt die Hände nach oben. Genau darauf scheint der Angreifer spekuliert zu haben, denn er schnappt sich den Apfel und dreht sofort übers Wasser hinweg ab.

Während Melina völlig entrüstet der Möwe hinterherflucht, kann ich mich vor Lachen kaum mehr auf den Beinen halten. Ein Knuff lenkt meine Aufmerksamkeit wieder auf sie und ihre zu Schlitzen verengten Augenlider. Die sonst vollen Lippen sind zu einem schmalen Strich zusammengepresst.

»Das ist nicht witzig!«

»Doch, ist es.«

Der nächste Knuff landet auf meiner Brust, was mir lediglich ein müdes Lächeln entlockt. Herausfordernd blicke ich zu ihr hinunter. Nur zu gern würde ich sie noch ein wenig weiter triezen, doch ich ahne, dass ich hier männliche Großherzigkeit an den Tag legen muss. Kurzerhand teile ich meinen Apfel mit bloßen Händen, indem ich beide Hälften gegeneinanderdrehe, und reiche ihr eine davon.

Mit großen Augen blickt sie überrascht zu mir auf. »Danke.«

»Lass ihn dir nicht wieder klauen. Mehr gebe ich nicht ab.«

Sie streckt mir die Zunge heraus und beißt genüsslich in die knackige Frucht. Wie um bei mir Schutz vor möglichen weiteren Attacken zu suchen, tritt sie näher an mich heran.

Schulter an Schulter sehen wir für einige Zeit übers Wasser und hängen beide unseren eigenen Gedanken nach, bis Melina ihr Handy zückt und darauf herumtippt.

»Komm, wir machen ein Foto«, schlägt sie vor, dreht sich zu mir und hält das Ding am ausgestreckten Arm nach oben. Ich komme ihr so nahe wie möglich, bis wir uns auf dem Bildschirm Kopf an Kopf entgegensehen. Mehrfach drückt sie auf das Display, wobei jedes Mal ein Kamerageräusch ertönt.

»Perfekt! Schau mal«, ruft sie fröhlich und hält mir das Gerät vor die Nase.

Das Foto ist wirklich schön geworden. Ihr Lächeln ist zauberhaft, und das bärtige Ding daneben ignoriere ich. Wird echt langsam mal Zeit, mich zu rasieren.

»Nimmst du das auch auf deine Webseite?«

»Nein, das ist für mich als Erinnerung an den heutigen Tag.« Sie verstaut das Handy und sieht erwartungsvoll zu mir auf. »Wo du die Webseite erwähnst, damit bin ich übrigens gestern Abend noch live gegangen.«

Keine Ahnung, was genau das bedeuten soll, muss wohl was Tolles sein, da sie völlig aus dem Häuschen ist.

»Klingt gut.«

»Ist es«, erwidert sie. »Viele Klicks werde ich sicher nicht bekommen, doch das ist mir egal. Endlich konnte ich die beiden Dinge, die ich von Herzen liebe, miteinander vereinen. Meine Gang und das Designen. Ein unbeschreibliches Gefühl«, trällert sie und tänzelt neben mir herum. Der Hüftschwung ist nicht ganz so ausladend wie vorhin in ihrer Küche, dennoch sind ihre Bewegungen fließend und rufen in mir etwas wach, was ich jetzt nicht unbedingt gebrauchen kann.

»Du kannst sie mir bei Gelegenheit mal zeigen«, schlage ich vor und denke wieder an den Computer und das anstehende Drama, falls sie die Daten nicht retten kann.

Das ist eine der dunklen Wolken, die sich am Horizont auftürmen. Die andere, weitaus massivere ist das Getratsche und dessen Wahrheitsgehalt. Krampfhaft überlege ich, ob es klug wäre, ihr alles zu offenbaren. Ihre Stimmung ist gut, und ich kann und will sie nicht belügen. Der Moment ist da, ich muss es nur irgendwie schaffen, die Worte aus meinem Mund zu bekommen.

»Melina, was du da gehört hast, es ... es entspricht der Wahrheit.« Es ist heraus, doch sie sieht mich lediglich irritiert an.

»Hilf mir auf die Sprünge!«, bittet sie und beschattet ihre Augen, um mich besser ansehen zu können.

Verdammt, ist das schwer! Vor lauter Nervosität fällt mir sogar der Becher aus der Hand. »Das über mich.«

Ihr Blick ist unverändert ratlos. »Ach so, na ja, viel habe ich nicht gehört. Edith und Noreen meinten lediglich, dass du ein guter Mensch seist, mit dem Herzen am rechten Fleck. Was ich absolut bestätigen kann ... bei all der Hilfe und Unterstützung, die du mir bietest. Und Rosalind tratscht nicht.«

Ich blinzele mehrfach, bevor ich meine Stimme wiederfinde. »*Das* haben sie gesagt?«, hake ich verwundert nach, da ich glaubte, die beiden älteren Damen hätten Melina eingehend über mich und die Verhältnisse, in denen ich aufgewachsen bin, aufgeklärt.

»Sie haben sich nur lobend über dich geäußert. Rosalind meinte noch, du hättest es früher schwer gehabt, aber das sei *deine* Geschichte.«

Das Piepen ihres Handys lässt mich den Mund, den ich bereits für eine Erwiderung geöffnet habe, wieder schließen.

»Dad betritt gerade die Konzerthalle für seinen Termin. Wir sollten weiterfahren, damit wir vor dem Lunch noch den Adapter besorgen können. Ein gutes Stück ist es ja noch.« Im ersten Moment realisiere ich gar nicht, dass sie ihre Hand in meine schiebt und mich daran den Weg hinauf zum Wagen mit sich zieht. Ich versteife mich, kämpfe aber den ersten Impuls, mich von ihr zu lösen, nieder. Etwas tief in mir weigert sich, denn es fühlt sich vollkommen natürlich an, als wäre es das Normalste der Welt.

Ihr Haar weht im Wind, ihr Lachen übertönt sogar die über uns kreischenden Möwen, und die Wärme ihrer Haut geht auf mich über. Beinahe bedauere ich es, dass sie von mir ablässt, um zur Fahrerseite zu gehen. Die Berührung und die Verbundenheit fehlen mir, und Kälte breitet sich, von meinen Fingern beginnend, in meinem Körper aus.

Warum hat sie das getan? Meine Hände sind schwielig, an ihnen klebt das Blut unzähliger erlegter Tiere. Verwirrt steige ich ein und kämpfe mit dem Gurt. Diese subtile Berührung hat etwas tief in mir erschüttert, was ich kaum benennen kann.

Den Rest der Strecke übernimmt sie, worüber ich zugegebener Maßen froh bin, denn Stadtverkehr von den in Glasgow herrschenden Dimensionen ist nicht wirklich meins. Querfeldein über Hügel und durch sumpfige Senken, okay, aber drei Spuren und jede Menge Kreisverkehre hintereinander und teilweise auch ineinanderübergehend, da bekomme ich Schweißausbrüche.

Die Strecke von Glencoe bis zum Trossachs Nationalpark plaudern wir über das demnächst stattfindende Frühlings-Gathering. Die malerische Landschaft Schottlands zieht derweil an uns vorbei. Eine ganze Weile schlängelt sich die Strecke am Westufer von Loch Lomond entlang, während sich auf der anderen Straßenseite sanfte Hügel in den wolkenverhangenen Himmel erheben.

»Ich habe in vielen schönen Ecken der Welt gelebt, doch keine war so durch und durch malerisch und ursprünglich wie Schottland. Egal ob Stadt oder Land. Ich finde es einfach herrlich, hier zu sein«, schwärmt sie und lässt mich an Lachlans Worte denken.

»Wo überall?«, hake ich nach.

»Mailand, Brügge, Paris. Gott, die Stadt war schön, aber der Verkehr dort. Schrecklich«, erwidert sie und stöhnt. »Zu Beginn sind wir wegen der Jobs von Dad umgezogen und irgendwann, nachdem sie begonnen hat, für die EU zu arbeiten, wegen Mums. Ich war immer irgendwie dabei, lief so nebenher mit. Das genügsame Kind, was wenig Stress machte und nie murrte, wenn es wieder in eine neue Klasse gesteckt wurde. Um ehrlich zu sein, wünschte ich mir manchmal, sie hätten mich in ein Internat gegeben. Eine Konstante in meinem Leben wäre wirklich schön gewe... Moment, Verkehrsnachrichten!«

Melina dreht das Radio etwas lauter und atmet erleichtert auf, da keinerlei Staus rund um Glasgow durchgesagt werden.

»Wo war ich stehen geblieben? Ach ja, Internat. Grandma meinte immer, meine Mutter hätte diese unstete Lebensweise von ihrem Vater, meinem Grandpa, geerbt. Ich sehne mich hingegen nach Ruhe und einer Konstante – etwas, das dem Begriff Heimat nahekommt.«

»Und dafür suchst du dir ausgerechnet Skye aus?«, werfe ich ein und halte die Luft an.

»Ich weiß nicht, vielleicht war Currans Tod ein Fingerzeig für mich. Seit ich das erste Mal auf Skye war, damals zu Maireads Beerdigung, flackerte in meinem Herzen stets ein Flämmchen und hielt die Erinnerungen wach. Irgendwann wollte ich zurückkehren, mir alles in Ruhe ansehen. Als Mum mich anrief, um mir zu sagen, dass sie das Cottage geerbt hätte und wissen wollte, ob ich den Verkauf organisieren könne, wuchs die Flamme an.«

Sie blickt zu mir und lächelt. Gern würde ich erleichtert durchatmen, doch ich bleibe vorsichtig.

»Das Landleben ist nicht für jeden das Richtige.«

»Mag sein, doch ich habe mich dafür entschieden, wohlwissend, was auf mich zukommt.«

»Es ist trotzdem ein Schritt, den viele zu leichtfertig angehen.«

Melina blickt irritiert zu mir, wohl weil ich mürrischer als beabsichtigt geklungen habe. Um die aufkommende Spannung zu lösen, suche ich nach einem neuen Argument.

»Meine Mutter ist das beste Beispiel dafür.«

»Stammt sie nicht von Skye?«

Na toll! Ich bin selbst schuld, denn es war klar, dass sie darauf einsteigt. Das habe ich nun davon. »Sie wuchs in Glasgow auf und lernte Dad im Urlaub auf Skye kennen.« Die Worte muss ich förmlich aus mir herauspressen, so widerwillig kommen sie über meine Lippen. »Kurze Zeit später zog sie nach Leathan, sie heirateten, und kein Jahr später wurde ich geboren. Die große Liebe war es für sie nie. Dad hatte eine sichere Stelle, war somit eine passable Partie.«

»Er war vor dir auch Wildhüter, hast du mal erzählt«, wirft Melina ein.

»So wie sein Vater und dessen Vater vorher. Die Familie Fyfe steht seit mehreren Generationen in Anstellung bei den MacDugans. Bereits zur Zeit des zweiten Jakobitenaufstands gehörten wir dem Clan an.«

»Wow! Das nenne ich mal eine Familiengeschichte. Dann hat Curran also mit deinem Dad zusammengearbeitet?«

Ihr warmes Lächeln lockt mich weiter aus meiner Deckung hervor. »Eigentlich nicht direkt. Curran war Ghillie – ein staatlicher Wildhüter und Touristenführer für die nördliche Hälfte von Skye.«

»Ach so«, unterbricht sie mich.

»Er kümmerte sich auch um die Jagdpacht auf den Ländereien, die sich nicht in Familienbesitz befanden. Seine Stelle wurde jedoch gestrichen und er frühverrentet. Den Posten bei MacDugan übernahm er nur, bis ich alt genug war, um die Nachfolge anzutreten.«

»Jetzt verstehe ich. Ich habe mich schon gewundert, also waren Curran und dein Dad quasi Kollegen«, erwidert sie und schenkt mir erneut dieses zärtliche Lächeln.

Ihre Regenbogenaugen strahlen dabei, was mich die harte Wahrheit leichter aussprechen lässt. »Dad starb, als ich sechzehn war.«

Ihre Augen weiten sich, und ihr Lächeln verschwindet.

»Das tut mir sehr leid. Es war für dich und deine Mum sicher ein harter Schlag.« Vorsichtig schiebt sie eine Hand über meine und drückt sie sanft.

»Nicht wirklich. Sie verließ uns, da war ich gerade mal acht. Ging zurück nach Glasgow. Paar Tage nach der Beerdigung tauchte sie auf, räumte alles Wertvolle aus dem Haus und verschwand. Sogar Dads Kilt hat sie mitgenommen.« An manchen Tagen kann ich noch ihre Hand auf meinem Kopf spüren, als sie mir das Haar verstrubbelte und meinte, das Haus könne ich behalten und ansonsten würde ich schon klarkommen.

»Aber dich nicht?«, hakt Melina nach.

Ihr Griff um meine Finger wird fester, während ich den Kopf schüttele. »Curran hatte sich da schon längst meiner angenommen. Glück im Unglück. Als Kind habe ich gehofft, dass sie wieder zurückkehrt. Mir selbst die Schuld gegeben. Was bleibt, ist die Frage nach dem Warum und Bitterkeit. Enttäuschung und Bitterkeit.« Ich kämpfe mit den Worten, die mir keinesfalls leicht über die Lippen kommen. Vielleicht liegt es an der Nähe zu Melina, die den Schmerz dieser alten Wunden erträglicher macht. »Vor fünf Jahren tauchte sie urplötzlich auf, wollte, dass ich das Haus verkaufe und sie finanziell unterstütze, weil ich ja ein guter Sohn sei.«

Melina japst nach Luft. Sie wirkt fassungslos. »Ich hoffe, du hast sie rausgeschmissen.« Ihre Finger zittern, und ich spüre, wie sich ihre Nägel tiefer in meine Haut graben.

»Curran hat das erledigt. Ist ziemlich deutlich geworden.«

»Gott sei Dank. Ich hoffe, wir laufen ihr in Glasgow nicht über den Weg, sonst kann ich für nichts garantieren. So eine ... Mir fällt gar kein Schimpfwort ein, was auch nur annähernd auf solch eine Person passen würde. Wenn ich so was höre, werde ich wütend, und zwar richtig.«

Beim Anblick ihres zornesroten Gesichts kann ich mir ein Lachen nur schwer verkneifen.

»Was? Ich finde das nicht witzig. Wenn man eine Beziehung eingeht und auch noch ein Kind in die Welt setzt, dann ist das nichts, was man mal eben so übers Knie bricht oder gar von monetären Dingen abhängig machen sollte. Das kann man doch nicht einfach abschütteln wie eine lästige Fliege.«

»Der Vergleich ist interessant, aber irgendwie auch passend. Sie hat einen Versorger gesucht, doch das Leben an der Seite eines Wildhüters ist eben nicht immer rosig. Reichtümer scheffeln wir nicht. Tolle Reisen oder schicke Neuwagen, davon kann man nur träumen.«

Nun ist es Melina, die lacht. »Davon können die meisten nur träumen«, sagt sie trocken und wird für einen Augenblick ganz still. »Das sind nur Dinge, Rory. Was wirklich zählt, sind Gesundheit, Familie und Liebe. Ein Platz, an dem man seine Heimat gefunden hat und sich verbunden fühlt. Wenn man das alles hat, ist man der glücklichste und reichste Mensch auf der Welt. Dann muss man nicht für ein paar Tausend Pfund nach Werweißwo fliegen, um am Strand zu liegen, sondern spaziert Hand in Hand über die Wege, die man gemeinsam gehen kann und liebt.«

Die Innenstadt ist gut belebt. Viele Geschäfte haben sonntags geöffnet. An den Ecken stehen Straßenmusiker, Familien gehen bummeln, und Freunde treffen sich in den Cafés. Der Frühling zeigt sich überall, da in der Fußgängerzone jede Menge Pflanzkästen aufgestellt sind, in denen die Blütenpracht nur so sprießt.

»Dein Dad schon fertig?«, will ich wissen, da Melina ihr Handy checkt.

»Noch keine Nachricht. Ich prüfe, ob wir den richtigen Weg eingeschlagen haben.«

Ich trete näher an sie heran und erkenne, dass sie eine Art Navigation angeschaltet hat, die sie zu der korrekten Adresse leiten soll. Dieses Smartphone ist phänomenal, dagegen wirkt mein alter Knochen von Handy buchstäblich antiquiert.

Auf dem Weg kommen wir an einem Piper vorbei, der es tatsächlich schafft, dem Dudelsack *Highway to Hell* von AC/DC zu entlocken. Melina lacht, tanzt und schüttelt wild ihre Haare, bis sie nach meiner Hand greift und mich weiterzieht.

Vor dem Geschäft angekommen genügt mir ein Blick in das Schaufenster, um festzustellen, dass es für mich wie ein Schritt in eine komplett andere Welt ist.

Im Inneren vergrabe ich sogar meine Hände in den Jackentaschen, aus Angst, eines der sündhaft teuren Tablets kaputt zu machen, die überall herumliegen. Bei den Preisen, die hier aufgerufen werden, wird mir schwindelig. Eines, auf dem ein angebissener Apfel prangt, kostet so viel, wie ich im Monat verdiene. Brutto.

Melina schnappt sich einen Verkäufer und verschwindet mit ihm zwischen den Regalen. Als sie wieder auftaucht, strahlt sie mich an, und ich vergesse für einen Moment alles um mich herum.

Wir schlendern weiter, lassen uns treiben, und ich genieße ihre Nähe. Es kommt mir vor, als wären nur wir beide unterwegs, all die anderen Menschen blende ich vollkommen aus.

Melina hakt sich bei mir unter, und mit jedem Schritt fühlt es sich mehr wie ein gemeinsamer Spaziergang an. Vor allem, wenn wir an einer Ampel warten müssen und sie zu mir sieht ... Dann versinke ich im Glanz ihrer Augen und hoffe, dass wir nie irgendwo ankommen werden.

Die meisten Läden ignoriert sie, obwohl es vor Boutiquen mit schönen Kleidern nur so wimmelt. Vor einer Buchhandlung bleibt sie hingegen stehen und gibt einen leisen Schrei von sich.

»Der neue Thriller von Kensington«, jubelt sie und zieht mich in das Geschäft.

Ihr Gesicht verschwindet hinter den Seiten, während ich mich unschlüssig umsehe. Dabei zieht etwas meine Aufmerksamkeit auf sich. Ein Alpaka, welches mir von einem riesigen Aufsteller aus entgegengrinst.

»Melina? Kennst du den?«, rufe ich ihr zu und deute auf den Zwillingsbruder von Zayn. Sie kommt zu mir und begutachtet das Tier genauestens.

»Das sind alles solche Poser. Guck ihn dir an. Dieses schiefe Grinsen und dann die Augen.« Sie schlingt einen Arm um meine Hüfte und lehnt sich bei mir an. »Weißt du, als ich mein erstes Alpaka gesehen habe, wusste ich, dass ich diese Tiere halten und züchten will. Es war quasi Liebe auf den ersten Blick.«

»Ach ja? Wo war das?«, will ich wissen und mustere sie. Ihr Lächeln wirkt verträumt und wird von einem tiefen Seufzen begleitet.

»In Edinburgh. Mein Ex hat dort in einem Vorort eine Farm. Ich wollte mir eigentlich nur die Mietwohnung dort ansehen, doch dann traf ich Tiberius und war hoffnungslos verloren.«

»Dein Ex heißt Tiberius?«

Sie verzieht das Gesicht und rollt mit den Augen. »Sein Hengst heißt so. Phil, mein Ex, bietet ihn für die Zucht an. Er hat zwar noch keine Preise gewonnen, doch da die Deckprämie im Vergleich zu anderen recht günstig ist, laufen die Geschäfte gut.«

»Hat er dir die Herde geschenkt?«

Melina gibt ein Schnauben von sich und schüttelt den Kopf. »Jedes Mitglied der Gang habe ich gekauft. Persönlich und nachdem ich auch die Eltern in Augenschein genommen habe. Das ist wichtig, um Gendefekte auszuschließen. Bei den Kaufverträgen wollte er mir jedoch reinreden, was mich damals stutzig gemacht hat. Wenn es nämlich nach ihm gegangen wäre, hätte ich höchstens gezahlt, aber sie hätten mir nicht gehört, sondern ihm. Als mir das bewusst wurde, habe ich für klare Verhältnisse gesorgt. Das war nicht nur bei den Tieren so.«

»Ist nicht dein Ernst!«

»Doch, ist es. Phil hat eine ... spezielle Art. Er wollte mir weismachen, es wäre mein Wunsch, ihn finanziell zu unterstützen. Ganz perfide.«

»Unfassbar«, murmele ich und schüttele den Kopf über so viel Berechnung.

»Er hat schnell gemerkt, dass er bei mir auf Granit beißt. Unsere Beziehung hielt nicht sehr lange, wir waren schon geraume Zeit getrennt, bevor ich nach Leathan gezogen bin.«

»Und ihr habt trotzdem noch zusammengewohnt?«, hake ich irritiert nach.

»Im gleichen Haus, ich hatte meine eigene Wohnung, die, weswegen ich damals zu ihm kam. Das mit Phil war ein Fehler. Na ja, so was weiß man leider immer erst hinterher. Im Endeffekt waren es die Tiere, die mein Herz entflammt haben. Alpakas sind wundervolle Geschöpfe.«

Sie seufzt und lehnt ihren Kopf an meine Schulter, während sie den Aufsteller betrachtet.

»Hat gut Wolle stehen«, bemerke ich. »Bleibt es bei Mai mit der Schur?«

»Hmm, Problem ist nur, dass ich noch niemanden habe, der das übernehmen könnte. Meinst du, Greevy kennt sich damit aus? Oder du vielleicht?« Sie zieht die Unterlippe zwischen die Zähne und sieht mit flehend an.

»Greevy? Der hat in seinem Leben sicherlich schon zigtausend Schafe geschoren. Ich hingegen keines. Wobei, ich könnte es versuchen.« Mir ist bei der Sache nicht ganz wohl, trotzdem würde ich nicht davor zurückschrecken.

Melina will etwas sagen, wird jedoch vom Klingeln ihres Handys abgelenkt. »Mein Dad. Mist, der Empfang hier drinnen ist mies. Bin kurz vor der Tür.«

»Kann ich Ihnen helfen?« Neben mir steht eine Frau mit dunkler Lockenmähne, die mir freundlich entgegenlächelt.

»Eigentlich nicht. Ich bin …«, erwidere ich, gerate allerdings ins Stocken, als mein Blick auf Zayns Zwilling trifft. »Haben Sie Bücher über Alpakas?«

»Ihnen ist bestimmt der tolle Aufsteller aufgefallen. Das ist ein romantischer Roman über einen Alpakazüchter«, erklärt sie mir, was mich stutzen lässt.

»Ach so, ich suche eher Fachliteratur. Zucht, Haltung und Schur.« Die Verkäuferin zeigt mir an, ihr zu folgen. An einem Pult, auf dem ein PC-Bildschirm montiert ist, bleibt sie stehen und tippt in Windeseile auf der Tastatur herum.

»Es gibt da einige Bücher. Die am besten bewerteten sind diese hier. Der Verlag ist sehr gut, sie haben hervorragende Autoren.«

»Zucht und Schur?«

»Ganz genau. Haltung ebenso«, bestätigt sie.

»Die nehme ich.«

»Hm, leider haben wir keines davon vorrätig. Ich könnte sie bestellen und Sie benachrichtigen, sobald sie eingetroffen sind.«

»Schade. Ich bin nur heute in der Stadt. Dann muss ich versuchen, die Bücher in Portree zu bekommen.«

»Sie leben auf der Isle of Skye? Das ist überhaupt kein Problem. Wir können Ihnen die Bücher gern zuschicken, kostet lediglich fünf Pfund Aufpreis.«

»Das machen wir«, gehe ich darauf ein, da sie mich so gut beraten hat. »Am besten gebe ich Ihnen die Adresse von meiner Arbeitsstelle, dort wird die Sendung für mich angenommen.«

Zur Begrüßung fällt sie ihrem Vater buchstäblich um den Hals. Der Anblick lässt mich erstarren. Mein Dad hat mich nie in den Arm genommen. Curran hingegen schon und Mairead ebenfalls. Schon komisch, wenn dir Fremde mehr Zuwendung zuteilwerden lassen als deine eigenen Eltern.

Ich schlucke die aufkommende Bitterkeit hinunter und strecke Mr Brunner meine Hand entgegen.

»Rory, freut mich, dich zu treffen. Schön, dass du mitgekommen bist.« Sein fester Händedruck lässt auf einen starken Charakter schließen, den er ganz eindeutig an Melina weitervererbt hat.

»Mr Brunner.«

»Thibaut bitte«, bietet er an und legt eine Hand auf meine Schulter.

Für einen kurzen Moment sehen wir uns direkt in die Augen, bis er sich Melina zuwendet und wir der Bedienung zu unserem Tisch folgen. Wie befürchtet ist es ein gehobenes, wie manche so gern sagen, »hippes« Restaurant, dessen Menü sich wie eine Mischung aus schottischen und italienischen Gerichten liest.

Sobald wir bestellt haben, werde ich zum Zuhörer, während die beiden miteinander plaudern. Thibaut berichtet ihr von den Neuigkeiten zu der im Sommer stattfindenden Konzerttournee seiner Philharmoniker und richtet zudem Grüße ihrer Mutter aus. Die Atmosphäre ist entspannt, trotzdem fühle ich mich wie ein Fremdkörper.

»Bevor das Essen kommt, muss ich schnell noch mal wohin. Entschuldigt mich bitte.« Melina verlässt den Tisch und ich sehe ihr nach, bis sie in dem Gang, über dem das Toilettenzeichen prangt, verschwunden ist.

»Curran hat große Stücke auf dich gehalten.« Thibaut lehnt sich zurück, als würde er meine Reaktion in jeder Einzelheit wahrnehmen wollen.

Um mir meine Nervosität nicht anmerken zu lassen, schlinge ich mir die auf dem Schoß liegende Serviette um die Hand und nicke, da mir die Worte fehlen.

»Muriel hat gelegentlich mit ihm telefoniert, und er sprach immer gut von dir. Er war sehr stolz auf dich. Umso mehr sind meine Frau und ich dankbar, dass du nun unserer Tochter zur Seite stehst. Nach dem Reinfall mit ihrem Ex ...«

»Sie hat mir von ihm erzählt. Gieriger Parasit.«

Thibaut sieht mich schockiert an, doch dann beginnt er leise zu lachen. »Damit hast du den Nagel auf den Kopf getroffen. Perfekte Beschreibung. Zum Glück verfügt Melina über eine gute Menschenkenntnis. Kommt wohl wegen der häufig wechselnden Umgebung während ihrer Kindheit. Sie musste sich oft auf neue Schulkameraden und Lehrer einstellen.«

»Ihr lebt nun fest in Brüssel, oder steht ein weiterer Umzug an?«, frage ich aus reiner Höflichkeit und auch nur, weil mir sonst nichts Besseres einfällt.

»Um ehrlich zu sein, Melina weiß es noch nicht, da das finale Gespräch erst heute am späten Abend stattfinden wird. Deshalb verrate es ihr bitte nicht, aber ihre Mutter hat ein Angebot von den Vereinten Nationen in New York bekommen.«

Mir stockt der Atem. Sie wird bestimmt mit ihnen in die Staaten gehen.

»Wie gesagt, noch ist nichts in trockenen Tüchern.«

Verhalten nicke ich und versuche, mich mit meinem Getränk abzulenken.

Melina kehrt zurück, kurz bevor das Essen serviert wird, und die beiden nehmen ihr Gespräch über ihre Teller hinweg wieder auf. Ich beteilige mich indes kaum daran, da mir

Thibauts Worte ständig durch den Kopf rasen. Dabei frage ich mich, ob sie mich vielleicht sogar mitnehmen würde. Sie kann sicher zwei starke helfende Hände bei den Alpakas gebrauchen.

# 13.
# *Melina*

Sofort nach unserer Rückkehr und einer ausgiebigen Begrüßung von Lester beginne ich damit, die Festplatte auszulesen. Rory steht derweil in der Küche. Es riecht nicht einmal schlecht, und ich bin gespannt, was er da zusammenrührt.

»Und? Klappt es?«, ruft er mir zu.

Da die Erinnerung daran, wie er gestern völlig durch den Wind herumsaß, noch sehr präsent ist, bin ich so lieb und ärgere ihn nicht. »Sekunde noch.« Im gleichen Moment klicke ich seine geheiligte Datei an.

Problemlos öffnet sich das Fenster im Kompatibilitätsmodus. Tatsächlich enthält sie für jedes der vergangenen fünfundzwanzig Jahre ein eigenes akribisch geführtes Tabellenblatt. Da ich Excel-Dateien liebe, erstelle ich einige Diagramme und gerate ins Staunen. Die Entwicklung der einzelnen Populationen ist genau erkennbar und steigt stetig an. Eine richtige Langzeitstudie, für die jeder Wildlife-Forscher einen Mord begehen würde.

»Rory?« Statt zu antworten, kommt er in mein Büro gesprintet. Sein Gesichtsausdruck ist panisch, und ein Zittern durchläuft ihn.

»Alles okay, ich hab sie. Zur Sicherheit habe ich auch gleich noch eine Kopie auf meinen Rechner gespeichert.«

»Dem Himmel sei Dank.« Er sackt neben mir in die Hocke und schlägt die Hände in seinem Nacken zusammen.

»Schau mal, ich habe alles grafisch in einem Diagramm aufbereitet.«

Langsam steht er auf, zieht sich einen Stuhl heran und starrt den Bildschirm an. »Was ist das?«

»Das sind die Daten in der Auswertung. Die Werte im ersten Jahr und so weiter ... bis zu deinen letzten Einträgen. Die Entwicklung ist atemberaubend ... und das trotz der Bejagung.«

Ich nehme an, dass ihm die grafische Darstellung eine gänzlich neue Sicht auf seine bisherigen Eintragungen ermöglicht, da er alles mit weit aufgerissenen Augen betrachtet und gedankenverloren durch seinen Bart streicht.

»Die sieht ganz anders aus als die von Lachlan. Seine Kurven sind viel flacher. Komisch. Haben wir heute wirklich fünfzehnmal so viele Bekassine wie vor fünfundzwanzig Jahren?«

»Sieht so aus ... und das trotz der Jagerei«, wiederhole ich mich.

»Die Anzahl der Abschüsse ist von staatlicher Seite her prozentual begrenzt. Da gibt es genaue Vorgaben«, klärt er mich auf. »Je größer zum Beispiel der Damwildbestand ist, desto mehr darf geschossen werden.«

»Wie auch immer. Ist da noch mehr drauf, was gesichert werden muss?«

»Das fragst du mich?«

Die weiteren Dateien umfassen ein paar Schreiben, mehrere uralte Abrechnungen und einige Bilder, die ich nacheinander öffne.

»Na toll, so was will ich nicht sehen.«

Sogar Rory verzieht das Gesicht, als vor uns ein erlegter Hirsch mit zwei über den Abschuss grienenden Jägern auftaucht. Ich lösche die Datei gnadenlos und öffne die nächste. Wieder blicke ich in strahlende Gesichter, doch diesmal sind es die von Curran und einem viel jüngeren Rory, der mit Sicherheit noch nicht volljährig war, als das Foto aufgenommen wurde. Er hält einen kleinen Pokal in der Hand, und der vor Stolz beinahe platzende Curran hatte ihm einen Arm um die Schultern gelegt.

»Wenn ich es nicht besser wüsste, könnte man meinen, ihr wärt Vater und Sohn. Wo wurde das aufgenommen?«

»In Portree beim Gathering.«

»Wie alt warst du damals?«

»Ich glaube, siebzehn. Genau, da habe ich beim Schießen mit dem Repetiergewehr den ersten Platz belegt. Hatte Glück, die anderen Schützen waren einfach nur mies.«

»Vielleicht warst du auch nur viel besser als sie?« Er sollte sich nicht immer so schlechtreden. Seine Erwiderung besteht aus einem »Hmm«, was er, wie ich feststelle, mir gegenüber schon seit geraumer Zeit nur noch selten verwendet hat. Vor allem heute war er ungemein offen und gesprächig.

»Soll ich es dir ausdrucken? Irgendwo habe ich bestimmt noch das passende Papier, dann kannst du es einrahmen. Als Erinnerung.« Mein Vorschlag ringt ihm ein zögerliches Lächeln ab.

»Wenn es dir keine Umstände macht?«

»Ach was. Während ich suche, kannst du ja die Dateien weiter durchgehen. Einfach anklicken, dann öffnen sie sich automatisch.«

Sobald er den Ausdruck in Händen hält, scheint er unendlich glücklich. Als sein Blick jedoch auf mich fällt, zieht sich eine dunkle Wolke über seinem Kopf zusammen.

»Was ist?«, will ich wissen.

Anstatt mir zu antworten, macht er mir Platz und deutet auf den Bildschirm.

»Nichts, habe nur an was denken müssen ... Zeig mir mal deine Webseite.«

Nichts lieber als das, obwohl es mir wie ein Ablenkungsmanöver vorkommt und ich schon gern gewusst hätte, welche Laus ihm über die Leber gelaufen ist.

Ich rufe die Seite auf, scrolle sie langsam nach unten bis zur Besucheranzahl und bekomme große Augen.

»Was um alles …?«, japse ich und öffne das Dashboard, in welchem ich die Texte und Bilder ändern kann, aber auch Kommentare und Infos zu den Besuchern angezeigt bekomme.

»Stimmt etwas nicht?«

»Doch, es … die Klicks. Ich habe Klicks.«

»Das ist was Gutes, oder?«

»Ja! Ja! Sieh nur, da«, ich deute auf den Bildschirm, wo mir die genaue Anzahl der bisherigen Seitenaufrufe angezeigt wird. Fünfhundertzweiundzwanzig Leute haben sie bereits angesehen. Einige kamen über die Verlinkung der Alpakafarm in Inverness, die Mehrzahl jedoch über die hinterlegten Metadaten zu Skye und Schottland, die bei den Suchmaschinen abgefragt werden.

»Und Kommentare habe ich auch!« Völlig perplex öffne ich die Galerie, wo einige ihre Meinung zu den von mir gemachten Fotos kundgetan haben.

»Wie süß. Sind die goldig. Ich liebe Alpakas«, lese ich laut vor und könnte vor lauter Freude schreien, bis mir ein Satz ins Auge fällt: *Bietet ihr auch Wandertouren mit den Alpakas an?*

Ich lasse mich in meinem Stuhl zurückfallen und starre auf die Worte, die mir Bruce Jameson aus Kentucky hinterlassen hat.

»Was ist?«, fragt Rory und bereitet mir ein merkwürdiges Déjà-vu.

»Nichts, alles gut«, versuche ich abzulenken, schließe das Dashboard und überlasse Rory meinen Stuhl, damit er die Dateien weiter durchgehen kann, während ich nach dem Essen sehe.

Wir lassen diesen sehr ereignisreichen Tag langsam ausklingen. Mit unseren Teebechern bewaffnet gehen wir zur Gang, die noch immer gut versorgt ist. Mir fällt auf, dass Celine sich komisch verhält und in einer geschützten Ecke zwischen Stall und Steinmauer herumsteht. Sie wirkt unschlüssig und ruhelos. Irgendetwas stimmt nicht mit ihr. Hoffentlich hat sie sich nichts eingefangen, so kurz vor der Geburt wäre das wirklich schlecht, sowohl für die Mutter als auch für das Cria.

Es hat aufgeklart, und der zunehmende Mond prangt hell über den Hügeln. Sein fahles Licht lässt alles um uns herum mystisch und geheimnisvoll erscheinen. Ein leichter Wind bringt salzige Luft vom Sund, aber auch das leise Schlagen der Wellen vom Loch mit sich.

Rory lehnt sich an die Mauer und schaut übers Wasser.

»Was für ein Tag«, resümiere ich und seufze, während ich mich neben ihn stelle und seinem Blick folge.

»Hmm.«

Und ich hatte mich bereits gewundert, wo die »Hmms« geblieben sind. »Curran hat dir viel beigebracht.«

Er nickt verhalten. »Ohne ihn und Mairead wäre ich wohl im Heim gelandet. Mein Vater war nicht wirklich in der Lage, sich um mich zu kümmern.« Rory atmet tief durch und leert seinen Becher. »Er hat schon immer viel getrunken, doch als Mutter uns verlassen hatte, wurde es richtig schlimm. Nicht mehr bloß ein paar Gläser Ale, wenn du verstehst, was ich meine ...«

»Wie ist er gestorben?«

»Autounfall. Er hatte über drei Promille im Blut.« Mehrmals räuspert er sich und ich kann ihm ansehen, wie er mit seinen Emotionen ringt. »Für ihn war es Liebe«, fügt er nach einer Weile an. Seine Offenbarung ruft ein Brennen in meinen Augen hervor, und ein tiefer Schmerz bahnt sich durch meine Brust. »Er hat sie nur nie zeigen können.«

»Lass uns ein paar Schritte gehen«, schlage ich vor und hake mich bei ihm ein, um uns beide ein wenig abzulenken. Er geht neben mir zum Gatter für die Nachbarweide, öffnet und schließt es für uns. Wir folgen dem Ufer in sicherer Entfernung zu den Nestern, bis wir ein Plätschern hören. In unregelmäßigen Abständen wiederholt es sich, doch ich kann nicht ausmachen, woher es kommen könnte.

»Was ist das?«

»Fische.«

Überrascht sehe ich zu ihm auf. Das in seinen Augen glitzernde Mondlicht schlägt mich in Bann.

»Danke, dass du mitgekommen bist. Der Tag war wundervoll.«

»Ein wenig Stadtluft. Tat dir bestimmt gut.«

»Mir? Eher nicht. Das hier tut mir gut. Diese Insel. Dieses Land, dieses Haus.«

Er versteift sich und sieht an mir vorbei aufs Wasser. »Wenn du die Chance hättest, egal wo zu leben, wo wäre das?«

Seine Frage irritiert mich, doch über die Antwort muss ich nicht lange nachdenken. »Skye.«

»Das sagst du jetzt, doch was ist morgen oder in ein paar Wochen?«

Mein Blick gleitet über die Weide hinauf zu den Hügeln, die sich hinter Greevys Haus in die Höhe schrauben, weiter zu meinem Stall und dem Cottage. »Niemand weiß, was morgen ist. Doch ich würde mir wünschen, dass Skye meine Konstante im Leben bleibt. Ein Zuhause.«

Rory mustert mich mit einem so intensiven Blick, dass ich das Gefühl habe, er würde mich röntgen. »Melina, ich ...«, setzt er an, verstummt jedoch, als ich mich ihm zuwende. Er wirkt, als würde seine Seele Höllenqualen erdulden müssen, wegen all der unausgesprochenen Dinge, die er nicht preisgeben kann oder will. Nur zu gern würde ich diese Last von ihm nehmen, um sein befreites Ich kennenlernen zu dürfen.

Meine Hände legen sich wie von selbst auf seine breite Brust. »Was bedrückt dich?«

Er schließt die Augen, und bevor ich mir darüber klar werden kann, warum mir diese Worte wie ein Hauch über die Lippen kamen, pressen sich starke Hände an meine Hüften. Die Stirn lehnt er an meiner an, und ich fühle, wie sein Atem über meine Lippen fließt.

Sogar durch die dicke Wolle des Sweaters kann ich seine Anspannung spüren. Sein Griff wird fester, und wir kommen uns näher, während meine Finger nach oben auf seine Schultern gleiten. Nachgiebig fügt sich mein Körper, als er mich an sich zieht. Ich schließe die Augen.

Das Kitzeln seiner Barthaare weckt ein Kribbeln in mir, und der kühle Wind treibt mich seiner Wärme entgegen. Eine Hand verschwindet von meiner Taille, nur um im nächsten Moment zwischen meinen Schulterblättern zum Liegen zu kommen.

Sanfter Druck geht davon aus, der uns die letzten Millimeter überwinden lässt. Unsere Lippen pressen sich aufeinander, all die Anspannung löst sich, und ich schmelze gegen ihn, vergrabe meine Finger in seinem Haar und finde Halt an diesem unnachgiebigen Felsen.

Langsam löst er sich von mir.

Meine Lider flattern, und ich nehme seinen Blick wahr, der kurz über mein Gesicht huscht, als suchte er Bestätigung, um weiterzumachen. Die gebe ich ihm nur zu gern, indem ich die Führung übernehme und ihn zu küssen beginne. Rory seufzt und intensiviert den Kuss. Er scheint nur darauf gewartet zu haben, dass ich ihm grünes Licht gebe.

Zögerlich gleitet seine Zunge in meinen Mund, streicht sanft über meine und zuckt zurück, sobald ich sie mit meiner berühre. Einladend stupse ich gegen die Spitze. Er nimmt die Herausforderung an, und wir umkreisen einander.

Die Welt um uns herum hört auf zu existieren. Einzig Rory und ich sind noch vorhanden. Mein Kopf ist von einer seltsamen Leere erfüllt, mein Körper ist hingegen pulsiert vor Erregung. Eine Hand schiebe ich unter den Kragen seines Sweaters, kratze leicht über seinen Rücken und kraule seinen Nacken, bis er ein tiefes Brummen von sich gibt.

»Es war ein langer Tag«, raunt er gegen meine sehnsuchtsvoll pochenden Lippen.

»Hmm«, erwidere ich und würde nur zu gern weitermachen, doch Rory zieht sich, dabei die Lippen leckend, von mir zurück. »Ich muss um vier Uhr aufstehen.«

Wird so was nicht als Folter angesehen und ist laut Genfer Konvention verboten? »Wann kommst du vorbei?«

Er haucht mir kleine Küsse auf Mund und Wangen. »Gegen acht.« Ich kraule durch seinen Bart und sauge ein wenig an seiner Unterlippe, was ihn stöhnen lässt.

»Ich mache Frühstück.«

Eine Hand vergräbt er in meinem Haar und küsst mich, als gäbe es kein Morgen. Welche Emotionen er hineinpackt, kann ich nur erahnen. In jedem Fall ist es eine gehörige Portion Sehnsucht, die uns beide hinfortspült. Tausend Worte könnten diesen Kuss nicht annähernd beschreiben. Er ist vollkommen.

Am nächsten Morgen sind weitere Kommentare und sogar noch mehr Anfragen für Wanderungen hinzugekommen. Ist das momentan ein Trend? Bisher waren die seelenreinigenden Kurzurlaube in Form eines ausgedehnten Spaziergangs an der Seite eines Alpakas doch höchstens den Eingeweihten bekannt. Woher kommt das Interesse? Um der Sache auf den Grund zu gehen, schreibe ich Trinny an. Sie besitzt die größte Alpakafarm Schottlands. Wenn es eine Person gibt, die weiß, was los ist, dann sie.

Nach einer ausgiebigen Dusche mache ich mich ans Frühstück. Rory wird bestimmt gleich da sein, also beeile ich mich und heize eine Pfanne auf, in der ich die Eier und den Speck braten möchte.

Der Tee ist gerade fertig, als mein Handy zu klingeln beginnt.

»Hey Mum! Guten Morgen!«

»Guten Morgen, mein Schatz. So fröhlich?«

»Es ist ein schöner Tag, und meine Webseite kommt unglaublich an.«

»Echt?«, fragt sie, klingt allerdings kein bisschen überrascht.

»Du wieder.«

»Ich weiß, wie gut du bist. Hast du mir den Link geschickt?«

»An deinen Privataccount.«

»Dann schau ich gleich mal rein.« Im Hintergrund kann ich Dad hören, der ihr irgendetwas zuflüstert. »Das frage ich sie ganz bestimmt nicht«, zischt meine Mutter. »Grüße von Dad.«

»Was fragst du mich nicht?«, hake ich nach.

»Ach, dein Vater will wissen, ob Rory bei dir ist. Er hat da so eine fixe Idee.«

»Dad hat immer gute Ideen, das weißt du.«

Am anderen Ende wird es still.

»Aha. Du und Rory.« Ich kann sie beinahe vor mir sehen, wie sie wissend grinst, während ihre Augen schelmisch funkeln.

»Mum, er ist nicht hier.«

»Wie schade.«

»Er kommt allerdings gleich zum Frühstück vorbei.«

»Schatz? Ich hab gewonnen.«

Ich glaube nicht, dass sie gerade mit mir gesprochen hat. »Hattet ihr etwa eine Wette laufen?«

»Wie kommst du nur auf so was? Dein Glück liegt uns am Herzen«, tönt sie, und ich muss schwer an mich halten, um nicht in schallendes Gelächter auszubrechen.

»Was war der Einsatz?«

»Ein Essen im *Gus.*«

Ich fasse es nicht. Das ist so typisch für die beiden.

»Aber deswegen rufe ich nicht an.«

»Ach nein?« Das überrascht mich wirklich.

»Dein Dad hat mir hoch und heilig versprechen müssen, dass er dir nichts verrät. Deshalb sei ihm bitte nicht böse, ja?«

»Weshalb sollte ich …?«, setze ich verwundert an, doch im nächsten Moment schrillen bei mir sämtliche Alarmglocken. »Was ist los?«

»Ich hatte gestern eine Telefonkonferenz mit Luc Sanson.«

Der Name sagt mir was, wobei es bei all den Leuten, die meine Eltern kennen, für mich oft schwierig ist, sie einzuordnen. Mum hat ihn vielleicht irgendwann mal erwähnt, nur der Bezug fehlt mir.

»Und?«

»Er will mich in seinem Team haben … als Beraterin für internationales Recht.«

»Und?«

»Ich habe sein Angebot angenommen.«

»Wo?«

»New York. Bei der UN.«

Blinzeln kann ich noch. Mein Mund steht offen, und ich bin zur Salzsäule erstarrt.

»Melina?«

»Mummy! New York? Ist das dein Ernst? Zur UN?«, kreische ich und springe wie ein Gummiball durch die Küche. »Das ist schon immer dein Traum gewesen!«

Heftiges Kratzen an der Tür lässt mich erstarren, doch mir ist egal, ob Rory mich in Unterwäsche sieht. Meine Mum geht zur UN.

Ich reiße die Tür auf, dort steht nur Lester, der mich sofort in Beschlag nehmen will. Ich knuddele ihn, während ich weiter mit meiner Mutter telefoniere, die ebenfalls völlig aus dem Häuschen ist. Gleichzeitig halte ich nach Rory Ausschau.

Er steht am Gatter neben dem Stall, hat das Gesicht in den Händen verborgen und tritt mit der Schuhspitze gegen den Pfosten.

»Rory!«, schreie ich voller Freude quer über den Hof, denn für meine Mum geht ein wahrer Lebenstraum in Erfüllung. Am liebsten würde ich es in die ganze Welt umarmen, so glücklich bin ich für sie.

»Melina? Lass uns nachher noch mal telefonieren. Ich muss ins Büro.«

»Hab dich lieb, Mum. Grüß Dad!«

»Mach ich. Ich habe dich auch lieb.«

Hastig ziehe ich mir meine Rannoch über und schlüpfe in die Alpakagummistiefel. Von der Terrasse aus rufe ich nach Rory und renne zu ihm, da er mich wohl nicht gehört hat. Kurz bevor ich ihn erreiche, dreht er sich um, und ich springe ihm buchstäblich in die Arme. Erschrocken japst er und taumelt leicht nach hinten, hält mich dabei aber fest an sich gedrückt. Die nackten Beine schlinge ich ihm um die Hüften und presse jauchzend meine Lippen auf seine. Tausend Küsse lasse ich auf sein Gesicht regnen, bis er mich vor lauter Lachen beinahe fallen lässt.

»Mum geht nach New York!«, rufe ich in den wolkenverhangenen Himmel hinauf. Als ich ihn ansehe, erkenne ich jedoch eine tiefe Traurigkeit in seinen Augen.

»Das ist toll für deine Mutter.«

»Ist es. Es war schon immer ihr Herzenswunsch, und endlich geht er in Erfüllung.«

»Dann wirst du jetzt deine Zelte hier abbrechen?«

»Wie kommst du denn darauf? Niemals. Mum lebt ihren Traum und ich meinen.« Ein weiteres Mal küsse ich ihn. Ein Seufzen kämpft sich aus seiner Kehle, seine Umarmung wird fester und der Kuss forscher. Er dauert ewig und doch nicht lange genug. »Wie ich gestern bereits sagte«, wispere ich ihm ins Ohr. »Ich wäre über kurz oder lang hierher gezogen. Seit ich das erste Mal auf Skye war, geht mir dieser Ort nicht mehr aus dem Kopf. Etwas ganz tief in mir drinnen erwachte damals.«

»Dann leben deine Eltern auf einem anderen Kontinent. Ihr könntet euch nur noch selten sehen. Macht dir das nichts aus?«, will er wissen und klingt gehetzt, als würde etwas seine Kehle zuschnüren.

»Mum und Dad sind nur einen Anruf weit entfernt. Außerdem haben sie einen riesigen Platz in meinem Herzen. Egal wo wir uns gerade befinden, wir sind eine Familie und werden es auch immer bleiben. Was ich mein Leben lang gesucht habe, ist eine Heimat, und die habe ich hier auf Skye gefunden. Meine Seele schlägt Wurzeln, ich bin angekommen. Zum ersten Mal in meinem Leben.«

»Heißt das, dass du bleibst hier ... bei mir?«, fragt er unsicher, sobald wir uns voneinander lösen.

Ich halte den Atem an, denn sein Tonfall und die Sorge in seinem Blick öffnen mir die Augen. Vertrauen und Nähe bedeuten für ihn Verlust. Das Verhalten seiner Mutter muss eine tiefe Wunde in seine zarte Kinderseele gerissen haben.

»Das tue ich. Ich bleibe bei dir, hier auf Skye.«

Liam gibt einen gequälten Ton von sich, weil ich ihn nicht von dem frischen Gras, welches am Wegesrand wächst, probieren lasse.

»Vergiss es.«

Mürrisch sieht er mich an und sammelt wahrscheinlich bereits Spucke, um seinem Unmut mit einer saftigen Ladung Ausdruck zu verleihen.

Ich bin genauso ungeduldig wie er, schließlich kramt Rory schon seit einer gefühlten Ewigkeit in seinem Kofferraum herum. Trotzdem bereue ich es nicht, mitgekommen zu sein. Rory in meiner Nähe zu haben ist erfrischend, und irgendwie fühlt es sich so an, als würden wir uns seit unserer frühsten Jugend kennen.

In den vergangenen Tagen kam er nicht nur wegen der Tiere vorbei, sondern morgens zum Frühstück, und er blieb abends zum Essen. Wobei das Essen an sich zur Nebensache wurde, die meiste Zeit haben wir hemmungslos herumgeknutscht.

Heute machte er mir den Vorschlag, ihn auf seiner Nester-Tour zu begleiten, und ich habe spontan Ja gesagt. Schließlich habe ich mir einen freien Tag verdient, und in den vergangenen Wochen, wurden mehr als genug Webseiten von mir fertiggestellt. Mein Soll ist erfüllt, nun darf ich auch mal aktiv faulenzen. Zumindest sobald der Griesgram das Herumgeräume in seinem Kofferraum beendet hat.

»Falls du auch nur darüber nachdenkst, dein Gewehr mitzunehmen, schlag es dir gleich wieder aus dem Kopf. Ich werde nicht danebenstehen, wenn du ...«, maule ich und verstumme, als er mir einen Feldstecher in die Hand drückt.

»Keine Sorge. Das bleibt hier.«

»Gut.«

»Ich schieße nicht gern.« Er lässt die Schultern hängen und sieht zur Anhöhe hinauf, die wir gleich erklimmen wollen. »Es ist der einzige Punkt an meinem Job, der mir überhaupt nicht zusagt. Wenn ich könnte, würde ich sofort damit aufhören.«

Seine offenen Worte stimmen mich nachdenklich, doch es ist sein Blick, mit dem er seine eigenen leeren Hände betrachtet, der mir einen Schauder über den Rücken jagt. Ohne eingehender darüber nachzudenken, ob es wirklich angebracht ist, greife ich an sein Handgelenk und hebe es an, bis seine Finger meine Wange berühren.

Seine Lider weiten sich. Schock und Unglaube huschen über seine Züge.

»Schon mal über einen anderen Job nachgedacht?«

Er lacht kurz und trocken auf. »Melina. Das ist Skye, nicht Edinburgh oder Glasgow. Hier bist du, wer du bist. Ich bin der Sohn, Enkel und Urenkel eines Wildhüters, also bin und bleibe ich es. Außerdem liebe ich es, Tiere zu beobachten und das Revier im Blick zu haben. Dabei fühle ich mich wohl, weiß, wer ich bin. Nur muss ich leider in den sauren Apfel beißen und …«, erklärt er mir, doch ich kann darüber nur den Kopf schütteln.

»Du bist so viel mehr. Sieh mich an! Ich bin Webdesignerin und züchte Alpakas.«

»Tja, da liegt der Unterschied. Ich wüsste nicht mal, was ich sonst machen könnte, weil es hier keine anderen Jobs gibt. Komm, lass uns gehen. Die komplette Südflanke schaffen wir nur, wenn wir jetzt ordentlich marschieren.«

Er deutet mit seinem Stab auf den vor uns liegenden Trampelpfad. Mit festem Schritt geht er voran, Lester bei Fuß. Liam duldet ihn problemlos in seiner Nähe, anscheinend erinnert er sich daran, dass von ihm keine Gefahr ausgeht.

Ich kann noch immer nicht glauben, dass Rory tatsächlich vorgeschlagen hat, mich mit auf seinen Kontrollgang zu nehmen. Dazu musste ich ihn nicht einmal überreden, er kam von ganz allein auf die Idee.

Ich halte mit Liam etwas Abstand, da ich Rory nicht bei der Arbeit stören möchte. Während er die Nester überprüft und die mittlerweile geschlüpften Küken zählt, nutze ich die Gelegenheit und fotografiere ihn dabei.

Jedes Mal, wenn ich ihn in den Fokus ziehe, fällt mir auf, wie konzentriert und routiniert er vorgeht. Keine hastigen Bewegungen, kein grobes Zupacken. Behutsam sieht er sich die winzigen grau-braunen Baby-Moorhühner an und setzt sie beinahe liebevoll zurück in ihre Nester.

Ich unterdrücke einen Seufzer nach dem anderen, weil es einfach zu süß aussieht. Dieser große starke Mann mit dem wilden Bart und der sanften Seele, an dessen Fingern die winzigen Schnäbelchen picken. Selbst die Eltern scheinen zu spüren, dass von ihm keine Gefahr ausgeht, und sie beäugen ihn lediglich abwartend.

Sobald er sein Notizbuch in der Innentasche der Jacke verstaut hat, gehen wir weiter.

»Die nächsten Brutplätze sind gleich dort vorn.« Rory deutet an den Rand einer vorstehenden Klippe. »Bleib am besten hier. Die Nester sind unregelmäßig verteilt.«

Mit sicherem Schritt geht er durch das knöchelhohe Gras, wobei seine Hosenbeine die Äste der Heidesträucher streifen. Plötzlich hält er inne und bückt sich. Als er sich aufrichtet, erkenne ich eine grün-blaue Getränkedose in seiner Hand, die er kopfschüttelnd in der Außentasche seiner Rannoch verstaut.

Ihm bei der Arbeit zuzusehen ist wundervoll. Sogar Liam scheint da ganz meiner Meinung zu sein, denn er behält ihn genau im Blick. Ich mache weitere Fotos, während die Wolken langsam aufreißen und breite Blöcke Sonnenlicht hier und da auf die frühlingshaft grüne Landschaft fallen.

Rory hat gerade ein Küken auf seiner flachen Hand sitzen, als es genau über uns geschieht. Wir werden umhüllt von warmen Strahlen, doch Liam ist der Meinung, ausgerechnet jetzt seinen dick bewollten Kopf in den Fokus schieben zu müssen. Gnadenlos bombt er das Foto und grinst mich dabei sogar noch schief an.

Mein Gelächter zieht Rorys Aufmerksamkeit auf sich.

»Was ist so lustig?«

»Liam. Komm her, sieh dir an, was er gemacht hat.« Kopfschüttelnd unterbricht er seine Arbeit, eilt zu mir und betrachtet das Display.

»Schau, hier ist noch die Nase von Lester in der unteren Ecke.« Tatsächlich, das war mir bisher gar nicht aufgefallen. Diese zwei Halunken tun natürlich so, als ob sie vollkommen unschuldig wären, und sehen beide unbeteiligt in verschiedene Richtungen.

»Das hier habe ich vorher geschossen. Ist es nicht schön?«

Ein starker Arm legt sich um meine Schultern. Rory zieht mich näher und hebt mein Kinn ein wenig an.

»Ein ganz tolles Foto, doch nichts auf der Welt könnte schöner sein als ein Blick in deine Augen.«

Sprachlos halte ich inne. So was Liebevolles hat noch nie jemand zu mir gesagt. Zärtlich gleiten seine Fingerspitzen über meine Wange, während er mit dem Daumen meine Lippen streift. Meine Lider flattern immer mehr, je näher er mir kommt, bis ich den sanften Druck seiner Lippen spüre. Er schmeckt nach Weite, Freiheit und Schwarztee. Der würzige Geruch von Erde, frischem Gras und dem Salz des Meeres steigt mir in die Nase.

Ich mag mich gar nicht von ihm lösen, denn dieses Gefühl der Geborgenheit, was er und unsere Umgebung in mir auslösen, überwältigt mich und lässt meine Knie weich werden. Um Halt zu finden, schlinge ich meine Arme um seine Mitte und lehne den Kopf an seiner Schulter an. Rory genießt es anscheinend, da er mich fest an sich drückt und zarte Küsse auf mein Haar setzt.

»Schh«, macht er plötzlich und deutet auf einen gut dreißig Meter entfernten, schräg über uns verlaufenden Felsvorsprung. Ein riesig anmutender Hirsch, dessen gewaltiges Geweih majestätisch auf seinem Kopf thront, betritt die Empore. Einem König gleich lässt er den Blick über die unter ihm liegende Landschaft schweifen.

Ich versuche, mir an Rory ein Beispiel zu nehmen, und greife ohne Hast nach meiner Kamera, fokussiere und drücke ab. Mehrmals. Allein Zeuge zu sein, wie der Wind durch das struppige Fell an seinem Nacken streicht, löst bei mir eine Gänsehaut aus. Von unserer Position aus gesehen scheinen die fingerartigen Spitzen seines Geweihs die Wolken zu kratzen. Es ist atemberaubend.

»Ein Achtender mit Krone«, raunt er mir zu.

Eine Böe weht mir die Haare vor die Linse. Gleichzeitig neigt der Hirsch seinen Kopf in unsere Richtung. Obwohl er uns gewittert haben muss, zeigt er keinerlei Furcht, sondern schreitet langsam und anmutig davon. Wir verharren und lassen ihn nicht aus den Augen, bis er hinter einem Felsen verschwunden ist.

»Wow«, entweicht es mir. »Das war magisch.«

»Jetzt weißt du, was ich an meinem Job so sehr liebe«, raunt er neben meinem Ohr.

»Ich kann dich verstehen.«

Rory beendet seine Arbeit, und wir gehen weiter zum nächsten Brutplatz. Der Weg ist breit genug, sodass er meine freie Hand halten kann, während Lester vor uns her trottet. Unsere Finger sind miteinander verwoben, und ich fühle mich sicher, egal wie steil oder uneben die Strecke auch sein mag.

»Gibt es von staatlicher Seite keine, wie hast du es genannt ... Ghi...?«

»Ghillie. Alle Positionen gestrichen. Für Curran war es damals ein harter Schlag. Seit seinem sechzehnten Lebensjahr hatte er diese Stelle und wurde von jetzt auf gleich wegrationalisiert.«

Das zu hören macht mich wütend. Irgendein Sesselpupser in der schottischen Verwaltung in Edinburgh hat die Zahlen grob überschlagen und einfach über die Existenz von Menschen entschieden, um ein paar Pence einzusparen.

»Was wurde aus seinem Kollegen?«, hake ich nach. »Er war ja nur für die Nordhälfte der Insel zuständig.«

»Barry musste sich umorientieren, da er viel jünger als Curran war. Er lebt in Glenbrittle, wo er einen Campingplatz führt. Soweit ich weiß, begleitet er hin und wieder Jagdgesellschaften.«

»Hier wird viel gecampt, oder?«

»Im Sommer überall. Da sind die Plätze überfüllt, und die B&Bs könnten jedes Zimmer doppelt vermieten. Die Insel boomt, was man leider auch an dem ganzen Müll sieht, der herumliegt.« Er klopft sich auf die Jackentasche, in der er zuvor die Getränkedose verstaut hat.

»Wenn es so gut läuft, warum bietest du dann nicht Wanderungen und Beobachtungen an?«

Ein nachdenklicher Ausdruck legt sich auf sein Gesicht, und mir kommen wieder die ganzen Anfragen, die über meine Webseite gestellt wurden, in den Sinn. »Würde ich, nur was mache ich im Winter? Der Job bei MacDugan sichert mir ein ganzjähriges Einkommen. Es ist nicht viel, doch ich habe ein Auskommen und kann meine Rechnungen zahlen. Während der Jagdsaison gibt es zudem Trinkgelder.«

»Verstehe.«

»Ich bin kein reicher Mann, Melina.«

Irritiert blicke ich zu ihm auf. »Wie echt? Das ist aber doof. Ich wollte im Sommer nach Mauritius in den Urlaub fliegen. Wer zahlt das jetzt?«

Im ersten Moment guckt er wie ein Alpaka, wenn es donnert, doch dann beginnt er zu lachen und legt einen Arm um meine Schultern.

»Rory, ich brauche keinen reichen Mann, sondern einen, der an meiner Seite ist, mich unterstützt und liebt. Nicht mehr und nicht weniger. Einen verlässlichen Partner, der zudem noch heiß und sexy ist und verdammt gut küssen kann.«

»Klingt nach Lachlan.«

Vor Entsetzen bleibt mir der Mund offen stehen. »Niemals! Ganz bestimmt nicht dieser aufgeblasene Wichtigtuer!«, protestiere ich.

Erst lacht er, doch dann räuspert er sich. »Wenn du dich da mal nicht täuschst. Er mag gewisse Eigenarten besitzen, doch wer hat die nicht? Lachlan hat mich nie anders behandelt, nur weil ich der Sohn des Wildhüters bin und er der Sohn vom Chief. Er ist ein guter Freund, genauso, wie Curran es einst war.«

Egal was er sagt, der Typ ist mir suspekt, und seit der Sache mit Phil höre ich in solchen Dingen lieber auf mein Bauchgefühl.

»Hm, wie du meinst. Ich kenne ihn wohl nicht gut genug.«

»Ganz bestimmt.«

»Bisher bin ich ihm nur einmal begegnet.« Vielleicht erschließt sich mir noch, weshalb Rory so große Stücke auf ihn hält, wenn wir uns öfters über den Weg laufen.

# 14.
# *Rory*

Die Sonne ist bereits zur Hälfte verschwunden. Ich war schon öfters in den Ruinen von Duntulm Castle. Natürlich allein, denn zum Nachdenken ist der Ort perfekt geeignet. Man hat hier seine Ruhe. Die Sonnenuntergänge waren auch ganz nett, zumindest bisher, denn mit Melina an meiner Seite wirkt dieser um ein Vielfaches farbenfroher. Sie hat den Grauschleier, der bisher meine Sinne verhüllte, fortgezogen. Alles um uns herum leuchtet rotgolden, und es scheint, als würden die Steine der halb mit Moos überwucherten Mauern glühen.

Nachdem wir Liam zu seiner Herde zurückgebracht haben, war ich spontan auf die Idee gekommen, sie hierher zu entführen. Die verfallene Burg liegt nahe der nördlichsten Spitze der Insel. Unter uns schlagen die Wellen gegen die Klippen, und über uns brennt der Himmel.

Ich sitze hinter ihr auf meiner Jacke, die ich in einer windgeschützten Ecke auf den Boden gelegt habe. Unsere Wangen berühren sich, meine Arme liegen um ihren Körper, und ich kann ihren Herzschlag spüren. Wir schweigen in Ehrfurcht vor diesem Naturschauspiel.

Die letzten Sonnenstrahlen treffen auf ihr Gesicht, als sie mich ansieht. Bevor sie ihre Lider schließt, tanzt ein rötliches Feuer in ihren Iriden. Während wir uns küssen, steht für mich die Zeit still. Nichts ist mehr wichtig, nur dieser Moment. Als sie ihre Lider wieder öffnet, funkeln die ersten

Sterne und lassen die Regenbogen erstrahlen, als wären sie diamantenbesetzt.

Niemals zuvor habe ich ein solches Glück verspürt, dass sich mir der Kopf dreht und ich im Kreis grinsen könnte, hätte ich keine Ohren. Sie bleibt. Hier bei mir auf Skye. Es ist unbeschreiblich, was allein der bloße Gedanke in mir auslöst.

In diesem Moment erinnere ich mich daran, dass Curran mich mal als verkappten Romantiker bezeichnet hat. Toll, hatte der alte Besserwisser auch noch recht. Sonnenuntergänge, Händchenhalten beim Wandern, Alpakamagie. Ich bin so was von verloren. Was soll's?

Wir machen uns auf den Weg zurück zum Wagen. Ein riesiger Vollmond prangt über den Hügeln und taucht die alten Mauern mit dem darum wabernden Bodennebel in ein mystisch silbernes Licht.

»Nimm meine Hand, sonst verlierst du dich im Nebel.«

»Ach was, du hast nur Angst, dass mich ein Elfenkrieger umwerben und in den Síd entführen könnte.« Ihr Lachen halt von den Burgmauern wider, woraufhin sie sich umsieht und einen Arm um meine Taille legt.

»Bekommst du Schiss?«

»Quatsch! Hast du die Feen etwa nicht gehört? Sie wollen dich ins Moor locken. Ich will nur verhindernd, dass du mitgehst und ich hier nicht mehr wegkomme, weil du die Wagenschlüssel hast.«

Sie ist definitiv nicht auf den Mund gefallen. Kopfschüttelnd lege ich einen Arm um ihre Schultern und löse mich erst von ihrer Seite, als wir bei meinem Rover angekommen sind.

»Was hältst du davon, wenn wir den Abend bei einem Ale und einem Essen ausklingen lassen?«, schlage ich vor.

Melinas Augenbrauen zucken nach oben, und sie gibt einen genießerischen Laut von sich. »Das klingt verdammt gut. Wohin?«

»Pub?«
»Bin dabei.«

Die gelbliche Lampe über dem Eingang des *Stormy Skye* bewegt sich leicht im auffrischenden Nachtwind. Vor dem Pub ist nichts los, trotzdem ist der Parkplatz voll. Im Inneren wird mir schnell klar, weshalb, da es anscheinend eine Versammlung der hiesigen Gewerbetreibenden gibt.

Edith winkt uns zu, und Frederick Douglas, der Inhaber des Gemischtwarenladens nickt knapp, während wir zu einem der wenigen freien Tische in einer Nische gehen. Connor Warden, ebenfalls einer meiner Freunde aus Kindertagen, der mit seinem Boot in der Saison Touristen raus zu den Walen und Delfinen fährt, mustert Melina und zwinkert mir zu. Auch von anderen Gästen, die sofort ihre Köpfe zusammenstecken, werden wir gegrüßt, aber vor allem beobachtet.

»Wir müssen hier dringend eine Einigung finden. Weiter zu warten, bis Chief MacDugan sich dazu äußert, wäre sträflich.« John Ronald, der Besitzer der Storr Apartments, einer nördlich von Leathan gelegen B&B-Anlage, wirkt gereizt. Seine Worte erwecken den Eindruck, als würden von Lachlans Vater wichtige Beschlüsse blockiert werden.

Rosalind kommt an unseren Tisch, nimmt die Bestellung auf und zwinkert Melina zu. Als sie bemerkt, dass ich es mitbekommen habe, grinst sie mich an und klopft mir auf die Schulter.

»Wird ja mal Zeit, dachte schon, du willst dich als alter Miesepeter ungeküsst in die Kiste legen.«

Sprachlos starre ich sie an, Melina kriegt sich derweil vor Lachen kaum mehr ein.

»Und wie stellst du dir das vor?«, ruft Lesley-Ann Mulgrew. Sie ist aufgesprungen und wedelt mit dem erhobenen Zeigefinger unter Johns Nase herum. »Die Kosten sind zu hoch, und ich sehe nicht ein, für etwas zu zahlen, bei dem kaum Nutzen für meinen Laden herauskommt. Was bringt mir das Ganze?«

Ich muss gestehen, dass Lesley-Ann mit ihren flammend roten Haaren schon während meiner Schulzeit den Eindruck erweckte, jeden, der ihr querkommt, mit dem Teigroller zu vermöbeln. Heute führt sie die hiesige Bäckerei in fünfter Generation. Ein Knochenjob, vielleicht blickt sie deshalb so mürrisch in die Runde der versammelten Geschäftsleute.

»Wir verstehen das, doch jeder wird gleichermaßen berücksichtigt«, versucht John dagegenzuhalten.

»Ach, red doch keinen Müll. Hotels und B&Bs sind klar im Vorteil. Ich bin aber keine Kuh, die man melken kann. Ich sehe das so: Sämtliche heute anwesenden Gastwirte, die Campingplätze eingeschlossen, bündeln einen viel größeren Kostenanteil.«

»Genau so sieht es aus«, stimmt Connor zu.

»So geht das aber nicht«, ruft John dazwischen. »Ich berechne dreißig Pfund mit Frühstück und keine dreihundert wie MacDugan. Der verdient sich eine goldene Nase mit seinen fünfunddreißig Zimmern. Das sollte sich meiner Meinung nach auch in der Kostenaufteilung widerspiegeln. Er tönt doch immer, dass er was für den Ort tut und wie sehr ihm Leathan am Herzen liegt. Tja, der Wahrheitsgehalt scheint wohl eindeutig gegen null zu gehen, was man daran erkennen kann, dass er es nicht einmal für nötig erachtet hat, heute hier zu erscheinen. Trotz wiederholter Einladung. Nicht mal sein Jungchen ist sich fein genug für uns.«

Einige Gäste klopfen auf die Tische. Zustimmung, aber auch Proteste werden laut. Melina schürzt die Lippen. Unsere Blicke treffen sich, und ich glaube, ihre Gedanken lesen zu können. Sie mag Lachlan nicht und fühlt sich in ihrer Meinung bestätigt.

»Er ist wirklich okay, glaub mir«, raune ich und schiebe eine Hand über ihre auf dem Tisch liegende. Sie schließt die

Lider und blickt mir mehrere Herzschläge später direkt in die Augen, legt ihre andere Hand über meine.

»Deine Freunde sind auch meine Freunde.«

Ich atme auf, doch gleichzeitig spüre ich ein Prickeln im Nacken, welches ganz eindeutig von meinem schlechten Gewissen herrührt. Wenn sie wüsste, dass Lachlan sie vertreiben will und vor allem, wer diesen Plan umsetzen soll, würde sie sich wohl ganz anders über ihn äußern. Dass ich von Anfang an dagegen war und kein Teil davon sein wollte, wird mir dann auch nicht mehr helfen. Ich hätte es ihr auf der Fahrt nach Glasgow sagen sollen. Einen besseren Moment gab es nicht.

»Sieh an, sieh an!«, ruft Frederick und wuchtet sich vom Stuhl hoch. »Wer beehrt uns denn da?«

Ich sehe zur Tür, wo Lachlan gerade die Jacke öffnet.

»Guten Abend. Entschuldigt bitte die Verspätung!« Sein Blick huscht über die Anwesenden und bleibt bei Melina und mir hängen. Um genau zu sein, ruht er dazwischen, auf unseren übereinanderliegenden Händen. »Wurden bereits Beschlüsse gefasst?«

Sein Ton ist sachlich und geschäftsmännisch, wie immer, wenn es um das Hotel geht. Trotzdem macht sich ein ungutes Gefühl in meiner Magengegend breit.

»Es geht um den Internetauftritt von Leathan. Selbst Dunvegan und Skeabost haben es bereits hinbekommen, nur wir hinken hinterher, weil wir uns wegen der Kostenaufteilung nicht einigen können«, fasst Lesley-Ann zusammen.

»Jeder zu gleichen Teilen – so wie immer. Und alle Beschlüsse sind einstimmig « Lachlan hat sich an die Theke gestellt, wo Tobi ihm ein Stout serviert. »So ist es von jeher.«

»Das kann sich ein Großteil von uns nicht leisten«, wirft John ein. »Wir sollten es an den Umsätzen festmachen, statt jedes Geschäft gleichwertig zahlen zu lassen. So kommen wir nie auf einen grünen Zweig. Wer viel hat, kann mehr zahlen. Das wäre gerecht.«

»Das wäre es. Nur sollte der mit dem größten monetären Anteil dann natürlich auch den besten Platz bekommen.«

Melina verdreht die Augen. »Das ist so kapitalistisch«, murmelt sie und seufzt. »Schade.«

»Was bedauerst du?«

»Ach ich …«, setzt sie an und blickt hinüber zu der Versammlung. »Über die Webseite erhielt ich viele Anfragen zu Wanderungen mit den Alpakas. Mir kam in den Sinn, vielleicht was in diese Richtung zu starten.«

»Wie genau läuft das ab?«, hake ich interessiert nach, weil mir der Nachmittag mit Liam noch sehr gut in Erinnerung ist. Auch heute habe ich die Alpakamagie, wie Melina sie nennt, wieder gespürt, dabei habe ich ihn noch nicht einmal selbst am Führstrick gehalten.

»Ich hab mit Trinny gesprochen, ich hab dir von ihr erzählt.«

»Inverness.«

»Genau. Sie meinte, kleine Gruppen von zwei bis acht Personen wären am besten. Dazu zwei bis vier Alpakas. Die Dauer kann variieren. Wenn es nach den Anfragen geht, könnte ich bereits zehn Touren mit je sechs Leuten vollbekommen.«

Mir verschlägt es die Sprache.

»Guck nicht so.«

»Dass du da noch drüber nachdenkst. Mach das doch«, versuche ich, auf sie einzudringen, doch Melina wirkt unschlüssig. »Ich kann dir gleich morgen ein paar tolle Routen zeigen.«

»Ich habe aber keine Zeit, Rory. Mein Job. Ich mache Homeoffice.«

Unter den Gewerbetreibenden bricht ein kleiner Streit aus, den Edith, die die Position der Sprecherin innehat, zu unterbinden versucht. Da alle wild miteinander diskutieren und niemand auf sie hören will, greift Rosalind zur Kordel an der Thekenglocke. Früher läutete man so die Sperrstunde ein, heute bringt sie damit ihre Gäste erfolgreich zum Schweigen.

»Geht das hier immer so zu?«, will Melina wissen und wirft der Versammlung einen verschreckten Blick zu.

»Das ist noch harmlos. Ab und an fliegen schon mal Stühle durch die Gegend. John und Frederick haben sich sogar mal geprügelt.«

Entsetzen macht sich auf ihrem Gesicht breit, und sie mustert die beiden Männer kritisch.

»Wer hat gewonnen?«

Allein die trockene Art, wie sie ihre Frage geäußert hat, lässt mich vor Lachen fast vom Stuhl fallen.

»Lass mich raten, Rosalind.«

Während ich nicke, laufen mir Tränen aus den Augenwinkeln, ich japse nach Luft, und mir tut der Bauch weh.

»Aua«, entweicht es mir, als ich den Wagen über die holprige Einfahrt zum Craig Cottage lenke. Jede Bodenwelle überträgt sich punktgenau und lässt mich ächzen.

»Tut dir das Bäuchlein weh?«, feixt sie, öffnet den Gurt und beugt sich zu mir, um ihre flache Hand darauflegen zu können. Mit sanftem Druck massiert sie mich, nur leider wächst die Anspannung dadurch an anderer Stelle, sodass mir ein Stöhnen entweicht.

Mit fahrigen Fingern schnalle ich mich ab. Einen Arm lege ich um ihre Schultern, ziehe sie näher heran und spüre, wie sich durch ihre Berührung der Druck in meinem Inneren erhöht. Ich vergrabe meine Nase in ihrem Haar, was so herrlich nach wilden Erdbeeren duftet, dass mir das Wasser im Mund zusammenläuft.

Melina zupft am Bund meines Sweaters, bis sie ihre Hand darunterschieben kann. Sie legt den Kopf in den Nacken, und ich beginne, ihre Kieferlinie mit Küssen zu bedecken.

Ihre Fingernägel kratzen leicht über meinen Bauchnabel, umkreisen ihn, und ich atme schwerer und schwerer.

Der warme Duft, den sie verströmt, erfüllt mich, ihre zarte Haut ist ganz heiß, und ihr leises Stöhnen hallt wie ein Echo tief in mir wider. Sobald ihr Mund in Reichweite ist, erobere ich ihn. Unsere Zungen umkreisen einander. Ich schmecke Ale, doch da ist auch noch etwas von dem Schoko-Brownie, den sie zum Dessert hatte.

Um sie besser spüren zu können, würde ich sie am liebsten auf meinen Schoß ziehen, doch das Lenkrad schränkt unseren Bewegungsradius zu sehr ein.

»Lass uns nach der Gang sehen«, raunt sie gegen meine Lippen.

In meinem Kopf herrscht gähnende Leere, und ich muss wohl mein Sprachzentrum eingebüßt haben, denn außer einem nachdrücklichen »Hmm« kommt nichts Zusammenhängendes aus meinem Mund. Melina löst sich von mir und öffnet die Tür. Erst jetzt wird mir klar, was sie eben gesagt hat, und ich starre ihr verwirrt hinterher. Sie denkt, während sie mit mir rumknutscht, allen Ernstes an die Tiere?

Die Beule in meinem Schritt drückt schmerzhaft. Ich folge ihr, so schnell es meine Erektion zulässt, und finde sie im Stall, wo sie Heu in die Raufen stopft und Celine kritisch begutachtet.

»Alles okay mit der Mutterkugel?« Ich gehe an Lester, der brav in der Tür sitzen geblieben ist, vorbei ins Innere und schnappe mir den Eimer mit dem vorbereiteten Spezialfutter.

»Dafür, dass es noch einen knappen Monat dauert, ist sie verdammt rund.«

»Vielleicht kommt es früher?«, mutmaße ich. »Wie lang ist die Tragzeit?«

»Eigentlich ein Jahr. In seltenen Fällen, wenn die Tiere zu großem Stress ausgesetzt sind, kann das Cria früher geboren werden, schlimmstenfalls sogar abgehen. Stressig war es für sie seit dem Umzug nicht wirklich, daher mache ich mir eher Sorgen, dass sie sich was eingefangen hat. Es ist ihr erstes Baby.«

»Ruf Niall morgen mal an.«

»Werde ich, aber ich weiß jetzt schon, dass er dann wieder behauptet, ich würde mich beim Termin irren. Ein Jahr ist ein Jahr, und ich war dabei, als sie gedeckt wurde.«

Es fehlt nicht viel, und sie stampft mit dem Fuß auf, also lasse ich das Thema lieber und schließe das innere Gatter hinter ihr, sobald sie neben mir steht.

Mit vor der Brust verschränkten Armen beobachtet sie jede Bewegung der hochträchtigen Celine. Ich überlege hingegen, wie ich sie so schnell wie möglich aus dem Stall rüber ins Haus bekommen kann. Ob sie sich heftig wehren würde, wenn ich sie mir einfach über die Schulter werfe? Die Gefahr, Blessuren davonzutragen, ist mir zu hoch, also trete ich von hinten an sie heran und lege beide Arme um sie.

»Mach dir keine Sorgen, alles wird gut.«

Wie erhofft lehnt sie sich bei mir an. Die Anspannung weicht aus ihrem Körper, und sie lässt die Arme fallen. Ihre Hände schieben sich über meine, den Kopf legt sie schräg und bietet mir ihren Hals an. Eine Einladung, der ich nur schwer widerstehen kann.

Meine Lippen wandern über ihre zarte Haut. Ich hauche Küsse darauf, lecke und knabbere, bis sie ihre Finger zwischen meine schiebt und unsere Hände auf ihre Brüste legt. Zwei Herzschläge lang verharre ich, da ich nicht glauben kann, was sie da gerade getan hat, dann entwickeln meine Finger ein Eigenleben und beginnen, gegen die weichen Hügel zu drücken.

Melina stöhnt leise und reibt ihren Po lasziv gegen meinen Schritt. Krampfhaft versuche ich, mich zu konzentrieren, doch außer zwei Notstromlampen, die in meinem Kopf den Betrieb aufrechterhalten, hat sich mein Hirn komplett verabschiedet. Ich weiß nur eines: Ich muss ihr beweisen, dass ich ein toller Liebhaber bin.

Zärtlich fahre ich mit der Zunge an der Außenseite ihrer Ohrmuschel entlang. Ihre Atmung wird hastiger, was gleichzeitig ihren Busen fester gegen meine Handinnenflächen presst. Weiter so, sporne ich mich selbst an. Melina hebt die Arme, vergräbt die Finger in meinem Haar und reckt sich mir mit geöffneten Lippen entgegen.

Unsere Zungen tanzen miteinander, während ich mit der Hand unter ihr Shirt wandere, wo sie auf ihre erhitzte Haut trifft. Ich kann spüren, wie Melina wegen meiner Berührungen erzittert. An ihrem BH angelangt, schiebe ich den Stoff eines Körbchens nach oben und finde zielsicher die harte Spitze. Ihr Stöhnen wird lauter, und der Kuss intensiviert sich, sobald ich ihre Brustwarze leicht zwischen Daumen und Zeigefinger rolle.

»Rory«, keucht sie. »Lass uns reingehen.«

Gehen ist eine verdammt schmerzhafte Sache, doch ich beiße die Zähne aufeinander und kämpfe wacker gegen den Druck an, den meine Hose auf meinen Unterleib ausübt. Lester ist völlig verwirrt, drängt sich immer wieder zwischen uns, doch weder Melina noch ich können die Finger voneinander lassen.

In der Küche prallen wir gegen den Tisch.

»Decke!«, befehle ich und werfe die Tür zu, sobald Lester murrend in der Ecke angekommen ist. Fahrig zerre ich mir den Sweater vom Körper und hebe Melina, die sich ihrer Jacke und Schuhe entledigt hat, auf meine Hüfte. Sie schlingt ihre Beine um meine Mitte und macht dort weiter, wo wir nur Sekunden zuvor aufgehört haben. Wild knutschend trage ich sie blindlings ins Schlafzimmer. Gut dass ich mich im Haus auskenne, sonst wären wir am Ende noch *vor* der Haustür gelandet.

Ihr Mund birgt die süßesten Versprechen. Ich kann mich nicht von ihr lösen, will sie berühren, erkunden und liebkosen. Doch erst mal muss sie die ganzen Klamotten loswerden, die sich zwischen ihrer Haut und meinen Händen befinden. Jeden Zentimeter davon möchte ich schmecken.

Melina versinkt in der weichen Decke, die sie auf dem Doppelbett ausgebreitet hat. Ich mache ihre Nachttischlampe an, wobei mein Blick auf das kunstvoll verzierte Kopfteil aus dunklem Kastanienholz fällt. Currans und Maireads Ehebett?

»Komm zu mir!«

Sie lenkt mich ab, indem sie mir die Arme entgegenreckt, und ich folge ihrem zarten Wispern. Halb auf ihr liegend schiebe ich mir dir Schuhe von den Füßen und genieße gleichzeitig ihren festen Griff in den Haaren und im Bart. Wimmernde Laute entweichen ihr, und als sie meinen Namen stöhnt, läuft mir eine Gänsehaut über den Rücken.

Ich befreie sie von ihrem Shirt, doch an den Ösen des zartrosa BHs scheitere ich kläglich. Sie hilft mir, und ich streife die Träger über ihre Schultern nach unten, bis der feine Stoff zwei perfekte Brüste freigibt. Spitzen aus dunklem Karamell, umrahmt von cremig weißer Haut.

Ein mir bis dato unbekannter animalischer Laut bricht aus mir heraus und geht in ein hemmungsloses Stöhnen Melinas über, als ich meinen Mund auf eine der harten Knospen senke. Mit der Zunge umkreise ich sie, knabbere und sauge daran. Sie windet sich unter meinen Zärtlichkeiten, kratzt über meinen Rücken und flüstert immer wieder meinen Namen.

»Rory. Hast du ein Kondom dabei?«

In meinem Kopf beginnt ein Alarm zu schrillen, und ich will Nein sagen, doch vor meinem inneren Auge formiert sich das Bild des Handschuhfachs meines Wagens.

»Bin gleich wieder da.« Keine Ahnung, welche Macht mir die Kraft verleiht, mich vom Bett zu erheben. Jeder Schritt ist eine Qual, doch etwas treibt mich an. In diesem Moment würde ich alles ertragen, um so schnell wie möglich wieder in ihren Armen liegen zu dürfen.

Barfuß und nur noch mit der Jeans bekleidet renne ich zur Vordertür hinaus. Zum Glück hatte ich die Wagenschlüssel nicht in die Jackentasche gesteckt, weil ich nicht mal mehr weiß, wo genau ich sie ausgezogen habe, geschweige denn, ob ich überhaupt eine angezogen hatte.

»Ja!«, rufe ich in die Nacht und recke meine Faust mitsamt dem Päckchen, welches Lachlan mir vor einigen Tagen aufgedrängt hat, in die Luft. Schnell wieder rein, verdammt ist das kalt.

»Ich hab sie gefu…« Der Anblick, der sich mir im Schlafzimmer bietet, lässt mich in der Tür verharren. Melina hat sich ihrer Jeans entledigt und liegt, einzig mit ihrem zartrosa Höschen bekleidet, seitlich auf dem Bett. Den Kopf hat sie in eine Hand gestützt und lockt mich mit dem Zeigefinger der anderen zu sich.

Während ich um das Bett herumgehe, zieht sie die Beine an und kniet sich hin. Erst nimmt sie mir das Päckchen ab, dann gleiten ihre warmen Hände über meine Brust, zeichnen die Vertiefungen meiner Bauchmuskeln nach und fahren sacht nach oben zu meinen Schultern.

Sie krault meinen Bart und zieht mit ihren Lippen eine brennende Spur von meiner Kehle hinab bis zu meinem Bauchnabel. Der Muskelkater vom vielen Lachen, der mich vorhin noch geplagt hat, ist wie weggeblasen, stattdessen spannt sich mein Körper in sehnsuchtsvoller Erwartung an.

Ihre Finger gleiten zum Hosenbund. Der Knopf öffnet sich, und ihre Hände schieben sich seitlich unter den Stoff der Jeans. Schwer atmend sehe ich ihr dabei zu, wie sie ihn nach unten zieht, bis er von allein zu meinen Knöcheln hinabgleitet. Als ich ihren Blick einfange, bemerke ich, wie lustverhangen ihre strahlenden Regenbogenaugen sind. Ihre vollen Lippen glänzen feucht, und ihr Atem fließt heiß über meine Haut.

Melina stoppt, die Zeigefinger hat sie bereits unter den Bund meiner Shorts gehakt. Sie blickt zu mir auf und scheint auf etwas zu warten. Wie paralysiert sehe ich ihr in die Augen und beuge mich nach vorn, um sie zu küssen. Ich versinke in ihrem süßen Geschmack, und mir wird bewusst, dass ich das erste Mal Sex mit einer Frau haben werde, für die ich etwas empfinde.

# 15.
# Melina

Rorys Berührungen setzen meine Haut in Flammen. Er verteilt kleine Küsse auf meinem Bauch und wandert mit der Zunge am Bund des Slips entlang. Dabei trifft er auf die Narbe, die mich vor ein paar Wochen in die Knie zwang und die letztendlich dafür sorgte, dass wir uns stetig näher kamen.

Vorsichtig zieht er sie mit der Kuppe seines Daumens nach, haucht Küsse darauf und jagt mir damit Schauer durch den Körper. Am Haar ziehe ich ihn nach oben bis zu meinen Brüsten, und er reibt sein bärtiges Kinn an den sich ihm entgegenreckenden Knospen. Das Kratzen ist zu viel für mich, doch gleichzeitig will ich mehr davon. Es fährt mir direkt zwischen die Schenkel, und meine inneren Muskeln ziehen sich sehnsuchtsvoll zusammen.

Raue Hände streicheln über meine Seiten hinab zu meinen Oberschenkeln. Er scheint dieses Spiel zu genießen, denn er macht keinerlei Anstalten, mir das Höschen ausziehen zu wollen. Stattdessen küsst er mich, als gäbe es kein Morgen. Mir wird schwindelig, alles dreht sich, und ich kralle mich an seinen Schultern fest, um nicht den Halt zu verlieren.

Mit den Fingerspitzen gleite ich ihm über den Rücken, spüre die Hitze seiner Haut, aber auch die Anspannung und das Spiel der darunterliegenden Muskeln. Sein Körper glüht förmlich, Schweiß glitzert auf seiner Stirn, doch er beherrscht sich, mutiert in keiner Weise zu einem Wilden, der einzig auf seine eigene Befriedigung bedacht ist. Im Gegenteil, jede seiner Berührungen, die Küsse, der Tanz seiner Zunge um meine Brustwarzen, mutet eher einem Virtuosen an, der sein Instrument voller Hingabe erklingen lässt.

Wie eben solch ein Instrument fühle ich mich, denn jede Faser meines Körpers summt vor Erregung. Neben seinem Namen entweichen meinem Mund Töne, über die ich keinerlei Kontrolle besitze. Hemmungsloses Stöhnen, gepaart mit leisen Schreien. Was macht er nur mit mir? Wieso fühlt sich das alles so intensiv und so vollkommen anders an?

Seine Körperwärme schwindet, und ein kühler Luftzug lässt mich schauern. Ich öffne die Augen und sehe dabei zu, wie er langsam zum Fußende rutscht und auf dem Weg nach unten federnde Küsse auf meinem Bauch verteilt. In einer fließenden Bewegung steht er auf, nimmt das Kondompäckchen zur Hand und öffnet es.

Mit den Zähnen reißt er die Folie auf und rollt sich das Latex über. Mein Schoß pocht, und die Muskeln ziehen sich rhythmisch zusammen, als hielten sie seinen Schaft bereits umschlossen. Er lässt die Hände fallen. Seine Erektion wippt leicht, als habe sie ein Eigenleben entwickelt. Am liebsten würde ich nach ihm greifen, ihn näher heranziehen.

Beim Blick in sein Gesicht bekomme ich eine Gänsehaut, denn Rory glüht vor Leidenschaft. Gleichzeitig sieht er mich an, als wäre ich eine Kostbarkeit. Langsam beugt er sich nach vorn, greift an den Bund meines Höschens und zieht es mir langsam von den Hüften die Beine hinab. Er presst den Stoff in der Faust zusammen.

Meine Schenkel fallen auseinander, und ich recke ihm meinen pulsierenden Schoß entgegen. Einladend, vielleicht auch ein wenig wollüstig, im Grunde ist mir alles vollkommen egal. Er soll sich zu mir legen, und zwar jetzt sofort, denn ich halte dieser Folter keinen Moment länger stand.

»Rory«, flüstere ich und recke ihm die Arme entgegen. Er reagiert nicht, sondern leckt sich die Lippen und starrt wie gebannt auf meine Weiblichkeit. »Rory.«

Sein Blick zuckt nach oben, er sieht mir in die Augen, und ein Ruck geht durch ihn hindurch. Zwischen meinen gespreizten Schenkeln sinkt er auf die Knie, beugt sich nach vorn und führt seinen Schaft zu meinem Eingang. Während er langsam in mich eindringt, legt er sich auf mich und stützt sich auf den Ellenbogen ab.

Ich kralle mich an seinen Schultern fest, fahre mit den Nägeln über seinen Rücken und den Nacken, bis ihm ein kehliger Laut entweicht und ein Zucken durch seinen Körper jagt.

»Bitte«, raunt er an meinen Lippen. Sein Blick bohrt sich in meinen. »Mehr davon.«

Den Gefallen tue ich ihm nur zu gern. Vom Nacken bis hinab zu seinem Po fahre ich mit den Nägeln über seine glühende Haut. Er stöhnt, keucht und wispert unzusammenhängende Worte in mein Ohr, bevor er meine Lippen mit seinen verschließt.

Unsere Körper bewegen sich in Einklang, reiben sich aneinander, bis der Druck in meinem Inneren kaum mehr auszuhalten ist. Immer wieder stößt er langsam in mich hinein, zieht sich sanft zurück und quält mich zunehmend.

Ich will mehr und signalisiere es ihm, indem ich beide Hände an seinen Po lege und mein Becken ein wenig verlagere. Sofort spüre ich ihn tiefer eindringen. Für ihn scheint es einen ganz ähnlichen Effekt zu haben, denn er beschleunigt seine Bewegungen.

Unsere Zungen tanzen miteinander. Mir ist schwindelig. Seine Bewegungen werden hastiger. Eine Hand legt er an meine Wange und sieht mir unentwegt in die Augen. Ich versinke in den dunklen Tiefen und spüre, wie sich die Wellen meines nahenden Höhepunkts in mir auftürmen. Immer höher, bis sie schließlich über mir zusammenbrechen.

Den Schrei, der sich aus meiner Kehle hervorquält, dämpfe ich, indem ich den Mund in seine Halsbeuge presse. Die Kontraktionen in meinem Schoß gehen auf ihn über. Er keucht und hält den Atem an. Leise seufzend erreicht er seinen Höhepunkt. Von Kopf bis Fuß versteift er sich, zittert und erschlafft schließlich.

Für einige Augenblicke sind unsere Atemzüge alles, was ich hören kann. Sterne tanzen vor meinen Augen. Seine Stirn lehnt er an meine an. Das, was da eben passiert ist, war definitiv kein One-Night-Stand oder schnöder Sex. Dieses Erdbeben hat mich innerlich so erschüttert, dass mir die Tränen in die Augen steigen. Es gelingt mir erst, die aufwallenden Emotionen zurückzudrängen, als Rory sein Gewicht verlagert und mich gegen seine Seite zieht. Er presst die Lippen auf meine Stirn, während ich mit den Fingerspitzen kleine Kreise über seine Brust ziehe.

»Ich lasse dich nie wieder gehen«, raunt er neben meinem Ohr.

In seinen Augen wirkt das schummrig warme Licht meiner kleinen Nachttischlampe wie der Schein einer Kerze. Sie hypnotisieren mich, ziehen mich magisch an. Ein Versprechen liegt darin.

»Ich nehme dich beim Wort«, flüstere ich und hauche ihm einen Kuss auf die Lippen, bevor ich den Kopf an seiner Schulter ablege. Wir halten einander, bis sich Rory von mir löst und an der Bettkante aufsetzt. Ich höre, wie er sich des benutzten Kondoms entledigt, doch statt wieder zu mir zu kommen, beugt er sich zur Seite und begutachtet die kunstvolle Schnitzerei im Kopfteil des Bettes.

»Es ist noch das Alte von Curran. Irgendwie konnte ich mich bisher nicht davon trennen. Neue Matratze hat es aber.«

»Vive deo et vives. Lebe für Gott und du wirst Leben haben.«

Dass er die Worte aus dem Stegreif übersetzen kann, überrascht mich, da ich für die lateinische Inschrift extra Google bemühen musste.

»Ich weiß noch, wie ich das Kopfteil mit Curran gemeinsam abgeschliffen und neu lackiert habe. Da muss ich so dreizehn gewesen sein. Er hat mir erzählt, dass es sein Ur-Ur-Großvater aus Aberdeenshire mitbrachte, als sie während der großen Vertreibung ihre gepachtete Farm verlassen mussten.«

»So alt ist es?« Fassungslos starre ich auf den Ritter mit dem gezogenen Schwert, der aus dem Holz herausgearbeitet wurde. Es sieht so aus, als würde er in eine Schlacht reiten.

»Zweihundert Jahre ... mindestens. Ein wahrer Schatz der Highlands.«

Sein Blick ruht bei diesen Worten jedoch nicht auf der Schnitzerei, sondern auf mir. Wärme flutet mein Herz. Mit einer Hand in seinem Nacken ziehe ich ihn zu mir, und wir verlieren uns in einem endlos erscheinenden Kuss.

Ein Kratzen. Ein Jaulen. »Au!«

»Was?« Ich sitze aufrecht im Bett und starre benommen in die Dunkelheit. Was war das? Ein Schatten bewegt sich vor dem Fenster. »Rory?« Er zieht sich an. Ich höre Lester jaulen. »Muss er raus?«

»Schh! Schlaf weiter.«

»Was ist denn los?«

»Draußen ist irgendwas.«

Er hat die Worte noch nicht ganz ausgesprochen, da bin ich bereits auf den Füßen.

»Bleib ...«

»Kommt gar nicht infrage.«

Gemeinsam stürzen wir zur Hintertür hinaus, folgen Lester, der ganz komische, jaulende und fiepende Töne von sich gibt, als würde man ihn quälen. Vom Gatter aus leuchte ich mit meiner Taschenlampe über die Weide. Alle Tiere sind hellwach. Der Großteil von ihnen hat sich in der Ecke zwischen Stall und Mauer versammelt, nur Zayn und Harry kommen auf uns zu. Die Aufregung, die von ihnen ausgeht, ist für mich beinahe körperlich spürbar.

»Wo ist Celine?«

Rory öffnet die Stalltür und macht innen das Licht an. Durch die zur Weide hin offenen Türen, fällt Licht auf den Bereich mit den Tieren. Mir bleibt beinahe das Herz stehen, als ich Celine am Boden liegen sehe.

»Was ist ...?«

Rory versucht, genauso wie ich zu erkennen, was sich da am Hinterteil von Celine bewegt. Ich sehe etwas Längliches und zwei ... Beine!? »Das Cria kommt!«

»Schatz, ruf Niall an und hol eine Decke oder alte Handtücher.«

Ich kann gar nicht so schnell blinzeln, wie Rory über das Gatter springt. Bevor ich ins Haus zurückrenne, sehe ich noch, wie er Whitney und Janis zur Seite schiebt, um sich einen Weg zu Celine zu bahnen.

Das Handy am Ohr reiße ich Currans alten Kleiderschrank auf. Auf der obersten Ablage hatte ich mal jede Menge Handtücher gesehen. Ich halte mich am Einlegeboden fest, taste blind und zerre das erstbeste nach vorn, was ich zu fassen bekomme. Im gleichen Moment, als ich Nialls Stimme am anderen Ende höre, werde ich beinahe von einem Stoffballen und einem kleinen Koffer erschlagen.

»Melina? Was ist los bei dir?«

»Das Cria. Es kommt.«

»Ach!« Ich kann ihn lachen hören. »Eine Nachtgeburt?«

»Ja! Lester hat uns geweckt. Beeil dich!«

»Ich bin in Portree, fahre aber gleich los.«

Er legt auf. Jetzt, wo er es sagt, wird mir bewusst, was mich an der ganzen Sache irritiert. Alpakas bringen ihren Nachwuchs normalerweise immer tagsüber zur Welt. Sie sind Herdentiere und jederzeit zur Flucht bereit. Vielleicht war sie deshalb in den vergangenen Tagen so unruhig? Hoffentlich geht es ihr und dem Cria gut.

Hastig stopfe ich den Ballen Tartanstoff und den Koffer, der sich als mit Stoff gefüllter Aufbewahrungsbeutel entpuppt hat, zurück in den Schrank und fische weiter nach den Handtüchern. Bis ich endlich welche gefunden habe, sind meinem Empfinden nach Stunden vergangen.

Panisch renne ich zurück zum Stall. Rory kniet neben Celine. Die Geburt ist noch nicht wirklich weiter vorangeschritten. Im Gehen breite ich eines der Handtücher aus. Rory nimmt es mir ab, legt es auf den Boden direkt hinter Celine und bettet das Köpfchen und die langen Vorderbeine darauf.

»Niall fährt los. Er kommt allerdings aus Portree. Wird eine Weile dauern. Hast du das schon mal gemacht?«

»Bei einem Schaf, da war ich zehn. Du?«

»Bisher habe ich nur zugesehen. Die Stute hatte bereits mehrere Cria bekommen und alles lief wie von selbst. Für Celine ist es das erste.«

Er kratzt sich am Bart.

»Es atmet selbstständig. Wir warten ab, ob sie es allein hinbekommt. Sollte sich in fünf Minuten nichts getan haben, versuche ich, es herauszuholen.«

Ich hasse es, untätig danebenstehen zu müssen, und meine Geduld wird mit jeder verstrichenen Sekunde auf eine harte Probe gestellt. Lester winselt, bleibt aber im Heu unter dem Tisch, den ich fürs Futtermischen nutze, liegen. Dafür, dass er uns geweckt hat, bekommt er ein riesiges Leckerli von mir und extra viele Streicheinheiten.

Die anderen Mädels der Herde bewegen sich um uns herum, stupsen Celine an, schnüffeln am Kopf des Cria und geben beruhigende Laute von sich.

»Okay, vergiss die Warterei«, murrt Rory, greift beherzt an den oberen Teil der Vorderbeine und beginnt, vorsichtig zu ziehen. Celine verdreht den Hals. Sie legt den Kopf nach hinten und sieht zu, wie Rory ihr als Hebamme zur Seite steht.

Die Flanken der Stute bewegen sich unter Kontraktionen. Er fasst nach und legt dem Cria die Hände an die Schultern, die Zentimeter um Zentimeter freigelegt werden. Es dauert eine gefühlte Ewigkeit, bis das schneeweiße Kleine zur Hälfte aus dem Geburtskanal heraus ist. Dann geht alles ganz schnell, und der Rest des Körpers sowie die langen Hinterbeine kommen von allein zum Vorschein.

Einige Herzschläge lang liegt das feuchte Etwas regungslos auf dem Handtuch, doch dann beginnt es, sich hin und her zu wälzen. Celine steht mit wackeligen Beinen auf. Sie leckt über das Köpfchen, Whitney schnüffelt am Bäuchlein, und Tina schiebt die Nase am schmalen Rücken entlang. Die anderen Herdenmitglieder kommen näher. Sie begrüßen den Neuankömmling mit einem mehrstimmigen Summen.

Vorsichtig reiben wir das Cria trocken. Es beobachtet seine Umgebung mit wachen blauen Kulleraugen und reckt den langen Hals nach oben. Anfangs ist es unbeholfen, kann seine Bewegungen noch nicht koordinieren, doch schon wenige Augenblicke später, versucht es bereits aufzustehen.

Völlig eingenommen sehen wir dabei zu. Rory hat einen Arm um mich gelegt und wischt mir die Freudentränen von den Wangen.

»Es ist da.« Ich kann nicht anders, ich könnte die ganze Welt umarmen und falle ihm um den Hals. »Kannst du erkennen, was es ist? Hengst oder Stute?«

Er beugt sich vor, sobald das Cria uns den Po zeigt, und hebt den kleinen Schwanz an, um das Geschlecht zu prüfen. »Ein Hengst, ganz eindeutig.«

Nun könnte ich erst recht vor Freude tanzen. Ein wunderschöner reinweißer Alpakahengst, mit dem ich meine Zucht aufbauen kann. Es ist einfach unglaublich.

Wir ziehen uns zurück, schließen das Gatter und lassen uns auf einem Strohballen nieder. Die Anspannung fällt von mir ab. Ein Seufzer quillt aus meinem tiefsten Inneren hervor, während ich mich bei Rory anlehne. Er legt einen Arm um mich, küsst meine Schläfe und zieht mich ganz nah heran.

Seine Brust hebt und senkt sich unter meiner Hand, und ich kann sein Herz schlagen spüren. »Er ist bildhübsch«, raunt er mir zu.

»Hmm.«

»Klaust du mir etwa meine Hmms?«, fragt er und kneift mich in die Seite.

Kichernd schlinge ich die Arme um seinen Körper.

»Du hast so viele davon, da kannst du mir ruhig ein paar abgeben.«

Aus einem kleinen Kuss werden viele, bis sich unsere Zungen schließlich umkreisen. Der Adrenalinkick lässt nach, und ich spüre, wie ich in ein Müdigkeitsloch falle. Vielleicht ist es auch der Schutz und die Geborgenheit seiner starken Arme, der mich einfängt. Ich weiß nur, dass ich bei ihm sicher bin und mich bei ihm anlehnen kann.

Wir sehen der Herde zu, wie sie ihr neues Mitglied aufnimmt. Jeder, sogar Zayn, beschnüffelt es.

»Hast du dir schon einen Namen überlegt?«, fragt Rory in die aufgekommene Stille hinein.

»Ausgesucht hatte ich Henry, aber jetzt, wo er da ist ...«

»Passt nicht zu ihm.«

»Nicht wirklich. Such du einen aus!« Überrascht mustert er mich, doch dann legt er nachdenklich die Stirn in Falten. »Schau mal, er trinkt.« Mir kommen erneut die Tränen, während ich dabei zusehe, wie das Cria von seiner Mutter gesäugt wird. Auch Rory wischt sich die Augenwinkel und schnieft verstohlen.

»Was hältst du von *Blue*? Die Augenfarbe sticht durch das helle Fell richtig hervor«, schlägt Rory vor.

»Blue ... klingt gut«, erwidere ich. »Perfekt.«

Draußen werden Motorengeräusche laut. Lester läuft zur Stalltür und gibt mehrere halblaute Wuffer von sich, während sich Schritte nähern. Es klingt, als würde er den Störenfried anmeckern, wedelt dann jedoch mit dem Schwanz und lässt sich von Niall den Kopf kraulen.

»Tja, die Wette habe ich gewonnen«, begrüßt mich unser Tierarzt fröhlich.

Ich strecke ihm die Zunge heraus, was er ignoriert. Er drückt mich. Als wäre er gerade Vater geworden, schüttelt er Rorys Hand und klopft ihm sogar auf die Schulter.

»Alles dran, wie es aussieht.«

»Hat auch schon getrunken«, berichtet Rory voller Stolz. Wir gehen zum Gatter und sehen Blue dabei zu, wie er damit beginnt, seine Umgebung zu erkunden.

»Ging ja richtig schnell.«

»Mit ein wenig Handanlegen.«

»Warst du zu ungeduldig, oder hat Melina Panik bekommen?«

Blue hüpft neben Celine auf und ab, schnüffelt am Stroh und wird beinahe umgeworfen, weil Whitney ihn beim Rückwärtsgehen übersehen hat. Es ist so wundervoll, ihm dabei zuzusehen, dass mir das Herz vor Glück überläuft. Im Freudentaumel lege ich meine Arme um meinen *Felsen* und blicke in Rorys warme Augen. Er wird mich nie wieder gehen lassen, hat er gesagt, und ich bezweifle für keine Sekunde, dass er sein gegebenes Wort jemals brechen wird.

Lester verfügt definitiv über eine eingebaute Weckfunktion, allerdings ist die Zeit, zu der er Rory und damit auch mich aus dem Bett holt, verdammt unchristlich. Fünf Uhr. Wir haben uns eben erst wieder hingelegt. Gemeinheit!

Rory bestand zwar darauf, dass ich liegen bleibe, doch ich werde ihn ganz sicher nicht so einfach aus dem Haus gehen lassen. Diese Nacht war so unbeschreiblich schön, dass ich sie nie wieder vergessen werde.

Während ich den Instant-Porridge anrühre, schweifen meine Gedanken zu dem alten Familienschatz. Weit über zweihundert Jahre Familiengeschichte sind damit verknüpft.

Es bewegt mich tief und bestätigt gleichzeitig mein Bauchgefühl. Ich fand es zwar komisch, wollte mich aber irgendwie nicht von dem alten Bett trennen. Als ob der Familienschatz von Anfang an über meinen Schlaf gewacht hätte.

Lester leckt neben mir seinen Napf leer. Zum Glück habe ich neulich beim Einkaufen kurz entschlossen eine Dose Hundefutter eingepackt. Und so, wie er seine Lefzen leckt, scheint es ihm geschmeckt zu haben. Ich bin gerade mit allem fertig, als Rory mit noch feuchtem Haar in der Tür auftaucht. Ihm fallen beinahe die Augen aus dem Kopf.

»Kaffee hätte genügt.«

»Ach was! Du hast einen harten Tag vor dir, da musst du eine vernünftige Grundlage haben. Kommst du nachher wieder vorbei oder erst später?«

»Kann ich noch nicht sagen«, brummt er verschlafen und macht sich über das Apfel-Zimt-Porridge her, während ich mir zwei Scheiben Toast buttere. Sein Blick wandert immer wieder zur Uhr, und ich nehme an, dass er mittlerweile mächtig unter Zeitdruck ist.

»Bin gespannt, was Blue macht.«

»Und ich erst.« Er grinst breit und greift über den Tisch hinweg nach meiner Hand. »Bald gibt es hier ganz viele Crias, und alle werden zuckersüß sein und so hübsche blaue Augen haben.«

Ich zucke zusammen. Ein eiskalter Schauder läuft mir den Rücken hinunter. Blaue Augen …

»Alles okay?«

Ich versuche, die Fassung wiederzuerlangen, und reibe mir fahrig über die Stirn. »Alles gut. Bin nur noch etwas müde.« In meinen Augen brennen Tränen, die ich zurückzuhalten versuche. Mir schnürt es die Kehle zu, daher wende ich mich Lester zu, der brav auf seiner Decke liegt.

Sobald er noch eine Scheibe Toast hastig mit seinem Kaffee hinuntergespült hat, springt Rory vom Stuhl und zieht sich die Schuhe an.

»Ich sehe noch schnell nach den Tieren. Kommst du mit?« Rory streckt mir seine Hand entgegen und sieht mich so strahlend und glücklich an, dass es mir das Herz zerreißt. Ich wünschte, ich könnte mich von seiner Euphorie anstecken lassen, doch stattdessen fühle ich mich wie gelähmt.

»Natürlich.«

»Blues erster Tag auf der großen Weide des Lebens. Ist bestimmt alles sehr aufregend.«

»Sicher.«

Auf dem Weg zum Stall spüre ich nicht einmal die klamme Kälte, die der Nebel verbreitet. Rory legt einen Arm um meine Schultern und sieht immer wieder zu mir. Meine Atmung geht flach, mir ist schwindelig. Benommen klammere ich mich an ihn, um nicht zusammenzubrechen. Gleichzeitig hoffe ich, dass er nicht mitbekommt, welche Ängste ich gerade ausstehe. Bitte, die Augen dürfen nicht mehr blau sein. Bitte!

»Stimmt etwas nicht?« In seinen Worten schwingt ein gehöriges Maß an Sorge mit. Es fällt mir schwer, ihn anzusehen. Ich kann es ihm nicht sagen.

»Alles bestens.« Ich hasse es zu lügen, würde mich ihm nur zu gern anvertrauen. Dann verschwände jedoch dieses wundervolle Leuchten aus seinen Augen, und das bekomme ich im Moment nicht auch noch geregelt. »Mal sehen, ob das Cria die Herde schon ordentlich aufgemischt hat.«

Seine Augenbrauen zucken kurz zusammen, doch dann küsst er mich überraschend und lässt von mir ab, um den Stall zu öffnen. Celine hebt den Kopf, und Blue kommt zum Gatter gelaufen, sobald Rory daneben in die Hocke gegangen ist. Mit munteren blauen Augen mustert er die große Hand und schnüffelt daran.

»Sieht aus, als wäre er seit der Geburt ein gehöriges Stück gewachsen. Na du, wie war dein erster Sonnenaufgang?«

Verstohlen wische ich mir die Tränen aus den Augenwinkeln. Blue ist so niedlich, agil und lebendig, dass es einfach nicht sein darf. Scheißgene!

Um mich bei Verstand zu halten, beginne ich mit dem Mischen des Spezialfutters. Rory füllt die Raufen und sieht nach der Tränke, bevor er zu mir zurückkommt.

»Hast du heute Abend schon was vor?«, fragt er und legt die Arme von hinten um meinen Körper, sodass ich mich versteife.

»Ich weiß noch nicht. Eigentlich wollte ich zu Edith.«

»Hm, okay. Schade.« Ihr höre, wie er tief durchatmet. »Ich muss jetzt wirklich los.«

»Okay.« Im nächsten Moment löst er sich von mir und schnalzt kurz mit der Zunge. Lester ist sofort an seiner Seite. Ich sehe ihm nach, wie er mit dem Wagen davonfährt. Sobald er auf der Straße in Richtung Schlosshotel abgebogen ist, wende ich mich der Herde zu.

Seit wir den Sonnenuntergang bei Duntulm Castle beobachtet haben, scheint eine Ewigkeit vergangen zu sein. Die letzte Nacht war die reinste Achterbahnfahrt der Gefühle, und irgendwann muss es mich aus dem Wagen geschleudert haben, denn ich bin verdammt hart aufgeschlagen.

# 16.
# *Rory*

Unter mir liegt ein mit Heide überwuchertes und in Sonnenlicht gebadetes Tal. Drei Nistplätze muss ich noch kontrollieren, dann habe ich mein Tagesvorhaben bereits am Mittag erledigt. Kein Wunder, dass ich so schnell unterwegs bin. Meine Gedanken bewegen sich schließlich auch in Überschallgeschwindigkeit.

Ständig kreisen sie dabei um Melina und warum sie am Morgen so komisch war. Lag es an mir? Ich mag nicht der erfahrenste Liebhaber sein, habe mich dafür doppelt und dreifach angestrengt. War es nicht genug? Hätte ich nicht bei ihr schlafen dürfen?

Blues Geburt mag am Anfang ein nächtlicher Schock gewesen sein, ich nehme allerdings nicht an, dass Melina weniger von Freude darüber überwältigt ist wie ich. Mit seinen langen Beinen und dem plüschigen Fell ist er wirklich der süßeste kleine Fratz, den ich jemals gesehen habe. Es hat mich tief bewegt, bei seiner Geburt dabei gewesen zu sein. Am Beginn eines neuen Lebens teilgenommen zu haben.

»Was könnte es sein, Lester?« Er sieht zu mir auf, doch außer Hecheln erhalte ich keine Antworten auf meine Fragen. Warum wirkte sie so bedrückt? Da waren eindeutig Tränen in ihren Augen. Ich bin in so was nicht gut, kann kaum mit meinen eigenen Emotionen umgehen, geschweige denn mit dem ganzen Wirrwarr, der in Frauen so stattfindet.

Auf dem Weg ins Hotel halte ich bei Frederick am Laden. Tee und Toast sind alle. Butter und Hundefutter brauche ich ebenfalls. Zwei Tiefkühlpizzen wandern für den Abend in meinen Korb.

»Kann deine Herzdame nicht kochen? Hätte mich auch schwer gewundert. Wer schon rosa Gummistiefel trägt.« Verwirrt mustere ich ihn, während er die Schachteln beäugt und dabei hämisch grinst.

»Wüsste nicht, was die Farbe der Gummistiefel über Kochkünste aussagt«, antworte ich schroff und werfe ihm einen mürrischen Blick zu. Das genügt vollauf, um ihn zum Schweigen zu bringen. Rosalind betritt den Laden, grüßt und verschwindet zwischen den Regalen.

»Seid ihr noch zu einer Einigung gekommen, oder ist der Pub heute wegen Schäden am Mobiliar geschlossen?«

Frederick gibt ein Schnauben, was wohl ein Lachen werden sollte, von sich.

»Der Kindergarten wird sich nie einig über irgendwas. Kein Wunder, dass uns sämtliche kleinen Käffer auf der Insel den Rang ablaufen.«

»Was wir bräuchten, ist jemand, der Ahnung von diesem ganzen Internetquatsch hat«, höre ich Rosalind aus dem Labyrinth heraus rufen. »Wir haben alle keinen Schimmer, ob fünftausend Pfund für eine Website zu teuer sind und wie so was aufgebaut wird.«

Hellhörig geworden fällt mir da spontan jemand ein, der in der Lage wäre, für Aufklärung zu sorgen. »Melina könnte euch dabei helfen. Sie ist Webdesignerin.«

»Meinst du wirklich? Sie kennt uns doch gar nicht.«

»An ihr liegt das wohl weniger«, schaltet sich Rosalind erneut ein. Sie kommt zu uns und stellt ihren Einkaufskorb auf dem Verkaufstresen ab. »Das Mädel wird von euch Schafsköpfen ja nicht mal gegrüßt.«

Frederick blickt betreten zwischen ihr und mir hin und her. »Stößt den Leuten halt auf, dass jemand Fremdes ins Craig Cottage gezogen ist.«

»Wer erzählt eigentlich so einen Kokolores?«, hakt sie barsch nach. »Neulich habe ich schon Henry Portman gegenüber klargestellt, dass Melina die Enkelin von Currans Schwester Enid ist. Dieser Humbug hält sich dennoch hartnäckig.«

»Der Chief hat Malcom erzählt, Enids Tochter Muriel hätte lieber an jemand Fremdes verkauft als an ihn.«

»Das ist doch wohl ein schlechter Scherz«, werfe ich ein. »Agryll MacDugan will den Golfplatz erweitern, und dafür scheint ihm jedes Mittel recht, sogar die Erben zu vertreiben, indem man sie im Dorf schlechtmacht.«

»Rory, ich wusste nicht, dass sie Currans Großnichte ist. Das erklärt dann auch, warum du ihr so tatkräftig hilfst. Hatte mich nämlich schon gewundert. Na ja, ganz hübsch ist sie auch und freundlich.« Betreten kratzt er sich am Hinterkopf, und ich spüre erneut mein Gewissen brennen.

»Wäre gut, wenn du das hier und da richtigstellen könntest«, brummt Rosalind und klopft mir auf die Schulter. »Ist gut, dass sie wenigstens einen vernünftigen Menschen an ihrer Seite hat.«

Frederick seufzt. »Denkst du, sie würde uns überhaupt helfen wollen?«

»Da mach dir mal keinen Kopf, sie hat im Gegensatz zu euch sturen Eseln keine Vorurteile.«

»Kannst du sie vielleicht fragen?« Er sieht mich an wie Lester, wenn er versucht, ein Stück Wurst zu erbetteln. Ich will bereits Ja sagen, doch dann kommt mir wieder ihr komisches Verhalten vom Morgen in den Sinn. Unschlüssig nicke ich und deute auf die Kasse.

»Meine Pizzen tauen auf. Was bekommst du?«

Nachdem ich die Einkäufe bei mir zu Hause verstaut habe, muss ich auch schon weiter ins Büro. Auf dem Weg will ich unbedingt bei Melina haltmachen, um zu sehen, was Blue so treibt. Er hält Celine und den Rest der Herde bestimmt ordentlich auf Trab.

Ob ich ihr von Argyll MacDugans Falschinformationen erzählen soll, weiß ich nicht. Es brennt mir unter den Nägeln und auf meinem Gewissen. Immer wieder frage ich mich, wie ihre Reaktion darauf aussehen könnte. Würde sie sehr sauer sein, mir vielleicht die Freundschaft kündigen und mir damit dieses bisher unbekannte wohlig warme Gefühl aus meiner Brust reißen?

Bereits von der Straße aus erkenne ich Nialls Wagen vor dem Cottage. Sofort kommt Panik in mir auf. Ist etwas mit dem Kleinen? Vielleicht untersucht er ihn auch nur, vergangene Nacht wollte er Mutter und Sohn eine kleine Ruhepause gönnen. Es wird schon nichts sein, rede ich mir ein und stelle den Wagen ab. Zur Sicherheit entlasse ich den wenig begeisterten Lester nicht in die Freiheit.

Auf der Weide herrscht einträgliche Ruhe. Schon von Weitem sehe ich, wie Blue sich einen Schluck Milch gönnt, während Celine dabei seelenruhig an den Grashalmen zupft. Der Kleine trägt eine Art graublaue Tartandecke, wohl um ihn warmzuhalten, da der Wind ordentlich aufgefrischt hat. Der Anblick rührt mich zutiefst. Das pure Leben strahlt mir entgegen. Irgendwie kann ich plötzlich viel freier atmen.

Melina und Niall befinden sich nicht im Stall, dort steht bloß seine Tasche geöffnet herum. Wie gewohnt mache ich mir nicht die Mühe, an der Vordertür zu klopfen, sondern gehe über die Terrasse.

»Es tut mir wirklich leid«, sagt Niall. Er klingt kühl und distanziert.

»Ich war so glücklich letzte Nacht.« Melina schluchzt. Ich verharre an der Tür und lausche gebannt.

»Die Wahrheit ist hart, ich kann verstehen, wie du dich fühlst.«

»Das glaube ich nicht.«

»Mir ging es einmal sehr ähnlich. Man hat Träume und Wünsche, sieht sich am Ziel und dann ... ist es, als ob einem das Herz aus der Brust gerissen wird.«

In meinem Kopf ist nur noch Rauschen. Eine eisige Hand greift nach meinen Eingeweiden und presst sie wie eine Schraubzwinge zusammen. Sie weiß es. Niall hat ihr erzählt, dass Lachlan sie aus dem Cottage vertreiben will und ich ihm dabei helfen sollte. Von irgendjemandem hat er davon erfahren und nichts Besseres zu tun gehabt, als direkt zu ihr zu rennen.

»Komm her!«

Diese Worte lassen mich aufhorchen, und ich spähe durch das kleine Fenster in die Küche hinein. Sofort dreht sich mir der Magen um, denn Melina liegt in Nialls Armen, lässt sich von ihm trösten. Seine Fingerkuppen malen kleine Kreise auf ihrem Rücken.

»Du musst da nicht allein durch.«

Mehr ertrage ich nicht. Wie ferngesteuert stolpere ich von der Terrasse, gehe zum Wagen und stehe im nächsten Augenblick vor dem Nebengebäude des Schlosses, in dem sich mein Büro befindet. Wann habe ich den Zündschlüssel gedreht? Ich kann mich nicht erinnern. Melina und Niall zusammen zu sehen, hat mich komplett auf Autopilot schalten lassen.

Unbeholfen steige ich aus, lasse Lester aus dem Kofferraum und suche in meiner Jackentasche nach dem Schlüsselbund, als ich hinter mir Schritte höre.

»Mr Fyfe, wenn Sie mir bitte folgen. Mr MacDugan wünscht, Sie zu sprechen.« George rümpft die Nase, als würde er ein widerwärtiges Insekt betrachten.

Das bin ich doch auch, oder etwa nicht? Wäre ich von Anfang an ehrlich gewesen, wäre das alles nicht passiert. Ich war glücklich. Einmal in meinem Leben einfach nur glücklich. Für einige Stunden zumindest.

Auf dem Weg ins Chefbüro kommt mir in den Sinn, dass es Dad einmal genauso erging. Auch er wähnte sich am Ziel seiner Träume, doch dann kam alles ganz anders. Aus Liebe wurde Hass, und beides versuchte er, in Alkohol zu ertränken.

Keine Ahnung, wie ich die Sache bei Melina erklären oder richtigstellen soll. Im Moment bezweifle ich sehr, dass sie mir überhaupt zuhören würde. Wahrscheinlich hetzt sie die Herde auf mich, wenn ich versuchen sollte, ihr zu nahe zu kommen.

»Schön, dass du dich hier mal wieder blicken lässt.«

»Was gibt es?« Den Gruß spare ich mir, Lachlans Laune scheint es sich mit meiner eigenen im Keller gemütlich gemacht zu haben. Er erhebt sich aus seinem Stuhl und kommt um den Schreibtisch herum. Wie immer trägt er einen piekfeinen Tweet, blank polierte Schuhe und eine Krawatte mit dem grün-blau-gelb karierten Tartan der MacDugans. Den steinernen Ausdruck in seinem Gesicht kenne ich, nur hob er ihn bisher für jene Mitarbeiter auf, die kurz davor standen, gefeuert zu werden.

»Dein letzter Wochenbericht ist überfällig.«

»Seit wann ist dir das so wichtig? Die letzten habe ...«

»Die Berichte sind mir wöchentlich vorzulegen«, fährt er mir schnippisch über den Mund.

»Ich konnte die Tabelle nicht pflegen.«

»Ach, hat etwas anderes deine Aufmerksamkeit nötiger als dein Job?«

»Der PC ist kaputt.«

»Seit wann?«

»Letzte Woche.«

»Warum hast du das der Haustechnik nicht mitgeteilt?«

Gute Frage, warum eigentlich nicht? »Mel...«

»Sag es nicht«, zischt Lachlan.

Selbst auf die Distanz von gut eineinhalb Metern kann ich erkennen, wie heftig er die Zähne aufeinanderbeißt. Seine Kiefer knacken, und er ballt die Hände zu Fäusten.

»Das Ding war uralt. Ein Wunder, dass er überhaupt solange durchgehalten hat.«

»Wo ist der Computer?«

»Bei Melina. Sie hat …«

»Das Gerät wird augenblicklich zurückgegeben. Sollte es sich binnen einer Stunde nicht wieder auf diesem Gelände befinden …«

»Das ist doch wohl ein Witz? Das Ding ist weit über zwanzig Jahre alt und kaputt.«

»Ach? Hat Ms Brunner etwa daran herumgedoktert?«

»Sie hat die Daten gesichert.« Ich bin kurz davor, die Beherrschung zu verlieren. Was soll der Scheiß? »Ist es wegen gestern Abend? Stinkt es dir, dass ich mit Melina …« Beinahe wäre es mir über die Lippen gekommen. »Das wir im Pub waren?«

»Was du in deiner Freizeit treibst, ist mir egal. Sobald es deine Arbeitszeit betrifft, habe ich jedoch ein gehöriges Mitspracherecht. Du bist Wildhüter, also kümmere dich auch um deine Pflichten. Dazu gehören meines Erachtens weder irgendwelche Alpakas noch deren Besitzerin. Ist das klar?«

Mehr als ein steifes Nicken bekomme ich nicht hin.

»Der Computer ist in einer Stunde bei Peter.«

»Der Computer ist kaputt. Die Daten sind auf einem Stick gesichert.«

Lachlan tritt näher an mich heran. »Rory, du scheinst den Ernst der Lage nicht erkannt zu haben. Ich bin dein Boss, verstanden? Ich kann dich rausschmeißen.«

Hätte er mir einen Faustschlag verpasst, wäre das Gefühl sicherlich sehr ähnlich gewesen. Ich taumele einen Schritt nach hinten und muss heftig gegen die aufkommende Übelkeit anschlucken.

Geschlagene fünfzehn Minuten verbringe ich damit, die Haustür des Cottages anzustarren. Nialls Wagen ist fort. Sie ist allein. Das Herz rast in meiner Brust, und die feuchten Handflächen kleben am Lenkrad fest. Wahrscheinlich bin ich im Moment die absolut letzte Person auf der Welt, die sie sehen will.

Alles Hin- und Herüberlegen bringt jedoch nichts, mir läuft die Zeit davon. Lachlan hat mir gegenüber niemals den Chef heraushängen lassen. Vielleicht traf es mich deshalb doppelt so hart, denn das eben war definitiv etwas verdammt Persönliches. Er hat uns zusammen gesehen und die richtigen Schlüsse gezogen.

Dabei bin ich es doch, der wütend auf *ihn* sein sollte. Schließlich hat er mit seinem dämlichen Plan mein Glück auf dem Gewissen. Ich wollte ihm nicht helfen und bin nun der Idiot bei der ganzen Geschichte.

Die Wut auf Lachlan bildet einen wirksamen Puffer zu meinen Schuldgefühlen gegenüber Melina. Keine Ahnung, ob ich es ertrage, ihr in die Augen zu sehen, doch ich darf meine Stelle keinesfalls verlieren. Wildhüter zu sein ist alles, was ich bin, und alles, was ich habe. Ohne diesen Job verliere ich meine Existenz, wenn nicht sogar mich selbst.

Die Wut auf meine eigene Blödheit und die Gewissheit, ihr sowieso nie etwas bieten zu können, treiben mich an. Auf dem Weg ums Haus versuche ich, meine Gefühle abzuschotten, in der Hoffnung, ihr mit genügend Distanz begegnen zu können. Die Eifersucht nagt an mir. Sie lag in Nialls Armen … wegen mir. Ich habe alles kaputt gemacht.

Meine Fingerknöchel treffen hart auf das Holz. Zweimal, dann schwingt die Tür auf, und Melina blinzelt mit verweinten Augen zu mir auf.

»Rory …«

»Der Computer.«

Mein Tonfall scheint sie zu verwirren. Melina tritt zurück, und ich schiebe mich an ihr vorbei in die Küche.

»Ist er noch in deinem Büro?«

»Was …?«

»Die Festplatte brauche ich ebenfalls und den USB-Stick.«

Sie folgt mir und beobachtet, wie ich das Gehäuse und alles weitere an mich nehme. Dabei versuche ich, sie so wenig wie möglich anzusehen.

»Kannst du …?«

»Das wäre alles. Denke, man sieht sich dann und wann mal.«

Als die Tür hinter mir ins Schloss fällt, fühle ich mich wie ausgekotzt. Mit jedem Schritt, den ich mich vom Cottage entferne, wird mir bewusster, dass ich nicht nur Melina, sondern auch meine letzte Verbindung zu Curran verloren habe.

Ich kann noch immer ihren Atem auf meiner Haut spüren, ihre Finger in meinem Haar und ihre Lippen auf meinen. Für einen Moment war ich der Mann, den Curran stets in mir gesehen hat. Dann habe ich es verbockt. Fast erwarte ich, dass er mir eine Kopfnuss verpasst oder mich mit seinem berühmt berüchtigten Blick straft, der vollkommen ausreichte, um mich meiner Schuld bewusst zu machen.

Das Melina sich von Niall hat trösten lassen, ist einzig auf meine Dummheit zurückzuführen. Gleichzeitig fällt es mir leichter, sie gehen zu lassen, da er die bessere Wahl für sie ist.

Peter Haystack, der im Hotel für alles Technische zuständig ist, fällt beinahe aus dem Stuhl, als ich die Tür zu seinem winzigen Büro ruppig aufstoße.

»Kannst du nicht klopfen?« Hastig klickt er auf der Tastatur herum, und die Bilder der recht leicht bekleideten Frauen werden durch komplizierte Tabellen ersetzt.

»Hier, kannst dem Chef sagen, dass ich ihn abgeliefert habe. Daten sind auf dem Stick.«

»Ähm, was ist das denn für ein PC? Den habe ich ja noch nie gesehen.« Er kratzt sich am Hinterkopf und beäugt mein Mitbringsel reichlich schief.

»Der stand in meinem Büro drüben im Nebengebäude.«

»Da stehen PCs?«

»Jetzt nicht mehr. Der ging letzte Woche kaputt. Die Daten wurden ausgelesen.«

Er wirft einen Blick auf das Gehäuse und nimmt die ausgebaute Festplatte zur Hand. »Windows 95? Das funktioniert noch?«

»Bis letzte Woche schon.«

»Wahnsinn. Moment, war das alte Teil im Netzwerk?«

»Sehe ich so aus, als ob ich das wüsste? Du bist der Fachmann dafür. Ich brauche einen neuen Computer, und zwar schnell. Laptop würde genügen, muss nur die Statistik für die Brut darauf führen können.«

Während ich sein Büro verlasse, murmelt er irgendwas von Budget, doch im Grunde ist es mir egal. Ich muss hier raus. Weg vom Hotel, weg von Leathan. Weg von allem. Endlich ist mein Handy mal zu was nutze.

Connor geht nach zweimal Klingeln dran.

»Wo steckst du?« Bei ihm braucht es keine Höflichkeitsfloskeln. Überhaupt ist Connor der Meinung, dass Reden vollkommen überbewertet wird. Vielleicht fahre ich deshalb so gern mit ihm raus zum Angeln.

»Im Bootshaus.«

»Bis gleich.«

# 17.
# *Melina*

Zu Hause fällt mir die Decke auf den Kopf, und nach Rorys Auftritt muss ich dringend auf andere Gedanken kommen. Also wuchte ich den Stoffballen zusammen mit dem Vakuumbeutel in den Wagen und düse zu Edith.

Ich bin erleichtert, nachdem ich die tonnenschwere Fracht auf Ediths Verkaufstresen ablegen kann. Meine Arme brennen, und meine Bauchmuskeln protestieren heftig. Sofort muss ich an Rory denken, der bestimmt mit mir schimpfen würde, hätte er mich damit erwischt.

»Kindchen, du kommst gerade richtig für ein Tässchen Tee«, trällert sie und beäugt meine Mitbringsel kritisch. »Woher hast du denn diesen feinen Tartan?«

»Habe ich im Schrank gefunden. Keine Ahnung, was ich damit machen soll. Ein Stück habe ich abgeschnitten, um für Blue eine kleine Decke zu basteln.«

»Decke basteln? Blue?«

Die Freude über die Geburt des Cria blubbert noch unter der Oberfläche, doch die Trauer über den Gendefekt und die damit verbundenen gesundheitlichen Probleme hat eine dicke Eiskruste darüber gebildet, die meine Emotionen erfrieren lässt.

»Meine Stute hat vergangene Nacht ihr Fohlen bekommen.«

»Wirklich?«, ruft Edith aus und legt beide Hände über ihr Herz. »Ein kleines Alpakababy. Hast du ein paar Bilder gemacht?«

Ich arbeite an einem Lächeln, während ich das Handy zücke und die Fotos öffne. Ihr Seufzen rührt mich, denn für sie existieren weder der Makel noch der Defekt. Die meisten professionellen Alpakazüchter würden negativ reagieren und diesen süßen Sonnenschein als krank, wenn nicht gar als missglückten Zuchtversuch abstempeln.

»Ist es ein kleiner Junge oder ein Mädchen?«

»Ein Hengst.«

»Wie wundervoll. Dann kannst du viele weitere Zuckerstücke züchten. Rory ist bestimmt ganz aus dem Häuschen. Ihr wart gestern Abend ja gehörig am Turteln, ihr zwei.«

Die Zunge klebt mir am Gaumen fest. Ein bleiernes Gewicht presst mich nieder, sodass ich in die Knie gehen könnte. Heute Morgen war noch alles wunderbar, doch dann tauchte er aus heiterem Himmel auf und benahm sich wie das letzte Arschloch.

Kaum zwei Sätze hat er gesagt, mich nicht einmal richtig angesehen. Nichts. Computer geschnappt und weg war er. Und was sollte dieser dämliche Spruch? *Man sieht sich dann und wann mal.* Spinnt der?

Ich kam nicht mal dazu, ihm von Nialls Diagnose zu berichten. Die Kälte, die von ihm ausging, traf mich zutiefst, als ich bereits am Boden lag und seiner Stärke bedurft hätte.

»Sehr. Als Blue geboren wurde, war er dabei«, gestehe ich und kann an ihrem Zwinkern erkennen, dass sie annimmt, da wäre mehr zwischen Rory und mir. Vergangene Nacht glaubte ich das auch. Nur jetzt bin ich klüger. Mir ist allerdings noch immer nicht klar, was ihn so hat mutieren lassen. Dass es ihm lediglich darum ging, mich ins Bett zu kriegen, bezweifle ich sehr. Es muss etwas anderes vorgefallen sein. Aber was?

»Der Kleine ist so niedlich. Diese riesigen blauen Augen. Du musst doch tanzen vor lauter Glück? Ein toller Mann an deiner Seite und der erste Nachwuchs.« Sie zieht mich in eine Umarmung, der ich mich nur langsam ergeben kann. Im ersten Moment weiß ich nicht damit umzugehen, doch dann fällt es mir plötzlich schwer, meine Schutzmauern aufrechtzuerhalten. Das bin ich nicht gewöhnt. Tränen beginnen in meinen Augen zu brennen, meine Kehle zieht sich zu.

Mum und Dad waren mit derlei körperlichen Gesten immer recht sparsam. Als Kind habe ich es mir gewünscht, doch wie bei vielen anderen Dingen auch bin ich abgestumpft und mache sie lieber mit mir selbst aus. Wozu gibt es schließlich Stofftiere, wenn nicht zum Reden oder Knuddeln?

Verunsichert wische ich mir die Augenwinkel und wende mich dem Stoffballen zu. Ich bin im Begriff, darauf zu sprechen zu kommen, als Edith hinter ihrem Verkaufstisch abtaucht und mir einen Geschäftsbrief in die Hand drückt.

»Frederick rief vorhin an. Er meinte, Rory hätte ihm gegenüber erwähnt, du würdest dich damit auskennen.« Irritiert nehme ich das an den Gewerbeverein gerichtete Schreiben entgegen und überfliege den Inhalt. Es ist ein Angebot für die Erstellung und den Support einer Webseite.

»Fünftausend Pfund?« Bei der Zahl, die unter dem Strich steht, bekomme ich Schnappatmung.

»Das ist zu viel, nicht wahr?«

»Auf jeden Fall. Die Firma kenne ich nicht einmal. Vor allem wollen sie bereitgestellte Bilder und Videos verwenden. Heißt, ihr müsstet das alles erst von einem Profi machen lassen, um es denen zu geben. Also entstehen für euch zusätzliche Kosten. Ich rufe nachher mal bei meinem Teamleiter an, er soll euch ein Angebot zusammenstellen.«

Edith atmet hörbar auf. »Kindchen, du weißt gar nicht, wie dankbar ich dir bin.«

Ich gebe ihr das Schreiben zurück und deute auf den Stoffballen. »Kannst du damit was anfangen? Ich bin keine gute Näherin.«

»Die Farben kenne ich .... Warte. Das ist der Tartan des Craig Clans. Damit kann ich sogar ... Sekündchen ....« Edith wedelt aufgeregt mit den Händen und läuft aus dem Raum. Im Hinterzimmer höre ich sie rumoren, bis sie nach einer gefühlten Ewigkeit mit einem alten Fotoalbum auftaucht.

»Da ist es. Das war bei den Games in Portree. Du meine Güte, sind es wirklich schon zwanzig Jahre? Die Zeit rennt.« Sie blättert durch die mit kleinen, leicht verblassten Fotos beklebten Seiten. »Da ist es. Wusste ich doch, dass ich sie damals fotografiert habe.«

Sie deutet auf das Bild eines Pärchens. Curran erkenne ich sofort wieder. Stark und gerade wie ein Baum steht er da in seinem Kilt. Die gleichen dunkelblonden Haare, wie ich sie von meiner Großmutter geerbt habe, und ein damals schon strammer Bauch. Den Arm hat er um Mairead gelegt, die einen langen Tartanrock und dazu eine weiße Bluse trägt. Über der Schulter hat sie eine Art Schal, der quer über ihrer Brust liegt. Sie war eine wunderschöne Frau, und ich bedauere es sehr, dass ich sie nie persönlich kennengelernt habe.

Eine Hand hat sie direkt über seinem Herzen platziert. Ihr sanftes Lächeln gilt allein ihm. Die Liebe, die sie für ihn empfunden hat, steht ihr ins Gesicht geschrieben, nur sein fast schon grimmiges Mienenspiel passt nicht zur Szenerie.

»Schönes Foto, er war wohl nicht bester Laune, wie es aussieht.«

»Curran? Hm, da war was. Stimmt, ich erinnere mich.« Sie blättert zur letzten Seite, wo einige lose, teilweise recht verschwommene Bilder stecken. »Da schau. Rorys Eltern hatten einen üblen Streit. Ich habe Curran und Mairead fotografiert und vor lauter Schreck weiter den Auslöser betätigt.«

Mir zieht es das Herz zusammen, als ich den vielleicht sechs oder sieben Jahre alten Rory zwischen seinen Eltern stehen sehe, die sich ganz offensichtlich anbrüllen. Er wirkt hilflos und scheint zu weinen. Sein Vater, der einen grünblau-gelb karierten Kilt trägt, hat eine Flasche Bier in der

Hand und ist definitiv sturzbetrunken. Das Gesicht der Mutter ist feuerrot und ihre Mimik voller Abscheu und Ekel.

Auf dem nächsten Foto knöpft Curran sich Rorys Vater vor. Seine Mutter ist verschwunden, dafür steht er ganz allein daneben. Ein drittes Foto kommt zum Vorschein, auf dem Rory sich Schutz suchend an Mairead klammert, während sein Vater von Curran am Hemdkragen gepackt und wegbugsiert wird.

»Es gibt Menschen, die erfahren in ihrer Kindheit nur wenig Liebe. Der Junge hatte es sehr schwer, und wenn Curran und Mairead sich seiner nicht angenommen hätten, wäre aus ihm niemals ein so vernünftiger Mann geworden.«

Außer einem Schluchzen bringe ich nichts heraus. Es tut mir weh zu wissen, dass Rory so aufwachsen musste. Am Anfang mochten wir uns nicht sonderlich grün gewesen sein, doch er wurde rasch zu einem Freund, und seit vergangener Nacht hätte ich mir sogar noch viel mehr mit ihm vorstellen können.

»Wie kommt das denn hier rein? Keine Ahnung, wieso es in diesem Jahrgang steckt.« Sie hält mir ein Foto hin, auf dem Rory, der eine gut geschnittene Schuluniform trägt, von Mairead und Curran flankiert wird. Sie strahlen allesamt in die Kamera. Wie eine echte Familie. Mutter, Vater und Sohn ... glücklich und voller Liebe.

Das alles reißt mir den Boden unter den Füßen weg. Edith zieht mich erneut an sich und diesmal lasse ich meinen Tränen freien Lauf.

»Schh! Ist ja gut«, murmelt sie und tätschelt mir liebevoll den Rücken. »Hätte ich geahnt, dass es dich so mitnimmt ... Eigentlich wollte ich dir nur den Sash zeigen.«

Keine Ahnung, was sie damit meint. Schniefend löse ich mich von ihr und bin dankbar, dass sie mir ein Taschentuch reicht, mit dem ich mir die Nase putzen kann.

»Setz dich, Kind. Ich mache dir erst mal einen Tee. Und einen Whiskylikör bekommst du auch. Du bist ja vollkommen durch den Wind.« Sie drückt mich auf den nächstbesten Stuhl und huscht aus dem Verkaufsraum.

»Aber ich kann nicht so lange bleiben«, schniefe ich.

»Für ein Tässchen und ein Gläschen ist immer Zeit«, ruft sie nach vorn.

Ich öffne den Vakuumbeutel, um zu sehen, wie viel Stoff sich darin befindet. Kaum habe ich den gepressten Ballen angehoben, bemerke ich, dass es sich um ein Kleidungsstück handelt. Einen Kilt. Darunter liegen zwei weiße Stoffbeutel. Darin befinden sich ein mit kunstvoll getriebenem Silber beschlagener Sporran, ein Dolch und verschiedene andere Dinge, die zur traditionellen Ausstattung eines Highlanders gehören.

»Wie nennt man das?« Ich halte Edith die reich verzierte Scheide mit dem kleinen Messer entgegen, die sie mit großen Augen mustert, während sie das Tablett abstellt.

»Ein Sgian Dubh. War das etwa da drin? Dann ist das Currans Kilt.«

»Sieht so aus. Was ist ein Sash?«

»Eine Schärpe.«

»Ach, das, was Mairead über der Bluse getragen hat?«

»Genau. Früher trug man es häufiger, vor allem, um die Zugehörigkeit zu einem Clan zu demonstrieren. Mairead hat den rot-blauen Tartan ihrer Familie abgelegt und den der Craigs gewählt.«

»Gibt es auch Ehefrauen, die das nicht tun?«

»Die ein oder andere vielleicht. Ich persönlich kenne aber keine. Ganz ehrlich, wer sich in einen von diesen verschrobenen Holzköpfen verliebt, der tut es mit vollem Herzen und nimmt dann auch dessen Farben an. Hier tragen sie alle den grün-blau-gelb karierten Tartan der MacDugans. Deshalb stach Curran mit seinen taubenblau-beigen Karos immer stark heraus.«

»Hm, ein Sash ist nicht dabei.«

»Oh, Liebes, Curran hat ihn Mairead auf ihre letzte Reise mitgegeben.«

Ich atme tief gegen die neuerlich aufkommenden Tränen an. So viel wie heute habe ich mein ganzes Leben noch nicht geheult.

Edith sieht sich den Stoffballen, der auf ein Holzbrett gewickelt wurde, genauer an. An der Stirnseite sind ein Logo und eine mehrstellige Nummernfolge eingebrannt.

»Der ist aus Aberdeen. Sieh mal einer an. *Hopkins & Son's*, sehr gute Weberei. Sogar der Farbcode wurde angegeben. Vortrefflich.«

»Der Craig Clan stammt ursprünglich von dort.«

»Das erklärt einiges.« Sie wirkt nachdenklich, während sie uns Tee eingießt und sich zu mir setzt. »Was sein kann .... Mairead und Curran standen kurz vor ihrer Silberhochzeit. Sie war eine hervorragende Näherin. Gut möglich, dass sie sich daraus ein Kleid schneidern wollte.«

»Ich hatte gedacht, die beiden wären länger verheiratet gewesen.«

»Curran lebte viele Jahre allein, nachdem Enid die Insel verließ. Der Zwist hat ihn kalt werden lassen. Erst als Mairead in sein Leben trat, blühte er wieder auf.«

Ich nippe an meiner Tasse und blättere durch das alte Fotoalbum. Einige Leute kenne ich sogar zumindest vom Sehen, andere sind mir völlig fremd. Auf einem Bild stehen zwei Jungen nebeneinander – die Arme über die Schultern des jeweils anderen gelegt grinsen sie mit breiten Zahnlücken in die Kamera.

»Den habe ich schon mal gesehen, glaube ich.«

»Erst gestern im Pub, Connor Warden.«

»Stimmt, jetzt, wo du es sagst.«

»Sein Vater war früher Fischer. Er bietet jetzt Whale Watching an. Und dann natürlich Lachlan MacDugan. Sieh ihn dir an, den Sohn des Chiefs.«

»Wenn weiter von dem die Rede ist, bin ich sofort wieder weg.« Erschrocken blicken wir zur Tür, die Rosalind gerade geöffnet hat.

»Ach was, komm rein!«, trällert Edith.

»Es gibt angenehmere Gesprächsthemen als ihn«, murrt sie.

»Nimm dir einen Stuhl und setz dich! Wir sehen uns alte Fotos an.«

»Ich wollte eigentlich nur ... Ach, was soll's. Hast du noch was von deinem leckeren Likör?«

Edith verschwindet lachend aus dem Verkaufsraum.

»Das feine Söhnchen. Connor redet seit Jahren kein Wort mehr mit ihm.«

»Wieso?«, hake ich verwundert nach, denn auf dem Foto schienen sie sich in Kindertagen sehr nahe gestanden zu haben.

»Lange Geschichte und auch nicht meine.« Sie macht vor ihrem Mund eine Geste, die wie das Zuziehen eines Reißverschlusses aussieht.

»Normalerweise mag ich deine Einstellung zu Klatsch und Tratsch, aber im Moment finde ich sie echt doof.«

Rosalind streckt mir die Zunge heraus und schafft es, mich damit zum Lachen zu bringen.

»Sehr schön! Das höre ich gern. Besser als die Tränen vorhin.« Edith gießt Rosalind Likör ein und setzt sich wieder zu uns.

»Wieso Tränen? Was hat Rory angestellt?«

Der Anflug von Fröhlichkeit verpufft, und meine Schultern sacken automatisch nach unten.

»Er war ... Egal.« Verstohlen sehe ich zu Edith, die sich nach vorn beugt und meine Hand ermutigend drückt. Ich winde mich und suche verzweifelt nach einer Ausflucht, doch dann fange ich Rosalinds weichen Blick auf und knicke ein. So viel geballter Freundinnenpower kann ich nichts entgegensetzen. »Ich habe keine Ahnung, was mit ihm los ist. Morgens war noch alles gut, aber mittags …«

Rosalind wirkt verwirrt. »Als ich ihn vorhin bei Frederick im Laden traf, hat er ihn mehr oder weniger durch die Mangel gedreht, weil der den Gerüchten glaubte, die der alte MacDugan über dich hat verbreiten lassen.«

»MacDugan?«

»Gerüchte?«, fragt Edith entsetzt nach.

»Dass Melina irgendjemand ohne nähere Verbindung zu Skye oder Leathan wäre. Kaum einer weiß, dass sie die Großnichte von Curran ist. Deshalb waren hier einige ziemlich ruppig zu ihr«, erwidert sie, an Edith gewandt, und ergreift meine andere Hand. »Rory ist für dich eingestanden und wirkte verbissen, als würde er es mit jedem aufnehmen, der auch nur ein schlechtes Wort über dich verliert.«

Jetzt weiß ich zwar, wer für das verstockte Verhalten der Dorfbewohner verantwortlich ist, kann mir Rorys Auftritt allerdings noch weniger erklären. Was auch immer in der Zwischenzeit geschehen ist, es muss so gravierend gewesen sein, dass es seine Meinung um hundertachtzig Grad gedreht hat.

Alles Mutmaßen bringt mich jedoch nicht weiter, also beratschlagen wir lieber, was mit dem wundervollen Tartanstoff und dem Kilt geschehen soll.

»Du willst ihn wirklich waschen? Das kann ich doch selbst machen. Schonprogramm und fertig.«

»Um Himmels willen! Ihr jungen Dinger habt ja keine Ahnung, wie behutsam man damit umgehen muss. Handwäsche und ganz vorsichtig ausdrücken. Das ist feinste Wolle.«

»Okay«, erwidere ich leise und werfe Rosalind einen verstohlenen Blick zu.

»Aus dem Stoff kann man bestimmt was Tolles schneidern«, sagt sie und lenkt Edith gekonnt von meinem Fauxpas ab.

»Ich habe da sogar schon die ein oder andere Idee«, merkt Edith an. »Zieh mal die Schuhe aus und stell dich hier drauf.« Sie deutet auf ein kleines Podest, was Rosalind aus einer Ecke holt und vor mir platziert. Keine Ahnung, was Edith vorhat, aber sie nimmt sämtliche Maße von mir. Sogar die Länge meiner Finger misst sie genau ab.

Nachdem ich den Tee getrunken habe, mache ich mich schweren Herzens auf den Rückweg. Die Herde möchte ich im Moment nicht allzu lang allein lassen. Mein Handy hatte ich im Wagen gelassen, daher ist mir ein Anruf entgangen.

Während ich die Nachricht abhöre, schlage ich absichtlich eine andere Richtung ein, um an Rorys Haus vorbeizufahren. Der Typ vom Baustoffhandel teilt mir mit, dass sich die Lieferung des Zaunmaterials um weitere zwei Wochen verzögern wird. Na toll. Den Tag kann ich echt in die Tonne treten.

Irgendwie bin ich froh darüber, dass Rorys Range Rover nicht in der Auffahrt steht und er unterwegs zu sein scheint. Natürlich wüsste ich gern, was mit ihm los ist, bin mir allerdings nicht sicher, ob ich dieser Offenbarung nach all den heutigen Tiefschlägen auch noch gewachsen wäre.

# 18.
# *Rory*

Zwei Tage. Ohne Connor wäre ich ein nervliches Wrack. Er redet sowieso nur das Nötigste, dafür lenkt er mich abends mit der Arbeit an seinem Boot ab. Die Beschäftigung bringt mich wenigstens für ein paar Stunden auf andere Gedanken. Welche, die nicht ständig um Melina kreisen. Den Rumpf haben wir gestern neu lackiert, heute muss leider die Farbe trocknen, und ich habe außer dem Pub keinen Fluchtpunkt mehr. Auf die Saftnasen dort kann ich getrost verzichten, dann lieber allein mit Lester und dem Chaos in meinem Inneren.

Irgendwie bin ich auf Entzug. Das Fehlen der Alpakamagie macht sich bemerkbar. Immer wieder denke ich an Blue, Zayn, Celine und alle anderen Wollis. Vergangene Nacht habe ich, während ich mich hin und her wälzte, sogar überlegt, mich heimlich zum Cottage zu schleichen, war dann aber doch zu müde, um aufzustehen.

Ach, wem mache ich was vor? Es ist allein die Angst, Nialls Wagen dort vorzufinden, die mich davon abhält, zu Melina zu fahren. Und es ist auch nicht die fehlende Nähe zu den Alpakas, die mich innerlich so aufwühlt, sondern die Gefühle, die ich für diese einzigartige Frau hege. Von Anfang an hat sie ihren ganz eigenen Zauber um mich gewoben, der mich glauben ließ, kein kaputtes Etwas zu sein, und dessen Verlust mich nun innerlich zerreißt.

Die Mikrowelle gibt ein leises Ping von sich. Seufzend lege ich die verblichene Postkarte von Brügge zurück auf das noch immer eingepackte Geschenk von Curran. Irgendwann werde ich stark genug sein. Heute definitiv nicht.

Das, was da heiß vor sich hin blubbert, sah zumindest auf der Umverpackung ganz appetitlich aus. Besonders gut riechen tut es jedenfalls nicht.

Missmutig kratze ich das glibberige Etwas aus der Pappschale auf einen Teller. Mir vergeht die Lust, es überhaupt zu essen. Leider gibt mein Kühlschrank nichts weiter her.

Um das Haus zu verlassen, müsste ich mir was anziehen. Stattdessen sitze ich hier in meiner langen Unterhose und spüle die geschmacksneutralen Tortellini in Käse-Sahne-Soße unzerkaut mit Tee hinunter.

Lester, der Melina noch viel mehr zu vermissen scheint als ich, schmollt. Nicht einmal mit einem Leckerli kann ich ihn zu mir locken. Er weiß genau, wer die Schuld an seinem Leiden trägt. Ich. Wer sonst? Murrend erhebt er sich und verlässt die Küche. Toll, jetzt muss ich das auch noch allein runterwürgen.

Das Festnetztelefon klingelt. Erschrocken starre ich das an der Wand hängende Ding an. Wusste gar nicht, dass es noch funktioniert.

»Fyfe«, melde ich mich und erwarte beinahe, dass sich jemand lediglich verwählt hat und sofort wieder aufgelegt wird.

»Rory, schön, dass ich dich erreiche. Edith Campbell.«

Hätte sie nicht extra sagen müssen, ihre leicht nasale Stimme erkenne ich auch so.

»Ich wollte nur Bescheid sagen wegen des Gatherings.«

Verdammt, ich hatte vollkommen verdrängt, dass es an diesem Wochenende stattfindet.

»Wir fahren hier um fünf Uhr los, dass wir um halb sechs mit dem Aufbau des Standes beginnen können. Der Markt startet um sieben Uhr, sollte also ausreichen, um alles herzurichten. Fährst du selbst, oder sollen wir dich mitnehmen?«

Lester gibt komische Töne von sich. Über die Schulter hinweg beobachte ich, wie er sich vor die geschlossene Haustür setzt. Das wundert mich, da er normalerweise an der Hintertür kratzt, wenn er raus muss.

»Ähm, ja, also. Ich …«

»Jungchen, hast du es dir etwa anders überlegt? Alles in Ordnung bei dir? Du klingst so merkwürdig.«

»Ich war nur abgelenkt.«

»Fionn schafft das nicht mehr.«

»Aber Melina …«, versuche ich einzuwenden. Sie wird mich sicher nicht sehen wollen.

»Das Mädel darf nicht schwer heben, das weißt du doch am allerbesten.«

Aber Niall könnte, schießt es mir durch den Kopf.

Lester beginnt zu winseln. Jetzt wird es dringend.

»Ich werde da sein.«

»Junge, du bist Gold wert«, höre ich sie noch trällern und spurte zur Haustür, an deren Spalt Lester schnüffelt, kratzt und dabei fiept. Sobald ich ihn zur Seite geschoben habe, reiße ich sie schwungvoll auf und erstarre zur Salzsäule. Vor mir steht Melina, die ein riesiges Paket trägt, auf dem eine Tüte von der hiesigen Bäckerei liegt. Will sie wirklich zu mir? Hat sie sich vielleicht im Haus geirrt?

»Hey, können wir reden?«

Den Tonfall kenne ich. Ist zwar lange her, seit ich ihn gehört habe, aber unser erster Zusammenprall auf der Weide hat sich geradezu in mein Gedächtnis eingebrannt. Sie sieht mir in die Augen, doch ich kann ihrem Blick kaum standhalten. Scham und Reue kriechen über meinen Nacken hinauf zu den Ohren. Alles wird heiß und kribbelt.

Ihr sanftes Lächeln schwindet und weicht einem verunsicherten Ausdruck. Sie beißt auf ihre Unterlippe und scheint auf etwas zu warten, während Lester jaulend um ihre Aufmerksamkeit buhlt. Das Paket hindert sie jedoch daran, ihn zu streicheln.

»Gib mir das.« Ich habe keine Ahnung, was das komische Ding sein soll, es fühlt sich weich und nachgiebig an. »Komm rein!«

Sie folgt mir in die Küche, dem einzigen Raum des Hauses, den ich neben dem Schlaf- und dem Badezimmer wirklich nutze. Ich bin mir nicht einmal sicher, ob ich den Fernseher im Wohnzimmer dieses Jahr schon mal eingeschaltet habe.

»Setz dich!« Hastig sehe ich mich um und bin erleichtert, dass kein schmutziges Geschirr herumsteht. Allerdings wird mir bewusst, wie schäbig meine uralte Küche ist. Hier sieht es noch genauso leer und trostlos aus wie damals, als Mum Dad und mich verlassen hat, nur weitaus abgewohnter.

Unsicher, wie ich mich verhalten soll, halte ich den Blick starr auf das Paket gerichtet und fühle die Scham nun auch auf meinen Wangen brennen.

»Vielleicht ziehst du dir erst mal was an.«

Ihre Worte machen mir siedend heiß bewusst, dass ich in meiner verwaschenen und ausgeleierten Feinripp-Unterwäsche vor ihr stehe. Am liebsten würde ich im Boden versinken.

Ihr Mitbringsel packe ich auf den Tisch und verschwinde ins Schlafzimmer, wo ich rasch in Pullover und Jeans schlüpfe. Inständig hoffe ich, dass sie noch da sein wird, wenn ich zurückkomme, würde es ihr allerdings keineswegs verübeln, sollte es nicht der Fall sein.

»Möchtest du Tee?«, frage ich und halte zielstrebig auf den Herd zu, wo ich mit fahrigen Handbewegungen beinahe den Wasserkessel hinunterwerfe. Melina schmust mit Lester, diesem alten Verräter, dessen Träume und Wünsche in Erfüllung gegangen sind. Ich kann hingegen froh sein, wenn ihre nächste Berührung für mich nicht aus einer Ohrfeige besteht.

»Gern. Ich habe uns Sandwiches gemacht. Ich sehe gerade, du hast ... Was ist das?« Sie nimmt den halb vollen Teller in Augenschein und rümpft die Nase.

»Mein Abendessen. Nichts Besonderes.«

»Mikrowellenfutter?«

»Hmm.«

»Rory, was ist los?«

Verwundert über ihre Frage blicke ich sie an. Dabei fühle ich mich wie ein Reh im Scheinwerferlicht. Ich kann mich vor ihr nicht verstecken. Diese Regenbogenaugen fangen mich immer wieder ein.

»Was meinst du?« Lahmer Versuch.

»Du weißt genau, wovon ich spreche. Warum verhältst du dich mir gegenüber plötzlich so komisch?«

Ich hatte mit Vorwürfen, Streit oder gar Beschimpfungen gerechnet.

»Ich ... ich denke, dass es so einfacher ist. Für uns beide.«

»Glaubst du immer noch, dass ich Skye wieder verlasse? Ich habe dir doch erklärt, dass dem nicht so ist. Leathan und das Cottage ... all das ist mein Zuhause.«

Der Nachdruck in ihrer Stimme jagt mir einen Schauer über den Rücken.

»Es ist eher ...«, setze ich kraftlos an und lasse mich auf dem Stuhl neben ihr nieder. »Nachdem du von Niall die Wahrheit erfahren hast, wusste ich nicht, wie ich mich verhalten soll.«

Sie seufzt. »Das war hart.«

»Dabei wollte ich von Anfang an nichts mit Lachlans Plan zu tun haben. Er will es auch nur dem Chief recht machen, mehr nicht. Trotzdem hätte ich dir die Wahrheit sagen müssen.«

»Stopp!«, unterbricht sie mich und schüttelt den Kopf, als wäre sie vollkommen verwirrt. »Ich glaube, wir reden aneinander vorbei. Was hat bitte Lachlan mit Blue zu tun?«

Für einen langen Moment sehen wir einander an, bis mich das Pfeifen des Wasserkessels aus meiner Starre reißt.

»Was ist mit Blue?«

»Nicht ablenken, du warst gerade dabei, ganze Sätze zu bilden. Also, was für einen Plan hat Lachlan ausgeheckt, bei dem du mitmachen solltest?«

Beim Eingießen des Wassers lasse ich mir extra Zeit. Dumm nur, dass mir während des Aufschubs nichts einfallen will. In meinem Kopf hämmert nur die eine Frage. »Sag mir erst, was mit Blue ist.«

»Er ... er ist nicht gesund, Rory.« Scheppernd knallt der Kessel auf den Herd, als mir er aus den Fingern gleitet.

»Was ist es? Kann Niall es behandeln?« Ich kann nicht verhindern, dass sich Panik in meine zu laute Stimme mischt.

Zu meinem Entsetzen schüttelt sie den Kopf und blickt zu Boden. »Es ist ein Gendefekt. Es hätte mir gleich auffallen müssen. Die blauen Augen sind das Indiz dafür. Erst als du beim Frühstück davon gesprochen hast, fiel es mir wieder ein. Es war ... es ist ein heftiger Tiefschlag.« Mit zitternden Fingern streicht sie sich eine Haarsträhne hinters Ohr. »Der Defekt bewirkt Schwerhörigkeit, wenn nicht sogar Taubheit.«

Ihre Worte reißen mir den Boden unter den Füßen fort. In meinen Ohren ist nur Rauschen, während ich mich mit weichen Knien zurück zum Stuhl begebe. »Ist das absolut sicher?«

Sie nickt. Tränen schwimmen in ihren Augen, die sie hastig wegzublinzeln versucht.

»Niall hat einige Blutproben eingeschickt, doch er macht mir wenig Hoffnung. Er meldet sich, sobald die Ergebnisse da sind.«

Für einen Moment sehe ich dabei zu, wie sie mit den Tränen kämpft, und versuche, mich zu überwinden, ihr näher zu kommen, um sie zu trösten.

Noch bevor ich einen Entschluss fassen kann, geht ein Ruck durch sie hindurch. Melina strafft sich und hebt ihr

Kinn an. »Jetzt du. Was für einen Plan hat dieser geschniegelte Lackaffe ausgebrütet? Raus mit der Sprache!«

Der Nachdruck in ihrer Stimme erinnert mich schwer an Curran. Obwohl, eher noch an Mairead. Sie konnte viel bestimmter werden, dagegen war der alte Griesgram ein sanftes Lämmchen. Reiß dich zusammen, Rory. Sie wird dich schon nicht mit der Gabel erstechen. Vorsorglich stelle ich den Teller samt Besteck in die Spüle.

»Er wollte dich vergraulen, um an das Land zu kommen.«

»Und?«

»Ich sollte das erledigen. Nach der Sache auf dem Golfplatz sah er seine eigenen Chancen als eher gering an. Um ehrlich zu sein, glaubte er, ich könnte dich mit der natürlichen Abwehrreaktion, die ich bei Frauen auslöse, in die Flucht schlagen.«

»Und dabei hast du mitgemacht?« Ihre Stimme birgt einen leicht schrillen Unterton.

»Auf gar keinen Fall. Ich war von Anfang an der Meinung, dass das Craig Cottage dir gehört und ich Currans Andenken verpflichtet bin. Ohne deinen Großonkel, wäre ich ... Keine Ahnung, was ich wäre, ist auch egal. Das Cottage war mein Zuhause. Ich sagte Lachlan, ich wäre nicht bereit, ihn in dieser Sache zu unterstützen.«

»Und wo ist da jetzt das Problem?«

»Weil du ... Du hast Niall umarmt.«

»Was?«

»Ich habe es gesehen.«

»Wann?«

»In der Küche. Du hast ...« Okay, ich bin so was von am Arsch.

»Rory, sag mir jetzt nicht, dass du ...«

»Doch.« Meine Stirn berührt die Tischplatte. Sie ist kühl, lindert allerdings weder das Chaos in meinem Kopf noch das in meinem Leben. Könnte sich jetzt bitte endlich ein Loch unter mir auftun, was mich zur Gänze verschluckt? »Sag es ruhig. Ich bin ein …«

»Verschrobener Holzkopf? Durchgeknallter Dickschädel? Hornochse? Mir fallen noch ein paar Nettigkeiten ein. Willst du sie hören?«

»Danke, das genügt. Melina, es tut mir leid.« Ich greife über den Tisch hinweg nach ihrer Hand, die sie fortzieht. Stattdessen schlägt sie mir auf die Finger.

»Was glaubst du, hätte Curran getan, wenn er davon erfahren würde, was du gedacht und getan hast?«

Da muss ich nicht lange überlegen. »Er hätte mir eine saftige Kopfnuss verpasst und dazu noch einen Tritt, dass ich vor deiner Schwelle aufschlage und um Verzeihung bettele.«

»Gut zu wissen.« Sie reibt ihre Fingerknöchel und steht auf.

Im ersten Moment glaube ich, sie würde es tatsächlich tun, doch stattdessen ergreift sie die Kanne und gießt sich eine Tasse Tee ein.

»Keine Sorge, ich schlage weder Kinder noch Kindsköpfe.«

»Wie beruhigend.«

Sie füllt meine Tasse auf, setzt sich allerdings nicht zurück auf ihren Stuhl, sondern bleibt an den Herd gelehnt stehen. Den Arm auf der Lehne des Stuhls wende ich mich ihr halb zu.

»Warum bist du nicht wie jeder normale Kerl in die Küche gestürmt und hast deinen Unmut lautstark kundgetan?«

Berechtigte Frage. »Hatte Schiss«, nuschele ich und wage es zögerlich, ihr in die Augen zu sehen.

»Wohl nicht genug, schließlich hast du dich dann trotzdem wie ein Vollpfosten verhalten. Was sollte das, als du den Computer geholt hast? Das war … ich war am Boden, stehe völlig verheult vor dir, und du schiebst mich zur Seite.«

Ihr Vorwurf trifft mich hart, allerdings auch genau ins Schwarze. Mein Gewissen lodert auf, während sich meine Eingeweide in einen Eisklumpen verwandeln.

»Lachlan hat mich zusammengefaltet. Er meinte, ich würde mich nicht um meine Arbeit kümmern, und wegen des Computers drohte er mir sogar mit Rausschmiss.«

»Spinnt der?«

»Melina ...«

»Der tickt doch wohl nicht ganz richtig! Das Ding hat nicht einmal mehr Schrottwert. Man könnte es als Antiquität verkaufen.«

»Mel...«, versuche ich, sie in ihrer Schimpftirade zu unterbrechen.

»Was? Du nimmst ihn jetzt auf gar keinen Fall in Schutz!«

»Ich brauche den Job. Ich wüsste nicht, was ich sonst ... Egal. Warum bist du hier? Du hast allen Grund, sauer auf mich zu sein.«

Sie gibt ein Schnauben von sich. »Und wie ich den habe. Ich dachte mir, dass der Berg zum Propheten kommen muss, wenn der Prophet zu borniert ist.«

Ich kann es nicht verhindern, dass sich ein breites Grinsen auf mein Gesicht stiehlt. Moment, mit borniert meinte sie mich. Okay, sie hat recht.

»Außerdem habe ich was für dich. Schon seit einer Weile überlege ich, was ich dir zum Dank für all deine Hilfe geben könnte. Geld willst du ja nicht.«

»Untersteh dich!« Currans Geist würde mich bis zum Sankt-Nimmerleins-Tag heimsuchen.

»Daher habe ich das hier für dich.« Sie deutet auf das Paket. Ich lege die Tüte zur Seite und öffne den Reißverschluss. »Ich habe Currans alten Kleiderschrank ausgemistet. Dabei förderte ich einige Überraschungen zutage. Und hierbei dachte ich mir, dass er bestimmt gewollt hätte, wenn du es bekommst.«

Verständnislos starre ich den dicken Ballen Tartanstoff an, neben dem zwei weiße Beutel liegen. Das Muster erkenne ich sofort. Clan Craig. Es ist Currans Kilt, den er nur für ganz besondere Gelegenheiten herausholte. Taubenblau-beige und dünne moosgrüne Streifen. Der Tartan der MacDugans, zu deren Clan meine Familie seit Generationen gehört, ist hingegen grün-blau-gelb kariert.

»Sporran und das Sgian Dubh sind da auch drin«, erklärt Melina und streicht über das aus dicker Wolle gearbeitete Kleidungsstück. »Edith hat ihn gewaschen und zwei Ösen eingenäht, da er recht weit geschnitten ist und dir wahrscheinlich zu groß gewesen wäre.«

Ich nehme den Kilt ehrfürchtig heraus, entfalte die Lagen und kann Curran vor mir sehen, wie er ihn das letzte Mal trug. Vergangenen August bei den Games in Portree. Die Farben verschwimmen, ich habe was in den Augen. Sie brennen plötzlich.

Während ich versuche, diese lästigen Fremdkörper wegzublinzeln, leert Melina die weißen Beutel auf dem Tisch aus und legt zwei silberne Rahmen neben den Sgian Dubh. Darin befinden sich Fotos. Auf einem sind Mairead und Curran gemeinsam zu sehen. Das andere zeigt uns drei an meinem ersten Tag in der weiterführenden Schule. Damals war ich zwölf und hatte Mairead nach einem kräftigen Wachstumsschub bereits eingeholt. Nur wenige Wochen später riss der Krebs sie endgültig aus unserer Mitte.

»Probier ihn mal an!«

Ihr Vorschlag jagt mir eine Gänsehaut über den Rücken. Ehrfurcht erfasst mich.

»Das kann ich ...«

»Und wie du das kannst.«

Beim Verlassen der Küche trete ich Lester, der mitten im Weg liegt, beinahe auf die Rute. Er bewegt sich keinen Millimeter, starrt Melina an und wartet sehnsüchtig, bis sie ihm wieder ihre Aufmerksamkeit schenkt. Und das war mal mein stolzer Jagdhund. Kaum hat sie ihre zarten Hände an ihn gelegt, mutierte er zum Schoßhündchen.

Ungläubig betrachte ich mein Spiegelbild. Der Kilt passt nicht nur in der Weite, sondern auch in der Länge. Barfuß kehre ich zurück, wo Melina gedankenverloren die Postkarte von Brügge betrachtet. Sie legt sie zurück auf das Geschenk und mustert mich kritisch.

»Steht dir. Oh, hier sind noch die Strümpfe.« Sie wirft mir ein zusammengerolltes Paar zu, was ich direkt anziehe. »Sehr gut. Jetzt noch den Pin und den Sporran, dann kannst du dich sehen lassen.«

»Vielleicht irgendwann mal. Er ist viel zu schade für den Alltagsgebrauch. Mal davon abgesehen, dass es die Farben des Craig Clans sind, ich gehöre zum Clan der MacDugans.«

Melinas Blick wird durchdringend. »Tust du das, ja?« Sie deutet auf das Foto, auf dem ich mit Curran und Mairead gemeinsam abgelichtet wurde. »Meinem Empfinden nach solltest du dich den Menschen nahe fühlen, die dich liebten und die stolz auf dich waren und es noch immer sind. Zu einem Clan zu gehören bedeutet nicht, sein Herz an Farben zu hängen, sondern an Wahrhaftigkeit, Güte und Liebe. Die Personen da auf dem Foto sind keine Fremden, sie sind deine Familie. Dein wahrer Clan.«

Ein Schauer durchläuft meinen Körper. Familie. Ich bin der letzte Fyfe hier auf Skye, und wenn ich es mir recht überlege, ist das Haus meiner Familie schon vor langer Zeit all seiner Farben beraubt worden. Doch zu wem genau gehöre ich? Wer bin ich? »Mag sein«, murmele ich und zupfe einen grünen Fussel von einem der taubenblauen Quadrate. Melina nimmt den Vakuumbeutel vom Tisch, dabei touchiert sie das Geschenk, und die Postkarte fällt zu Boden.

»Du hast es noch gar nicht ausgepackt«, bemerkt sie, als sie das verblichene Stück Karton aufgehoben und zurückgelegt hat. Typisch Curran, nur er kommt auf die Idee, ein Weihnachtsgeschenk in Zeitungspapier zu verpacken. Wie gebannt starre ich auf die Artikel vom 10. Dezember des vergangenen Jahres. Drei Tage später fand ich ihn tot in seinem Fernsehsessel.

Ich will aufstehen, doch meine Muskeln reagieren nicht. In meiner Kehle formiert sich ein dicker Kloß. Mist, ich habe schon wieder was im Auge. In beiden, es brennt. Wieso tut das so weh?

Sanfte Hände schieben sich über meine Schultern. Erst jetzt registriere ich, dass Melina hinter mir steht und ich mich Halt suchend bei ihr anlehne.

»Er hat dich sehr gern gehabt. Du warst wie ein Sohn für ihn.«

Das Brennen wird schlimmer. Ich schlucke gegen den massiven Klumpen an, um atmen zu können.

Meine Finger zittern, als ich sie um die Schleife lege, sie langsam aufziehe. Das Reißen des Papiers wirkt überlaut, beinahe schon ohrenbetäubend. Das Herz schlägt mir bis zum Hals. Etwas Feuchtes löst sich aus meinen Augenwinkeln und versickert im Bart.

Ich kann es schaffen, ich muss mich nur auf ihre Hände konzentrieren, die sich fest gegen meine Schultern pressen. Es fehlt nicht mehr viel, nur eine Lage. Die Sonderangebote von Fredericks Laden kommen zum Vorschein. Truthahn tiefgekühlt, sechs Pfund pro Kilogramm. Ich zerreiße sie.

»Oh!«, haucht Melina. Ihre Stimme ist tränenerstickt.

Brügge. Ein Reiseführer. Ich kann nicht mehr atmen. Etwas löst sich tief in meiner Brust und bahnt sich als Schluchzer den Weg an die Oberfläche. Vorsichtig schlage ich ihn auf. Ein Kuvert liegt darin, darauf steht:

*Wird Zeit, dass du da mal hinkommst.*
*Frohe Weihnachten!*

Meine Hände zittern zu sehr, und er segelt zu Boden. Melina ist schneller und hebt ihn für mich auf. Von hinten schlingt sie die Arme um mich, küsst meine Schläfe, und ich spüre ihre Tränen heiß auf der Haut. Die ganze Feuchtigkeit in meinem Gesicht lässt meinen Bart schrecklich jucken.

Im Inneren befinden sich zwei Gutscheine. Einer für einen Hin- und Rückflug mit British Airways und ein weiterer für einen siebentägigen Aufenthalt im *Brugge Bed & Breakfast*.

Dicke Wasserflecken bilden sich auf dem Umschlag, lassen die Schrift verschwimmen. Hastig wische ich sie fort und lege alles in sicherer Entfernung vor mir auf den Tisch, bevor ich die Hände vors Gesicht schlage.

In Stoßwellen bricht die bittere Wahrheit aus ihrem Gefängnis aus, überfällt mich, reißt mich in ein tiefes Loch aus Trostlosigkeit. Curran ist fort. Für immer. Tot.

Melina löst sich, doch sie lässt mich nicht allein, sondern wechselt lediglich die Position. Neben mir stehend zieht sie mich zu sich heran, bis ich mein Gesicht an ihrem Bauch vergraben und mit den Armen bei ihr Halt finden kann.

Sie stützt mich und streichelt mir sanft übers Haar, während sich die lange unterdrückte Trauer schubweise aus mir herausquält.

# 19.
# *Melina*

Der zuckrig süße Duft des frisch gebackenen Dundee-Kuchens durchzieht noch immer das gesamte Cottage. Als ich ihn am Vorabend aus dem Ofen holte, habe ich sofort ein paar Fotos gemacht und eines gleich auf die Webseite und bei Instagram hochgeladen. Der Vermerk, dass man sich heute beim Gathering am Kirchenstand von Mrs Hutton ein Stück davon kaufen kann, durfte natürlich nicht fehlen.

Ich bezweifle hingegen, dass es jemanden gleichzeitig auf meine Seite und zudem auf das kleine Fest in Portree verschlagen könnte. Die Anfragen zu den Alpakawanderungen reißen zumindest nicht ab, was mich stetig nachdenklicher stimmt.

Ein letztes Mal checke ich, ob alles von meiner Liste in den beiden Klappboxen verstaut ist. Ich habe trotzdem das Gefühl, irgendetwas vergessen zu haben. Das wäre echt blöd, denn von Portree ist man nicht mal eben schnell hierher gedüst.

Wir werden mit zwei Autos fahren. Rory nimmt meinen Hänger, auf dem er bereits die provisorische Einzäunung und den Pavillon verstaut hat. Ich werde Liam, Harry und Zayn mit dem von Greevy geliehenen Transporthänger kutschieren.

Lester kommt zur Hintertür hereingestürmt, holt sich seine Streicheleinheiten ab und macht sich über sein Fressen her. Er übernimmt wieder seinen Job als Alpakawache. Mit dem gefüllten Wassernapf trete ich auf die Terrasse. Die ersten Vögel beginnen zu zwitschern, der Horizont hellt sich ein paar Nuancen auf.

Im Stall ist Licht, und ich kann Rory als dunklen Schemen zwischen den Alpakas ausmachen. Jedem der drei Obergangster hat er ein Halfter angelegt und führt sie in aller Ruhe von der Weide zum Hänger.

»Willst du einen Tee?«

»Aye.«

Ich fülle ihm einen Becher und setze die Haube auf den Kuchenbehälter. Gestern Abend hat er den mit reichlich getrockneten Früchten gebackenen Dundee angeschmachtet und wollte mich sogar überreden, einen weiteren zu backen, damit er sich diesen einverleiben könnte. Nichts da. Dieses Prachtstück ist für einen wohltätigen Zweck.

»Guten Morgen, bist du so weit?« Sobald er über die Schwelle getreten ist, nimmt er die Küche wie gewohnt komplett ein. Groß, breitschultrig und ... rasiert?

»Was ist denn mit dir passiert?« Fassungslos mustere ich die glatten Wangen, auf denen sich leichte Grübchen andeuten. Seine schmalen Lippen sind nach oben gewölbt, ein schelmisches Funkeln sprüht in seinen Augen.

»War längst überfällig.«

»Aber warum?« Hatte meine Stimme eben etwa einen leicht schrillen Unterton? Das wilde Gewächs war zwar nicht unbedingt mein Fall, doch ich hatte mich daran gewöhnt, und zudem mochte ich das drahtige Kratzen, wenn ich meine Fingerspitzen darin vergraben habe.

»Mir war danach«, erklärt er knapp und reibt sich grinsend über die glatte Haut.

»Gefällt mir«, krächze ich und räuspere mich. Warum fühlen sich meine Wangen plötzlich so heiß an?

Rory kommt näher, nimmt seinen Becher und nippt am Inhalt.

»Ich habe ein paar Sandwiches gemacht. Wenn du magst.«

»Später. Sobald alles steht.«

Seitdem wir uns versöhnt haben, bleibt er trotzdem auf Abstand. Einzig seine Blicke deuten mir an, dass er weiterhin sehr großes Interesse an mir hat und nur zu vorsichtig ist. Vielleicht hat er auch Angst, ich würde ihn von mir stoßen.

Ganz sicher nicht. Im Gegenteil. Jetzt, in diesem Moment würde ich nur zu gern auf Tuchfühlung gehen, um mit meinen Fingern und Lippen die mir bisher unzugänglichen Partien seines Gesichts zu erkunden.

»Lässt du die Klamotten an?« Er trägt eine alte Arbeitshose und einen Sweater, der beim besten Willen schon bessere Tage gesehen hat.

»Nach dem Aufbau ziehe ich mich um.«

»Jetzt weiß ich, was ich vergessen habe. Meine Klamotten.« Hektisch will ich aus der Küche rennen, doch er hält mich auf.

»Muss das ins Auto?«

»Stell es auf die Rückbank, aber lass die Finger vom Kuchen.«

Keine Ahnung, ob mir sein gehässiges Lachen andeuten soll, dass der Früchtekuchen in Gefahr ist, oder ob er mich nur aufziehen will. Zur Sicherheit reibe ich mir über die Fingerknöchel, was ihn allerdings nur lauter lachen lässt.

Wir fahren entspannt die Straße entlang in Richtung Portree. Je näher wir der Inselhauptstadt kommen, desto mehr Fahrzeuge sind zu dieser frühen Stunde unterwegs. Rory hat gestern Nachmittag bereits einen Teil der Wolle bei Edith geholt. Den Rest bringen sie und ihr Mann Fionn mit.

Sobald wir angekommen sind, wird uns die Standparzelle zugewiesen. Wir beginnen mit dem Aufbau des Pavillons und des Geheges, während über dem kleinen, mit bunt angestrichenen Häusern gesäumten Hafen langsam die Sonne aufgeht. Die drei Verkaufstische, vier Klappstühle sowie ein

Rondell für Nähgarn und verschiedene andere Kurzwaren stehen in wenigen Minuten. Rory zerpflückt einen Strohballen und füllt zwei große Eimer mit Wasser, damit es die Jungs gemütlich haben. Derweil verteile ich Ediths Waren auf den Tischen.

Als sie mit Fionn und einem Bollerwagen im Schlepptau auftaucht, platziere ich gerade einige Tüten Alpakadünger, vor dem Tisch mit den Wollknäueln meiner Gang. Wir sind fertig.

»Du meine Güte. Ihr beiden seid ja von der Feuerwehr.«

»Die Alpakas müssen noch ins Gehege. Ich hole sie vom Hänger.« Rory stiefelt davon, und Edith sieht ihm verwundert nach.

»Hat er sich etwa rasiert?«

»Frisch geschoren.«

Sie kichert und knufft mir den Ellenbogen in die Seite. »Soso, da legt sich aber jemand ins Zeug, was?«

»Hmm.« Wir zwinkern uns zu und beobachten, wie Rory mit den drei Wallachen zurückkehrt. Um uns herum wird es merklich ruhiger. Den anderen Standbesitzern verschlägt der Anblick der Wollis buchstäblich die Sprache, und ihnen fallen die Kinnladen herunter.

Harry sinkt sofort ins Stroh und holt Schlaf nach, während Liam und Zayn ihre Umgebung in Augenschein nehmen und alles um sie herum neugierig beschnüffeln.

»Gestern kam übrigens das Angebot von High Definition Web. Es ist um Längen günstiger. Wir werden es annehmen.«

»Das freut mich zu hören. Ich spreche mit meinem Teamleiter, damit ich den Auftrag bekomme. Um Fotos und Texte kümmern wir uns dann, wenn es so weit ist.«

Edith greift nach meiner Hand und tätschelt sie leicht. »Du bist ein Segen für Leathan. Der alte MacDugan wird sich noch umgucken.«

Ich schenke ihr ein unsicheres Lächeln und wende mich Rory zu, der mit Fionn die Stabilität der Umzäunung in Augenschein nimmt.

»Jetzt ein Sandwich?«

»Zwei«, erwidert er und gesellt sich zu uns. »Oder doch was von dem Kuchen?«

»Untersteh dich.«

Ich kann mich einfach nicht an seinem Gesicht sattsehen. So glatt rasiert kommt sein verschmitztes Grinsen erst richtig zur Geltung. Er ist kein Schönling, sondern so wie diese Insel: Rau, herb und kantig, aber von einer solch ursprünglichen Kraft, dass ich nicht anders kann, ich muss ihm nahe sein. So, wie ich mich mit Skye verbunden fühle, so empfinde ich auch für Rory. Da ist etwas zwischen uns, was viel tiefer geht als pure Freundschaft oder Flirterei. Ich sehne mich nach ihm. Nur deshalb bin ich vorgestern zu ihm gegangen.

Ich versorge ihn mit Nahrung, bevor ich den Kuchen beim Stand der Kirchenfrauen abgebe.

Zurück im Pavillon drückt mir Edith freudestrahlend einen Beutel in die Hand.

»Das habe ich für dich gemacht. Du wolltest dich doch noch umziehen, dann kannst du den gleich anlegen.«

Im Inneren der Tragetasche erkenne ich den Tartan des Craig Clans.

»Was ist das denn?«

»Rate mal.«

Ich nehme die Stoffbahn heraus und entfalte sie, bis mir klar wird, dass es sich um einen breitgeschnittenen Sash handelt, an dessen schmalen Enden Borten mit langen Fransen angenäht wurden. Völlig gerührt ziehe ich sie in eine feste Umarmung.

»Jetzt geh endlich, wir legen ihn dir dann gemeinsam an. Damit du weißt, wie die Falten drapiert werden müssen.«

»Der ist so wunderschön. Danke, Edith!«

Verstohlen reibt sie ihre Augen und scheucht mich fort.

Zum Glück trage ich ein Top drunter und muss keine Angst haben, dass mir jemand etwas wegguckt, während ich am Wagen das Sweatshirt aus und eine weiße Bluse überziehe. Kombiniert wird das Ganze mit einem melangegrauen Cardigan, und die Alpakagummistiefel tausche ich gegen bequeme Sneakers.

Auf dem Rückweg bemerke ich auf Höhe des Transportanhängers, dass Rory das Licht darin angelassen hat. Ich öffne die Seitentür neben der Deichsel, taste nach dem Schalter und knipse es aus.

»Ey!«, kommt von innen ein lauter Protestschrei. Rasch mache ich es wieder an und höre Rory lachen. »Es ist so schon schwer genug, mich hier drinnen umzuziehen. In dem Ding wird man seekrank.«

»Entschuldige, war keine Absicht. Soll ich auf dich warten?«

»Bin gleich so weit. Ich kriege nur den verdammten ... Jetzt! Ich hab es geschafft.« Der Anhänger schwankt leicht, als er darin herumläuft. Vorsichtshalber trete ich von der kleinen Tür zurück, die sich kurz danach öffnet.

Rorys verwuschelte Haare kommen zum Vorschein, dann die breiten, in einem weißen Hemd steckenden Schultern. Je mehr ich von ihm zu Gesicht bekomme, desto weiter fällt mir die Kinnlade herunter. Das Hemd ist eng geschnitten und betont seinen sehnig straffen Körperbau. Die Ärmel hat er nach oben bis zu den Ellenbogen aufgeschlagen. Mit geschmeidigen Bewegungen zieht er sich eine graue Weste über, doch was meinen Blick gänzlich fesselt, ist der Kilt.

Die Farben des Tartans, der Schnitt und die Länge scheinen wie für ihn gemacht. Vor mir steht nicht mehr der struppige Wildhüter, sondern ein brennend heißer Highlander.

»Der Sporran fehlt noch und der Pin.«

Keine Ahnung, was er damit meint. Hat er etwas gesagt? Mir stockt der Atem, als er näher kommt. Seine dunklen Edelsteinaugen funkeln im Licht der Morgensonne. »Hilfst du mir dabei?«

»Womit?« Bankraub? Weltherrschaft? Flug zum anderen Ende der Galaxie? Sag es, ich bin zu allem bereit.

»Mit dem Sporran und dem Pin.«

Kann man das küssen? »Hmm.«

Mit Daumen und Zeigefinger fängt er eine verirrte Haarsträhne ein und streicht sie mir hinters Ohr. »Denkst du, ich kann mich so auf dem Fest blicken lassen?«

Mein Mund ist wie ausgedörrt, und ich bekomme lediglich ein weiteres »Hmm« zustande.

»Klaust du mir schon wieder die Hmms?«

Die Grübchen vertiefen sich, je mehr seine Mundwinkel nach oben wandern. Mein Herzschlag legt an Geschwindigkeit zu. Kommt er mir etwa näher? Was hat er vor? Wieso huscht seine Zungenspitze über seine Unterlippe?

»Du hast Regenbogen im Blick«, raunt er gegen meinen Mund, und bevor ich eingehender über dieses komische Bild nachdenken kann, presst er auch schon seine Lippen auf meine. Straffe Arme umfangen und pressen mich gegen seinen Körper. Ich versuche, Halt zu finden, doch statt des gewohnten Drahtgeflechts streiche ich über die seidig glatte Haut in seinem Gesicht.

Der Kuss ist innig und tief. Keine Ahnung, wie lange er angedauert hat, doch als sich Rory langsam von mir löst, sind meine Knie weich, und in meinem Kopf herrscht gähnende Leere. Seine Fingerspitzen tanzen über meine Wangen, mit der Daumenkuppe zieht er die Kontur meiner Unterlippe nach.

»Bist du mir noch böse?«

Seine Frage kommt aus heiterem Himmel und irritiert mich im ersten Moment.

»Weswegen? Ach so.«

Sein Gesichtsausdruck wechselt von betreten zu angespannt. »Du hast mal gesagt, du würdest jedem die Freundschaft kündigen, der dich anlügt und hintergeht.« Die Farbe seiner Ohren ist nahe dran, als glühend rot bezeichnet zu werden. Sein Blick wirkt flehend.

»Dazu stehe ich. Da kenne ich kein Pardon.«

Seine Lider weiten sich, und er schluckt trocken.

»Du hast aber weder das eine noch das andere getan, deshalb bist du auf der sicheren Seite.«

Er atmet erleichtert auf.

»Trotzdem frage ich mich, wie du darauf kommst, dass wir befreundet sind?«

Rory wird kreidebleich, lässt die Hände sinken und wirkt sichtlich getroffen.

»Das zwischen uns ist viel mehr als das. Freunde küssen sich nicht so. Freunde sehnen sich nicht nach einander wie nach dem nächsten Atemzug, und Freunde wollen dem anderen auch nicht sagen ...«

Im letzten Moment kann ich stoppen. Was rede ich denn da?

Rory beugt sich nach vorn, legt eine Hand an meine Wange und sieht mir ganz tief in die Augen. »Dass da Gefühle sind? Wolltest du das sagen? Gefühle, die viel tiefer gehen und direkt aus der Mitte des Herzens kommen.«

Meine Zustimmung verbal auszudrücken schenke ich mir. Stattdessen lasse ich Taten sprechen, schlinge die Arme um seinen Nacken und presse die Lippen auf seine. Er seufzt und gibt ein leises Stöhnen von sich, je länger der Kuss andauert und sich unsere Zungen umkreisen. Ich fühle mich wie im Rausch. Ihm so nahe zu sein, ihn zu riechen und zu schmecken ist überwältigend. Wenn es nach mir ginge, könnten wir bis zum Ende aller Tage damit weitermachen. Ich würde nie genug davon bekommen.

Hand in Hand schlendern wir zurück zum Verkaufsstand. Zwischenzeitlich hat es sich gut gefüllt und ein rege zunehmender Besucherstrom schlängelt sich zwischen den Pavillons hindurch.

»Rory! Um Himmels willen! Erst der Bart und nun …« Edith wirft ihm einen bewundernden Blick zu, bevor sie, mit dem Sash bewaffnet, auf mich zukommt.

»Ich sehe mal nach den Jungs«, flüstert er mir zu und tupft einen Kuss auf meine Wange.

»Einen guten Fang, hast du dir da an Land gezogen. Dann wollen wir aus dir mal eine richtige Highlanderin machen. Du raffst ihn so zusammen. Siehst du? Ähnlich einem Fächer, dann legst du die Mitte oberhalb der Hüfte an, und an der Schulter gegenüber laufen sie wieder zusammen. Fionn hat dir eine Brosche angefertigt. Sieh nur, ist die nicht hübsch?«

Sie reicht mir einen fein gearbeiteten, etwa zehn Zentimeter breiten Reif, in dessen Mitte ein stilisierter Kopf mit langem Hals zu erkennen ist. Nicht irgendeiner, sondern der eines Alpakas.

»Ist Fionn Goldschmied? Diese Brosche ist ja zauberhaft.«

Edith winkt ab. »Ach was, er ist Modellbauer mit Leib und Seele, und für solche Dinge hat er ein Händchen.« Sie fädelt die Enden der Schärpe hindurch, bis die Brosche auf meiner Schulter liegt. Gleichzeitig richte ich den Cardigan, damit am Ende auch alles richtig sitzt.

»Genauso. Perfekt, Rory! Komm her! Ich will ein Foto von euch beiden schießen.« Er eilt zu mir zurück, bleibt aber einige Schritte entfernt stehen. Sein Adamsapfel hüpft auf und ab, während sein Blick an mir entlanggleitet.

»Dem ist glatt die Sprache abhandengekommen«, meint Edith und kichert amüsiert. »Schlag keine Wurzeln. Stell dich neben Melina!«

Seine Augen haben sich förmlich an mir festgesogen. Langsam kommt er näher, bis er einen Arm um mich legt und die Hand auf meiner Hüfte ruhen lässt.

»Willkommen daheim, Highlanderin«, raunt er mir ins Ohr und jagt damit einen Schauer über meinen Rücken. Eine safte Bö erfasst mein Haar und wirbelt die Strähnen herum, die er einfängt und mir zärtlich hinters Ohr streicht.

»Willkommen im Clan Craig«, erwidere ich.

Seine Augen beginnen zu strahlen. Mit jedem meiner rasenden Herzschläge kommt er meinem Gesicht näher, bis seine Lippen sich auf meinen befinden. Das Klicken von Ediths Kamera nehme ich dabei nur noch am Rande wahr.

Der Vormittag vergeht wie im Flug. Die Kunden strömen in den Pavillon, sehen sich die Wolle an, und während Edith ausführlich berät, kassiere ich die Einkäufe ab. Rory behält derweil die Jungs im Auge, damit keiner der Besucher auf die Idee kommt, sich eine Ladung Spucke einzufangen. Die Alpakawolle kommt sehr gut an, sogar der Dünger ist nach kurzer Zeit beinahe ausverkauft.

»Kinder, ihr könnt mich doch nicht so erschrecken!«, ruft Noreen aus, die am Arm von Rosalind den Pavillon betritt. »Ich glaubte eben, Enid wäre zurück auf die Insel gekommen. Damals trug sie auch immer einen solchen Sash.«

»Da bist du ja. Habe mich schon gewundert, wo du bleibst.« Sie wird von Edith begrüßt, während ich Noreen einen Stuhl hinstelle.

»Lass nur, wer rastet, der rostet. Ach, du kennst mich doch, Edith. Bei jedem bekannten Gesicht muss ich stehen bleiben und ein Schwätzchen halten. Da drüben ist ja mein gescheckter Freund. Komm, Kindchen, hilf mir mal rüber zum Gehege.«

Ich reiche ihr den Arm. Noreen schenkt mir ein gütiges Schmunzeln, während sie sich mit langsamen Tippelschritten in Bewegung setzt.

»Die sind so niedlich.« Rosalind, deren hochgesteckte Haare ihren langen schwanenhaften Hals richtig gut zur Geltung bringen, begleitet uns. Der frische Seewind spielt mit den losen Enden ihres Pashmina-Schals. »Ich soll dir im Übrigen ausrichten, dass dein Kuchen als Erster verkauft war. Mehrere Leute kamen vorbei und haben explizit danach gefragt. Und dann wollten sie wissen, wo man die Alpakas finden kann.«

Fassungslos sehe ich sie an. Am Gehege trifft mich der nächste Schlag, denn die Wollis werden von den Leuten nur so umringt. Damit habe ich beim besten Willen nicht gerechnet. Natürlich wirft sich Zayn richtig in Pose, aber auch Harry und Liam halten ihre Schokoladenseiten in die vielfach gezückten Kameras.

»Rory! Jungchen!«, trällert Noreen.

Er steht mit Greevy und Connor neben dem Zaun. Der fehlende Bart erleichtert mir das Lesen seiner Emotionen. Wut brennt auf seinen Zügen, die gesamte Körperhaltung spricht von Abwehr. Mir wird mulmig. Noreen scheint nichts davon bemerkt zu haben. Sie mustert ihn, als würde sie ihn heute zum ersten Mal seit einer Ewigkeit wieder zu Gesicht bekommen.

»Endlich ist das Gestrüpp weg, und ich hatte schon ... Das sind aber nicht die Farben von MacDugan ....« Sie sieht zu mir und zupft an dem locker herabhängenden Ende des Sashs. »Wusste ich es doch.«

Ihr Zwinkern sagt mehr als tausend Worte, und ich erinnere mich an unser erstes Aufeinandertreffen vor Ediths Laden. Meine Großmutter verließ Skye der Liebe wegen, doch ich wäre, so sagte Noreen damals, der Liebe wegen hierhergekommen.

Sie hatte recht. Auch wenn ich nie vermutet hätte, dass ich mein Herz ausgerechnet an den bärbeißigen, grummeligen und verbiesterten Wildhüter verlieren würde. Doch so, wie sich Rory vom Alpakaquäler zum Alpakajünger entwickelt hat, sind in mir auch die Gefühle für ihn gewachsen.

»Alles okay?«, will ich wissen. Rory legt einen Arm um meine Schultern. Die roten Flecken auf seinen Wangen sind noch immer gut sichtbar.

»Hab mich eben nur ein wenig aufgeregt. Ich erzähle es dir später.« Mit Mühe kämpft er sich ein Lächeln aufs Gesicht, deutet mir aber mit einem Kuss auf die Schläfe an, dass zwischen uns alles gut ist.

»Entschuldigen Sie bitte, wo finden wir die Besitzerin der Alpakas?« Ein groß gewachsener, in feinsten Tweed gekleideter Mann mit grauen Schläfen und aristokratischen Gesichtszügen steht neben mir und deutet auf die Jungs hinter dem Zaun.

»Sie haben sie bereits gefunden. Wie kann ich Ihnen helfen?«

Sein Gesicht hellt sich auf, und ein Lächeln zupft an seinem schmalen Mund. »Charles Hemsworth, dies ist meine Frau Maybel«, stellt er sich und seine Begleitung, eine ebenfalls hocharistokratisch anmutende Dame, vor. »Wir machen einige Tage Urlaub und sind durch Zufall im Vorfeld auf Ihre Webseite gestoßen.«

»Mein Mann und ich würden gern wissen, ob Sie auch Wanderungen mit den Alpakas anbieten.«

Es ist heute schon das vierte Mal, dass ich darauf angesprochen werde. Erneut läuft dieses Prickeln über meinen Rücken, mir jucken die Fingerspitzen, und die Zunge presst sich gegen meinen Gaumen.

»Haben Sie schon einen Tag und bestimmte Sehenswürdigkeiten oder Routen, die Sie in Angriff nehmen möchten?«

Verwirrt starre ich Rory an, der dem Mann direkt in die Augen sieht und das Kinn dabei hebt. Er wirkt auf mich völlig verwandelt, strotzt nur so vor Selbstbewusstsein und Stolz.

»Wir sind in Leathan abgestiegen. Den Old Man of Storr wollen wir uns auf jeden Fall ansehen«, erwidert Charles.

»Die Aussicht von dort soll grandios sein«, fügt Maybel an.

»Aye, bei klarem Wetter, kann man bis rüber nach Rona und noch weiter sehen.«

»Morgen würde uns passen«, gibt George nach einem kurzen Blickwechsel mit Maybel vor.

»Wir starten um zehn Uhr. Treffpunkt ist der Parkplatz nahe der Storr Apartments. Man kann ihn nicht verfehlen, wenn Sie von Leathan der Straße Richtung Norden folgen. Der Aufstieg dauert bei guter Kondition etwa fünfundvierzig Minuten bis zu einer Stunde. Bitte denken Sie an festes Schuhwerk und ein oder zwei Flaschen Wasser. Hunde sind nicht erlaubt.«

»Oh, George, das ist hervorragend«, jubelt Maybel.

»Das passt uns.«

»Dann sehen wir uns morgen um zehn Uhr, Mr und Mrs Hemsworth.«

Sobald sie außer Hörweite sind, schnappe ich mir Rory.

»Was sollte das? Du kannst doch nicht einfach ...«

»Du schleichst seit Tagen um diese Entscheidung herum.«

»Eben! Meine Entscheidung.«

»Die du eigentlich schon getroffen hast, nur noch nicht den Mut dazu aufbringen konntest, dir das selbst einzugestehen.«

Fassungslos starre ich ihn an. Mein Mund öffnet und schließt sich, ohne dass ein Laut herauskommt. Ich kann nicht glauben, wie er einfach über meinen Kopf hinweg einen Termin für eine Wanderung ausgemacht hat. Ohne vorher mit mir darüber zu sprechen. Am liebsten würde ich mit dem Fuß aufstampfen und ihn anfauchen, doch da ist diese Sicherheit in seinen Augen. Er weiß, was er tut. Ich kann ihm vertrauen.

»Ich nehme Whitney und Janis mit. Liam und Harry hatten heute mehr als genug Action, die müssen sich ausruhen.«

»Gute Idee. Berechne den beiden hundertfünfzig Pfund.«

Er ist im Begriff, etwas zu erwidern, stockt und mustert mich. Ein Grinsen zupft an seinen Mundwinkeln. »Um ehrlich zu sein, hatte ich mit mehr Gegenwehr gerechnet.«

»Du hast recht, ich hatte nicht den Mut dazu. Der Faktor Zeit machte mir bisher immer einen Strich durch die Rechnung.«

Sein Grinsen wird breiter.

»Da hatte ich dich allerdings noch nicht mit in die Gleichung aufgenommen.«

»Mich?« Seine Lider weiten sich, als ihm bewusst wird, dass er mit seinem Vorpreschen einen Stein ins Rollen gebracht hat, den er nicht mehr aufhalten kann. Ein leises Lachen entweicht ihm. »Klingt nach einem Plan.«

»Ich bezahle dich auf Honorarbasis. Alles Weitere besprechen wir später. Ich muss zurück zu Edith.«

# 20.
# *Rory*

Ich halte sie auf und stehle mir einen Kuss, den sie mit ihrem wundervoll hellen Lachen kommentiert. Mein Herz vollführt einen Salto nach dem anderen, während ich dieser unglaublichen Frau nachsehe.

Keine Ahnung, was mich da eben im Gespräch mit den Hemsworths geritten hat, doch ich bereue es nicht. Überhaupt fühle ich mich schon seit dem Aufwachen wie ein gänzlich anderer Mensch. Erst kam ich auf die Idee, mich zu rasieren. Gut, das war dringend nötig, der Bart hat mich schon seit einer Weile genervt, doch dann habe ich den Kilt angezogen.

Dieses Stück Stoff aus dicker Schurwolle mit dem Tartan der Craigs vermittelt mir ein Gefühl von Stärke, was ich nie zuvor verspürt habe. Als ob Curran neben mir stünde und mich ermuntern würde und Maireads zarte Hand auf meiner Schulter läge. Ich kann hören, wie sie mich anfeuern: *Geh deinen Weg, mein Junge. Du schaffst das!*

Nicht nur eben im Gespräch mit den Urlaubern, auch vorhin, als ich Melina nach dem Umziehen geküsst habe. Tief in mir drin hat sich etwas gelöst. Ein Knoten ist geplatzt, und ich kann mich endlich zu voller Größe aufrichten. Ich gehöre nun zum Clan Craig. Und es fühlt sich verdammt gut an.

»Hast du dich wieder beruhigt?« Greevy ist zurück und reicht mir ein Ale.

»Verkauf dem bloß nicht dein Land. Vor allem nicht zu dem Spottpreis.« Sofort wallt der Groll auf Lachlans Vater, der Greevy einen Großteil seiner Weiden für ein paar Pence abkaufen will, wieder auf. Als er mir vorhin davon erzählt hat, ist mir fast die Hutschnur geplatzt.

»Jetzt liegt es ungenutzt brach.«

»Wird sich schon ein Schäfer finden, der seine Tiere draufstellt«, maule ich und nehme einen kräftigen Schluck Ale.

»So scheu wie Schafe sind die aber nicht.« Zum Glück lenkt Greevy das Gespräch auf die Alpakas, worüber ich verdammt froh bin.

»Sie sind neugieriger. Mögen es allerdings nicht, wenn man sie zu sehr bedrängt.«

»Oder an der Wolle zupft. Wollte mir mal eines von diesen komischen Lockendingern näher ansehen, da hat mich der gescheckte Teufelsbraten doch glatt angespuckt.«

Ich verschlucke mich beinahe und kann mich gerade noch abwenden, bevor ich Greevy mein Bier ins Gesicht gespuckt hätte.

»Bald ist Schur, dann kannst du es ihm heimzahlen«, bringe ich hustend hervor.

Greevys wässrige Augen leuchten auf, und ein fieses Grinsen breitet sich auf seinem faltigen Gesicht aus. »Freut mich zu hören.« Zayn dreht den Kopf und sieht uns an, als ob er genau wüsste, dass wir über ihn sprechen. »Natürlich nur, wenn du uns zur Hand gehen möchtest. Ich bin, was das Scheren anbelangt, komplett unerfahren.«

»Bring ich dir bei. Ist kein Hexenwerk. Scherzeug hab ich zuhauf rumliegen.«

»Abgemacht.« Ich reiche ihm die Hand, die er, ohne zu zögern, ergreift.

»Man könnte fast meinen, es wären Stofftiere. Die sind so niedlich«, schwärmt ein junges Mädchen neben uns und streckt die Hand über das Gatter hinweg nach Liam aus, der sie beäugt, als würde grüner Schnodder daran kleben.

»Man darf sie nicht zu sehr vermenschlichen, es sind noch immer Tiere.« Meine Worte lassen sie ihre Hand zurückziehen.

»Wilde Tiere«, knurrt Greevy.

Sie umschlingt ihre Finger mit der anderen Hand und sieht voller Entsetzen zu Liam, als könnte er jeden Moment zu einem blutrünstigen Monster mutieren.

»Keine Angst, die sind schon seit Jahrhunderten domestiziert und gezüchtet, dass einzig Wilde an Alpakas sind die Blähungen.«

Das war's. Sie verschwindet.

»Die kann aber schnell rennen«, merkt Greevy trocken an. »Hab Übriges gestern gesehen, dass ihr Nachwuchs habt.«

»Kleiner Hengst, Blue.«

»Wundert mich, dass der Racker weiß ist.«

»Wieso wundert dich das?«

»Melina meinte zu mir, dass sie mit einem gescheckten oder dunkleren Farbbild rechnet. So was wie ihn da ... nur ohne Zotteln. Der Deckhengst war schließlich schwarz.«

Verwirrt sehe ich zu Zayn, dann wieder zu Greevy.

»Ich hoffe mal, sie ist nicht übers Ohr gehauen worden«, fügt er an und nippt an seinem Becher. »Gibt da jede Menge Scharlatane, da muss man aufpassen wie ein Luchs.«

Mir läuft es eiskalt den Rücken runter. Hatte nicht ihr Ex einen reinweißen Deckhengst stehen?

»Für eine Prämierung müssen die Papiere sauber sein, oder?«

»Absolut. Alle Nachweise müssen bei der Anmeldung erbracht werden. Da ist es egal, über welche Rasse wir reden. Schaf, Rind, Pferd. Wird bei Alpakas genauso laufen. Willst den Kleinen wohl bei einer Schau anmelden, was?«

»Reines Interesse.« Dieser miese Parasit. Nur wie hat er es angestellt? Er muss einen Komplizen gehabt haben. »Gibt es auch Tierärzte, die bei der Besamung …?« Weiter komme ich nicht, denn Greevy biegt sich vor Lachen nach hinten.

»Wenn du wüsstest, was ich in meinen vierzig Jahren als Schafzüchter alles mit diesen Halunken erlebt habe, würdest du nie wieder einen in die Nähe deiner Tiere lassen. Unser Niall ist Gold wert. Eine Perle im Dreck.«

Sprachlos schüttele ich den Kopf und überlege derweil krampfhaft, wie ich der Sache weiter auf den Grund gehen könnte. Bevor ich Melina von meiner Vermutung berichten werde, benötige ich hieb und stichfeste Beweise. Mir fallen die bestellten Bücher wieder ein. Hoffnung keimt auf, dass sie mir dabei helfen, Licht ins Dunkel zu bringen.

Im Sporran stecken sage und schreibe fünfzehn Anfragen für Wanderungen und die dazugehörigen Telefonnummern auf Zetteln, als ich die Jungs zurück zum Hänger bringe. Wenn ich mir ausrechne, was wir bei zwei Wanderungen pro Tag in einer Woche einnehmen könnten, wird mir schwindelig. Natürlich ist das nur saisonal möglich, ähnlich wie bei Connor und dem Whale Watching, trotzdem überzieht mich eine Gänsehaut.

Die verflüchtigt sich allerdings rasch, als mir wieder einfällt, dass ich neben meinem Job im Schloss nicht auch noch Alpakawanderungen durchführen kann. Zum einen fehlt mir die Zeit, zum anderen würde mir Lachlan wahrscheinlich eigenhändig die Kündigung schreiben. Dann könnte ich zwar die Wanderungen machen, wäre aber weder krankenversichert noch hätte ich ein Einkommen in der Nebensaison.

»Rory! Endlich habe ich dich gefunden. Ich konnte den Stand nicht entdecken und hatte gehofft, wir laufen uns irgendwo über den Weg.« Lioba schiebt sich an zwei Pipern vorbei. Der ihr folgende Mann wartet indes, bis ihn die mit den schweren Dudelsäcken behangenen Musikern vorbeilassen.

»Ist Melina auch hier?«

»Sie ist bei Edith Campbell. Der graue Pavillon dort vorn.« Ihr Blick folgt der Richtung, die ich ihr anzeige.

»Ich sehe ihn.«

»Geht es der Fähe gut?«

»Bestens. Noch zwei oder drei Wochen, dann kann sie wieder ausgewildert werden. Ich rufe dich dann an. Darf ich dir Jacob Scroner vorstellen?«

»Freut mich, Rory Fyfe.«

Wir schütteln einander die Hände. Jacob ist etwas kleiner und schmächtiger als ich, hat schütteres Haar und wirkt mit seiner Nickelbrille und dem Tweed Jackett, dessen Ellenbogen mit Leder verstärkt sind, wie ein Professor einer Fakultät.

Zayn zieht am Strick. Alle drei geben reichlich genervte Laute von sich. »Entschuldigt, aber die müssen auf den Hänger. Seit heute Morgen hatten sie Trubel um sich herum.«

»Natürlich. Können wir mitkommen?«

Gemeinsam gehen wir zum Parkplatz, wo ich die Jungs eilig in den Transporthänger verfrachte. Sie sinken in das darin ausgebreitete Stroh und zupfen summend Heu aus der Raufe.

»Es ist wahrlich verblüffend, aber man spürt die beruhigende Ausstrahlung dieser Tiere sofort«, meint Jacob und schüttelt ungläubig den Kopf.

»Melina, die Besitzerin, nennt es die Alpakamagie.«

Lioba nickt zustimmend. »Definitiv, magisch. Jacob arbeitet übrigens für das schottische Fremdenverkehrsamt.«

»Wir planen auf den touristisch erschlossenen Hebrideninseln spezielle Guides, sogenannte Ghillies, einzustellen. Dafür suchen wir Leute, die sich mit der Natur, also Flora und Fauna, bestens auskennen. Lioba meinte, du könntest uns bestimmt weiterhelfen.«

»Ich arbeite als Wildhüter, könnte hinkommen.«

Jacobs Augen weiten sich und wirken durch die Gläser seiner Brille plötzlich riesig.

»Hmm, wenn du kurz Zeit hast, erläutere ich dir, worum es bei dem Job genau geht.«

Eine Stunde später habe ich neben all den Anfragezetteln noch eine Serviette mit einer Telefonnummer im Sporran stecken und schiebe mich durch die weiterhin zahlreichen Besucher des Gatherings. Keine Ahnung, was ich von dem Gespräch halten soll. Am besten, ich rede mir Melina darüber ...

Am Stand hat sich das Angebot massiv gelichtet. Nur noch wenige Wollknäuel liegen auf einem Tisch am Eingang des Pavillons, den Edith mit Argusaugen observiert, während Fionn auf einem Klappstuhl in der hinteren Ecke ein Nickerchen macht.

»Entschuldige, ich habe Lioba getroffen und bin mit ihr essen gewesen.«

Melina scheint nicht sauer zu sein, sondern küsst mich zärtlich auf die langsam stoppelig werdende Wange.

»Rosalind und Noreen waren bis eben hier. Wir haben gequatscht, und plötzlich war kaum noch Wolle da.«

»Ist das wirklich der letzte Rest? Sogar der Dünger ist weg.«

Sie strahlt und wirkt überglücklich. »Es ist unfassbar. Sobald ich Mrs Warden von den Vorzügen berichtet hatte, rissen ihn mir die Chorfrauen buchstäblich aus den Händen.«

»Ich konnte mir gerade noch ein Beutelchen sichern«, wirft Edith ein. »Wie die Hyänen.«

»Und ich habe ...«

»Sieh mal einer an, wen haben wir denn da?« Patrick O'Reilly bugsiert sich durch die vor dem Pavillon stehenden Festbesucher. »Ich dachte, du bereitest alles für die Jagd kommende Woche vor? Stattdessen treibst du dich hier herum. Wolle? Sag bloß ...«

»Was willst du?« Dass mein Ton wenig Freundlichkeit enthalten hat, scheint nicht nur Melina bemerkt zu haben, sondern auch Patrick. Sein schiefes Grinsen deutet jedoch darauf hin, dass er der Konfrontation nicht aus dem Weg gehen will. Starrsinnige Iren.

»Wusste gar nicht, dass Alpakas neuerdings auf deiner Abschussliste stehen.«

»Die nicht, dafür aber nervige Greenkeeper.«

»Sorg du lieber dafür, dass mir diese Mistviecher nicht noch einmal das Green zertrampeln.«

»Pass auf, was du sagst!«, erwidere ich barsch, da mir sein Verbaldurchfall nur zu gut bekannt ist. Wenn er richtig in Fahrt ist, kommt sein irisches Temperament durch und dann hilft nur noch, seinen Mund mit Seife auszuwaschen.

»Das halte ich für ein mieses Gerücht. Die Alpakas sind Schwielensohler, sie können Rasen oder Grünfläche in keiner Weise schädigen. Im Gegenteil, sie grasen gleichmäßig, und zudem ist ihr Dung ein hervorragender Dünger. Da ihre Mägen alles verwerten, werden keine Pflanzensamen weitergetragen.«

Einen kurzen Moment stutzt Patrick, dann wirft er den Kopf in den Nacken und lacht schallend. Genau einmal. »Schätzchen, die Viecher könnten Goldmünzen scheißen, es wäre mir egal. Sie haben nichts auf dem Golfplatz verloren, und solange die Hinterlassenschaften nicht die Arbeit dieses sogenannten Wildhüters übernehmen, der das verfickte Wild vom Äsen auf dem Green abhalten soll, hat er seinen verdammten Pflichten nachzukommen.«

»Es reicht! Runter vom Stand!« Ich baue mich vor Patrick auf.

»Aber das tut er doch.« Melina schiebt mich sanft zur Seite. Na ja, sie versucht es zumindest.

»Seinen Pflichten nachkommen? Das ich nicht lache«, schnarrt Patrick und funkelt mich wütend an.

»Wer redet denn von Rory. Ich rede vom Dünger! Äsendes Wild verabscheut den Geruch des Alpakadungs. Untergearbeitet hält er Dam- und Rotwild erfolgreich fern.«

Zum ersten Mal, seit ich ihn kenne, ist Patrick sprachlos. Nicht nur das, ihm fällt sogar die Kinnlade herunter.

»Echt jetzt?«, hake ich verblüfft nach.

Melina bestätigt es mit einem Nicken.

»Die Kleine verarscht mich.«

»Jetzt hör mir mal genau zu.« Melina schiebt sich an mir vorbei und baut sich vor Patrick auf.

Beide stehen seitlich zu mir, und so, wie sie ihn anfunkelt, muss ich hier entweder gleich den Ringrichter spielen oder sitze in der ersten Reihe eines der besten Matches, die es jemals auf Skye zu sehen gab.

»Als ob du auch nur einen blassen Schimmer hättest, wovon du überhaupt sprichst«, giftet Patrick.

»In jedem Fall mehr als du. Schließlich züchte ich die Tiere nicht, weil sie süß aussehen.«

»Wunderdung, was? Wer's glaubt. Ich beschäftige mich seit Jahren mit Düngern, wenn es stimmt, was du behauptest, hätte ich bereits davon gehört.«

»Dann probieren Sie es doch einfach mal aus.«

Ediths unerwartet erklingende Stimme lässt mich den Kopf herumreißen. Verdammt, die beiden waren noch mitten in der Aufwärmphase. Sie grätscht von der Seite rein und drückt Patrick einen kleinen Beutel in die Hand, den er missmutig beäugt.

»Zweihundert Gramm? Das ist doch ein Witz! Was sollen die paar Krümel groß ausrichten?«, blafft er, und ich ahne, dass er Melina die Tüte gleich vor die Füße feuern wird.

»Eine ganze Menge, wenn man ihn mit Wasser aufgießt und dann versprüht.« Setzt Melina zum nächsten Schlag an. »Die aufgeweichten Bestandteile kann man ins Erdreich einbringen und dem Wunder der Natur zusehen. Schließlich schworen bereits die Inkas drauf.«

Patrick verengt die Lider zu schmalen Schlitzen. Das Knirschen seiner Zähne wirkt überlaut, und mir fällt erst jetzt auf, dass sich um uns ein Kreis Schaulustiger gebildet hat. Jeder der Umstehenden scheint darauf zu warten, wie es zwischen den beiden weitergeht, doch nur einer hat seinen Blick in mich hineingebohrt. Lachlan.

Der Tartan der MacDugans ist unübersehbar. Er ist gekleidet, als würde er einem Festakt beiwohnen, sogar einen Kummerbund hat er zu seinem Kilt angelegt. Seine Miene wirkt ausdruckslos, während er sein Augenmerk auf Melina lenkt, ihren Sash und dann auf meinen Kilt. Die Farben von Clan Craig. Eins und eins ergeben nun mal zwei. Er ist mein Freund, er wird es verstehen. Hoffe ich.

In diesem Moment sieht es jedoch nicht danach aus, denn er tut etwas, womit ich nicht gerechnet habe. Er wendet sich ab und verschwindet in der Menge.

Ein ereignisreicher Tag geht ungemütlich zu Ende. Der böige Wind schiebt gut gefüllte Regenwolken am Nachthimmel über Loch Leathan entlang. Beinahe alle Alpakas stehen im Stall und blicken missmutig auf die Weide. Nur Harry trotzt Kälte und Nässe, um seelenruhig ein wenig vom frischen Gras zu snacken. Melina sitzt im Büro und lädt die neusten Fotos hoch, während ich Lester dabei beobachte, wie er durch den Garten stromert. Ein altes Handtuch liegt bereit, um ihn ordentlich abzurubbeln, bevor ich ihn wieder ins Haus lassen kann.

Mir gehen die Ereignisse des Tages durch den Kopf. Das Gespräch mit Greevy und auch das mit Lioba und Jacob. Die ganzen Anfragen und dieses eine Angebot, bei der mich ein Schauer überläuft, der mich aus der Haut fahren lassen könnte, weil er so intensiv ist.

Lester macht es sich auf seiner Decke in der Küche gemütlich. Ich rufe nach Melina, werfe frische Nudeln, die ich bei Giovanni MacLeod am Stand besorgt habe, in das mittlerweile kochende Wasser und öffne ein Glas seiner hausgemachten Sugo. Dazu Parmesan, und wir trinken Rotwein. Wer braucht schon ein Fünf-Gänge-Menü mit Hummer, wenn es die einfachen Dinge sind, die das Leben so unendlich reizvoll gestalten?

»Trinny schrieb mich eben an. Sie findet Blue auf den Bildern, die ich ihr geschickt habe, total niedlich.« Melina legt ihr Tablet auf den Küchentisch und schlingt ihre Arme von hinten um meinen Bauch.

»Allein für ihn wurde dieses Wort erfunden.«

Sie lacht leise und presst ihr Gesicht gegen meinen Rücken. Ich kann spüren, wie sie einatmet.

»Setz dich schon mal, ich mache das schnell fertig.« Sie löst sich von mir, doch bevor sie zum Tisch geht, kneift sie mir dreist in den Po.

»Hey! So was nennt man sexuelle Belästigung«, protestiere ich.

Melina wackelt mit den Augenbrauen und gibt ein Knurren von sich, bei dem Lester den Kopf hebt und sie schief anguckt.

»Baby, du siehst so heiß aus in deinem Röckchen.«

Ich sehe an mir hinunter. Das Hemd habe ich gegen meinen alten Sweater getauscht, nur den Kilt habe ich anbehalten. Ihr Kichern erfüllt den Raum. Sie beißt sich auf die Unterlippe und schenkt mir einen verführerischen Augenaufschlag. Irgendwie wird mir heiß. Ihr anscheinend auch, denn sie fächelt sich mit den Händen Luft zu, vor allem, als ich den Tartan nach oben ziehe und ihr mein nacktes Knie präsentiere.

»Rory!«, haucht sie und seufzt theatralisch.

Lester gibt ein ungläubig klingendes Murren von sich, schmatzt und legt den Kopf wieder auf den Pfoten ab. Beide sehen wir zu ihm, dann kreuzen sich unsere Blicke, und wir prusten vor Lachen.

»Wird Zeit, dass du was zu essen bekommst. Dir ist sicher schon ganz flau.«

Melina nickt und gießt uns Wein ein. »Und wie. Mein Magen hängt irgendwo in Knöchelhöhe.«

Damit sie mir nicht verhungert, gieße ich rasch das Wasser ab, rühre die Soße ein und verteile alles auf Teller, die ich auf den in schummriges Kerzenlicht getauchten Tisch stelle. Ein perfektes Dinner.

Wir plaudern, lassen den Tag Revue passieren und albern herum, sodass die Zeit wie im Flug vergeht. Plötzlich wird Melina jedoch ernst und mustert mich eingehend.

»Ich bin dir übrigens dankbar.«

Überrascht lasse ich das Besteck auf meinen mittlerweile leeren Teller sinken. Sie schenkt mir ein zärtliches Lächeln. »Wofür?«

»Das Klarmachen der Wanderung. Ich habe es schon viel zu lange vor mir hergeschoben. Ständig abgewogen und … Irgendwie fühle ich mich erleichtert.«

»Für die Urlaubssaison wäre es ein guter Nebenverdienst. Ab Herbst kommen dann die Jagdgesellschaften ….«

Ihr Besteck scheppert auf dem Porzellan. »Das ist nicht dein Ernst, oder? Du willst dich weiter an diesem archaischen Gemetzel beteiligen? Dann hatte diese Hohlbirne vorhin auf dem Markt also recht? Du bereitest eine Jagd vor?«

»Melina, bitte. Das ist mein Job. Alle Fyfes waren Wildhüter.«

Mein energischer Tonfall lässt sie aufspringen. Die lockere Stimmung ist mit einem Schlag wie verpufft, und eine bleierne Schwere breitet sich im Raum aus.

An die Spüle gelehnt bleibt sie stehen. Sofort tut es mir leid. Das gehört nicht hierher, weder an den Tisch noch in dieses Haus. Nichts liegt mir ferner, als meine Zuflucht damit zu besudeln. Zudem hätte ich sie nicht so anfahren dürfen. Trotzdem. »Ich bin, was ich bin. Versteh das doch bitte!«

»Ich habe dir schon mal gesagt, dass du viel mehr bist als das.« Sie löst sich von ihrem Fluchtpunkt und kommt langsam auf mich zu. Ihre Finger gleiten über meine Hand. Wärme geht von ihnen aus, die die Kälte in mir vertreibt. »Du könntest alles sein, was du willst. Hast du solche Angst davor, dich zu verlieren?«

Verdammt, das habe ich. Was wäre, wenn mein Kartenhaus in sich zusammenbricht? Alles wäre dahin. Auch die Beziehung zu ihr. Fassungslos starre ich zu ihr auf, spüre, wie ihre Fingerspitzen sanft über meine Wange streichen, und schließe die Augen. Ich kann ihrem durchdringenden Regenbogenblick nicht länger standhalten. Stattdessen schlinge ich meine Arme um ihre Mitte, presse mein Gesicht gegen ihren Bauch und atme ihren Duft tief ein.

Melina spielt mit meinem Haar, krault mich liebevoll.

»Ich habe Angst, dich zu verlieren.« Das Geständnis laut auszusprechen presst mir die Luft aus den Lungen. Hastig versuche ich, Sauerstoff aufzunehmen, während Panik durch meine Adern schießt.

Melina löst sich von mir. Sie nimmt mein Gesicht in beide Hände und beugt sich hinunter, bis sie meinen Lippen ganz nahe ist. Alles in mir verstummt. »Du verlierst mich nur, wenn du weiterhin im Gestern verweilst. Die Zukunft beginnt heute.«

Ihre Worte ergeben im ersten Moment keinen Sinn, doch dann verstehe ich, was sie damit meint. Nur, wie soll ich es anstellen?

Sie spitzt die Lippen, küsst mich und wendet sich den Kerzen zu, um sie auszupusten. Wie ferngesteuert lasse ich mich von ihr vom Stuhl ziehen und folge ihr ins Schlafzimmer. Vor dem großen Doppelbett bleiben wir stehen. Ohne Hast zieht sie mir den Sweater über den Kopf.

Ich öffne die Ösen des Kilts und lasse zu, dass sie ihn mir von den Hüften streift, bis er einen schweren Haufen um meine Füße herum bildet. Mein Unterhemd fliegt quer durch den Raum.

Die Ambitionen, ihr die Knöpfe der Bluse zu öffnen, scheitern kläglich. Diese Dinger sind einfach zu winzig. Sie schiebt meine Hände zur Seite, erledigt meine Aufgabe schnell selbst und entlässt zudem ihre lange Mähne aus dem strengen Zopf.

Weich fallen die Strähnen über ihre nackten Schultern. Ich fange eine von ihnen ein, wickele sie um meinen Zeigefinger. Im sanften Schein der Nachttischlampe schimmert sie wie flüssiges Gold. Auf ihrer Haut tanzen Schatten, die mich hypnotisieren und mein Herz wilde Trommelwirbel vollführen lassen.

Melina drückt mich zum Rand des Bettes. Sobald ich das warme Holz an meinen Waden spüre, setze ich mich und ziehe sie näher heran, bis sie zwischen meinen gespreizten Schenkeln steht.

Mit ihren weichen Händen rahmt sie mein Gesicht ein, blickt mir tief in die Augen. Meine Welt wird leise, lediglich ihre hastigen Atemzüge rauschen in meinen Ohren wie der Wind, wenn er über die heidebewachsenen Hügel weht.

Gebannt beobachte ich ihre Zungenspitze, wie sie über die volle Unterlippe gleitet und einen feuchten Schimmer darauf hinterlässt. Mein Mund öffnet sich von allein, meine Lippen beginnen zu prickeln. Ich muss sie küssen. Jetzt! Unbedingt!

Fest presse ich meine Lippen auf ihre. Zu Beginn weich und nachgiebig wird auch Melina rasch fordernd. Ihre Finger graben sich in mein Haar. Sie drückt mich nach hinten, bis ich auf dem Rücken liege. Ihr langes Haar umrahmt unsere Gesichter. Es sieht aus, aus würden Blöcke von Sonnenlicht zwischen den Wolken hervorbrechen.

Das Funkeln in ihren Regenbogenaugen wird dunkler, und ich verliere mich in den unendlichen Tiefen, während ich verzweifelt versuche, mich an ihrem Körper festzuhalten. Melina haucht Küsse auf mein Gesicht entlang der Kieferlinie bis zu einem Punkt unterhalb meines Ohrs, bei dessen Berührung mein Hirn auf Autopilot schaltet.

# 21.
# *Melina*

»Verdammt, wo ist sie hin?«, murre ich und krame weiter nach der letzten verblieben Metalltasse mit dem Logo des Golf- und Jagdhotels. Wird Zeit, sie auszumisten. Wenn überhaupt, werde ich mit ihnen noch das Futter mischen oder Kräuter darin anpflanzen. Irgendwie habe ich Lust dazu, alles, was mit diesem Hotel zu tun hat, aus diesem Haus und somit auch aus meinem Leben zu verbannen. Alles außer Rory.

»Suchst du was?« Rory kommt in die Küche, legt einen Arm um meine Hüfte und hebt mich von der Anrichte herunter.

»Da waren vier von den Hoteltassen. Drei habe ich gefunden.«

»Eine steht draußen rum.« Mir fällt wieder ein, dass ich sie vorhin in Gebrauch hatte und wohl im Stall vergessen habe.

»Danke. Willst du los?«

Rory schlingt beide Arme um mich und lehnt seine Stirn an meiner an. »Keine Ahnung, warum ich so dämlich war und ...« Er richtet sich auf und atmet tief durch. »Ich weiß nicht, wie ich die Sache angehen soll. Ich meine, ich kann die zwei Mädels ja nicht einfach vom Hänger holen und mit den Hemsworths loswandern.«

Seine Nervosität ist für mich beinahe greifbar. Zwischen seinen Augenbrauen werfen sich hohe Berge voller Zweifel auf, und in seinen Augen erkenne ich die Angst, es zu vermasseln.

»Erzähle ihnen einfach von deiner Heimat, von der Heide, den Felsen, der Geschichte. Gib ihnen Stille, wenn sie einen Moment zum Durchatmen benötigen. Lass sie die Aussicht genießen. Ich kenne niemanden, dem ich es mehr zutraue, die Brücke von der wahren Isle of Skye zu den Touristen schlagen zu können.«

»Wirklich?« Seine Stimme ähnelt einem ungläubigen Krächzen.

»Wirklich.« Ich gehe auf die Zehenspitzen, hauche ihm einen Kuss auf die Lippen und lehne mich bei ihm an. »Du schaffst das. Dort draußen bist du in deinem Element.«

Ein leises Lachen dröhnt in seiner Brust. »Solange du an mich glaubst, ist alles in bester Ordnung.«

»Sehr schön. Janis ist brav auf den Hänger gegangen?«

»Hat sich etwas geziert, aber sobald Whitney drin stand, gab es von ihr keine Gegenwehr mehr.«

»Fängt doch gut an. Dein Rucksack steht dort. Tee ist in der Thermoskanne, Käse und Brot in der Box. Einen Apfel und ein Cookie habe ich dir ...« Weiter komme ich nicht, denn Rory nimmt mein Gesicht in beide Hände und presst seine Lippen auf meine. Ich lasse ihn ein, und seine Zunge gleitet über meine, umschlingt sie, bis ich mit einem Stöhnen gegen ihn schmelze. Die Finger vergräbt er in meinem Haar und hält mich mit der anderen Hand fest an seinen stählernen Körper gepresst.

Nur langsam lässt er von mir. Schwer atmend sehen wir einander in die Augen. In seinen kann ich einen leicht glasigen Glanz schimmern sehen. Er leckt seine Lippen und beugt sich nach vorn, bis sein Mund neben meinem Ohr ist.

»Was hältst du davon? Ich lade die Mädels wieder ab, und wir versetzen die Hemsworths einfach?« Das raue Kratzen seiner Stimme weckt meine Lust auf mehr, doch mein Gewissen wird laut.

»Vergiss es! Die Belohnung musst du dir erst verdienen. Los! Auf! Und vergiss auf dem Rückweg nicht, an der Tankstelle zu halten.«

Die Erwähnung des einzigen in der Nebensaison sonntags geöffneten Geschäfts lässt ihn aufhorchen. Ein spitzbübisches Grinsen breitet sich auf seinem Gesicht aus.

»Stimmt, da war ja noch was.« Rory lacht gackernd, tätschelt meinen Po und fängt sich einen Knuff von mir ein. Er schnappt sich den Rucksack und bricht, nachdem er Lester zwischen den Ohren gekrault hat, zu seiner ersten Wanderung mit den Alpakas auf.

Lester sieht verwundert zu mir.

»Komm her, mein Süßer.«

Er rafft sich auf und tappst schwanzwedelnd auf mich zu. Wir schmusen ein wenig, bis mich das Klingeln eines Handys aufhorchen lässt. Es ist nicht meines, also hat wohl Rory seines liegen lassen. Ich werde ihm das Ding am besten irgendwo an der Kleidung festnähen, damit das ein Ende hat.

Auf dem Kühlschrank werde ich fündig und verziehe das Gesicht, sobald ich den Namen im Display erkenne. Lachlan. Toll, auf den habe ich echt keine Lust. Wobei, vielleicht ist es etwas Wichtiges? Ein kalter Schauder läuft mir über den Rücken. Ruft er etwa wegen der Jagd an?

»Hey, ähm, Rory ist nicht da. Er hat sein Handy vergessen.« Ob ich den Kerl nun mag oder nicht, er ist Rorys Freund, und es ist nur fair, ihn zu informieren.

»Ms Brunner …«

Allein die süffisante Art, wie er meinen Namen sagt, lässt mich würgen.

»Ich nehme an, Sie wissen, wo ich ihn finden kann?«

»Er macht eine Wanderung hinauf zum Old Man of Storr.« Mehr als genug Information für diesen aufgeblasenen Wichtigtuer. Es ist Sonntag, Rory hat frei.

»Ohne Ihre zauberhafte Begleitung?«

Mir schrauben sich beinahe die Augen aus den Höhlen, so sehr verdrehe ich sie.

»Ach was. Mit Whitney und Janis wird ihm nicht langweilig.« Am anderen Ende wird es still. »Soll ich ihm was ausrichten?«

»Erinnern Sie ihn an die Jagd am Dienstag.«

Eisige Kälte kommt durch das Handy gekrochen. Ich umfasse es fester, damit es mir nicht aus der Hand gleitet.

»Bisher liegen mir noch keinerlei Information vor, wie viel Damwild geschossen werden kann. Unsere Gäste erwarten ein Höchstmaß an Vorbereitung.«

»War's das?«, erwidere ich schroff und hoffe, dass er den Wink mit dem Zaunpfahl wahrgenommen hat. Meine Pulsfrequenz steigt rapide an.

»Ich erwarte ihn morgen um zwölf Uhr in meinem Büro. Pünktlich.«

Er legt auf, was ich im ersten Moment irritierend finde, wo er doch zu Beginn des Gesprächs so herumgeschleimt hat. Energischer als beabsichtigt lege ich das Handy auf die Anrichte und werfe ihm die bösen Blicke zu, die ich eigentlich auf Lachlan abfeuern möchte. Und der will Rorys Freund sein? Merkt er nicht, wie sehr ihn diese ganze Jagerei belastet, wie sehr es ihn quält und aufreibt? Stattdessen zerrt er ihn in diese Verpflichtung und schiebt sogar seine Freundschaft vor, um ihn unter Druck zu setzen. Wie mies muss man eigentlich sein?

Grollend setze ich mich an den Computer und checke meine Social-Media-Accounts und die Webseite. Unter dem Hashtag #DundeeatPortree sind zig Bilder von Kuchenstücken geführt, dazu noch viele weitere mit #AlpakaSkye. Zyan, Liam und Harry grinsen mir entgegen und, wenn ich nach den Kommentaren gehe, war der gestrige Tag ein voller Erfolg.

Ich weiß, ich muss das Thema erst noch eingehender mit Rory besprechen, doch es schadet sicherlich nicht, wenn ich schon mal einen Anfrage-Button erstelle und mit einem E-Mail-Link versehe. Zudem checke ich die Preislisten von Trinny zu möglichen Wandervarianten und lade weitere Bilder hoch. Direkt auf die Startseite kommt ein wunderschönes von Blue, auf dem er eine wilde Heufrisur zur Schau trägt.

Es ist kurz vor zwei Uhr, als erneut Rorys Handy klingelt. Ich kritzle noch schnell die Nummer der Dawsons, von denen ich über Doc Hanson das sogenannte *Premium Sperma* ihres Crafters für Celine gekauft habe, auf eine Serviette, die auf Rorys Sporran lag. Tausend Pfund Deckprämie, denen werde ich was erzählen.

Der Anrufer, ein gewisser Patrick O'Reilly, ist hartnäckig. Sobald ich die Reibeisenstimme mit dem breiten irischen Akzent höre, wird mir klar, um wen es sich handelt. Der verrückte Greenkeeper, der der Meinung war, sich mit mir anlegen zu wollen.

»Hey, Melina hier. Rory ist nicht da.«

»Egal, wollte dich sprechen. Hab nur deine Nummer nicht. Ich brauch mehr von dem Zeug.«

»Dünger?«, hake ich irritiert nach.

»Was denn sonst? Sehe ich aus, als wäre ich eine verkappte Strickliesel?«

Wonach er in meinen Augen aussieht, behalte ich wohl besser für mich, denn er mag es bestimmt nicht, wenn man ihn mit einer Kreuzung aus Ziege und Galloway Rind vergleicht.

»Ich habe noch etwa zwei Kilogramm.«

»Nehme ich. Wie viel?«

»Alles?«

»Verdammt! Hör zu Mädel, das Zeug ist eine Wunderwaffe.«

Als ich ihm den Preis sage, geht er sofort darauf ein und will direkt vorbeikommen, um den Dung abzuholen. Völlig geplättet lege ich auf.

Patrick, der sich für sein Verhalten am Vortag sogar entschuldigt hat, fährt gerade vom Hof, als Rory den Rover einparkt. Ich öffne das Gatter, durch das er nur wenig später zwei glücklich summende Alpakastuten in ihren wohlverdienten Feierabend entlässt. Freudestrahlend schnappt er mich und wirbelt mich durch die Luft, während Lester um uns herumhüpft.

»Mo bhogha-froise! Es war unglaublich!« Sein Ruf hallt von den Gebäuden wider. »Wir waren oben, knapp unterhalb der Felsen, als die Sonne herauskam, und da stand er.«

»Der alte Mann?«, feixe ich, doch an seinem Blick erkenne ich, dass etwas weitaus Bewegenderes geschehen sein musste.

»Der Achtender mit Krone.«

Japsend schlage ich die Hände vor den Mund, da ich mich noch sehr gut daran erinnern kann, wie majestätisch er war und wie beeindruckend ich es fand, ihn zu sehen.

»Mabel ist beinahe in Ohnmacht gefallen. Ich schwöre dir, sie und Charles hatten Tränen in den Augen.«

Rory steckt halb in der Spülmaschine, um Salz nachzufüllen. Sein Mund steht trotzdem nicht still. Er ist noch immer völlig aus dem Häuschen. »Fünfzig Pfund Trinkgeld? Kannst du dir das vorstellen? Wie spät ist es?«

»Das ist wirklich eine Menge. Kurz vor elf.«

»Mist. Schon so spät?«

»Musst du so früh raus?«

Er verzieht das Gesicht, was mir mehr sagt als tausend Worte.

»Die beiden sahen so aus, als wüssten sie einen guten Service zu schätzen, du musst sie wohl schwer beeindruckt haben.«

Rory blickt über seine Schulter zu mir, während er einen der benutzten Teller kurz unter fließendem Wasser abspült. »Meinst du?«

»Ganz bestimmt.«

»Hm, vielleicht hast du recht.« Er grinst versonnen vor sich hin. »Sie fuhren einen Porsche SUV mit Londoner Kennzeichen, trotzdem sind derlei Kreise nicht dafür bekannt, spendabel zu sein. Normalerweise sind die Amerikaner diejenigen mit den größten Tipps.«

»Die kommen hierher, um zu wandern?«, hake ich verblüfft nach. Im gleichen Moment überkommt mich eine Vorahnung der eher unangenehmen Sorte, und mein Magen verwandelt sich in einen Eisklumpen.

»Nay, wegen der hohen Abschusszahlen für Dam- und Rotwild. Letzten Herbst habe ich zwei Typen aus Denver auf der Jagd begleitet. Zweihundert Pfund haben sie mir danach in die Hand gedrückt.«

Als er merkt, dass ich nicht näher auf das Thema eingehe, sieht er auf, wendet den Blick aber sofort auf den schmutzigen Topf in seiner Hand und räuspert sich.

»Entschuldige.«

»Es ist dein Job«, sage ich tonlos.

»Ist es.«

Vor meinen Augen schrumpft er. All sein Stolz schwindet und verblasst.

»Ich tue das wirklich nicht gern.«

»Ich weiß.« Nun bin ich es, die sich räuspern und gegen den aufquellenden Kloß in der Kehle ankämpfen muss. »Ähm, hab ich ganz vergessen, dein Handy hat vorhin geklingelt. Ich bin rangegangen. Hoffe, das war okay.«

Überrascht sieht er auf. »Klar. Wer war es denn?«

»Patrick, wegen des Düngers, und zuvor Lachlan.«

Er stockt in der Bewegung. »Was wollte er?«

Am liebsten würde ich mir auf die Zunge beißen. »Du sollst morgen um zwölf in seinem Büro sein, und er maulte rum wegen der Jagd am Dienstag.« Rory stößt einen derben Fluch aus. »Ich finde es nicht okay, dass er …«

»Melina, er war gestern auf dem Fest.«

Verwundert mustere ich ihn, habe allerdings keine Ahnung, worauf er hinauswill.

»Er kam aber nicht zu mir, sondern hat sich umgedreht und ist gegangen.«

»Oh! Könnte er sauer sein? Wegen dir und mir?«

Seufzend lässt er sich auf dem Stuhl mir gegenüber nieder.

»Gut möglich. Für ihn geht Loyalität über alles, und in seinen Augen habe ich unseren Freundschaftskodex verletzt. Zudem trug ich den Tartan des Craig Clans. Er wird seine Schlüsse daraus ziehen.«

»Du meinst, er könnte auf die Idee kommen, dich zu feuern?«

Meine Gefühle in dieser Sache sind ziemlich gemischt. Einerseits will ich nicht, dass er rausgeworfen wird, andererseits würde Lachlan ihm vielleicht sogar insgeheim einen Gefallen tun, damit er diese Familienverpflichtung endlich abstreifen kann.

»Wie auch immer, ich werde es morgen herausfinden.« Rory wirkt zerknirscht, während er durch die Stoppel an seinem Kinn streicht. »Lass uns über was anderes sprechen.«

»Gute Idee. Was ist mit weiteren Wanderungen?«

Rory lacht leise und schüttelt den Kopf. »Kamen etwa noch mehr Anfragen?«

»Zwanzig. Allein gestern, während wir auf dem Gathering waren. Mit den fünfzehn, die du am Gehege entgegengenommen hast, sind es nun insgesamt fünfunddreißig.«

»Unfassbar.«

»Juni, Juli und August. Könntest du es nicht mit deiner Arbeit kombinieren? Ich meine …«

»Mel, nicht in allen Brutgebieten liegen ausgewiesene Wanderwege. Mal ganz davon abgesehen, dass ich nicht erst am späten Vormittag losgehen könnte. Außerdem …« Er gerät ins Stocken und schließt die Augen. Tief durchatmend massiert er seine Nasenwurzel und scheint mit sich zu hadern, ob er den Satz beenden soll. In meinem Kopf hallen

Worte wider, die er hier an diesem Tisch vor einigen Wochen zu mir gesagt hat.

»Du hast dein Gewehr dabei und benutzt es auch?«

»So ist es.« Kraftlos fallen die Hände in seinen Schoß. »Wenn ich könnte, würde ich ...«

»Du kannst, Rory. Du kannst, und du willst es«, dringe ich in ihn, wobei ich mich nach vorn über den Tisch lehne und ihm eine Hand entgegenstrecke. »Darling, der Bestandsschutz ist eine Sache, dafür hätte ich Verständnis. Diese Jagerei unter dem Deckmantel des Sports ist aber eine ganz andere Hausnummer. Ich werde nicht danebenstehen und zusehen, wie es dich kaputt macht. Das Erlegen von Tieren wird immer dein wunder Punkt sein, den ich weder zu heilen noch zu akzeptieren vermag. Nicht, wenn du darunter leidest.«

Für einige Augenblicke senkt sich bleiernes Schweigen über den Tisch. Rorys Blick bohrt sich in mich hinein, doch ich kann seine ausdruckslose Miene nicht entschlüsseln. In meinem Kopf laufen die Gedanken Amok. Ich sollte ihm sagen, dass ich ihm Rückhalt gebe. Er keinesfalls ins Bodenlose fallen würde. Dass ich ihn trotzdem will und mein Herz für ihn schlägt, egal was in seiner Jobbeschreibung steht oder nicht.

Langsam beugt er sich nach vorn, schiebt seine Hand in meine. Auf seinem Gesicht spielt sich ein wahrer Kampf der Emotionen ab. Seine Stirn legt sich in Falten, er presst die Lider zusammen, verzieht den Mund. Es quält mich, ihm dabei zuzusehen, denn gleichzeitig mache ich mir schreckliche Vorwürfe.

»Würdest du die Wanderungen überhaupt ausbauen wollen? Ich meine, was ist mit den Tieren?« Ein widerspenstiges Kratzen überzieht seine Worte und jagt mir eine Gänsehaut über den Körper.

»Die fühlen sich wohl, solange man ihnen nicht zu sehr auf den Pelz rückt. Außerdem hatte ich sowieso vor, ein paar weitere Stuten zu kaufen.«

Er blickt an mir vorbei zu Lester, der brav in seiner Ecke liegt und vor sich hin döst.

»Mein Weg war von klein auf vorherbestimmt. Wenn ich davon abweiche, laufe ich Gefahr, das Wenige, was ich besitze, zu verlieren.«

»Nichts im Leben ist frei von Risiko. Die Entscheidung musst du treffen. Für uns.«

Ein Schaben wird laut, als er seinen Stuhl zurückschiebt und langsam aufsteht. Sein Gesicht wirkt grimmig verzogen.

»Ich bin kurz im Bad.«

»Rory ...«

Er verlässt die Küche, und ich ahne, dass ich zu weit gegangen bin. Ich hätte ihm niemals so die Pistole auf die Brust setzen dürfen. Nicht ohne ihm feste Zusicherungen zu machen. Als er zurückkehrt, bewahrheiten sich meine schlimmsten Befürchtungen. Rory hat die Klamotten, die hier von ihm herumlagen, in einem losen Bündel unter dem Arm klemmen und schnappt sich sein Handy von der Anrichte.

Ich stelle mich ihm in den Weg.

»Ich muss um halb fünf aufstehen. Schlaf gut.« Seine Stimme klingt brüchig. Der Kuss, den er auf meinen Mundwinkel setzt, ist kurz und kaum spürbar. Wie ein schwindender Hauch.

»Darling ...« Ich halte ihn am Arm fest und lege ihm eine Hand an die Wange.

Seine Kiefermuskulatur zuckt, und er schließt für wenige Herzschläge die Augen. »Gute Nacht.« Ein Schnalzen später verlässt er, gefolgt von Lester, die Küche, und ich sinke auf den Stuhl zurück.

Was um alles in der Welt habe ich da nur angerichtet?

# 22.
# *Rory*

Auch wenn ich gern geblieben wäre, Melina erneut so früh aus dem Bett zu werfen hätte ich nicht übers Herz gebracht. Natürlich nagten ihre Worte nicht nur vergangene Nacht an mir, sondern auch, während ich die Gang im Morgengrauen gefüttert habe. *Deine Entscheidung. Für uns.* Das hat sie gesagt. Für das Heute und das Morgen. Es wird Zeit, mich den Dingen zu stellen und meinen eigenen Weg einzuschlagen, mit ihr an meiner Seite.

Die Sonne schaut zu einem Drittel über dem Horizont. Vor mir liegt die glatte Oberfläche von Loch Leathan. Kein Lüftchen kräuselt das Wasser, sodass sich darin die hellrosa glühenden Wolken spiegeln. Melina würde es in einem Foto festhalten.

Nebel steigt aus dem feuchten Gras. Eine Eule schwebt über mich hinweg, bevor sie herabstößt und mit einer Maus in den Klauen davonfliegt. Vögel singen. Ein Fuchs schleicht am Ufer entlang. Die Isle of Skye wird langsam munter.

Ich hingegen bin müde. Die Schatten der Vergangenheit haben mich die ganze Nacht an die Zimmerdecke starren lassen. Lester stromert derweil putzmunter herum. Sein Schnarchen hat meine schlimmsten Erinnerungen untermalt, hat an ihnen gesägt, bis nichts weiter davon übrig blieb außer der Erkenntnis, dass ich so nicht weitermachen will.

Hier am Südufer, auf einer kleinen Landzunge stehend, liegt der See in seiner gesamten Länge vor mir. Ich kann das

Dach des Schlosshotels mit den vielen Kaminen sehen. Weit dahinter, wobei es dafür einiges an Vorstellungskraft bedarf, meine ich die Weide mit den Alpakas ausmachen zu können. Weiße Tupfen neben dunkelbraunen. Der Ort, wo mein Herz auf immer wohnen will. Mein Zuhause.

Der Untergrund ist sumpfig, und ich muss genau aufpassen, wohin ich trete, um nicht knietief einzusinken. Die Brut schreitet gut voran. Die kleinen Schnepfenküken, die mit ihren winzigen Schnäbelchen an meinen Fingern picken, werden langsam flügge.

Ein kalter Schauder überläuft mich, wenn ich daran denke, dass sie den kommenden Winter wohl nicht erleben werden, sondern stattdessen im Herbst mit einer Ladung Schrot vollgepumpt vom Himmel fallen.

Einhunderttausend Pfund für fünf Tage Töten? Ist es das wirklich wert?

Während ich weitergehe, um einen Brutplatz nach dem anderen zu kontrollieren, bleibe ich ab und an stehen, schließe die Augen und gebe mich den Geräuschen der Natur hin. Gestern, dort oben auf dem Hügel am Old Man of Storr, gemeinsam mit Mabel, Charles und den Alpakas, fühlte ich mich freier und lebendiger als jemals zuvor, wenn ich durch die Landschaft streifte.

Der Grund war nicht allein die Alpakamagie, sondern Melina. Seit sie mit ihren pinkfarbenen Gummistiefeln in mein Leben gestapft kam, steht es Kopf. Sie brach die dicke Kruste aus Gewohnheit, die meinen Alltag seit meiner Kindheit vorherbestimmt hat, auf, quirlte mein Innenleben richtig durch, und nun … nun will ich nichts anderes mehr.

Ein neuer Wind, der nach Alpaka riecht und Regenbogen im Blick hat, fegte all den Unrat aus meinem Kopf. Mein Herz schlägt schneller, allein beim Gedanken an ihre wundervollen Augen. Augen, die mich gestern erschrocken ansahen, als ich mich verabschiedet habe. Hoffe mal, sie hat meinen Aufbruch nicht falsch verstanden. Muss das nachher mit ihr klären. Jetzt steht erst mal etwas anderes auf meinem Plan. Etwas, von dem ich mir sicher bin, dass ich es erst mit ihr hätte besprechen müssen. Andererseits ist es meine Entscheidung. *Für uns.*

Ich sehe auf die Uhr. Kurz nach acht. Ob es noch zu früh ist, bei Jacob anzurufen? Ach, was soll's? Ich krame die Serviette aus der Außentasche meiner Rannoch und stelle verwundert fest, dass auf jeder Seite eine Handynummer steht. Welche ist die richtige?

»Stratford Alpaka, Sie sprechen mit Hank Dawson. Was kann ich für Sie tun?«, höre ich eine raue Stimme sagen und will mich bereits entschuldigen, weil ich mich verwählt hätte, doch dann klingelt bei dem Namen etwas in meinem Hinterkopf. Melina hat ihn mal erwähnt.

»Guten Morgen, Mr Dawson. Rory Fyfe von ... ähm ... Alpaka Blue Skye«, improvisiere ich, um nicht als Idiot dazustehen. »Meine Partnerin, Melina Brunner, hatte vor gut einem Jahr tiefgekühltes Sperma Ihres Hengstes bestellt. Ihre Stute Celine wurde damit gedeckt.«

»Ach tatsächlich? Von welchem denn?«

»Crafter.«

Am anderen Ende wird es still. Ich höre, wie er sich räuspert. Papier raschelt. »Da muss ein Irrtum vorliegen. Wir bieten das zwar an, allerdings ist die Nachfrage so gering, dass mir die einzigen drei Bestellungen, die jemals reinkamen, alle bekannt sind.«

»Und da sind Sie sich sicher?«

»Absolut. Keine Melina Brunner.«

»Vielleicht ein Tierarzt aus Edinburgh?«

»Nein, auch nicht. Und sie meinen wirklich unseren Crafter?«

»Huacaya, schwarze Faser.«

»Das passt. Nur, wie gesagt, bei uns ging in diesem Zeitraum keine Bestellung ein. Kann ich Ihnen sonst weiterhelfen?«

»Was würde so eine Lieferung kosten?«

»Bei Crafter? Tausend Pfund.«

»Danke. Schönen Tag.« Dieser miese Drecksack. Melinas Ex hat mit dem Tierarzt gemeinsame Sache gemacht und sie eiskalt übers Ohr gehauen. Die Prämie haben sie wahrscheinlich hübsch geteilt, und er hat Celine einfach von seinem Hengst decken lassen. Mir kommt fast mein Frühstückstee wieder hoch, so sehr rege ich mich auf.

Missmutig stapfe ich weiter, bis mir einfällt, dass ich eigentlich jemand ganz anderen anrufen wollte. Meine Finger zittern vor Wut und Aufregung gleichermaßen, sodass ich die kleinen Tasten des Handys kaum treffe. Während es klingelt, atme ich tief durch, hefte den Blick an die Weite des Horizonts und spüre, wie sich ein Lächeln auf meinem Gesicht ausbreitet.

Lachlans Aston strahlt frisch poliert in der Mittagssonne, während ich mit dem Rover das Kontrastprogramm biete und direkt daneben parke. Es ist erst halb zwölf, also gehe ich mit Lester ins Nebengebäude, um die verbleibende Zeit totzuschlagen und mir zu überlegen, wie ich ihm meine Entscheidung schonend beibringen kann, ohne ihn damit vor den Kopf zu stoßen.

In meinem Büro, das ich seit dem Tag, an dem der Computer sich verabschiedet hat, nicht mehr betreten habe, finde ich etwas auf dem Schreibtisch. Ein schwarzes Ding, halb so groß wie Melinas Tablet. Darauf klebt ein Post-it.

*Mehr gab das Budget nicht her.*
*Log-in: Fyfe, Passwort:*
*Jagd*
*Peter*

Will der mich veralbern? Da ist ja mein Notizbuch größer als dieses Winzding. Die Tasten sind ein Witz, wenn ich darauf schreibe, treffe ich nicht nur eine, sondern gleich drei. Von dem popeligen Bildschirm mal ganz abgesehen.

Ich klappe den Baby-Laptop wieder zu und öffne eine Schreibtischschublade nach der anderen, um zu prüfen, ob darin irgendwelche persönlichen Gegenstände herumliegen. Außer einer Packung Schrotpatronen und Teebeutel kann ich nichts weiter finden. Ist auch nicht so, als hätte ich mich hier jemals häuslich eingerichtet.

Mein Handy piept und kündigt eine SMS an. Sie ist von Niall, der mir schreibt, dass die Anzeige beim britischen Verband der Alpakazüchter eingegangen ist und bearbeitet wird. Das hat schon mal gut funktioniert. Nun muss nur noch mein anderes Vorhaben ähnlich positiv verlaufen.

Gedankenverloren kraule ich Lester den Nacken. Ich befürchte, dass egal, wie ich das Gespräch mit Lachlan beginne, er jedes Wort in den falschen Hals bekommen wird. Wenn ich allein an seinen Gesichtsausdruck beim Gathering zurückdenke, wird mir eiskalt. Völlig leer. Ich hoffe nur, dass er mich verstehen und mir keine Steine in den Weg legen wird. Mir ist viel an unserer Freundschaft gelegen, auch wenn er sich neulich mir gegenüber im Ton vergriffen hat. Er kennt mich und ich kenne ihn.

Mir fällt wieder ein, wie wir uns kennenlernten. Aus dem blassen Hänfling ist ein weltgewandter Mann geworden, der jemanden wie mich normalerweise weder braucht noch in seinem Dunstkreis duldet. Früher hätte niemand einen Keil zwischen uns treiben können, nicht einmal sein Vater. Nun tue ich es womöglich eigenhändig.

Zehn vor zwölf betrete ich die Lobby. Lester wartet brav vor der Tür. Die gediegene Atmosphäre dieses alten Gemäuers nimmt mich ein. Damals wie heute gaben sich hier Lords und Ladys die Klinke in die Hand. Dicke Teppiche dämpfen meine Schritte. An den hohen, mit teuren Seidentapeten bespannten Wänden hängen Schwerter, Schilde und jede Menge Jagdtrophäen. Die toten Glasaugen der ausgestopften

Vögel verfolgen mich, während ich auf die Treppe, die hinauf zu den Büros führt, zuhalte.

»Wie meinen Sie das? Sie wollen die Jagd stornieren?« Lachlans angespannt und reichlich schockiert klingende Stimme schwebt aus einem der angrenzenden Salons zu mir. Ich verharre in der Bewegung, die Hand bereits am Treppengeländer und einen Fuß auf der untersten Stufe.

»Uns ist durchaus bewusst, wie kurzfristig wir alles umwerfen, doch seit gestern sehen wir mit anderen Augen auf die Natur.« Charles Hemsworths gebügelter West-End-Akzent treibt mir den Schweiß auf die Stirn. Dass er und Mabel nicht in irgendeinem B&B abgestiegen sind, konnte ich mir bereits denken. Ihnen hier und jetzt über den Weg zu laufen, ist hingegen nicht unbedingt günstig.

»Kurzfristig ist gar kein Ausdruck. Sie hatten drei volle Tage gepachtet. Die letzten verbleibenden der Saison.« In Lachlans Stimme liegt ein Hauch kalter Wut.

»Sie müssen wissen, wir waren gestern wandern.«

Mir wird mulmig.

»Mit Alpakas.«

Okay, ich bin tot.

Hastig sehe ich mich nach einer Möglichkeit um, hier ungesehen und vielleicht auch ungeschoren rauszukommen. Bevor ich mich jedoch zwischen dem Haupteingang und der Seitentür hinter der Rezeption entscheiden kann, höre ich Mabel rufen.

»Rory! Wenn man vom Teufel spricht! Das ist aber schön, Sie hier zu treffen. Charles und ich berichteten Mr MacDugan gerade von der tollen Wanderung und wie sehr Sie dabei unseren Blick auf die Natur verändert haben. Wir sind noch immer vollkommen verzückt.«

»So sehr, dass wir die Jagd storniert und uns stattdessen dazu entschieden haben, weitere Alpakawanderungen zu unternehmen«, wirft Charles ein. »Sie haben doch Zeit für uns?«

Ich wage kaum zu atmen, geschweige denn einen Seitenblick auf Lachlan zu werfen. »Ich ... ähm ... also.«

»Wir sind uns bewusst, dass dies etwas plötzlich kommt. Wir zahlen das Doppelte. Neist Point, die Talisker Bay und Fairy Glen hätten wir gern noch erkundet. Für alles andere sind wir offen.«

Was soll ich sagen? Mir klebt die Zunge am Gaumen fest und ich kann sie nur mit Mühe lösen. »Ich ... also ... wir ...«

»Habe ich das eben richtig gehört? Sie bieten Alpakawanderungen an?« Eine dunkelhaarige Frau in weißer Bluse und braun-beiger Golfhose unterbricht mich beim Stammeln. »Ich würde auch eine buchen. Geht das hier an der Rezeption? Haben Sie Infomaterial? Vielleicht einen Flyer?«

»Alpakawanderungen?«, schaltet sich eine weitere Frau ein. »Mit den Tieren, die wir auf der Herfahrt gesehen haben?«

Plötzlich sind wir umringt von Gästen, die alle die gleichen Fragen stellen und Lachlans Fass endgültig zum Überlaufen bringen.

»In mein Büro! Jetzt!«, zischt er mit zusammengebissenen Zähnen. Sein Gesicht glüht ähnlich rot wie der Sonnenuntergang bei Duntulm. Ich bezweifle hingegen, dass er im Moment romantisch gestimmt sein könnte.

»Meine werten Damen und Herren, Ihre Anfragen werden wir an der Rezeption gern aufnehmen. Bitte wenden Sie sich vertrauensvoll an Zoreen.« Seine nonchalante Art wirkt gezwungen, und ich ahne, dass meine Hoffnung, ihm mein Vorhaben um unserer Freundschaft willen schonend beizubringen, soeben komplett von einer wilden Herde Alpakafans niedergetrampelt wurde.

Die zierliche Zoreen weiß gar nicht, wie ihr geschieht, als sie aus heiterem Himmel von den Gästen bestürmt wird. Auch wenn mir Lachlan für das, was ich gleich tun werde, den Kopf abreißen wird – Geschäft ist nun mal Geschäft.

»Bitte notiere Namen und Telefonnummern sowie Terminwünsche. Ich hole mir die Liste nachher ab.« Ich will mich gerade abwenden, um mit dem kurz vor einer Explosion stehenden Lachlan nach oben zu gehen, als mir noch etwas einfällt.

»Das ist der Link zu unserer Webseite.« Ich hoffe, ich habe ihn richtig in Erinnerung, schreibe ihn rasch auf eine Haftnotiz und überlasse Zoreen ihrem Schicksal.

»Mach die Tür zu«, beißt er hervor, geht hinter den Schreibtisch und tritt seinen Chefsessel zur Seite, dass der bis zur Wand rollt und mit einem dumpfen Schlag dagegen prallt. »Was zum Teufel ist hier los?« Kalte Wut umschließt jedes seiner leise geäußerten Worte, während er am ganzen Körper zittert. »Wieso hat Hemsworth seine vor einem Jahr gepachtete Jagd storniert?«

Meine spontane Antwort, dass Charles wohl erkannt hat, wie wenig zeitgemäß dieses martialische Abschießen ist, behalte ich lieber für mich.

»Rory! Ich rede mit dir!«, bellt er und schlägt mit der Faust auf den Tisch. Die darauf stehende Teetasse klirrt auf der Untertasse, hält sich aber aufrecht, nur der Löffel fällt herunter.

»Charles und Mabel sprachen uns auf dem Gathering an, wir sind gestern wandern gegangen. Anscheinend hat es ihnen so gefallen, dass sie ihren Urlaub lieber damit verbringen wollen. Wo ist das Problem? Jeder ändert mal seine Meinung!« Lahmer Versuch, Rory.

Seine Miene versteinert, sein Blick wird kalt. »Mit dieser für dich problemlos erscheinenden Meinungsänderung entgehen dem Hotel sage und schreibe achtzigtausend Pfund!«

Mir wird schlecht.

»Drei Tage Damwildjagd. Die letzte der Saison. Ich habe dem Lord of Ashford abgesagt, um Hemsworth den Zuschlag zu geben.« Seine Stimme ist nur mehr ein Zischen, und mir läuft ein eisiger Schauder über den Rücken. Falls er auf die Idee kommt, den Verlust von mir einzufordern, bin ich in vierzig Jahren noch damit beschäftigt, die Schulden zu tilgen.

»Wenn Vater davon erfährt, macht er Kleinholz aus uns beiden!«

Genau darauf habe ich gewartet. »Und da wären wir wieder bei ihm. Wann kapierst du endlich, dass es vollkommen egal ist, was du tust, du wirst es ihm nie recht machen können«, erwidere ich, so ruhig es mir in dieser Situation möglich ist.

»Was weißt du schon?«, braust er auf. »Wenigstens ist meiner kein alkoholsüchtiger Versager. Du trittst direkt in seine Fußstapfen. Diese Verrückte hat dir doch vollkommen den Verstand vernebelt!«

»Vorsicht!«, warne ich mit gezwungener Ruhe. »Melina ist meine Freundin. Vernebelt hat sie überhaupt nichts, ganz im Gegenteil. Dank ihr sehe ich endlich klar.«

»Und was? Das deine Familie und deine Freunde nichts mehr wert sind? Wie trägt sich denn der Tartan der Craigs?«

»Verdammt gut! Und von welcher Familie sprichst du? Von meinem Vater, von dem du eben selbst sagtest, er wäre ein alkoholsüchtiger Versager? Curran und Mairead waren meine wahre Familie, und somit ist es auch Melina.« Hastig pumpe ich Luft in mich hinein, um meinen größer werdenden Ärger besser in Zaum halten zu können. »Deine Freundschaft ist und bleibt mir wichtig«, füge ich rasch hinzu. »Aber ich muss für mich einen neuen Weg einschlagen.«

»Mit Alpakas? Du bist vollkommen übergeschnappt!«

»Wenn du das so siehst, dann fällt es mir leicht, dir zu sagen, dass ich kündige.«

»Was?«, blafft er und will um den Tisch herumkommen, dabei wirft er die Teetasse um, und der Inhalt verteilt sich auf der Schreibtischoberfläche. »So eine Scheiße!«, flucht er, zerrt sein Einstecktuch aus dem Jackett und versucht, den

Schaden damit einzudämmen. »Das ist doch Wahnsinn! Du rennst sehenden Auges in dein Unglück, wenn du dir einbildest, mit ein paar Alpakawanderungen deinen Lebensunterhalt bestreiten zu können.«

»Du scheinst mich ja für ziemlich dämlich zu halten. Natürlich stellt das nicht meine einzige Einnahmequelle dar. Ich werde Ghillie. Das Fremdenverkehrsamt hat zwei Stellen für Skye ausgeschrieben. Eine davon bekomme ich.«

Lachlan starrt mich an, dann plötzlich schlägt er die Hände über dem Kopf zusammen.

»Bis die Sesselfurzer in Edinburgh die Stelle wieder streichen. Ich fasse es nicht. Ist das der Dank dafür, dass ich zu dir gehalten habe?«

»Genau so wie ich zu dir! Wer hat sich denn ständig dein Geheule angehört? Und wer hat dir den Hintern gerettet, als dein Dad dich beim Kiffen erwischt hat? Gelogen hab ich auch für dich, damals, als du in London untergetaucht warst!« Mir kratzt es im Hals, weil ich so laut geworden bin.

»Herrgott, Rory!«, flucht er und pfeffert das klatschnasse Einstecktuch in den Papierkorb. »Du bist doch nicht mehr ganz bei Trost! Weiß deine Herzdame überhaupt, dass du sie vertreiben solltest?«

»Sie kennt die Wahrheit. Dass dein Vater hinter dem Land her war und ich dafür sorgen sollte, dass sie verschwindet. Aber falls ich dich erinnern darf, ich wollte da von Anfang an nicht mitmachen. Zuerst wegen Currans Cottage und dann wegen ihr. Du hast mich gedrängt, sogar an meiner Loyalität gezweifelt. Als das alles nichts brachte, hast du versucht, mit meinen Ängsten zu spielen.«

»Das habe ich nie ...«, krächzt er entsetzt.

»Ach nein? Sie wäre ein Stadtmensch, würde wieder gehen, mich verlassen ... Deine Worte, Lachlan.«

»Ich habe ... Rory, ich bin dein Freund und natürlich will ich, dass es dir gut geht und dass du glücklich bist.«

»Allerdings gilt das nur, solange du das bekommst, was für dich wichtig ist. Was anderen am Herzen liegt, ist dir doch vollkommen egal.«

Als hätte ich ihm einen Faustschlag in den Magen verpasst, zuckt Lachlan zusammen und weicht nach hinten, bis er gegen den Schreibtisch stößt. Ich bereue meine Worte augenblicklich. »Lachlan …«

»Verschwinde aus meinem Büro. Raus!«, brüllt er. Seine Miene verhärtet sich zu kantig-grauem Granit. Er wendet sich ab, geht zum Fenster und kehrt mir damit den Rücken zu.

Ich möchte noch etwas sagen, doch es würde nichts bringen. Lachlan hat unsere seit über zwanzig Jahren bestehende Freundschaft soeben beendet.

# 23.
# *Melina*

Die halbe Nacht konnte ich nicht schlafen, nur um kurz vor Sonnenaufgang doch noch wegzudösen. Natürlich war Rory genau dann hier, um die Tiere zu füttern, und meine Chance, mit ihm zu reden, hüpfte mit plüschigen Alpakas durchs Traumland.

Ständig greife ich nach dem Smartphone, will ihn anrufen und fragen, was mit ihm los ist. Dann wieder versuche ich, seinen schroffen Abgang unter *Rory ist nun mal so* abzuhaken. Ein Teufelskreis, der mich noch in den Wahnsinn treibt.

Am frühen Nachmittag fällt mir ein, dass ich eine liebe Freundin habe, der ich mein Herz ausschütten kann. Rosalind.

»Hey, wie geht es dir?«, begrüßt sie mich, nachdem es lediglich zweimal geklingelt hat, und ich überlege kurz, ob ich wirklich offen mit ihr reden soll. »Hey. Irgendwann erwürge ich diesen störrischen Wildhüter«, falle ich mit der Tür ins Haus.

Sie beginnt lauthals zu lachen. »Was hat er diesmal angestellt? Wieder eine falsche Wettervorhersage?«, feixt sie.

»Ach, wir hatten gestern Abend ... Erst war alles super, dann wurde das Gespräch ernst. Zukunft und so. Und was macht er? Schnappt sein Zeug und verschwindet.«

»Wie ... echt? Ein richtig theatralischer Abgang? So kenne ich ihn gar nicht.«

»Die Diva hat er nicht gegeben, aber wortkarg abgezogen ist er. *Muss morgen früh raus*«, äffe ich ihn nach.

»Stimmt auch, meine ich mich zu erinnern.«

»Halb fünf ... trotzdem«, maule ich und beginne, mich auf meinem Bürostuhl zu drehen.

»Du wolltest, dass er bei dir schläft und dich um diese Uhrzeit weckt? Hast du was genommen?«

»Wenn du das so sagst, dann ... Okay, da habe ich wohl überreagiert. Aber darum geht es gar nicht. Ich wollte, dass er Entscheidungen trifft.«

»Uhh! Rory und Entscheidungen. Moment, ich relativiere. Männer und Entscheidungen.«

Ich muss lachen.

»Als ich ihn heute Vormittag bei Niall traf, war er allerdings nicht unbedingt bester Laune, ziemlich mürrisch sogar. Und er sah echt groggy aus.«

»Er war bei Niall? Mit Lester?«, hake ich nach und spüre Angst um meinen Süßen aufkommen.

»Der hat vor dem Auto im Schatten gelegen. Wohl nur ein Gespräch.«

Das verwirrt mich. »Er sah schlecht aus?«

»Ziemlich. Habe ihn gefragt, was los sei, da meinte er, ihr beide würdet heute Abend in den Pub kommen, und dann wäre alles spruchreif.«

»Spruchreif?« Um Himmels willen, er wird doch nicht auf irgendeine dämliche Idee kommen, nur weil ich mit ihm über die Zukunft reden wollte und ... O Gott!

»Am besten ist, du interpretierst da nicht so viel rein. Rory ist einfach gestrickt. Aye heißt Ja, Nay heißt Nein.«

»Aber ... aber ...«, versuche ich einzuwenden.

»Schh! Hör auf zu grübeln. Bringt nichts. Er wird kommen, wenn er so weit ist.«

»Dein Wort in Gottes Gehörgang.«

»Wir sehen uns später.

»Hoffentlich«, verabschiede ich mich und lege auf.

Ich lege das Handy beiseite und widme mich wieder meiner Webseite. Sie hat recht, ich sollte mir nicht ständig den

Kopf zerbrechen. Rory will mit mir zusammen sein und ich zweifle nicht an seiner Ernsthaftigkeit. Es sind seine Ängste, die mir Sorgen bereiten. Doch die muss er in den Griff bekommen, ich kann ihm dabei lediglich zur Seite stehen, wenn er mich lässt.

Voller Stolz betrachte ich die aktuelle Zahl der Seitenaufrufe, lade die neuesten Bilder hoch und stelle mit Erschrecken fest, dass die Anzahl währenddessen um weitere Hundert Hits angestiegen ist. Huch!

Zudem kamen fünf E-Mails über den Kontaktbutton rein. Alles Anfragen zu Wanderungen, alle von Gästen des benachbarten Hotels. Rory, was hast du getan?

Motorengeheul wird vor meinem Fenster laut. Ich sehe nach und stelle mit Erschrecken fest, dass Lachlan MacDugan bis zum Cottage vorfährt. Na toll, der hat mir gerade noch gefehlt.

»Mr MacDugan, was verschafft mir die Ehre Ihres Besuchs?«, ringe ich mir so höflich wie möglich ab. Aus dem Kofferraum holt er ein Paket heraus. Mir fällt auf, wie kränklich fahl seine Gesichtsfarbe heute im Gegensatz zu früheren Treffen wirkt.

»Ms Brunner«, sagt er kraftlos und blickt an mir vorbei ins Haus. »Ist Rory hier?«

»Leider nein. Er ist unterwegs. Ist das für ihn?« Ich deute auf das Paket, was er mir daraufhin übergibt.

»Wäre nett, wenn Sie es ihm ... Es kam eben an. Da war er aber schon weg.«

Immer wieder geht sein Blick an mir vorbei, als würde er glauben, Rory ließe sich verleugnen.

»Ich gebe es ihm, sobald er kommt.« Der Karton ist zwar nicht schwer, ich stelle ihn dennoch neben mir ab. »Ist alles okay?« Eigentlich wollte ich ihn das nicht fragen, doch er wirkt so verloren, geradezu einsam und leer.

Sein Blick huscht zu mir, und ein zögerliches Lächeln zupft an seinen Mundwinkeln. Es verschwindet sofort wieder. »Ich kann ihn verstehen und seine Entscheidung nachvollziehen. Für eine Frau wie Sie würde ich auch alles aufgeben und noch einmal neu anfangen.« Er schluckt und räuspert sich. »Ich nehme an, Sie wissen bereits, was vorgefallen ... Ich hätte auf seine Kündigung nicht so heftig reagieren dürfen.«

Was hat er da gerade gesagt? Rory hat *was* getan? Gekündigt?

»Das Gespräch lief völlig aus dem Ruder.«

Fassungslos starre ich ihn an. Kann mich mal bitte jemand kneifen?

»Ich habe bereits einen sehr guten Freund verloren. Die Worte, die er mir damals entgegenspie, waren genau die gleichen, die mir Rory an den Kopf geworfen hat.«

Er wendet sich der Straße zu und lehnt sich mit dem Rücken an die Hauswand. Sein Blick wandert den Hügel hinauf, ich bezweifle allerdings, dass er die Landschaft bewundert. Eher vermute ich, dass Erinnerungen in Dauerschleife in seinem Kopf ablaufen.

»Und ich erwiderte ... Egal. Seine Entscheidung mag für mich ein Problem darstellen, für ihn ist sie hingegen mehr als richtig. Rory hasst die Jagd. Alles, was damit zu tun hat. Deshalb habe ich die Statistiken ohne sein Wissen gefälscht, um die Bestände kleiner zu halten, als sie tatsächlich sind. Weniger Wild, geringere Abschussquote.«

Ich weiß noch immer nicht, was ich sagen soll. Das Ganze mutet surreal an.

»Sagen Sie ihm bitte, dass die Sache mit Ihnen von Anfang an eine Schnapsidee war.«

»Sie meinen, dass er mich von hier vergraulen sollte?«

Er nickt, sieht aber weiterhin hinauf zu den Hügeln, auf denen früher Greevys Schafe weideten.

»Aye. Und richten Sie ihm aus, dass ich ein Idiot bin, der seine wahren Gefühle für Sie nicht erkannt hat.«

»Warum sagen Sie ihm das nicht selbst?«, hake ich vorsichtig nach.

Er schüttelt den Kopf, öffnet sein Jackett und zupft einen gefalteten Zettel aus der Innentasche.

»Das hier sind Buchungsanfragen und Terminwünsche unserer Gäste für Alpakawanderungen. Rory hat vorhin vergessen, sie an der Rezeption abzuholen.«

Ich überfliege die Liste und kann kaum glauben, dass sich darauf achtzehn Namen befinden.

»Wenn ich mir überlege, dass es genügte, das Wort *Alpakawanderung* in der Lobby laut auszusprechen, dann kann ich mich wirklich nur noch wundern. Falls Sie Flyer oder etwas in der Art haben, legen wir sie gern aus. Unser Greenkeeper schwärmt vom Alpakadünger, als hätte er den Heiligen Gral entdeckt. Ich ... Es tut mir leid. Ich war ein egozentrischer Arsch und hoffe, dass er mir irgendwann verzeihen kann. Und Sie.«

MacDugan lässt mich ohne ein weiteres Wort stehen, springt in seinen Wagen und fährt in Richtung Hotel davon. Sprachlos starre ich ihm nach. Was ist hier gerade passiert?

Ich stelle das Paket auf den Küchentisch. Absender ist ein Buchladen aus der Glasgower Innenstadt, an den ich mich gut erinnern kann, nur nicht daran, dass Rory dort etwas bestellt hat.

Während ich mir eine Kanne Tee aufbrühe, überfliege ich die Namen auf der Liste. Da sind zwei Lords dabei. Meine Knie werden weich, und mir schwant, dass Rory mit den Wanderungen tatsächlich Ernst machen will. Hat er deswegen gekündigt? Ist *das* seine Entscheidung?

Wir haben nicht einmal eine richtige Preisliste, geschweige denn Versicherungen. Ich muss an meinen PC. Sofort. Ich will gerade in mein Büro flitzen, als es an der Haustür klopft.

»Himmel! Was ist denn heute bloß los?«, murmele ich vor mich hin und öffne schwungvoll die Tür. Am liebsten würde ich sie sofort wieder zuschlagen, denn vor mir steht kein Geringerer als mein Ex Phil.

»Was machst *du* denn hier?« Er sah auch schon mal besser aus. In jedem Fall hat er zugenommen, da seine Wangen rundlicher sind. Vielleicht wirkt es auch nur so, weil er sich nicht rasiert hat. Sein schütteres Haar hat sich weiter zurückgezogen, und dicke Tränensäcke lassen ihn übermüdet erscheinen.

»Hey, Lina. Lange nicht gesehen.«

»Gibt ja auch keinen Grund dafür.« Mir geht der Blick mir der gekünstelt hochgezogenen Augenbraue, mit dem er mich stets auf seine unnachahmlich herablassende Weise betrachtet hat, schon nach zwei Sekunden tierisch auf die Nerven.

»Ach, Lina, sei doch nicht so. Ich war in Kyle, und da dachte ich mir, ich schau mal, wie es dir so geht.«

»In Kyle.«

»Ganz recht. Auf deiner Webseite habe ich Bilder von Celines Cria gesehen. Süß, der kleine Racker.«

»Und da dachtest du, du schaust mal vorbei, um ihn dir anzusehen.«

»Genau, so unter Alpakazüchtern. Und wo wir doch so lange zusammen ...«

»Lass das Geschwafel«, fahre ich ihm über den Mund. »Komm zur Sache. Was willst du hier?« Ich kaufe ihm keines seiner Worte ab. Er ist nie und nimmer vorbeigekommen, um mir zu Blues Geburt zu gratulieren.

»Nun, ich hatte gedacht, wir könnten das bei einem Tässchen Tee in Ruhe besprechen, doch da du wieder mal die Zicke raushängen lässt ... Ich will die Deckprämie. Der Kleine ist nicht von Crafter, sondern von Tiberius.«

»Wie kommst ...?« Sein schiefes Grinsen taucht wieder auf und sagt mir mehr als tausend Worte. »Es ist nicht nur die Fellfarbe, es ist der Gendefekt. Du weißt, dass Tiberius nicht für die Zucht geeignet ist.«

»Ich bitte dich. Zucht! Das, was du betreibst, ist, wenn überhaupt, Liebhaberei. Ist doch nicht mein Problem, wenn die Leute am falschen Ende sparen.«

»Ich habe nicht gespart, sondern mir einen vernünftigen Deckhengst ausgesucht.«

»Da war Tiberius wohl schneller. Habe ihn mal bei Celine auf der Weide gefunden. Da muss es wohl passiert sein.«

»*Passiert?* Machst du Witze? So was passiert nicht einfach.«

»Genau deswegen bin ich hier. So was kostet nämlich Geld.«

»Das kannst du vergessen!«

»Lina, Lina. Gedeckt ist gedeckt. Ich kann gern die Polizei holen, damit die der Sache nachgehen.«

»Nur zu«, knurrt Rory, der wie aus dem Nichts mit in die Hüften gestemmten Händen an der Hausecke steht und buchstäblich die Zähne fletscht. »Dann kannst du denen auch gleich erklären, wie die Sache mit dem Tierarzt wirklich abgelaufen ist!«

Die Frage, wo er so plötzlich herkommt, spare ich mir, im Moment gibt es wichtigere Dinge.

»Wovon redest du? Wer ist das, Lina?«

»Nenn mich nicht so. Und er, ist mein Partner, Rory.«

»Ach, hast du dir ...?« Weiter kommt er nicht, da hat sich Rory auch schon vor Phil aufgebaut.

Lester beginnt zu knurren.

»Ich habe bei den Dawsons angerufen und nach einer gewissen Lieferung gefragt«, sagt Rory.

Ich kann dabei zusehen, wie aus Phils Gesicht sämtliche Farbe weicht. Er schluckt und räuspert sich angestrengt, bevor er einen Schritt nach hinten macht.

»Da muss ein Irrtum ...«

»Ganz gewiss nicht. Sie führen akribisch Buch über alles, was ihre Tiere, insbesondere ihren preisgekrönten Deckhengst, anbelangt.«

»Willst du immer noch die Polizei holen? Na los! Mach!«

»Ich bekomme trotzdem vierhundert Pfund von dir.«

Es ist nicht zu fassen. Er reckt sein Kinn in meine Richtung und beharrt weiter auf seiner Prämie.

»Du hast es so gewollt.« Rory zückt sein Handy, doch ich halte ihn zurück.

»Lass es, Darling! Ich habe eine viel bessere Idee. Ich rufe Mum an, sie kann mir sicher einen Anwalt empfehlen, mit dem ich ihn bis auf die Unterhose ausziehen werde. Alle seine Kunden, vor allem jene, bei denen der Gendefekt beim Cria durchkam, werden sich mir sicherlich bei der Klage anschließen. Eine Sicherungskopie der Kundendaten habe ich noch in der Cloud.«

Phil stolpert bei dem Versuch, sich umzudrehen. Er rappelt sich hoch und spurtet auf seinen Wagen zu. So schnell habe ich ihn noch nie rennen sehen. Die durchdrehenden Reifen seines alten Renault wirbeln jede Menge Steinchen auf, die wild herumspringen, während er aus meiner Einfahrt auf die Straße abbiegt und mit einem Affenzahn verschwindet.

»Bist du mir böse, wenn ich dir sage, dass ich ihn bereits beim Züchterverband gemeldet habe?« Rory mustert mich eingehend, während er auf meine Reaktion wartet.

»Ganz sicher nicht, aber ich bin stinksauer, weil du ...«

»Ich hab gekündigt.«

»Ich weiß!«, echauffiere ich mich und bohre meinen Zeigefinger in seine Brust.

»Woher?«

»Lachlan war hier.«

»Er war hier?«, ruft er perplex aus.

»Hat deine Bücherlieferung gebracht und die Liste mit ... Wie kannst du das tun? Der Job ist dein Leben!«

Seine Augenlider weiten sich vom Schock, doch schnell wechselt sein Mienenspiel zu einem schiefen Grinsen, das ich bei ihm, ganz im Gegensatz zu dem von Phil, überaus attraktiv finde.

»Tiere beobachten, wandern, Kontrollen durchführen, Naturschutz, das sind die Dinge, die ich liebe und gern tue. Dort draußen in den Hügeln und auf dem Heideland will ich sein. Und hier bei dir.«

»Deshalb kann ich nicht verstehen, warum du ...«

»Für mich, für dich, für uns. Ich will nicht mehr im Gestern leben, sondern heute und morgen ... mit dir. Und deshalb habe ich ein Angebot vom Tourismusverband angenommen und werde Ghillie. Ich begleite Touristen auf Wanderungen, erkläre ihnen die Geschichte der Insel, zeige ihnen Kräuter und essbare Pflanzen. Angeltrips und Fototouren gehören ebenfalls dazu. Genauso wie die Alpakas.«

Ich bin völlig sprachlos.

»Das Angebot hast du aber nicht erst seit gestern, oder?«, hake ich nach und stemme die Hände in die Hüften. »Warum sagst du mir nichts davon?«

»Seit vorgestern und bis gestern Abend ...« Er seufzt und kratzt sich am Hinterkopf. »Ich habe tausend Ausflüchte gesucht, um es abzulehnen, doch der eine Satz von dir, dass du meine inneren Wunden ohne mein Zutun nicht heilen kannst, hat mir die Augen geöffnet. Das kann ich nur selbst, und deshalb habe ich heute Morgen zugesagt.«

»Trotzdem hättest du mit mir darüber reden können.«

»Ich weiß, doch ich bin ein Dickschädel, der so was erst einmal mit sich selbst ausmachen muss.«

»Du hast *borniert* vergessen. Du bist ein bornierter Dickschädel.«

Er lacht leise und schüttelt den Kopf. »Es fühlt sich richtig an, Mel. Ich kann das tun, was ich liebe, und muss kein Gewehr mehr zur Hand nehmen.«

Ich mustere ihn eingehend und stelle fest, dass dieser Schatten, der seine Züge stets verhärtet erscheinen ließ, verschwunden ist. Vor mir steht ein gänzlich befreiter Rory.

Doch dann blinzelt er und blickt hinüber zu Greevys Weiden. Sein Gesichtsausdruck erinnert mich stark an den eines anderen Mannes, der vor Kurzem an genau derselben Stelle stand.

»Lachlan hat sich bei mir entschuldigt.«

Er nickt.

»Und er bittet auch dich um Verzeihung. Wegen ...«

»Hab ihm ein paar Takte gesagt.«

»Euer Streit war ziemlich heftig, was?«

»Hmm.« Er kratzt sich über die stoppeligen Wangen, und das Knistern füllt für eine kleine Weile die Stille zwischen uns.

»Wo ist dein Wagen?«

»Bei mir daheim. Bin am See entlanggelaufen. Musste einen klaren Kopf bekommen.«

»Über die Weide? Mit Lester?«

»Hab ihn unter der Jacke durchgeschmuggelt.«

»Wie lange seid ihr schon befreundet?«

»Über zwanzig Jahre.« Er schiebt die Hände in die Hosentaschen und kickt einen Stein mit der Schuhspitze weg.

»Ich war nie sonderlich begeistert von dem feinen Herrn. Vielleicht tat es ihm gut, von dir die Wahrheit gesagt zu bekommen. Lass ihn noch ein wenig schmoren, dann geht ihr demnächst ein Ale trinken und rauft euch wieder zusammen.«

Er sieht mich an, als hätte ich ihm erzählt, dass im Garten Gnome leben würden.

»Ganz sicher nicht.«

»Ich sag's ja, bornierter Dickschädel!«

»Er trinkt nur Stout.«

»Männer!« Ich seufze theatralisch, greife an seine Jacke und ziehe ihn näher zu mir. Sein Gesicht hellt sich auf, und seine Zungenspitze huscht über seine Unterlippe, während sein Blick weich wird und sich an meinem Mund festsaugt.

»Was auch immer dir gerade durch den Kopf geht, du kannst es vergessen.«

»Keine Ahnung, wovon du sprichst«, meint er unschuldig, während seine Augen schelmisch funkeln. Eine Hand legt er an mein Gesicht, streichelt mir zärtlich über die Wange.

»Wir haben Arbeit, und zwar jede Menge.«

»Die kann warten. Vorher muss ich dir noch was gestehen. Etwas, was ich dir schon längst hätte sagen müssen.«

Mir bleibt das Herz stehen. Was meint er? Warum wird sein Blick so ernst?

»Ich liebe dich.«

Völlig sprachlos von seinen Worten lasse ich zu, dass er mich auf seine Arme hebt.

»Rory, ich ... ich liebe dich auch«, flüstere ich an seinen Lippen und schlinge einen Arm um seinen Nacken.

Lester drängt sich an uns vorbei, was Rory kurz ins Wanken bringt, doch er hält mich fest und sicher, während er mich über die Schwelle hinein ins Craig Cottage trägt.

# *Epilog*

# *Melina*

Uns steht der Schweiß auf der Stirn. Gefühlte tausend Midges schwirren um unsere Köpfe herum, doch das stört uns nicht. Wir sind auf einer Mission.

»Lass sie mich doch allein tragen«, mault Rory, und ich erwarte, dass er meine Finger eigenhändig vom Griff der Transportbox löst.

»Gemeinsam, Darling. So war es abgesprochen«, bringe ich schnaufend hervor. Er schüttelt nur wieder den Kopf. Zum Glück haben wir es fast geschafft. Ich kann die Felsen schon sehen.

»Ich denke, jetzt sind wir nahe genug«, meint er, und wir stellen die Box mit der Fähe ab.

»Halleluja!«, keuche ich und sacke auf die Knie.

»Du hättest sie …«

»Ja, ja.«

»Halsstarriges Weib«, höre ich ihn nuscheln und werfe ihm einen extrabiestigen Blick zu, den er mit einem seiner herausfordernden pariert, bevor er leise zu lachen beginnt.

»Hör auf damit! Das ist nicht witzig.«

»Doch, ist es. Du klingst wie Mairead, und ich höre mich wie Curran an.«

Ich kann nicht anders, lehne mich zu ihm und gebe ihm einen Kuss.

»Wir sind bei der Arbeit. Rumknutschen mit dem Ghillie ist nicht erlaubt.«

»Noch bist du keiner. Erst wenn du den Erste-Hilfe-Kurs besucht hast und die Versicherungspolice genehmigt ist.«

»Alles reine Formsache«, winkt er ab, greift nach seinem Feldstecher und nimmt den Felsen, unter dem sich der Fuchsbau befindet, ins Visier. »Sieht alles friedlich aus. Bis Sonnenuntergang dauert es nicht mehr lange. Bis dahin kann sie etwas zur Ruhe kommen. So durchgeschüttelt will ich sie noch nicht rauslassen. Am Ende rennt sie den Hügel runter und direkt vors nächste Auto.«

Er rollt zwei Isomatten aus, und wir legen uns, wie vor einigen Wochen, als wir hier oben waren, um nach den Fuchsjungen zu sehen, gemütlich auf die Lauer. Ich stütze mich seitlich auf und genieße die himmlische Aussicht. Dabei stelle ich fest, dass ich mich an den Schönheiten dieser Insel wohl niemals sattsehen werde.

»Deine Mum will wirklich Greevys Land kaufen?« Rory liegt seitlich vor mir und legt eine Hand auf meine Hüfte. Anscheinend kann er wohl noch immer nicht glauben, dass sie sich dazu entschlossen hat.

»Sie behauptet zwar, MacDugans Golfplatzpläne hätten damit nichts zu tun, doch wir wissen beide, dass dem nicht so ist. Seit ich ihr erzählt habe, welche Behauptungen er in die Welt gesetzt hat, köchelt sie vor sich hin. Da kommt die Kämpferin für Recht und Gerechtigkeit bei ihr so richtig durch.«

»Viel Platz für viele Alpakas.«

»So ist es. Warum schaust du mich ständig an? Habe ich was im Gesicht?«

Er grinst und streicht mir mit dem Zeigefinger eine Haarsträhne aus der Stirn.

»Ich kann mich einfach nicht an dir sattsehen. Du bist wunderschön, Melina Brunner.«

Keine Ahnung, ob er weiß, was er mit solchen Sätzen, die er nur zu gern aus heiterem Himmel von sich gibt, bei mir auslöst. In jedem Fall liebe ich es und kann nicht genug davon bekommen.

Mein mürrischer Wildhüter besitzt eine tiefe, romantische Seele und ein riesiges Herz, was er an mich und meine Herde verschenkt hat.

»Ich liebe dich«, raune ich an seinen Lippen und küsse ihn zärtlich.

Rory gibt ein genießerisches Brummen von sich, legt eine Hand in meinen Nacken und zieht mich mit, während er sich auf den Rücken legt. »Und ich liebe dich«, flüstert er mir ins Ohr und vergräbt die Nase in meinem Haar. Wir schmusen und necken einander, bis die Sonne langsam untergeht und die Wolken rotgolden zu glühen beginnen.

»Dann wollen wir mal.« Rory steht auf, schnappt sich die Box und geht einige Schritte in Richtung Bau. Vorsichtig setzt er sie wieder ab, entriegelt und öffnet die Tür. Im ersten Moment tut sich nichts, doch als er sacht gegen die Rückseite klopft, kommt die Fähe langsam heraus.

Rory zieht sich zurück. Aus sicherer Entfernung beobachten wir, wie die Fähe sich umsieht, schnüffelt und vorsichtig auf den Bau zugeht. Sie läuft geduckt, als wäre sie unsicher, was sie erwarten würde, und gibt ein leises Bellen von sich.

Das Herz zerspringt mir beinahe in der Brust, so sehr rast es. Angespannt halte ich Rorys Hand und bete, dass die Jungen ihre Mutter wiedererkennen. Im schlimmsten Fall würde sie gut allein klarkommen, denn Niall hat sie erst heute Vormittag, nachdem wir sie bei Lioba abgeholt haben, komplett durchgecheckt. Die Fähe ist wieder vollkommen gesund und sehr fit, was mich hoffnungsvoll stimmt.

Ein weiteres Mal weht der Wind das Bellen zu uns, dann plötzlich taucht der Kopf des Fuchsrüden in der Höhlenöffnung auf. Er kommt hervor, legt die Ohren an und geht in Verteidigungsstellung, doch vier muntere und ihm in der Größe kaum nachstehende Jungfüchse drängen ihn zur Seite. Sie überfallen ihre Mutter förmlich, lecken über ihr Fell, kriechen unter ihren Bauch und geben Laute voller unbändiger Freude von sich.

Bei dem sich uns bietenden Anblick stehen nicht nur mir die Tränen in den Augen. Rory schnieft leise, während ich eine zitternde Hand vor den Mund presse, um meine Schluchzer nicht laut werden zu lassen.

Auch der Rüde kommt näher, sie beschnüffeln sich und reiben ihre Köpfe aneinander. Die Wiedersehensfreude der kleinen Familie rührt mich zutiefst. Sogar Rory wischt sich eine feuchte Spur von der Wange. Dicke Tropfen hängen in seinen Wimpern, die ich ihm zärtlich fortküsse.

»Du hattest es ihnen versprochen und zu deinem Wort gestanden.«

Er nickt und möchte etwas erwidern, doch anscheinend hat er einen zu dicken Kloß im Hals stecken. Stattdessen zieht er mich zu sich, hält mich eng umschlungen, und wir versinken in einem endlosen Kuss, bis der Mond über uns steht.

Auf dem Weg zurück zur Farm lässt er meine Hand kein einziges Mal los. Er klettert als Erster über die halb eingefallene Mauer und hilft mir hinüber.

»Die müssen wir dann neu aufstellen, oder?«, frage ich und ahne, dass da noch ein gutes Stück Arbeit auf uns zukommt.

»Die hält doch kein Alpaka vom Herumwandern ab. Da kommt ein ordentlicher Zaun hin. Connor hilft mir.«

Bisher habe ich lediglich drei Worte mit Connor Warden gewechselt, was allerdings nicht an mangelnden Gelegenheiten lag, sondern eher daran, dass der Mann so gut wie keinen Ton von sich gibt. Okay, mal ein »Hmm« oder so ein komisches Murren. Eine Unterhaltung mit ihm kann sehr einseitig verlaufen. »Hast du auch Lachlan gefragt?«

»Nay, dann kommt Connor nicht, und sind wir mal ehrlich, Lachlan zerrt sich schon beim Zugucken einen Muskel oder, schlimmer, bricht sich einen Fingernagel ab. Der wäre mir keine Hilfe.«

»Die beiden waren doch mal befreundet, oder?«

»Wir alle drei. Keine Ahnung, was der Auslöser war, irgendwann hat es zwischen den beiden so geknallt, dass Connor ihn meidet.«

Rory legt einen Arm um meine Schultern und wir überqueren die Straße. Direkt an der Einfahrt zum Cottage steht unser neues kunstvoll geschnitztes Schild *Alpaka Blue Skye Farm.* Das war Rorys Idee, die ich richtig gut finde. Schon jetzt sind wir für den Sommer mit Wanderungen weitestgehend ausgebucht, wenn er dann auch offiziell als Guide oder – wie er es nennt – Ghillie arbeiten darf, werde ich ihn wohl kaum mehr zu Gesicht bekommen.

Während ich Lester begrüße, stellt Rory die Box in den Kofferraum des Rovers. Gemeinsam gehen wir über die Weide zu den Tieren. Blue kommt zu uns, lässt sich kurz streicheln und rennt wieder zurück zu Celine. Mit seinen langen Beinen sieht er noch immer etwas ungelenk aus, doch er wächst und gedeiht prächtig. Von den Auswirkungen des Gendefekts haben wir bisher nichts gemerkt, und so hoffen wir beide, dass unser Kleiner vielleicht Glück im Unglück hat.

Wir setzen uns auf die Steinmauer und blicken über das im Mondlicht glitzernde Wasser. Meine Gedanken schweifen ab und finden sich in unserer hoffentlich nahen Zukunft wieder.

»Was grübelst du?«, flüstert er und küsst meine Schläfe.

»Ach, nichts.« Ich hadere, ob es nicht zu früh dafür ist, ihm diese Frage zu stellen.

»Nichts, hmm, los sag, soll ich gleich das Werkzeug holen oder reicht morgen früh?«

»Na gut, wie du willst. Was hältst du davon, wenn du mit Lester bei mir einziehst? Ich meine, du bist sowieso die meiste Zeit hier. Schläfst und …«

Weiter komme ich nicht, denn er erstickt meinen Redeschwall mit seinen Lippen. »Sehr gern«, raunt er und lehnt seine Stirn an meine.

»Die oberen beiden Zimmer müssen noch entrümpelt werden, dann können wir …«, will ich weiter Pläne schmieden, doch er drückt mir einen Zeigefinger auf die Lippen.

»Schh! Das Morgen kommt noch früh genug. Lass uns diesen Moment genießen.«

Er hat recht, und genau dafür liebe ich ihn, denn er erdet mich auf seine ganz eigene, unnachahmliche Weise. Meine Wurzeln, die ich hier endlich schlagen konnte, werden durch ihn genährt, und es ist sein Rückhalt, der mich bis hinauf in den Himmel wachsen lässt. Dorthin, wo sich der Nebel auflöst und Regenbogen über die Isle of Skye spannen.

# *Rory*

Ein wilder Sommer geht vorüber. Mein Leben wurde von einem Wirbelwind samt Alpakaherde auf den Kopf gestellt, und ich will nur eines: mehr davon. Jede Sekunde mit ihr fühlt sich besser und intensiver an als das karge Grau, was vorher in meinem Leben herrschte. Ich lebe und atme frei. Ich liebe und werde geliebt ... endlich.

»Den Garten nehme ich mir im Frühling vor«, sage ich und ziehe die Gardine im Küchenfenster zur Seite. Rund um das Craig Cottage grünt und blüht es noch immer, hier hinter meinem Haus verwildert alles zunehmend. Dennoch fangen die herbstlichen Rot- und Brauntöne, die Heide und Gras leuchtend einfärben, meinen Blick ein. Sie bringen Erinnerungen mit sich, die ich am liebsten hierlassen würde, und andere, die ich in meinem Herzen eingeschlossen habe.

»Ich finde ihn irgendwie hübsch. Ursprünglich. Hat sich der Nebel verzogen?«, fragt Melina und lehnt sich am Türrahmen an.

»Die Sonne kämpft sich durch.«

»Perfekt. Ich fahre vor, okay?«

»Hmm.«

Sie kommt zu mir und schlingt die Arme von hinten um meine Mitte. Ihr Kopf ruht an meiner Schulter. Ihre Wärme durchdringt mich. Gerade hier in diesem Haus, wo ich so viel Kälte miterleben musste, ist sie wohltuend.

»Lass dir Zeit, um dich von den Geistern zu verabschieden«, flüstert sie und haucht mir einen Kuss auf die Wange. Ihr Duft bleibt bei mir, während sie mein Elternhaus verlässt. Stille kehrt ein, die ich so kaum mehr kenne. Die vergangenen Wochen und Monate vergingen wie im Flug und waren mit den ganzen Wanderungen und Angeltouren schon fast ein wenig stressig.

Ich prüfe, ob ich die Hintertür abgeschlossen habe und alle Fenster zu sind. Die Post – als hätte ich jemals etwas anderes außer Rechnungen bekommen – ist auf meine neue Adresse umgeleitet. Einen Karton mit Kleinigkeiten, die ich beim letzten Check noch gefunden habe, klemme ich mir unter den Arm. Dabei fällt mein Blick auf ein Foto, von dem ich nicht einmal wusste, dass es existiert.

Es muss kurz nach meiner Geburt aufgenommen worden sein. Mum und Dad blicken mich voller Liebe an. Er hat den Arm um sie gelegt, und sie streichelt zärtlich meine Wange. Melina meinte vorhin, sie hätte den perfekten Platz dafür ... bei all den anderen im Wohnzimmer. Neben Curran und Mairead, der Gang, Lester und einigen, die Melina und mich zeigen.

Ein letztes Mal sehe ich mich um, denn wenn ich die Haustür demnächst wieder öffne, trage ich Malerklamotten, und in der Auffahrt wird ein Container zum Entsorgen der Möbel stehen. Im Dezember erwarte ich bereits die ersten Gäste, die mein Ferienhaus mit Selbstversorgung bewohnen werden.

Lester wartet neben dem Wagen und gibt murrende Laute von sich, als ob es ihm nicht schnell genug ginge.

»Bin ja schon da.« Er springt in den Kofferraum, während ich die Erinnerungen auf dem Rücksitz platziere.

Auf der Fahrt durch Leathan komme ich am Pub vorbei. Rosalind winkt mir zu, und ich halte an. »Hey, ich dachte, du bist schon drüben«, rufe ich ihr zu.

»Auf dem Weg.« Sie will eine große Tupperschüssel in den Korb am Lenker ihres Fahrrads stellen. Sie passt jedoch nicht hinein.

»Soll ich dich mitnehmen?«

»Wie komme ich dann heim?«

»Niall ist da, Maihri, Connor, Edith, such dir jemanden aus!«

Sie lacht und rutscht auf den Beifahrersitz. »Wann fahrt ihr morgen los?«

»Wir starten um halb fünf. Der Flieger geht mittags«, erwidere ich und spüre, wie sich mein Herzschlag vor lauter Vorfreude beschleunigt.

»Der erste Urlaub.« Rosalind grinst mich an und zeigt dabei so viele Zähne, dass ich Angst bekomme, ob sie mich nicht fressen will.

»Unk nicht rum! Melina und ich kommen super miteinander aus.«

»Das habe ich eigentlich gar nicht gemeint, sondern dass ihr dann ...«, tönt sie.

Irritiert sehe ich ihr dabei zu, wie sie mit den Augenbrauen wackelt und auf ihren Ringfinger an der rechten Hand deutet. Nun bin ich es, der sie angrinst. »Als ob ich dir das auf die Nase binde.«

»Du bist so fies.«

»Frag Melina, *Fies* ist mein zweiter Vorname.«

An der Einfahrt zum Cottage passieren wir das kunstvoll geschnitzte Holzschild. Ich kann noch immer nicht glauben, dass es tatsächlich wahr ist. *Alpaka Blue Skye Farm* steht dort. *Inhaber Melina Brunner und Rory Fyfe.* Meine wenigen Habseligkeiten befinden sich bereits seit Wochen im Cottage, doch nun ziehe ich offiziell ein.

Wie ich sehe, sind die meisten unserer Freunde den Einladungen zum Grillen gefolgt. Edith und Fionn winken mir zu, Noreen und Niall, der seine Sprechstundenhilfe Maihri mitgebracht hat, sind ebenfalls gekommen.

»Da bist du ja endlich«, trällert Edith und zieht mich mit sich zur Weide, wo Maihri und Melina den Alpakas bunte Bänder in die gut nachwachsende Wolle knoten. Zayn wirft Greevy finstere Blicke zu, sobald er in seine Nähe kommt. Er hat anscheinend immer noch nicht verwunden, dass er ihn zu einem überdimensionierten Pudel geschoren hat.

Auf der Terrasse ist kaum mehr ein Platz frei, was es irgendwie gemütlich macht.

»Auf unseren Ghillie!«, ruft Niall.

Alle heben ihre Gläser und trinken auf mein Wohl.

»Auf die Zukunft!«, ruft Rosalind, und ich ahne, dass auch die anderen uns gleich reihum hochleben lassen werden.

»Macht langsam«, mahnt Melina, als hätte sie meine Gedanken lesen können.

Ich lege einen Arm um ihre Schultern und ziehe sie an meine Seite. »Versteck den Whisky«, raune ich ihr ins Ohr.

Sie küsst mich intensiv. Pfiffe ertönen, Gejohle folgt.

»Nehmt euch ein Zimmer!«, ruft Niall.

»So küsst man einen Schotten!«, stellt Noreen trocken fest.

Als ich mich von Melina löse, sehe ich, wie sie Maihri stupst und auf die Flasche Mystic Skye deutet. »Schenk mal nach. Der ist schön mild.«

Während ich den Grill anwerfe, taucht Connor mit seiner Hündin Pixie auf. Die schwarz-weiße Border-Collie-Dame animiert Lester zu einer wilden Verfolgungsjagd im Garten, bis er aufgibt und sich bettelnd neben mich setzt.

»Seit wann macht er denn so was?«, fragt Niall verwundert.

»Melina.« Er beginnt lauthals zu lachen.

»Die hat die beiden Kerle ordentlich eingefangen, nicht wahr, Warden?«

»Fragt sich, wer hier wen eingefangen hat«, höre ich Melina neben mir sagen.

»Schleich dich nicht so an. Wir führen hier Männergespräche.«

Sie sieht von mir zu Niall und zu Connor. »Ihr schweigt, trinkt Bier und grillt.«

»Sag ich doch. Männergespräche.«

Kopfschüttelnd drückt sie mir eine Box mit Gemüse in die Hand.

»Was soll ich denn damit?«

»Es auf den Grill legen?«

»Das Grünzeug?«

»Darling, es wird dir schmecken.«

»Und wehe, wenn nicht«, feixt Niall und fängt sich einen Knuff gegen den Oberarm ein, den er sich, das Gesicht dabei schmerzverzerrt, reibt.

»Aua! Geht sie mit dir auch so grob um?«

»Das war noch gar nichts. Bin voller blauer Flecken.«

Brüskiert stemmt Melina die Hände in die Hüften. Ihre Regenbogenaugen funkeln biestig. »Ich bin viel zu lieb zu dir«, faucht sie, streckt mir die Zunge raus und wendet sich um, wobei sie ihr Haar gekonnt nach hinten wirft.

»Ist eure Couch bequem?«, feixt Niall.

»Ach, mein kleines Alpaka fange ich mir schon wieder ein. Oh, sie hat Maiskolben gemacht. Die müsst ihr probieren, sind sehr lecker.« Ich ernte angewiderte Blicke von beiden.

»Du bist so was von am Arsch«, murrt Connor, zuckt mit den Schultern und geht zur Terrasse.

»Hat der gerade mehr als zwei Worte auf einmal gesagt?«, frage ich verwundert.

»Mach ein Kreuz im Kalender«, raunt mir Niall zu.

Als ein gegrillter Maiskolben wenig später mit Kräuterbutter auf Connors Teller landet, ist er plötzlich gar nicht mehr so abgeneigt und nimmt sich sogar einen zweiten nach.

Der Abend klingt langsam aus. Fionn, Edith und Noreen verabschieden sich als Erste. Greevy folgt ihnen wankend und wird von Niall gestützt, dem er lallend Geschichten aus der guten alten Zeit erzählt. Melina, Rosalind und Maihri höre ich durch das offene Küchenfenster quasseln und kichern.

»Du kümmerst dich gut um die Gang, ja?« Ich lehne mich zu Connor und versuche herauszufinden, warum er seit einer geschlagenen halben Stunde Whitney anstarrt. Da er nicht reagiert, nehme ich an, dass ihn die Alpakamagie in ihren Bann geschlagen hat oder seine Gedanken so weit fort sind, dass er mich nicht einmal gehört hat. Wenigstens weiß ich, wie zuverlässig er ist, sonst würde ich mir spätestens jetzt Sorgen um die Tiere machen.

Lester hebt den Kopf, Pixie ebenfalls. Schritte nahen und künden von einem späten Besucher. Vielleicht ist es auch Niall, der Rosalind nach Hause bringen will.

Die Bewegungsmelder der Hofbeleuchtung springen an. Keine zwei Sekunden später kommt Lachlan um die Ecke, sieht Connor und bleibt wie angewurzelt am anderen Ende der Terrasse stehen. Bevor ich es richtig realisieren kann, springt Connor auf und knallt seine Bierflasche auf den Tisch.

In diesem Moment geht die Tür auf. Lachlan sieht Maihri und zuckt so heftig zusammen, dass er sein Mitbringsel beinahe fallen lässt.

»Bin weg. Schönen Urlaub!«, knurrt Connor.

»Wenn was ist, du hast unsere Handynummern«, rufe ich ihm hinterher.

Connor schlägt einen kleinen Bogen um Lachlan, schnalzt mit der Zunge und verschwindet, gefolgt von Pixie, in der Dunkelheit. Maihri sieht traurig aus, seufzt und winkt mir zu.

»War schön. Danke für die Einladung. Habt viel Spaß und guten Flug!«

»Danke! Sag mal, wie geht es eigentlich deiner Schwester? Lange nichts von Cait gehört.« Die Frage erschien mir völlig harmlos, ihr panischer Gesichtsausdruck spricht hingegen eine gänzlich andere Sprache.

»Sie ... Es geht ihr gut.«

»Freut mich zu hören. Grüß sie mal von mir.«

Sie nickt und eilt davon, als wären die Síodhach hinter ihr her.

»Hey«, murmelt Lachlan und stellt mit zitternden Händen eine Flasche Whisky auf den Tisch.

»Hey. Dachte, du kommst früher.«

»Dachte, später wäre besser. Normalerweise bleibt Connor nie irgendwo länger als ein paar Minuten.«

»Worum auch immer es gehen mag, ihr solltet das echt langsam mal klären.«

»Rory, ich hab es mehrfach versucht. Er ist sturer als jeder Esel und blockt alles ab.« Er lässt sich auf den gerade frei gewordenen Stuhl sinken und übernimmt Connors Blickrichtung. Wenn auch er jetzt noch den großen Schweiger mimt, gehe ich ins Bett.

»Wenigstens redest du wieder mit mir«, gibt er nach einigen Augenblicken seufzend von sich.

»Eine gute Freundschaft muss so was aushalten können.«

»Der Meinung bin ich ebenfalls, auch wenn ich an deinen Worten ziemlich heftig zu knabbern hatte. Hast du ein Stout für mich, oder muss ich die helle Plörre trinken?«

Ich reiche ihm eine Flasche aus dem Kühler, die er ansetzt und zur Hälfte leert. »Tut das gut.«

»Bist du gelaufen? Hab deinen Wagen nicht gehört.«

»Hmm, brauchte ein wenig Bewegung. Den ganzen Tag in sinnlosen Meetings rumgesessen und morgen früh die Fahrt mit euch nach Glasgow.« Gedankenverloren dreht er die Flasche in den Händen und bekommt nicht einmal mit, dass sich Melina und Rosalind zu uns gesellen.

»Der dunkle Lord ist der Gruft unter seinem Schloss entstiegen«, murrt Rosalind, schnappt ihre Strickjacke und sieht sich um. »Wo ist Maihri? Sie wollte mich doch heimfahren.«

»Sie hat Lachlan gesehen und ist davongerannt.«

»Das erklärt alles. Mache ich jetzt auch.«

Er rollt mit den Augen. »Es gibt immer zwei Seiten, Rosalind.«

»Pfft, ja klar.«

Ich sehe von ihr zu Lachlan, der sich mit der flachen Hand über die Stirn reibt und das Gesicht verzieht, als hätte er saure Milch getrunken.

»Glaub, was du willst, aber ich weiß, dass ich in dieser Geschichte ausnahmsweise mal nicht der Böse bin.«

Rosalind gibt ein verächtliches Schnauben von sich und öffnet den Mund, um etwas zu entgegnen, doch Melina ist schneller.

»Nimm meinen Wagen!«, schlägt sie vor, da sie zu ahnen scheint, dass dieses Aufeinandertreffen nicht gut ausgehen könnte. »Wirf den Schlüssel einfach in den Briefkasten oder gib ihn Connor.

»Danke, Süße! Das ist so lieb von dir. Habt einen ganz wundervollen Urlaub!« Sie drückt Melina herzlich und zieht mich ebenfalls in eine feste Umarmung.

»Haben wir ganz sicher.«

»Ich bin echt neidisch. Es soll dort um diese Jahreszeit traumhaft sein.«

Sie ist noch nicht um die Hausecke verschwunden, da deutet auch Lachlan seinen Abschied an. Er trinkt sein Bier im Stehen aus und nickt in Richtung Weide.

»Babysitter habt ihr?«

»Ja, Connor.«

Er klopft mir auf die Schulter, bevor er Melina einen Kuss auf die Wange gibt.

»Wir sehen uns nachher. Halb fünf in der Früh, ihr müsst mich echt hassen.«

»Aus tiefster Seele, dunkler Lord«, feixt Melina und drückt ihn zum Abschied.

Wir räumen fertig auf und stellen die Spülmaschine an.

»Am liebsten würde ich gar nicht schlafen, sondern direkt losfahren«, gestehe ich und nehme zum tausendsten Mal den Ausdruck mit den Flugdaten zur Hand.

»Ich kann dich verstehen«, raunt Melina, schnappt sich ein sauberes Glas und zieht mich mit nach draußen.

Im Schein zweier noch brennender Kerzen machen wir es uns auf unserer Bank bequem. Lester schnarcht neben uns und jagt wohl Hasen in seinen Träumen durch die struppigen Heidebüsche, denn seine Beine zucken, und er gibt murrende Laute von sich.

»Denkst du, Connor schafft das alles?«

»Sicher. Außer ihm und Niall würde ich unsere Gang niemandem anvertrauen. Nicht mal Lachlan.«

»Dem dunklen Lord«, wirft sie kichernd ein. »Ach übrigens. Willkommen im Craig Cottage, Mr Fyfe.«

Sie beugt sich zu mir und küsst mich zärtlich. Ihre Finger gleiten dabei über meine Wangen nach hinten in mein Haar. Ein wohliges Brummen löst sich aus meiner Brust. Ich liebe sie dafür, dass sie mein Innerstes geheilt hat und mich so unendlich glücklich macht.

Melina besitzt ihre ganz eigene Magie, einen Zauber, der mein Herz schneller schlagen lässt, wann immer ich an sie denke oder in ihre wundervollen Regenbogenaugen blicken kann.

»Wir teilen uns ein Glas, ja?«, schlägt sie vor, und ich schenke uns etwas von Lachlans Mitbringsel ein. Ein Talisker Whisky, Special Edition, den Curran sicher ebenso genossen hätte, wie wir es jetzt tun. Im Stillen danke ich ihm für alles, was er für mich getan hat. Auf gewisse Weise habe ich durch ihn sogar Melina kennengelernt.

Sein bäriges Lachen hallt in meinen Erinnerungen wider. Wenn wir morgen in den Flieger steigen, werde ich bestimmt erneut an ihn denken. Er hat mir mit seinem Geschenk meinen größten Traum erfüllt, der vor vielen Jahren mit einer Postkarte von Melinas Mutter begann: Brügge.

# *Danksagung*

Bei der Entstehung eines neuen Manuskripts begleiten mich stets viele unterschiedliche Menschen. Allen voran meine Herzensfreundin Mareike, die mit mir gemeinsam alle Höhen und Tiefen der Story durchleben muss und die am Ende genauso glücklich ist wie ich.

Mein Partner Markus, der mir Halt gibt, mich umsorgt und weiß, wann ich die nächste Tasse Kaffee brauche. Ich liebe dich.

Meine Schreibbuddys April, Nina und Marlene, die mit mir gemeinsam die Tasten zum Glühen bringen. Euch allen gilt mein ganz besonderer Dank.

Manchmal bedarf es lediglich eines kleinen Funkens, um einer bereits fertigen Idee Leben einzuhauchen. In diesem Fall kam er in Form eines Alpakas um die Ecke und brachte die nötige Eingebung gleich mit. Dafür möchte ich Christiane Bauer und Piper Digital danken, denn sie haben die zuckersüßen Wollies in meine Highland-Story hineinhüpfen lassen. Eure Begeisterung für das Skript hat mich beflügelt und war Balsam für meine Autorenseele.

Meiner Lektorin Julia Feldbaum, die mir genau die richtigen Fragen gestellt und dem Text den perfekten Feinschliff gegeben hat, möchte ich ebenfalls von Herzen danken. Du hast der Story deine ganz eigene Magie verliehen, damit sie richtig hell strahlen kann.

Ein ganz besonderer Dank geht an meine Leser, die mit meinen Charakteren leiden, kämpfen und lieben. Ich danke euch, denn ihr seid stark, mutig, voller Leidenschaft. Fühlt euch gedrückt! Liebe ist ewig!